Solo, ein wenige Wochen alter Kater gehört zu einer Gemeinschaft wilder Katzen, die ihr Revier in der Nähe von Menschen haben. Im Nest alleingelassen, muß Solo begreifen, daß seine Mutter und die Geschwister aus für ihn unerfindlichen Gründen nicht mehr zurückkehren. Der Hunger treibt ihn auf Nahrungssuche, und damit beginnt das Abenteuer des Überlebens.
Ein großes Tierepos, das von Weisheit, List, Willensstärke und Zähigkeit einer Gemeinschaft von Katzen erzählt, die trotz größter Gefahr zusammenhält.
»Falls ein Katzenliebhaber nur ein einziges Buch im Jahr lesen wollte – ›Solos Reise‹ sollte dieses eine sein.« *Cats magazine*

Joy Smith Aiken, Jahrgang 1946 ist Krankenschwester und Hebamme. Mit ihrer Familie lebt sie in einem Vorort von Dallas/Texas, wo sie sich in ihrer Freizeit besonders für den Tier- und Naturschutz engagiert.

Unsere Adresse im Internet: www.fischer-tb.de

Joy Smith Aiken

Solos Reise

Roman

Aus dem Amerikanischen
von Manfred Ohl und
Hans Sartorius

Fischer Taschenbuch Verlag

Limitierte Sonderausgabe
Veröffentlicht im Fischer Taschenbuch Verlag GmbH,
Frankfurt am Main, Februar 2001

Lizenzausgabe mit Genehmigung des
S. Fischer Verlags GmbH, Frankfurt am Main
Die amerikanische Originalausgabe erschien unter dem Titel
›Solos Journey‹ im Verlag G. P. Puntman's Son, New York

Die Zeichnungen der Katzen
stammen von Konstanze Berner
Druck und Bindung: Clausen & Bosse, Leck
Printed in Germany
ISBN 3-596-50371-X

Inhalt

Dieses Buch wendet sich an Katzenfreunde und Katzenliebhaber. Ihnen werden die hier verwendeten Begriffe der Katzensprache allein schon vom Klang her ihre Bedeutung eröffnen. Sollte dies aber einmal nicht der Fall sein oder Katzenunkundige ihre Begeisterung für die Geschichte von Solo, dem Kleinen, entdecken, so gibt ein kurzes Glossar am Schluß dieses Buches über die Bedeutung der wichtigsten Begriffe Auskunft.

I

Die Rettung

Sogar im Schlaf spürte Solo, daß etwas nicht stimmte. Der kleine Kater lag tief verborgen im Dickicht, und noch während er sich bemühte, wach zu werden, erinnerte er sich daran, was ihn so beunruhigte: Er war allein! Und er war sehr, sehr hungrig. Die zweite Dunkelheit mußte bald anbrechen, und seine Mutter war mit den beiden Geschwistern immer noch nicht zurückgekommen. Bisher war sie nie so lange ausgeblieben, und obwohl er angestrengt auf ihre Schritte und das kehlige Rufen lauschte, wußte er in seinem Innersten, daß wenig Hoffnung auf ihre Rückkehr bestand. Und Solo wußte auch, daß er, um zu überleben, seine Verzweiflung abschütteln und sich allein durchschlagen mußte.

An den dünnen Lichtstrahlen, die durch das Gestrüpp tanzten, erkannte der kleine Kater, daß es noch viel zu früh war, um sich auf den Weg zum Graille zu machen; die richtige Zeit kam erst mit Einbruch der Dunkelheit, wenn eine Katze mit den Schatten verschmelzen und sich ungesehen bewegen konnte. Solo rollte sich deshalb wieder zusammen und zwang seine Gedanken zurück an die Grenze des Schlafs, wo Träume und Erinnerungen zumindest vorübergehend das lähmende Gefühl der Furcht nicht aufkommen ließen. Er sog sehnsüchtig den schwindenden Rack von Mutter und Schwestern ein und wartete geduldig auf die Nacht.

Der Bau, in dem Solo schlief, war wie eine kleine, von dichtem Gebüsch und Unkraut überwachsene Höhle. Weiche, alte Blätter lagen auf der Erde. Hier lebte Solo seit seiner Geburt vor nicht ganz zwei Kreisläufen; der Bau bot Schutz vor Hitze und Kälte, vor Hunden und unzähligen Gefahren, die Solo noch gar nicht benennen konnte. Deshalb war auch die Vorstellung, das sichere Lager allein verlassen zu müssen, so erschreckend und bedrohlich. Seit die Mutter fort war, hatte er sich nicht weiter als ein paar Katzenlängen vom Bau entfernt, und auch dann nur lange genug für Siltaa.

Als die hellen Strahlen allmählich verblaßten und grau wurden, raffte sich der kleine Kater entschlossen auf. Der Hunger war inzwischen ein nagender Schmerz, und Solo wußte, wenn er nicht bald Graille fand, würde er einschlafen und ins Schattenland kommen. Er hatte eine klare Vorstellung davon, wo es Nahrung gab, denn mit seiner Mutter war er mehrere Male an diesem seltsamen Ort gewesen. Angestrengt versuchte er, sich den weiten Weg wieder genau in Erinnerung zu rufen. Und dann mußte er sich auf das Abenteuer vorbereiten.

Nachdenklich begann er, sich mit großer Sorgfalt Staub und Schmutz von dem langen hellen, rotblonden Fell und den dünnen Schnurrhaaren zu lecken. Das war mehr als einfache Hygiene. Ein unsauberes Fell, so hatte ihn die Mutter gelehrt, beeinträchtigte den Ring, das Frühwarnsystem einer Katze und ihre erste Verteidigungslinie. Im Zustand gespannter Wachsamkeit fühlte Solo die Atmosphäre. Er spürte alle Bewegungen oder unbekannten Schwingungen, die mögliche Gefahren verrieten. Mit dem Ring konnte eine Katze die Lage der Umgebung wie von einer Karte ablesen.

Mit geputztem und halbwegs geglättetem Fell machte sich Solo schließlich auf den Weg. Ängstlich schlich er durch das Dickicht. Auf halbem Weg blieb er stehen, dehnte den Ring soweit als möglich aus, spürte jedoch nur Stille und Ruhe. Er hob den Kopf und nahm mit der empfindlichen, wenn auch noch ungeübten Nase die vielen, sich überlagernden Düfte auf. Er erkannte den schwachen muffigen Geruch eines Opossumlagers, den kühlen Hauch kommenden Fallwassers und natürlich den einschüchternden, aber auch beruhigenden Herrschaftsgelt von Dom Bryndle, den der Dom immer wieder reichlich auf den Büschen und Gräsern seines Territoriums verteilte. Die Größe, die Stärke und das Alter des großen Kämpfers waren an diesem Gelt erkennbar und verkündeten jedem in der Umgebung, daß dieses Gebiet sich fest im Griff eines Katers

befand, der viele erfolgreiche Kämpfe geführt hatte, um das zu halten, was ihm gehörte, und der nur allzu bereit war, sich auch weiterhin mit jedem Herausforderer zu messen, um seine Herrschaft aufrechtzuerhalten.
Beruhigt und erleichtert, daß keine erkennbare Gefahr drohte, setzte Solo seinen Weg mit wachsam gesträubtem Nackenfell und gespreizten Krallen fort. Schnell, aber geräuschlos schlich er in dem höchst geschmeidigen, elastischen Katzengang, der durch keinen Laut, keine Schwingung unerwünschte Aufmerksamkeit erregt, im Schutz der stachligen Hecken vorwärts. Der Abend war kühl und dunkel, und so konnte der kleine Kater den Vorstoß ins Unbekannte wagen. Mit beinahe übertriebener Vorsicht bahnte er sich einen Weg durch das hohe Gras und Gestrüpp zur großen Hürde.
Im Osten wurde das Gebiet der wilden Katzen auf ganzer Länge von der großen Hürde begrenzt, im Westen erstreckte es sich jedoch sehr viel weiter, als das Auge reichte. Die Mutter hatte Solo oft davor gewarnt, sich auf das freie Feld hinauszuwagen, ehe er älter war und die Gerüche kannte, die Gefahr bedeuten konnten; so waren seine Ausflüge bisher auf diesen verschlungenen Weg zwischen dem Bau und der Hürde, den er auch jetzt nahm, beschränkt geblieben. Zusammen mit der Mutter war es ein herrliches Abenteuer gewesen; allein war es eine Zerreißprobe.
Das Gelände, über das der kleine Kater schlich, war ein relativ kahler Auftakt zu dem Wald, der im Westen zunehmend tiefer und dunkler wurde. Nur hier und da standen Mesquitsträucher und Pfahleichen mit dünnen Stämmen (ausreichend dick und groß genug zum Klettern, jedoch zu spärlich belaubt, um sich zu verstekken); ein Teppich aus brauner, verdorrter wilder Hirse und hohen Unkräutern mit unterschiedlichen Blüten bedeckte die Erde. Für größere Tiere wäre es eine ungeeignete Umgebung gewesen. Aber für die wilden Katzen, die sich im Schutz des niedrigen Bewuchses ungesehen von einem Ende zum anderen bewegen oder in den labyrinthischen Windungen der vielen immergrünen Hecken völlig verschwinden konnten, war das Gelände ideal – und mehr als das: Es war ihr gewähltes Gebiet, ihr Territorium.

Das freie Gelände endete unvermittelt am Fuß der großen Hürde – einer langen, hohen Steinmauer in unterschiedlichen Stadien des Zerfalls, die irgendwann einmal von den Besitzern errichtet worden war. Solo wußte nicht, wo die Hürde begann und wo sie endete, aber sie erstreckte sich viele, viele hundert Katzenlängen weit von Norden nach Süden und war der Mittelpunkt im Leben jeder wilden Katze in diesem Gebiet. In der Mauer gab es mehrere bröckelnde Stellen, und es waren Lücken entstanden, durch die eine kleine Katze hindurchkriechen konnte (die älteren sprangen in der Art der Erwachsenen allerdings immer über die Hürde). Solo kroch in eine der Öffnungen und lauschte auf die Geräusche der anderen Mitglieder des Quorums. Es war früh am Abend, und Solo erwartete eigentlich, daß viele der anderen hier draußen sein würden, doch er spürte zu seiner Überraschung, daß er allein war. Vielleicht war nicht nur seine Familie verschwunden... Vielleicht war er als einziger des Quorums übriggeblieben! Aber nein – Dom Bryndles Gelt war frisch und allgegenwärtig. Solo konnte also nicht die einzige Katze weit und breit sein.

Auf der anderen Seite der Mauer bedeckte eine harte glatte Masse den Boden, in der nicht ein einziger Grashalm wuchs. Seine Mutter hatte ihm erklärt, es sei Graustein. Am Rand des Grausteins standen viele der riesigen dröhnenden Ungeheuer, die die Katzen Rauwölfe nannten. Die Rauwölfe hatten Solo einen furchtbaren Schreck eingejagt, als er ihnen in Begleitung seiner Mutter zum ersten Mal begegnet war. Aber jetzt hockten sie alle ruhig und leblos da, obwohl sie immer noch nach Rauch und Feuer stanken. Die Erinnerung daran, wie unerschrocken die Älteren zwischen den Rauwölfen herumgesprungen waren, wenn sie wie jetzt stumm schliefen, machte Solo wieder Mut.

Auf der anderen Seite des Grausteins, etwa fünfzig Katzenlängen von der Mauer entfernt, befand sich eine große Ansammlung von Bauten der Besitzer – die Behausungen, wie die Katzen sie nannten. Unzählige Besitzer und ihre Kleinen lebten in diesem rätselhaften und geheimnisvollen Gebiet. Zwar sah Solo im Augenblick keinen der Besitzer vor den Behausungen, aber er wußte, die Besitzer waren

Wundergeschöpfe mit unvorstellbarer Macht – sie beherrschten sogar die Elemente wie Licht und Dunkelheit. Auch jetzt bemerkte er, wie aus Öffnungen in den Mauern der Behausungen eingefangenes Licht quoll. Raubten sie es dem hellen Tagesstern? Seine Mutter hatte ihm viele merkwürdige und erschreckende Geschichten von den Besitzern erzählt. Solo wußte allerdings nicht so genau, was davon wirklich stimmte, und was nur Katzengeschichten waren, mit denen man die unbändigen Kinder einschüchtern und ihnen die zum Überleben notwendige Vorsicht beibringen wollte.

Solo stellte erleichtert fest, daß auch keine Hunde unterwegs waren. Sie wurden meist von den Besitzern im Behausungsgebiet gehalten, aber manchmal rannten sie ziellos zwischen den Rauwölfen oder draußen auf dem großen Feld herum. Die Hunde belästigten die wilden Katzen zwar selten – manchmal jagten sie eine halbherzig vor den Augen der Besitzer, verloren aber schnell das Interesse –, doch sie waren groß und schwerfällig, und sie konnten grundlos grausam sein. Hunde mußte man deshalb ebenso meiden wie die geheimnisvollen Besitzer.

Es gab Katzen, die in den Behausungen lebten (wie Solos Mutter früher). Das waren die zahmen Katzen, und sie unterschieden sich deutlich von den wilden. Sie waren gepflegt und schön, verhätschelt und dick. Die meisten trugen merkwürdige Bänder um den Hals und taten, als sei das ein Zeichen vornehmer Herkunft. Unter den Fettpolstern waren sie jedoch eher klein und wenig bemuskelt. Die zahmen Katzen nahmen selten Verbindung mit dem Quorum auf; ihre Ringe waren sehr dünn und schwach, und im Vergleich zu den wachsamen und flinken wilden Katzen wirkten sie langsam und verschlafen. Sie waren behäbig und schwerfällig und rannten wegen jeder Kleinigkeit zu ihrer Behausung zurück. Zahmen Barden fehlte oft aus irgendeinem Grund außer den Kobblern auch der Gelt, und von den Prills sagte man, sie würden selten perrlig. Noch seltsamer war es, daß vielen zahmen Katzen an den Vorderpfoten die Krallen fehlten.

Vielleicht, überlegte Solo, behalten die Besitzer diese armen mißgestalteten Geschöpfe nur aus Mitleid bei sich und pflegen sie. Und vielleicht verlieren die verwöhnten und behüteten Katzen all das, was sie nicht mehr brauchen – ihre Ringe schwinden mit der Zeit, die Krallen verkümmern, und die Barden lassen eines Tages die Kobbler zusammen mit dem Silt fallen...

Von seinem versteckten Aussichtsplatz in der großen Hürde konnte Solo jetzt im Licht, das aus den Behausungen drang, sein Ziel deutlich sehen. Es war ein großes Gebilde, das den Besitzern gehörte, und mindestens so groß wie zwei Rauwölfe zusammen. Es stand bewegungslos dicht neben der großen Hürde und war nur noch etwa dreißig Katzenlängen von Solos Versteck in der dunklen Mauer entfernt. Das Gebilde war völlig hohl, hatte außen die Farbe von Gras und war aus einer kalten, harten, sehr glatten Masse. Niemand schien genau zu wissen, wozu es diente, aber für die Besitzer mußte dieser Behälter von größter Bedeutung sein, denn sie brachten alle regelmäßig viel von ihrem Graille und ihrem Nestmaterial dorthin. Solo vermutete, es waren Gaben für den Dom der Besitzer (was für ein Wesen mußte er sein!), aber kleine Katzen wußten noch nicht viel von solchen Dingen. Solo verstand nur, daß dieser Behälter die Hauptquelle für das Graille des Quorums war und damit der Mittelpunkt des geselligen Lebens seiner Mitglieder.

Solo dehnte seinen Ring soweit als möglich aus und schlich sich verstohlen an der Mauer entlang zum Behälter. Er wollte zur Ostseite, in der sich eine Öffnung in so geringer Höhe befand, daß auch eine kleine Katze hineinklettern konnte. Leider war das auch die hellste Seite, denn sie wurde von den Lichtern der Behausungen beleuchtet. Deshalb würde er für ein paar unangenehme Augenblicke gefährlich ungeschützt sein. Ungeschützt wovor? Solo wußte es nicht genau, aber die Legenden lehrten, daß besonders jungen Katzen da draußen viele Gefahren drohten.

Solo holte tief Luft, sprang auf die Erde und hüpfte in der Art ganz kleiner Katzen unbeholfen über die freie Fläche. An der Südwand des Behälters machte er kurz halt und lauschte, ob er durch sein Verhalten irgendeine Gefahr heraufbeschworen hatte. Aber er hörte nur das Rascheln gefallener Blätter auf dem Graustein und das unverständliche Rufen von Insekten. So weit – so gut, dachte Solo, aber seine Bernsteinaugen waren groß und rund vor Angst und glänzten. Der Gedanke, auf dem Weg zum Graille dieses unsichere Gelände jeden Abend überqueren zu müssen, versetzte ihn in Schrecken.

Alles blieb ruhig. Zufrieden kroch Solo geduckt zur Ostwand und zog sich mühsam zur Öffnung hinauf. Das Geräusch seiner Krallen auf der glatten Wand des Behälters klang scharf und klar durch die dunkle Stille. Oben angekommen, sprang Solo ins Leere, landete mit einem dumpfen Plumps auf den Pfoten und stellte überrascht fest, daß er sich fast auf dem Boden des Behälters befand. Bei den früheren Besuchen mit seiner Mutter war der Behälter bis zum Rand des Zugangs gefüllt gewesen. Jetzt war er beinahe leer. Aber die Gaben auf dem Boden rochen frisch und einladend, und als er genußvoll die starken fremden Düfte einsog, lief ihm das Wasser im Mund zusammen. Links roch er Fleisch, und bald fand er das Skelett eines großen Vogels. Die Besitzer hatten irgend etwas mit ihm angestellt, was das Fleisch zart machte, so daß es sich leicht in Stücke reißen ließ. Solo kroch beinahe völlig in das ausgehöhlte Skelett hinein, und zum ersten Mal seit zwei Abenden gab es für ihn wieder etwas zu essen.

Während er gierig kaute und schluckte, zog sich sein Ring eng um ihn zusammen; alle seine Sinne und die ganze Aufmerksamkeit richteten sich auf die dringend notwendige Mahlzeit. Sie nahm ihn völlig in Anspruch. Und deshalb entging Solo, daß sich lautlos und geschickt ein Streuner, ein bösartiger Einzelgänger, dem Behälter näherte.

Der Barde überquerte vorsichtig und langsam den harten Boden zwischen den Behausungen und dem Behälter. Er verharrte immer wieder nervös in den Schatten und unter den Rauwölfen und sah sich mit seinen gelben, hungrigen Augen unsicher und gehetzt um. Er spürte Solos Anwesenheit im Behälter, und es verwirrte ihn, daß ein Kleines in diesem Alter nicht von seiner Mutter beschützt wurde. Er hatte keine Lust, einer Prill in die Quere zu kommen, die ihre Kinder bewachte. Aber als er noch einmal sorgfältig mit seinem Ring die Umgebung prüfte, stellte er fest, daß das Kleine allein war.

Der Streuner war ausgehungert. Er würde das unvorsichtige Kleine mit einem einzigen Biß blitzschnell töten.
Solo spürte den Streuner erst, als er nur noch acht bis zehn Katzenlängen vom Behälter entfernt war. Selbst die unerfahrenste kleine Katze wußte genug, um sich nicht von einem Feind in einem geschlossenen Raum stellen zu lassen. Instinktiv drehte sich Solo auf der Stelle und sprang mit einem großen Satz zu der niedrigen Öffnung hinauf und nach draußen. Er landete direkt vor dem verblüfften Barden, der mit gesträubtem Fell nur ein paar Katzenlängen von ihm entfernt stand und ihn gemein und tückisch anfunkelte. Solo reagierte auf die einzig mögliche Weise: Er warf sich auf die Seite, machte sich naß und lag wild spuckend und fauchend in einer immer größer werdenden Siltaa-Pfütze.
Der überraschte Streuner wich ein oder zwei Schritte zurück. Solo war dicht davor, fey zu werden, als das Geräusch schneller, von Süden kommender Schritte in sein schwindendes Bewußtsein drang... Hatte es nicht nur ein Streuner auf ihn abgesehen?
Der fremde Barde drehte sich schnell nach den Neuankömmlingen um; als er sie entdeckte, kauerte er sich in Verteidigungsstellung zusammen und knurrte eine wilde, warnende Fuge. Der kleine Kater war vorübergehend vergessen. Dieser kämpfte gegen die ängstliche Betäubung an und setzte sich energisch auf. Dann drehte er mutig den Kopf und sah Spanno – einen Barden des Quorums. Eine Woge der Dankbarkeit und Erleichterung erfaßte Solo, während er vorsichtig zur Wand des Behälters zurückwich und versuchte, sich im schmalen Schatten noch kleiner und so unauffällig wie möglich zu machen.
Spanno, der Farbige, wie man ihn im Quorum nannte, stand im Rang direkt unter Dom Bryndle, und Solo beobachtete ehrfurchtsvoll, wie der farbige Barde langsam näher kam und nur fünf Katzenlängen vor dem Streuner stehenblieb; er senkte den hellen Kopf beinahe bis zur Erde und starrte seinen Gegner unverwandt und herausfordernd an. Die beiden Barden standen sich jetzt in der klassischen Kampfhaltung wilder Katzen gegenüber: Alle Muskeln waren bis zum Äußersten gespannt und zum Sprung bereit; die

Schwänze peitschten zuckend hin und her. Aber sie rührten sich nicht von der Stelle, sondern versuchten, die Absichten des Gegners zu erraten. Aus den Augenwinkeln sah Solo noch zwei Kämpfer des Quorums auftauchen.

Der fremde Barde wich ganz langsam und vorsichtig zurück. Das bedeutete jedoch keineswegs, daß er aufgab – er wechselte nur die Stellung, ohne dem Farbigen einen Vorteil zu bieten. Spanno begann bald seine eigene Fuge. Sie klang noch eindrucksvoller als die des Streuners, der sich inzwischen mehrere Katzenlängen in Richtung Behausungsmauer zurückgezogen hatte. Mitten auf dem Graustein blieb er jetzt starr und regungslos stehen. Plötzlich zog er sich zusammen und sprang mit einem unheimlichen, fellsträubenden Schlachtruf und gespreizten, ausgestreckten Krallen auf seinen Gegner los, der blitzschnell zur Seite wich und sofort zum Gegenangriff überging.

Spanno nahm als erster das lauter werdende Dröhnen wahr, das sich mit großer Geschwindigkeit von Norden näherte. Dann hörte es auch der Streuner, aber er schien vor Unentschlossenheit wie gelähmt zu sein. Er rettete sich nicht mit einem Sprung, wie er eigentlich wollte, sondern warf sich nur ruckartig zur Seite, als ihn die grellen Lichter des brüllenden Rauwolfs trafen. Der Streuner machte einen verzweifelten Satz und versuchte, über den Graustein zurück zu den Behausungen zu gelangen, aber im nächsten Moment hörte man einen widerwärtigen dumpfen Aufprall. Der Rauwolf erwischte den Streuner und raste im nächsten Moment an Spanno vorbei, der wie erstarrt in drohender Kampfhaltung auf dem Graustein stand. Der Rauwolf war nicht einmal langsamer geworden.

Solo blickte ungläubig auf den Toten. Der Ring des zerschmetterten und entstellten Kämpfers war frei und nicht länger an den Körper gebunden. Nun löste er sich in immer dünneren Wellen auf. Mit dem starken Machtgelt des Streuners und dem Rack des Silts erzählte er die Geschichte seines Lebens – eine Geschichte voller Härten und stetem Kampf ums Überleben. Innerhalb weniger Augenblicke war seine Aura ein Schatten geworden und kehrte zu dem Platz zurück, von dem sie gekommen war.

Solo riß sich vom Anblick des toten Barden los und drehte sich nach dem entsetzten und immer noch bewegungslos dastehenden Spanno um. Erst jetzt bemerkte Solo, daß sich mittlerweile viele Katzen versammelt und den Vorfall mitangesehen hatten. Das war also sein erstes richtiges Zusammentreffen mit dem Quorum – und er hatte ein feuchtes Hinterteil!

»Dom Spanno«, begann Solo stockend mit seiner Kleinkatzenstimme, die durch die Unterwürfigkeit noch leiser und dünner klang, »ich... danke dir, daß du mir das Leben gerettet...« Aber ehe er seine kleine Rede beenden konnte, war Spanno mit ein paar Sätzen bei ihm und versetzte ihm eine saftige Ohrfeige. Solo rollte wie ein kleiner, heller Ball ins Licht; der junge Kater war kaum größer als eine Ratte. Er blieb auf der Seite liegen und entblößte zum Zeichen völliger Unterwerfung den weichen Unterbauch. Die leichte Brise verriet ihm, daß sein Hintern feuchter denn je war.

»Ich sollte dir die Siltaa aus dem Leib prügeln, wenn noch etwas übrig ist! Heute abend ist hier ein Kämpfer gestorben, weil du nicht genug Verstand hattest, bei deiner Mutter zu bleiben. Geh zurück zu deiner Thraille, Kleiner, ehe noch ein Unglück geschieht, weil jemand versucht, auf deinen feuchten Hintern aufzupassen!« Spanno lief nervös auf und ab. Dann knurrte er: »Ich hätte dich ihm überlassen sollen.« Nach diesen Worten sprang der Barde elegant auf die hohe Mauer. Das Licht traf seinen muskulösen Körper mit dem langen, hellen Fell und der dunklen, farbigen Zeichnung; Ohren und Schwanz zuckten, während er, immer noch erregt von dem Beinahekampf, auf dem Mauerrand saß und sich das Fell leckte.

»Vergiß den Kleinen«, vernahm Solo plötzlich die tiefe, knurrige Stimme von Dom Bryndle. Diese Stimme verlangte selbst von Spanno sofortige Aufmerksamkeit. Der alte Dom näherte sich auf der Mauer gemessen der Gruppe. »Wir haben heute abend andere Aufgaben.«

Solo hatte Dom Bryndle noch nie aus der Nähe gesehen und war froh, sich wieder unauffällig in den Schatten zurückziehen zu können. Bryndle war ein wahrer Riese mit glattem, schwarzem Fell und zahlreichen Narben. An dem einen Ohr fehlte die Hälfte, und deshalb nannte man ihn oft ›Schlitzohr‹ – allerdings nie in seiner Hörweite. Seine Nase war zerquetscht, und im schwarzen Fell glänzten ein paar silberne Altershaare. Aus seinen grünen, gebieterischen Augen sprachen Macht und kühle Beherrschung. Niemand im Territorium wagte seine Autorität anzuzweifeln. Es ging das Gerücht, er habe im Kampf einmal sogar einen Barden getötet – so etwas kam trotz der ständigen Kämpfe der wilden Katzen sehr selten vor.

Der Dom hielt sich von den anderen fern, außer beim Freien oder wenn er bei einer Beratung des Quorums den Vorsitz führte. Mit den rangälteren Barden beschützte er das Territorium vor Eindringlingen und Dieben; er machte ständig allein die Runde und hinterließ seinen Machtgelt als Zeichen für Fremde, daß hier nur für einen dominanten Kater Platz war. Das Privileg seines Rangs war fest umrissen und unveränderlich: Als Anführer hatte Bryndle das Recht auf alles.

Bei den ersten Worten des Dom war Solo augenblicklich vergessen. Spanno sprang von der Mauer herunter und gesellte sich zu Ponder und Selvyn, seinen Stellvertretern. Der Rest des Quorums saß auf oder unter den schlafenden Rauwölfen oder balancierte auf dem schmalen Rand des Behälters. Solo kannte nur wenige; die meisten der Anwesenden waren Barden, die Prills versorgten jetzt, zu Beginn des Frühlings, ihre Kinder. Dom Bryndle hatte von ›Aufgaben‹ an diesem Abend gesprochen. Deshalb war Solo also als einziger beim Graille gewesen; es hatte eine Beratung stattgefunden.

Der Dom lief auf dem Mauerrand in die Richtung, aus der er gekommen war, und die jüngeren Barden folgten ihm lautlos. Solo blieb allein zurück. Unter den anderen hatte er sich nicht gefürchtet; jetzt begann er wieder ängstlich zu zittern und sehnte sich nach der Sicherheit und dem Schutz des Baus. Sein Hunger war gestillt, allerdings hatte er Durst. Das einzige Wasser tropfte, soweit er wußte, ununterbrochen aus einer Öffnung dicht über dem Boden in einer Behausungsmauer –, aber aus dieser Richtung war der Streuner gekommen... So durstig bin ich nun auch wieder nicht, dachte Solo. Er spürte ohnehin das kommende Fallwasser in der Luft; bald würde es auf dem Gelände vor dem Bau überall Wasser geben.

Solo verließ den Schatten und blickte noch einmal fassungslos auf die reglose, leere Hülle des Streuners. So sah also der Tod aus...
Der kleine Kater rannte, so schnell er konnte, den ganzen Weg durch die große Hürde und über das freie Feld bis zum Dickicht. In einiger Entfernung von seinem Lager hielt er an, setzte Silt ab und bedeckte ihn sehr sorgfältig, damit der starke und verräterische Geruch keine Aufmerksamkeit erregte. Schließlich kroch er tief in den Bau und fand dort die vertraute, tröstliche Sicherheit. Endlich wich seine Spannung. Er schlief schnell ein und träumte von seiner Mutter. Er hörte das melodische Schnurren, das sanft in ihrer Brust rollte, wenn sie Wache bei ihren Kindern hielt und ihnen Begebenheiten aus ihrer Vergangenheit als zahme Katze erzählte oder die faszinierenden Geschichten, die Legenden waren. Solo bewegte sich im Schlaf und miaute leise. Was konnte ihm die Mutter genommen haben?

Weit im Süden ging die Beratung zu Ende, und die Barden machten sich auf den Rückweg zum Behälter mit dem Graille.
»Glaubst du, der Streuner gehörte zum Nordquorum?« fragte Selvyn und sah Spanno an.
Der Farbige lief einen Augenblick stumm und nachdenklich weiter, ehe er erwiderte: »Er war ziemlich mager und ausgehungert. Ich glaube, der gehörte zu keinem Quorum. Selbst im Norden sind sie in besserer Verfassung.«
»Du hättest ihn mir überlassen sollen«, murrte Ponder. »In letzter Zeit hast du alle guten Kämpfe gehabt – ich dachte, ich wäre hier der Größte.«
»Du meinst wohl der mit dem größten Maul«, sagte Selvyn bissig über die Schulter. »Ich würde das nicht gerade einen ›guten‹ Kampf nennen. Du ärgerst dich doch nur, weil du den Kleinen nicht verprügeln durftest.«
»Oh, ihr zwei Großmäuler, fangt jetzt bloß nicht an zu streiten«, unterbrach Spanno die beiden. »Laufen wir lieber zur Nordgrenze und sehen uns ein bißchen um. Vielleicht finden wir heraus, was da oben vorgeht.«

Die drei liefen über das Feld, Spanno wie üblich voran. Sie waren die Vollzieher des Quorums, das heißt, sie sorgten dafür, daß die Beschlüsse befolgt wurden – obwohl man eigentlich nicht sagen konnte, daß Dom Bryndle ihre Hilfe dafür benötigt hätte. Im Quorum herrschte seit langem Frieden. Der Dom brauchte keine Helfer, um seine Autorität zu untermauern. Zwischen Bryndle und Spanno bestand sogar eine leichte Rivalität, und das sorgte in ihrer Beziehung für eine gewisse Spannung. Man rechnete damit, daß Spanno irgendwann einmal Bryndles Stellung übernehmen würde, und der Dom hielt den jüngeren Barden deshalb nicht ganz ohne Grund auf Distanz – allerdings nur wenig mehr als die anderen. Bryndle war wesensmäßig ein Einzelgänger, und die geselligen Seiten des Lebens im Quorum lagen ihm ohnehin fern.
Spanno hatte großen Einfluß auf Ponder und Selvyn, wie überhaupt auf die meisten im Quorum. Der Farbige besaß neben Vernunft und Intelligenz alle Eigenschaften eines Führers. Deshalb fühlten sich die anderen zu ihm hingezogen. Diese natürliche Autorität ist für die Herrschenden immer eine Herausforderung. Spanno war stark und schnell, zeichnete sich aber mehr durch List und Geschick als durch Muskelkraft aus. Er brauchte nur noch etwas Zeit und Reife, um selbst ein Dom zu werden. Spanno sah allerdings einen Nachteil in seiner auffälligen Zeichnung, die ihm den Spitznamen ›der Farbige‹ eingebracht hatte. Er besaß ein außergewöhnlich langes, dichtes und beinahe weiblich schönes Fell, und deshalb stürzte er sich in viele zusätzliche Kämpfe. Er wußte nämlich: Für einen langhaarigen, vierfarbigen Barden war es schwierig, hart und gerissen zu wirken. Bei Ponder war das anders: Er war grau gestreift, sehr muskulös und der Stärkste im Quorum. Doch ihm fehlte die Befähigung zum wirklichen Führer. Er wirkte rauh und ungepflegt, und er mußte gelenkt werden, um seine Kraft wirkungsvoll einzusetzen. Ponder war nicht allzu intelligent, aber seine Treue zu Spanno würde nichts erschüttern. Und das machte den Grauen für den Farbigen zu einem unschätzbaren Verbündeten und Freund. Spanno stand in der Hierarchie des Quorums sehr viel höher als Ponder, aber wenn er je Dom werden sollte, würde Ponder mit Sicherheit sein Vollzieher.

Der kurzhaarige, rotgestreifte Selvyn war der ruhigste der drei. Auch er war Spanno völlig ergeben. Wegen chronischer Verdauungsbeschwerden wurde er aber von vielen gemieden. Seine Stärke lag in der Schnelligkeit – es gab keine flinkere Katze weit und breit. Niemand im Quorum hatte je einen geschickteren, wendigeren Kämpfer mit besserem Reaktionsvermögen gesehen. Der vierfarbige Spanno und der rote Selvyn waren Brüder. Doch familiäre Beziehungen sind für Katzen nach der Kindheit ohne jede Bedeutung. Und auch für die beiden hatte das keinen größeren Einfluß auf ihre feste Freundschaft.

Das Fallwasser kam, wie Solo erwartet hatte. Der sanfte Rhythmus der Tropfen auf den Blättern weckte ihn. Es war ein beruhigendes Geräusch, denn im Fallwasser lag Sicherheit; solange es andauerte, jagten nur wenige Räuber. Der Bau war trocken und warm. Solo fühlte sich so wohl, wie schon seit Tagen nicht mehr.

Er hatte nicht lange geschlafen – seine nächtliche Uhr hätte es selbst ohne das Geräusch des fallenden Wassers verhindert. Er spürte, es war tiefe Nacht. Der kleine Kater streckte und putzte sich sorgfältig und wartete, bis der Regen in Dunst übergegangen war, ehe er zum Eingang des Lagers kroch. Er überprüfte die Umgebung mit seinem Ring, stellte fest, daß alles ruhig und ungestört war, und machte sich dann vorsichtig auf den Weg nach draußen. Er schnupperte und ließ die Ohren spielen; die Luft war sauber, und die feuchte Erde unter den Fußballen fühlte sich weich und kühl an. Die rhythmische Harmonie der nächtlichen Geräusche wies darauf hin, daß alles friedlich war.

Solo trank aus den flachen Pfützen, die sich zwischen dem gefallenen Laub gebildet hatten, und stellte dabei fest, wie durstig er gewesen war. Diesmal achtete er jedoch darauf, nicht wieder in die zufriedene Selbstvergessenheit zu versinken, die ihm beim Graille beinahe das Leben gekostet hätte. Während er mit gespannter Wachsamkeit am Wasser kauerte, untersuchte er genau jedes Geräusch und lauschte auf mögliche Anzeichen von Gefahr.

Bald hatte er seinen Durst gelöscht und bahnte sich vorsichtig einen

Weg durch das feuchte Gras und Laub zu einer beinahe unbewachsenen Stelle etwa fünfzehn Katzenlängen vom Dickicht entfernt, um Silt abzusetzen. Beim Gehen achtetete er darauf, sein Fell möglichst trocken zu halten. Er wußte, feuchtes Fell roch stark und machte es schwierig, sich zu verstecken. Außerdem beeinträchtigte es den Ring.

Solo war noch nicht ganz fertig, als er Schritte wahrnahm. Starr vor Entsetzen hielt er den Atem an und hoffte, die näherkommenden Katzen würden ihn nicht entdecken. Augenblicke später roch er jedoch den Rack von Spanno, Ponder und Selvyn und wußte, sie würden ihn nicht unbeachtet lassen.

Die drei übermütigen Barden sprangen in kurzen Sätzen auf die Lichtung, wo Solo nicht sehr anmutig hockte, und blieben erstaunt stehen. Sie grinsten sich an, während sie zusahen, wie der Kleine zittrig sein Geschäft beendete und das Ergebnis mit übertriebener Sorgfalt zudeckte.

»Da ist ja der Knirps vom Behälter«, kicherte Ponder.

Solo legte sich flach auf den Bauch und war bemüht, sich so klein und bedeutungslos wie nur möglich zu machen.

»Ich dachte, ich hätte dir gesagt, du sollst zu deiner Mutter zurückgehen«, sagte Spanno, und es klang ärgerlich.

»Ja, lauf zu deiner Mutter zurück«, sagte auch Ponder und sah Spanno in der Hoffnung auf Zustimmung an.

Selvyn lief wortlos zu der frisch aufgescharrten Erde neben Solo. Er schnupperte kurz daran und drehte sich nach Spanno um. »Der Kleine bekommt keine Thraille – keine Spur davon in seinem Rack.«

Spanno sah Solo überrascht an. »Wo ist deine Mutter?«

Solos Antwort war ein kaum hörbares Flüstern. Es klang unterwürfig – manche erwachsene Barden konnten kleinen Katzen gefährlich werden, selbst denen aus dem eigenen Quorum.

»Meine Mutter ist seit drei Tagen weg, Dom Spanno, und ich bin allein. Ich habe gewartet..., aber sie ist nicht zurückgekommen. Ich hatte Geschwister, aber die sind mit ihr fort. Ich bin nur zum Graille gegangen, weil ich Angst vor dem Schattenland hatte. Den

Streuner habe ich erst bemerkt, als es zu spät war, und dann bist du gekommen, und ich...«
»Schon gut, ich habe verstanden«, sagte Spanno etwas weniger streng. Solos respektvolles ›Dom‹ war nicht ohne Wirkung auf den Farbigen geblieben; bis jetzt hatte ihn noch niemand ›Dom Spanno‹ genannt.
»Vergiß den Knirps, Spanno«, unterbrach ihn Ponder, der nach dem Fallwasser besonders unternehmungslustig war. »Wir wollen doch aufs Feld.«
Spanno beachtete ihn nicht. »Wer war deine Mutter, Kleiner?«
»Sie hieß Mercell«, erwiderte Solo, der immer noch flach auf dem Bauch lag. »Sie hatte die gleiche Zeichnung wie du – bis auf die weißen Flecken.«
»Mercell? Hat man sie nicht...?« Ein strafender Blick Spannos ließ Ponder mitten im Satz verstummen.
Spanno wurde zusehends freundlicher. »Hör zu, Kleiner. Versuch, in Deckung zu bleiben. Hier treiben sich überall Streuner vom Nordquorum herum. Sie sind durch Fallen und Gift aus ihrem Territorium vertrieben worden, und vielleicht werden sie versuchen, unser Gebiet zu übernehmen. Also sei vorsichtig. Bleib in deinem Bau und warte, bis wir am Behälter sind, ehe du dich dorthin wagst. Wir werden auf dich aufpassen, so gut wir können.«
Solo hörte das ärgerliche Stöhnen von Ponder und Selvyn, die beide keine Lust hatten, auf eine kleine Waise aufzupassen. Aber er fühlte sich dadurch nicht verletzt, denn er platzte beinahe vor Stolz und Dankbarkeit. Spanno würde ihn beschützen! Jetzt hatte er endlich einen Freund.
Ponder und Selvyn wurden immer ungeduldiger. Sie hatten für die Nacht Rattenklopfen geplant und wollten endlich hinaus aufs Feld.
»Nun komm schon, Spanno«, drängte Ponder. »Du klingst ja wie eine Katzenmutter.«
Der Farbige drehte sich um und lief wortlos an den beiden vorbei. Solo sah den Barden nach, die munter nach Westen liefen, bis sie seinen Blicken entschwanden. Er stellte sich den Tag vor, an dem er mit ihnen gehen und an ihrer Seite sogar große Kämpfe bestehen

würde. Wenn Spanno ihn mochte, würden ihn die andern mit der Zeit sicher ebenfalls akzeptieren.

»Mercell war doch die Prill, die man leer an der Südgrenze gefunden hat, nicht wahr, Spanno?« fragte Ponder, während sie über das feuchte Gelände liefen.
»Ja, aber es nützt dem Kleinen nichts, wenn er das erfährt«, erwiderte der Farbige. »Bei seiner Größe hat er ohnehin kaum eine Chance zu überleben. Reden wir nicht mehr davon.« Spanno klang seltsam bestürzt, als wisse er etwas, das Ponder nicht wußte. Aber der Graue stellte keine weiteren Fragen.
»Auf geht's, ihr zwei, suchen wir die große Ratte!« rief Selvyn und schoß wie der Blitz davon.
»Dann los, Ponder«, sagte Spanno, und es klang weniger ernst.
»Jawohl, Dom Spanno«, spöttelte der Graue, als sie sich zur Jagd auf dem Gelände verteilten.

Nachdem die drei verschwunden waren, saß Solo noch einige Zeit auf der kleinen Lichtung. Er dachte darüber nach, was Spanno von ›Fallen‹ und ›Gift‹ erzählt hatte. Die Legenden berichteten von solchen entsetzlichen Scheußlichkeiten, die zum Töten dienten. Er wußte, diese Greuel waren nichts Natürliches, sondern von den Besitzern geschaffen. Er verstand das nicht – und damit ging es ihm wie allen Katzen. Jeder wußte, die Existenz der wilden Katzen, ihr Leben, war unauflöslich an die Kultur der Besitzer gebunden, aber wie und weshalb, das ging über Solos Verstand. Die Besitzer, diese großen und feindseligen Gott-Wesen, wurden von ihnen am meisten gefürchtet. Trotzdem lebte das Quorum am Rand ihrer geheimnisvollen und unverständlichen Welt und dachte offenbar nicht daran, dieses gefährliche Territorium aufzugeben. Solo fand keine Antwort auf diesen Widerspruch. Man konnte zwar vieles aus den Legenden lernen, aber dieses Geheimnis blieb unerklärt...
Solo machte es wie alle Katzen, die ein Problem nicht lösen können: Er kehrte zum Bau zurück und wollte schlafen.
Es war schon beinahe hell, als Solo sich in seinem Lager bedächtig

mehrmals um sich selbst drehte und zum Schlafen bereitmachte. Bisher hatte er sich in der nördlichsten Ecke am wohlsten gefühlt, aber während er sich jetzt dorthin drehte und versuchte, sich in die Kuhle zu schmiegen, hatte er das Gefühl, schief zu liegen, als werde er nach links gezogen. Er kroch in die Südecke, aber dort schien er nach rechts abzusinken. Müde seufzend versuchte er es nahe am Eingang auf der Westseite. Dort war der Boden eben, und er spürte nur den Zug nach unten. Hier würde er rasch einschlafen; seine erste Nacht draußen war ereignisreich und ermüdend gewesen. Solo rollte sich eng zusammen, schloß die Augen und schlief auf der Stelle ein.

Etwas weiter südlich verfolgten die ernsten, nachdenklichen Augen von Sprecher, wie Solos Ring durch die Hecke und in den frühen Morgenhimmel aufstieg. Er las die Geheimnisse dieser Aura und erschauerte innerlich vor Erwartung und Vorahnung. Im Quorum galt Sprecher als eine Art Mystiker. Er war der Älteste unter ihnen und so klug und weise, wie eine lebende Katze nur sein kann. Man sagte sogar, er könne alle Legenden von Anfang bis Ende rezitieren. Sprecher hielt sich abseits von den anderen, außer wenn man ihn um Rat bat. Seine Zustimmung zu allen Belangen des Quorums, die allgemeiner Billigung bedurften, war unerläßlich. Selbst wenn Dom Bryndle ein Gesetz einführte, wurde die Stimme Sprechers immer gehört; und ein- oder zweimal hatte er den Dom sogar wieder von einer Entscheidung abgebracht. Aber Sprecher war kein Anführer und wollte es auch nie sein; dem Dom begegnete er stets mit Ehrerbietung und Achtung. Sprecher beanspruchte überhaupt keinen Rang in der Hierarchie der Gemeinschaft. Soweit man wußte, hatte er nie Kinder gezeugt, und man hörte oder sah ihn auch nicht beim Freien. Auch der Machtgelt eines Barden fehlte ihm, obwohl er ein richtiger Barde war. Seine Vergangenheit lag im dunkeln, und er schien bis in alle Zukunft zum Quorum zu gehören.

Der Alte wachte über das versteckte Lager im Dickicht, während Solo schlief und es langsam heller Tag wurde.

2

Die Fallen

Ein durchdringender Laut drang in Solos Traum und brachte ihn sanft ins Bewußtsein zurück. Einen Augenblick später wußte er, was für ein Laut es war – Dom Bryndles Werbungs-Thrill. Es war eine unheimliche und doch auch besänftigende *a cappella* gesungene Katzenarie in tiefen, ungegliederten Tönen; sie sprach nicht nur von der Leidenschaft des alten Barden für eine Prill, sondern auch davon, wie die Dinge sein sollten, und von der Ruhe im Territorium, die einem Dom erlaubte, sich Herzensangelegenheiten zuzuwenden.

Der kleine Kater dehnte und streckte sich ausgiebig in seinem Bau und lauschte aufmerksam mit geschlossenen Augen. Die unverfälschte Schönheit von Bryndles Lied beeindruckte ihn. Solo verstand die Sache mit dem Freien nicht so recht, aber er wußte, für die Erwachsenen war es etwas äußerst Wichtiges. Er konnte die Bedeutung und das grundsätzlich Katzenhafte spüren, während der Dom in der zeitlosen Poesie die Geschichte seines Lebens sang; durch seine Stimme und sein Wesen machte er das Ritual zu etwas sehr Persönlichem und umwarb die Prill, wie Barden es getan haben, seit es Katzen gibt. Solo war von den langen, scheinbar in einem Atemzug gesungenen Tönen fasziniert, die manchmal schwermütig und traurig in Moll, hin und wieder aber schrill und wild wie eine Aufforderung zum Kampf herüberdrangen. Allmählich wich Solos Schläfrigkeit wachsender Neugier; er beschloß, das Geschehen draußen zu erkunden.

Der kleine Kater machte sich durch Dickicht und Unkraut auf den verschlungenen Weg zur großen Hürde. Dabei unterdrückte er mutig die Angst, die ihn beim letzten Mal so heftig befallen hatte, denn er wußte, praktisch alle Barden des Quorums waren nicht weniger als hundert Katzenlängen entfernt versammelt. Ein Streuner, der an diesem Abend einen Angriff riskierte, mußte völlig den Verstand verloren haben.

Bryndles Thrill wurde beim Näherkommen immer lauter. Solo fand die Öffnung, durch die er am Abend zuvor geschlüpft war. Aber als sein Ring mit den Ringen mehrerer älterer Barden in Berührung kam, verließ ihn einen Augenblick lang der Mut: Spanno und die beiden anderen Barden waren nicht da. Solo unterdrückte sein Zittern und zwängte sich in den schmalen Spalt. Als er auf der anderen Seite hinausblickte, erreichte das Lied des Dom gerade ein leidenschaftliches Crescendo, das laut auf dem Graustein widerhallte.

Bryndle stand, keine dreißig Katzenlängen von Solos Platz entfernt, auf einem Rauwolf und wirkte vor dem dunklen Himmel wie eine riesige Statue. Der alte Kämpfer hatte den hoch erhobenen Kopf zurückgelegt und die Ohren beinahe nach vorne gerichtet; er wirkte sehr groß und einschüchternd. Das schwarze Fell funkelte im Licht seiner Aura, der Schwanz beschrieb einen anmutigen Bogen über dem Rücken und bewegte sich im Rhythmus des Liedes sanft hin und her. Sieben oder acht rangniedere Barden standen aufgerichtet und sichtlich ergriffen in einem Halbkreis um ihren Anführer.

Auf dem Graustein, im Mittelpunkt des Geschehens, kauerte stumm die Prill und beobachtete jede Bewegung des Dom mit wachsamen Augen. Sie war schön, hatte ein weißes Fell, und ihr süßer, verführerischer Rakscha erfüllte die Luft.

Die Szene verwirrte den kleinen Kater. Die Prill war sicher hübsch und duftete gut. Aber weshalb ein Barde den Wunsch haben sollte, für sie zu singen, ging über Solos Verstand.

Dicht hinter Bryndle entdeckte er plötzlich Spanno, Selvyn und Ponder. Sie liefen mit wachsender Gereiztheit unruhig hin und her. Die Prill gehörte nun ausschließlich Bryndle, und wer sich um ihre Gunst bemühen wollte, mußte zuerst mit dem Dom verhandeln. Bryndle spürte die Erregung seiner Barden, nahm eine drohende Haltung ein und knurrte eine strenge Warnung. Spanno und die

anderen fügten sich mürrisch; sie wichen zurück, und der Dom erneuerte sein Flehen. Jetzt klang das Lied leise und sanft hypnotisch. Mitten in einer Strophe sprang der Dom vom Rauwolf, verstummte und landete leichtfüßig fünf oder sechs Katzenlängen vor der weißen Prill auf dem Graustein. Bryndle wußte, daß eine perrlige Katze sehr unausgeglichen ist, und wenn sie erschrickt, leicht angreift oder gar fey wird. Deshalb bewegte er sich langsam und behutsam. Leise, zunächst beinahe unhörbar, begann die Prill ihre Antwort. Sie würde ihn erhören. Bryndle umkreiste sie ermutigt und verringerte dabei allmählich den Abstand zu ihr. Die Prill drehte sich langsam und folgte seinen Bewegungen, wobei sie den Barden immer direkt vor sich hatte. Sein Ruf und ihre zarte, kehlige Antwort mischten sich irgendwie harmonisch, während sie das uralte Ritual wiederholten, das in den Legenden festgelegt war; Bryndle ergänzte es durch seine Geschichte von Stärke und Sieg und forderte von der kleinen Katze Nachgiebigkeit. Eine Kette von Ereignissen begann, die so alt war wie die Legenden.
Plötzlich trat Bryndle neben die Prill und biß sie fest, aber doch sanft ins Ohr. Sie reagierte darauf, wie es üblich war, mit einem blitzschnellen Schlag der Vorderpfote in Richtung seiner Augen. Der Dom hieb mit der Linken nach ihrem Nacken, aber sie wich seitlich aus und biß ihn heftig in die Unterlippe. Mit einem Aufschrei machte er einen Satz rückwärts. Die Lippe blutete. Der elektrisierende Schmerz im Mund und der salzige Geschmack des Blutes schienen den Dom nur noch mehr zu erregen. Nach ein paar Minuten dieses beinahe tänzerischen Geplänkels brach die Prill das Ritual ab, rannte zur großen Hürde und warf einen langen Blick zurück, um festzustellen, ob Bryndle ihr folgte, ehe sie darübersprang. Bryndle war sofort hinter ihr, und die beiden verschwanden im Feld, eine Gruppe unzufriedener Barden zurücklassend.
Solo bewegte ruckhaft den kurzen Schwanz. Er blieb leicht verwirrt und mit runden Augen in der Maueröffnung sitzen. Ist das alles? dachte er.
Zumindest würde er das Graille für sich allein haben – kein Barde

im Territorium konnte sich vom Rakscha der Prill losreißen. Niemand, nicht einmal Spanno, hatte Solo auch nur bemerkt.
Solo kroch aus seinem Versteck und machte sich auf den Weg zum Behälter. Er warf einen Blick zu der Stelle, wo es den Streuner erwischt hatte, wußte jedoch schon vorher, daß die Leiche verschwunden war. Wer oder was sie weggeschafft hatte, wußte er allerdings nicht. Mehrere Katzenlängen weiter spürte er Sprecher und entdeckte ihn auch sofort. Er saß wie üblich allein und unbeteiligt auf dem Rand des Behälters. Solo nahm seine stumme Anwesenheit wie alle anderen als selbstverständlich hin und mühte sich strampelnd durch die niedrige Öffnung ins Innere. Er freute sich darüber, daß der Alte in der Nähe war. Sprecher blieb stumm dort oben sitzen, während Solo sich rund und satt aß.
Der Kleine hatte beinahe genug gegessen, als er die federnden Schritte mehrerer Katzen hörte, die sich aus Süden näherten.
»Die Prill ist wirklich schön!« seufzte Spanno, als er sich mit Ponder und Selvyn dem Behälter näherte.
»Sie ist doch nur eine zahme Katze!« Selvyn keuchte, als sei er vom schnellen Laufen außer Atem. »Außerdem läßt der alte Bryndle keinen in ihre Nähe. Vergiß sie, Spanno!«
Selvyn lief voraus, sprang mit einer eleganten Bewegung auf den Rand des Behälters und saß bereits drinnen, als die beiden anderen erst davorstanden.
»Zahme Katze hin, zahme Katze her, die kleine weiße Prill ist wirklich hinreißend!« seufzte Spanno.
Die drei suchten sich etwas zu essen, und Solo beobachtete sie stumm. Ponder entdeckte ihn als erster.
»Sieh einer an. Schon wieder der Knirps! Hat dich ein Besitzer hier reingeworfen?«
Solo öffnete den Mund, um zu antworten, aber Selvyn kam ihm zuvor.
»Wie heißt du überhaupt, Kleiner? Wir können dich doch nicht nur ›Knirps‹ nennen.«
»Ich heiße Solo, Dom Selvyn«, piepste der kleine Kater und schob sich unauffällig zur Öffnung.

»Laß dich von den beiden nicht ärgern«, sagte Spanno mit vollem Mund. »Die können froh sein, daß sie überhaupt einen Namen haben.«
Solo gab keine Antwort; er sah jetzt so klein und nervös aus, wie er sich fühlte. Ponder und Selvyn scharrten und pfoteten durch die knisternden braunen Packungen und waren von diesem nahrhaften Spiel voll in Anspruch genommen.
»Iß weiter, Solo«, sagte Spanno freundlich. »Wenn wir hier sind, bist du sicher. Hast du schon Wasser getrunken?«
Der Kleine fühlte sich geschmeichelt, daß der große Spanno sich so für ihn interessierte, und er fühlte förmlich, wie er wuchs.
»Ich wollte gerade gehen, als ihr gekommen seid, Dom Spanno«, erwiderte er mit seiner Kleinkatzenstimme, die ihm peinlich war.
»Das mit dem ›Dom‹ läßt du besser bleiben – Bryndle würde dich windelweich prügeln, wenn er es hörte. Nenn mich einfach Spanno. Und die beiden kannst du nennen, wie du willst. Sie werden sich schon melden, wenn es ihnen nicht paßt.«
»Was soll ich melden?« fragte Ponder zerstreut.
»Auf keinen Fall deine Dummheit«, rief Selvyn und brüllte vor Lachen.
»Was seid ihr doch für kluge Kerlchen«, sagte Spanno trocken. »Komm, Solo. Ich habe auch Durst, und ich muß mich von den zwei erholen. Gehen wir zur Behausung.«
Ohne ein weiteres Wort sprang Spanno mit einem Satz auf den hohen Rand. Solo zog sich schnell zur niedrigen Öffnung hinauf und schlüpfte hindurch. Es galt zwar als Zeichen von Unreife, diesen Weg zu nehmen, aber ihm blieb keine andere Wahl.
Sie erreichten das Gebäude der Besitzer, und Spanno trank von dem Wasser, das sich unter einer runden, hell glänzenden Öffnung auf der Erde sammelte.
»Woher kommt das Wasser?« fragte Solo, der zusah, wie es an der Wand herabrann.
Der Farbige zögerte, als habe er darüber eigentlich noch nie nachgedacht. »Von irgendwo da drinnen«, antwortete er schließlich

und blickte an dem hohen Gebäude nach oben. »Wie auch immer, wen interessiert das? Es ist jedenfalls da.«
Ponder und Selvyn kamen ebenfalls. Sie wirkten unruhig und erregt. Der Kleine spürte, daß auch die anderen Barden des Quorums, die sich nach und nach am Behälter versammelten, alle irgendwie aus dem Gleichgewicht zu sein schienen. Der Dom war auffällig abwesend und die zahme weiße Prill ebenfalls. Es würde bald kleine Katzen im Quorum geben, wenn Solos begrenztes Wissen um Ursache und Wirkung stimmte – und wenn die zahme Prill sich entschied, bei den wilden Katzen zu bleiben.
Ponder hüpfte unruhig herum und kratzte ärgerlich am Graustein. »Ach, gehen wir doch wieder Rattenklopfen, Spanno«, nörgelte der Graue. »Wir können schließlich nicht die ganze Nacht hier herumhängen.«
»Ja«, stimmte Selvyn zu. »Wir haben das letzte Mal ohnehin wenig Glück gehabt.«
Ehe Spanno etwas erwidern konnte, ließ ein hoher, gebieterischer Laut alle erstarren. Bryndle stand auf der großen Hürde und forderte die Aufmerksamkeit des ganzen Quorums. Der eindringliche Ton war beunruhigend, und nach einem kurzen, verwirrten Zögern machten sich die drei Barden schnell auf den Weg zur Mauer. Solo mußte rennen, um mit Spanno Schritt zu halten. Niemand sprach, während sie auf das Eintreffen der anderen Mitglieder des Quorums warteten. Was immer den Dom veranlaßt hatte, seine Prill allein zu lassen, es konnte nichts Gutes bedeuten.
»Folgt mir«, befahl Bryndle, und Solo hätte sich bei diesem barschen Ton am liebsten sofort in seinen Bau verkrochen.
Stumm und voll schlimmer Ahnungen sprang die kleine Gruppe über die Mauer oder kroch durch die Lücken, als der Dom auf der anderen Seite durch das Gestrüpp nach Westen lief. Die jüngeren Barden warfen sich besorgte Blicke zu und dehnten mit gespannter Wachsamkeit ihre Ringe soweit als möglich aus.
Nach einigen hundert Katzenlängen auf dem westlichen Feld liefen sie geradewegs in den Rack nackten Entsetzens und ohnmächtiger Panik. Als sie sich seiner Quelle näherten, wurde der Geruch der

Angst so stark, daß ihnen übel wurde. Dann sahen sie auf einer freien Stelle hinter dichten Hecken einen grauen Barden. Er kauerte völlig starr, fast wie betäubt auf der Erde. Seine Augen waren trübe und leer, rosa Schaum aus seinem Mund war über das Gesicht verschmiert und glänzte auf dem gestreiften Fell wie Fäden von Sternenlicht. Sein Silt roch streng und nicht abgedeckt. Etwas Glänzendes, Gezahntes, Kieferähnliches hielt ihn hoch oben am Vorderbein fest; es war feucht von Blut. Das Ding war mit einem langen Stück dünn gedrehtem, getrockneten Pflanzenmaterial sicher an einem kleinen Baum befestigt. Der gefangene Barde hatte sich nicht einmal davonschleppen können. Der betäubende Gestank der Angst nahm den entsetzten Zuschauern den Atem, und sie mußten sich zusammenreißen, um nicht zu fliehen.
»Es ist Jesse«, flüsterte Selvyn tonlos. Doch Jesse hörte nichts mehr.
»Das ist eine Falle der Besitzer«, sagte Dom Bryndle ruhig, aber sein Ton verriet die Hilflosigkeit, die alle empfanden.
»Seid auf der Hut. Wo eine Falle ist, gibt es üblicherweise noch mehr.« Diese Warnung kam von Sprecher, und selbst er ließ Anzeichen von Erschütterung erkennen.
Jesse begann, leise und wimmernd zu schnurren, wie es die wilden Katzen nur bei großem Wohlbehagen oder bei Krankheit taten. Alle wußten: Jesse starb.
»Machen wir dem Ding den Garaus und befreien ihn davon!« fauchte Ponder wütend und mit zurückgelegten, nach unten weisenden Ohren.
»Es ist nicht lebendig, und wir können es nicht entfernen. Aber selbst wenn wir es könnten, wäre es zu spät. Jesse ist schon dem Schattenland nahe.« Sprecher hatte sich abgewandt, und die meisten anderen folgten seinem Beispiel.
»Ich denke, du bist so klug, Sprecher! Wir müssen doch irgend etwas unternehmen!« stieß Selvyn in ohnmächtigem Zorn hervor. Er hatte das Fell gesträubt und die Krallen gespreizt. Ponder trat von einer Vorderpfote auf die andere und wiegte Kopf und Schultern hin und her. Spanno blickte mit einem Ausdruck auf Jesse, in dem sich

die Angst widerspiegelte, die alle empfanden. Solo stand heftig zitternd hinter ihm, starrte fassungslos auf den sterbenden Barden und konnte den Blick nicht von ihm wenden.
Jesses gequältes Schnurren wurde leiser und drang stoßweise durch seine geöffneten Lippen, die abgebrochene und blutende Zähne enthüllten. Offenbar hatte er versucht, die Falle an seinem Bein durchzubeißen.
Dom Bryndle saß etwas abseits von der Gruppe. »Ihr habt Sprecher gehört. Wo eine Falle ist, können mehr sein. Wir gehen zur großen Hürde genau auf dem Weg zurück, den wir gekommen sind.«
Sie machten schweigend kehrt und liefen zur Mauer zurück. Dabei blieben sie dichter zusammen, als es wilde Katzen normalerweise tun. Bryndle und Spanno übernahmen die gefährlichsten Plätze an den Seiten; Selvyn, Ponder und Sprecher führten die Gruppe an. Solo wankte erschüttert und wie betäubt zwischen den anderen. Das mühsame, rasselnde Schnurren ihres verwundeten Bruders wurde immer schwächer, als sie ihn zurückließen, um die Reise ins Schattenland allein anzutreten.
An der großen Hürde angekommen, blieb die Gruppe stumm und aufgeregt beisammen. Nur hin und wieder hörte man jemanden schimpfen oder wütend knurren. Selbst die Prills des Quorums waren anwesend; sie hatten die Kleinen streng ermahnt, auf keinen Fall ihr Lager zu verlassen. Das Quorum kam zu einer wichtigen Beratung zusammen. Dom Bryndle saß auf der Mauer und führte den Vorsitz; Spanno, Selvyn und Ponder standen unter ihm an der Spitze der wachsenden Gruppe. Sprecher saß südlich des Dom auf der Mauer und studierte gedankenvoll das Feld.
»Was werden wir tun, Dom Bryndle?« fragte Ponder gereizt, weil es nichts gab, gegen das er kämpfen konnte. »Wir können doch nicht einfach darauf warten, daß uns die Fallen der Besitzer die Beine abbeißen!«
»Sei still, Ponder, es sei denn, du hättest einen Plan«, erwiderte Selvyn. Er litt unter einem schweren Anfall von Verdauungsbeschwerden, und mehrere seiner Nachbarn wechselten fluchtartig die Plätze.

Bryndles grüne Augen blitzten zornig. »Bring die beiden zum Schweigen oder schick sie weg«, befahl er mit einem Blick auf Spanno.

»Es geht hier nicht um einen eingedrungenen Streuner, den man vertreibt. Es geht nicht um einen katzenmordenden Hund, den man überlisten kann. Die Besitzer haben sich diese Dinge ausgedacht. Das macht die Gefahr größer als alles, womit wir es bisher zu tun hatten. Mit der Wasserkrankheit wären wir besser dran.«

Solo saß fassungslos im Schatten. Wie konnten sich die Besitzer etwas so unbeschreiblich Schreckliches ausdenken? Er warf einen Blick auf Spanno. Aber der schien tief in Gedanken versunken.

Der Dom fuhr fort: »Wir haben gesehen, was die Fallen anrichten können. Möglicherweise gibt es auf dem Feld noch mehr, vielleicht sogar in der Nähe der großen Hürde...«

»Ich glaube, man kann die Fallen untauglich machen.«

Sprecher hatte den Dom unterbrochen – und das war ein Akt von erstaunlicher Unhöflichkeit. Er schien über seine Unbesonnenheit selbst erschrocken zu sein; es war, als sei er plötzlich auf eine Wahrheit gestoßen und habe seine Gedanken ausgesprochen, ohne zu überlegen.

»Entschuldige, Dom Bryndle, aber ich muß reden. Ich glaube, wir können die Fallen unschädlich machen.«

Es entstand ein Schweigen wie ein Vakuum. Es entsprach dem Wesen der Katzen, die Dinge zu nehmen, wie sie waren. Sie versuchten nie, etwas zu verändern. Was Sprecher sagte, klang für sie fremd und beunruhigend; es dauerte lange, bis jemand antwortete. Bryndle kniff argwöhnisch die Augen zusammen.

»Weiter, Sprecher«, sagte er gespannt. »Wie gedenkst du, so große Dinge zu verwirklichen?«

Selbst Ponder und Selvyn saßen nachdenklich auf dem Graustein. Solo drängte sich unwillkürlich hinaus ins Licht, um besser hören zu können.

»Die Fallen sind klein und schließen sich durch Gewicht, etwa durch das Gewicht einer Katzenpfote. Dann schnappen sie zu und beißen ins Fleisch. Müßten die Fallen nicht ebenso schnell, aber harmlos durch ein anderes Gewicht zuschnappen? Zum Beispiel durch lockere Erde?«

Niemand sprach. Die anderen schienen ihn nicht zu verstehen.

»Wenn wir die Falle mit Erde bedecken, so wie wir es mit unserem Silt tun«, erklärte Sprecher geduldig, »werden die Kiefer vielleicht zuschnappen. Und dann sind sie harmlos.«

Alle Augen richteten sich auf Bryndle, der nicht reagierte. Leises Gemurmel setzte ein, aber nichts davon war so laut, daß man es als Antwort auf Sprechers Vorschlag hätte betrachten können.

»Selbst wenn es funktionieren würde«, sagte Spanno schließlich, »so wissen wir nicht, wo überall Fallen versteckt sind. Und außerdem: Wie nahe müßten wir heran, um sie zuzudecken? Wir alle wissen, wie klug du bist, Sprecher. Aber die Sache klingt sehr gefährlich.«

Spanno hatte wie üblich die Meinung der meisten ausgesprochen. Aber Dom Bryndle würde mit seiner Entscheidung das endgültige Urteil fällen. Er lief bereits nachdenklich auf der Mauer hin und her.

»Wenn wir uns auf diesen Unsinn einlassen, überlebt das keiner von uns«, knurrte Ponder Selvyn zu, allerdings so leise, daß es die anderen nicht hörten.

Der Dom setzte sich und drehte den Kopf in Sprechers Richtung. »Vieles von dem, was Spanno gesagt hat, ist richtig. Um die Fallen unschädlich zu machen, müssen wir zuerst herausfinden, wo sie sind. Wie sollen wir die anderen Fallen finden? Was schlägst du vor?«

Das Quorum wartete gespannt, aber es war nicht Sprecher, der dem Dom antwortete.

»An der Art, wie sie leuchten... wir können sie daran erkennen, wie sie leuchten...« piepste Solo, und seine Stimme verlor sich erschrocken. Auch er hatte, ohne nachzudenken, laut gesprochen – und auf die Frage *des Dom* geantwortet! Alle blickten ungläubig und entsetzt über so etwas Ungehöriges auf den Kleinen.

»Laß mich ihm eine runterhauen, Dom Bryndle«, sagte Ponder mit einem gespielt flehenden Ausdruck in den Augen.

»Hast du nichts als Silt zwischen den Ohren, Kleiner?« zischte Spanno, und Solo preßte sich zitternd auf die Erde.
Bryndle und Sprecher beratschlagten kurz auf der Mauer, ehe der Dom heruntersprang und sich auf dem Graustein dem Kleinen näherte. Solo machte sich prompt naß. Die anderen wichen zurück, um Bryndle nicht in die Quere zu kommen. Nur Spanno blieb unsicher bei Solo stehen, der vor Angst bebte.
»Was hast du gesagt, Kleiner?« fragte der Dom und bemühte sich sichtlich, Solo durch seine von Natur aus barsche Stimme nicht noch mehr zu verängstigen. »Heraus mit der Sprache. Du mußt keine Angst vor mir haben.«
Solo antwortete dem Dom mit piepsiger, zittriger Stimme: »Ich... ich... habe gesagt... die Fallen l-l-leuchten... wir werden sie erkennen an der Art, wie sie leuchten, Brin Domdle... ääh Bom Drindle...«
Spanno blickte verständnislos von Solo auf den Dom und dann wieder auf Solo. »Der Kleine ist zu früh von seiner Mutter getrennt worden. Ich glaube, aus Mangel an Thraille ist sein Gehirn geschrumpft«, sagte er und bemühte sich, unbekümmert zu wirken. Die Antwort war Gekicher aus dem nervösen Quorum.
Bryndle überging die Bemerkung. »Wie war das mit dem Leuchten, Kleiner?« fragte der Dom und kniff wieder argwöhnisch die Augen zusammen.
Solo zögerte verwirrt. Hatten sie es nicht alle gesehen? »Ich meine die blauen Funken, Dom Bryndle. Sie waren sehr hell um die Falle, die Dom Jes... ich meine, die Jesse festhielt.«
Jetzt verstand (fast) jeder, was Solo meinte. Zwar sehen alle Katzen helle, sich ständig verändernde Farben um Lebewesen, aber nur wenige können die statischen Strahlen wahrnehmen, die von unbelebten Dingen ausgehen, in diesem Fall von Metall, das elektrisch blau funkelt. Solo besaß offenbar diese Fähigkeit.
»Ich habe keine blauen Funken gesehen«, murmelte Ponder.
»Sei still«, zischte der Farbige. »Verstehst du nicht? Solo sieht die Fallen, selbst wenn sie versteckt sind! Wenn er recht hat, kann Sprechers Plan vielleicht doch funktionieren.«

Solo war entsetzt und niedergeschlagen. Zuviel schien plötzlich von ihm abzuhängen. Er hätte seine Milchzähne darum gegeben, allein und für alle unsichtbar in seinem Bau zu sein.
Der Dom nahm wieder den seinem Rang gemäßen Platz auf der Mauer ein. »Wir müssen einen Plan machen«, begann er. »Bis Tagesanbruch gilt es, ein großes Gebiet abzusuchen, und der Kleine ist nicht in der Lage, sehr schnell zu laufen.«
Die Versammlung überhäufte ihn mit Vorschlägen und Strategien. Solo saß sprachlos neben Spanno, seinem angebeteten Freund. Und wenn ich versage? überlegte er.
Nach langer Diskussion wurde das endgültige Vorgehen festgelegt. Mit Sprechers Hilfe stellte man fest, daß Solos Gesichtsfeld seitlich etwa sechs Katzenlängen und geradeaus ungefähr zwanzig Katzenlängen weit reichte. Man würde das Gelände von Norden nach Süden und zurück streifenweise abgehen, und so das Gebiet in seiner ganzen Länge und Breite überprüfen. Das würde den Rest der Nacht voll in Anspruch nehmen.
Aus den Mitgliedern des Quorums wurde ein Suchtrupp zusammengestellt. Dom Bryndle übernahm den Oberbefehl: Solo sollte sich dicht bei ihm halten. Spanno, Ponder, Selvyn und Sprecher sowie Ditto, Abalon, Babott und Rivalle – Barden, die Solo nur dem Namen nach kannte – fiel die Aufgabe zu, die Fallen unschädlich zu machen.
Der Trupp überquerte das Feld im Westen des Behälters zunächst von Norden nach Süden. Bryndle und Solo führten die Barden an, die ihnen mehr oder weniger im Gänsemarsch folgten. Der kleine Kater hatte seit seiner Antwort auf Bryndles Frage kein Wort mehr gesprochen. Halb benommen befolgte er die Anweisungen der Erwachsenen: *Geh hier entlang, sieh dorthin, langsamer, schneller!* Der Dom wirkte seltsam gereizt und nicht ganz bei der Sache; er gab seine Befehle knapp und barsch. Spanno vermutete, Bryndle war unzufrieden, weil er mit der Situation nicht selber hatte fertigwerden können und gezwungen war, sich darauf zu verlassen, daß ein kleiner, verwaister Kater eine gefährliche Lage entschärfte. Außerdem war der Dom ein überzeugter Anhänger der alten, konservati-

ven Gewohnheiten und schätzte neue, unerprobte Ideen und Dinge nicht sonderlich.
Spanno hielt sich dicht hinter Solo und dem Dom; Ponder und Selvyn folgten ihm auf den Fersen. Ponder war mürrischer als gewöhnlich; es ärgerte ihn irgendwie, daß man Solo soviel Beachtung schenkte. Zudem mißtraute er der ganzen Sache, deren Erfolg von der komischen Hellsichtigkeit eines kleinen Katers abhing, der sein Kinderfell noch nicht verloren hatte. Aber niemand stellte sich gegen den Dom, wenn eine Entscheidung Gesetz geworden war. Und daß Sprecher den Plan unterstützte, verlieh ihm zusätzliche Glaubwürdigkeit.
Solos kurzes Leben war bisher in so engen Grenzen verlaufen, daß er keine Ahnung von der Größe des Territoriums hatte, das Bryndle beherrschte. Sie begannen die Suche an einem Punkt, der mehrere hundert Katzenlängen von Solos Bau entfernt lag; er war so stark mit Dom Bryndles Machtgelt markiert, daß Solo daraus schloß, es müßte die Nordgrenze des Territoriums sein. In Sichtweite der Mauer liefen sie nach Süden, kamen am Behälter vorbei, aber auf dem Graustein der anderen Seite, und eilten mindestens zwei- oder dreihundert Katzenlängen weiter, ohne anzuhalten oder umzukehren, bis sie Gelände erreichten, wo das Grün dünner wurde und in Ödland überging. Solo erkannte, daß dies die südliche Grenze sein mußte. Dahinter befanden sich mehrere Gebäude der Besitzer, aber im Gegensatz zu den ausgedehnten und ineinander übergehenden Behausungen waren sie klein und standen weit auseinander. In der Ferne, hinter dem letzten Gebäude, wurde der Wald dicht und wild, und Solo sah Berge am Horizont.
Auf dem ersten Durchgang entdeckte Solo nichts, was der blauen, funkensprühenden Aura ähnelte, die Jesses Falle umgeben hatte. Aber sie hatten Jesse sehr viel weiter im Feld gefunden – und würden noch oft von der nördlichen zur südlichen Grenze und zurück laufen müssen, ehe sie sich diesem Gebiet näherten. Solo machte sich keine Illusionen; selbst wenn sie bis zum Tagesanbruch keine Pause einlegten, konnten sie sich glücklich schätzen, wenn sie in dieser Nacht den Rand des westlichen Waldes erreichten.

Der kleine Kater war jetzt schon müde, aber Dom Bryndle drehte sich ohne Verschnaufpause um und lief wieder nach Norden. Solo folgte ihm stumm. Die Gruppe bewegte sich langsam und vorsichtig; alle hielten die Augen wachsam offen und blickten sich immer wieder nach allen Seiten um, in der Hoffnung, die geheimnisvollen »blauen Funken« zu sehen und damit wie der Kleine im Mittelpunkt zu stehen.

Sie liefen zum dritten Mal nach Norden, als Solo sie entdeckte – ein sanfter blauer Dunst lag dicht über der Erde, in dem silbrig blaue Flecken glänzten, die sich spiralförmig bewegten.

»Dort!« flüsterte er atemlos, als könne der Dunst ihn hören. Neun Barden erstarrten auf der Stelle, viele mit einer Pfote in der Luft, denn niemand außer Solo konnte die Aura sehen.

»Wo genau siehst du es?« fragte der Dom ebenfalls im Flüsterton.

»Zwei Katzenlängen von diesem Busch in der Mitte«, erwiderte Solo und deutete mit Augen und Nase darauf.

Bryndle näherte sich ganz langsam dem blauen Fleck. Den Kopf hielt er dicht über der Erde, und seine Nase zuckte. Die anderen folgten ihm vorsichtig. Solo rührte sich nicht von der Stelle.

»Komm her, Solo! Wir sehen nicht, was du siehst«, fauchte Spanno. Der kleine Kater ging an den großen Barden vorbei; er ahnte, daß er von jetzt an die Verantwortung trug.

Solo schlich sich dicht an den blauen Dunst heran und sah deutlich, was ihn verursachte. Es war keine Falle, sondern nur eine Ansammlung rostiger, hohler Behälter, die irgendein Besitzer dort liegengelassen hatte.

»Es ist keine Falle«, sagte er kläglich und wappnete sich gegen den Zorn und Spott der anderen hinter ihm. Statt dessen hörte er tiefe Seufzer der Erleichterung und nervöses Gekicher. Die meisten Barden hatten unbewußt den Atem angehalten und holten jetzt erleichtert tief Luft.

»Aber das da ist aus demselben Material wie die Falle«, stellte Sprecher fest, der die Gegenstände genauer untersuchte.

»Gute Arbeit, Solo«, lobte der Dom freundlich. »Jetzt wissen wir, daß du es schaffen kannst.«

Die Barden formierten sich von neuem, und die Gruppe setzte ihren Weg über das unkrautbewachsene Gelände fort. In der Nähe der freien Stelle, wo Bryndle Jesse entdeckt hatte, stieß Solo plötzlich einen lauten Schrei aus.

»Halt!« rief er, und vor Angst versagte ihm beinahe die Stimme. Vor ihnen lag wie dunstiger Nebel wieder ein blauer Fleck – allerdings größer und sehr viel deutlicher als der letzte. Instinktiv wußte Solo, daß es diesmal kein falscher Alarm war. »Hinter dem Steinhaufen dort!«

Wieder blieben die zu allem entschlossenen Barden stumm stehen. Bryndle nickte auffordernd, und sie umkreisten den kleinen Steinhügel von Westen her. Da lag das Ding – notdürftig versteckt unter trockenem Laub und abgerissenem Gras. Es sah genauso aus wie die Falle, die Jesse gefangenhielt. Der untere Teil bestand aus Baumstoff; daran befestigt waren schmale Streifen aus dem Material, aus dem der Behälter gemacht war. Das gefährliche und tödliche Ding war kaum eine halbe Katzenlänge groß, und obwohl es harmlos wirkte, hatte jeder gesehen, was seine gezahnten, scharfen Kiefer anrichten konnten.

»Nun, Sprecher, wir haben das Ding gefunden. Jetzt sag uns, wie wir es umbringen!« Ponder konnte einfach nicht länger schweigen.

»Jeder, der sich dem Ding nähert, wird gebissen«, flüsterte Selvyn verstört.

Die anderen umkreisten die Stelle, hielten sich aber in sicherer Entfernung von der tödlichen Falle.

»Niemand wird gebissen, wenn wir vorsichtig sind«, erwiderte Sprecher ruhig.

»Dann also los«, sagte Bryndle. »Wie wird es gemacht?«

Sprecher gab keine Antwort, sondern näherte sich sehr langsam und vorsichtig der Falle. Die Barden beobachteten ihn aufmerksam mit runden Augen. Solo preßte sich dicht an die Erde; er wagte nicht, sich zu rühren.

Weniger als eine Katzenlänge von der Falle entfernt, drehte Sprecher sich um und begann, mit den Hinterpfoten in der lockeren

Erde zu scharren und zu graben. Er hielt mehrmals inne, um den Abstand zu verändern, bis die Erde genau auf der Falle landete.

»*Ich* bin dabei, Sprecher«, erklärte Spanno im Brustton der Überzeugung, aber es klang etwas forciert. Er lief zu Sprecher, stellte sich neben ihn und begann, ebenfalls zu graben.

Bald darauf gesellten sich Selvyn, Ponder, Ditto und die anderen zu ihnen. Nur Solo und der Dom blieben auf dem Steinhaufen zurück und sahen zu. Es schickte sich für den Dom einfach nicht zu graben, und von Solo erwartete niemand, daß er bei diesem Teil der Arbeit half.

Jeder der Barden scharrte und kratzte grimmig und stumm auf seinem Fleckchen Boden. Die Erde flog, bis jeder eine kleine Kuhle hinter sich hatte – aber die Falle regte sich nicht. Bryndle lief mit gesträubtem Fell nervös und sichtlich gereizt hin und her. Sollte doch alles vergebens sein?

Plötzlich – ein Knall! Die Falle klappte zu: *Schnapp!* Die beiden Metallkiefer hatten sich klirrend ineinander verbissen. Die Barden sprangen beinahe gleichzeitig in die Luft, und jeder versuchte, mit einem großen Satz möglichst weit wegzukommen. Selbst der Dom machte einen Satz rückwärts. Solo rollte sich vor Schreck zusammen, lag wie bewußtlos da und bekam wieder mal ein nasses Hinterteil. Nur Sprecher blieb verhältnismäßig ungerührt stehen. Allmählich beruhigten sich die Barden und gewannen ihre Fassung wieder.

»Aber Sprecher! Warum hast du uns nicht gewarnt? Du wußtest doch, daß es passieren würde!« Spanno schüttelte Staub und Blätter aus seinem langen Fell.

Sprecher gab keine Antwort. Er war vollauf damit beschäftigt, die außer Kraft gesetzte Falle zu untersuchen.

»Es hat gut funktioniert«, sagte er nach einer Weile. »Wirklich sehr gut.«

Bryndle ging zu ihm hinüber, und die beiden besprachen den Erfolg.

»Ihr hättet euch sehen sollen!« lachte Ponder. »*Ich* hatte überhaupt keine Angst! Es braucht mehr als ein bißchen Lärm ...«

»Ach halt den Mund, Ponder«, unterbrach ihn Selvyn ärgerlich.
»Ruhe, ihr beiden«, befahl Bryndle. »Der Kleine ist vor Angst beinahe fey geworden, und wir brauchen ihn. Kümmere du dich um ihn, Spanno!« Der Dom hatte gesprochen, und es herrschte Schweigen.
Spanno stieß Solo sanft mit der Nase an. »He, Großer! Es ist vorbei. He, beruhige dich doch ... Also, ich kann bei diesem Knäuel vorne nicht von hinten unterscheiden! (Er konnte es sehr wohl, denn der feuchte Hintern war nicht zu übersehen.) »Morgen ist alles vorbei, und wir nehmen dich mit zum Rattenklopfen. In Ordnung?«
»Silt! Von jetzt ab werden wir den Kleinen wohl tragen müssen«, meinte Ponder leicht brummig. Der Farbige warf ihm einen strengen Blick zu.
»Wie ein zweites Fell«, stimmte Selvyn beinahe unhörbar zu.
Die anderen Barden versammelten sich um Dom Bryndle und brachten ihr Fell in Ordnung, denn sie wollten die gefährliche Mission möglichst bald hinter sich bringen. Auch Spanno wartete ungeduldig darauf, daß Solo sich endlich aufraffte, damit es weitergehen konnte.
Der Kleine hob schließlich zaghaft den Kopf, und seine Augen wurden klar. Spanno leckte ihm die viel zu großen Ohren und redete beruhigend auf ihn ein.
»Nehmt ihr mich wirklich mit zum Rattenklopfen?« fragte Solo vorsichtig (obwohl er eigentlich nicht genau wußte, was ›Rattenklopfen‹ war).
»Klar, Solo. Wann immer du willst. Ist alles wieder in Ordnung?« Spanno schien erleichtert.
»Tut mir leid. Beim nächsten Mal stell ich mich nicht so an.« Solo schüttelte sich und versuchte, einen klaren Kopf zu bekommen. Wenn eine erwachsene Katze fey wird, beginnt sie manchmal ohne Anlaß und sogar ohne Gegner mit Krallen und Zähnen zu kämpfen. Eine kleine Katze versinkt einfach in einen Zustand völliger Bewußtlosigkeit. Solo hatte das Gefühl, er sei eingeschlafen, und er fand es schrecklich peinlich, daß ihm das vor all den anderen passiert war.

»Wir müssen heute nacht noch das restliche Gebiet absuchen«, erklärte Bryndle. »Stellt euch auf, und dann los.« Der Ton des Dom erinnerte die Barden wieder an ihre gefährliche Aufgabe, und sie fanden sich damit ab, daß ihnen noch eine lange, mühsame Nacht bevorstand.
Ermutigt durch den Erfolg, formierte sich die Gruppe aufs neue, und diszipliniert ging es weiter. Jetzt war die Stimmung etwas besser; die dunklen Vorahnungen und das Gefühl einer unsichtbaren Gefahr bedrückten sie nicht mehr so sehr. Die Fallen hatten viel von dem Geheimnisvollen verloren, das sie umgab –, man konnte schließlich doch gegen sie gewinnen.
Der Trupp war mehrere Male nach Norden und wieder nach Süden gelaufen und hatte die langen, dichten Wildrosenhecken in der Mitte des Geländes erreicht, ohne ein Zeichen von weiteren Fallen zu entdecken. Bryndle und Sprecher kamen zu dem Schluß, es sei klug, sich auf ganzer Länge durch die Hecken hindurchzuarbeiten und nicht nur die Ränder zu überprüfen. Die Prills lebten dort, wenn sie Kinder hatten, und die Barden konnten nicht riskieren, das schwache bläuliche Leuchten zwischen den dicken Ranken und Blättern zu übersehen. Solo lief unbehaglich neben dem Dom auf einem gewundenen Pfad, der kreuz und quer durch die Heckenrosen führte. Er fühlte die Anwesenheit mehrerer Prills und ihrer Kinder, und er spürte die Spannung, mit der sie auf die Barden reagierten. Sie würden jedoch nicht wagen, ihr Lager zu verlassen oder sich frei zu bewegen, bis die Umgebung gründlich abgesucht und für gefahrlos erklärt worden war.
Fünfundsiebzig bis achtzig Katzenlängen südlich seines Lagers entdeckte der Kleine einen schwachen blauen Fleck, der im dichten Buschwerk kaum sichtbar war. Solo blieb wie angewurzelt stehen, und keiner hinter ihm rührte sich von der Stelle.
»Wo?« fragte Bryndle nur, der versuchte, Solos Blick in die Hecke vor ihnen zu folgen.
»Dort ist sie..., links, Dom Bryndle«, flüsterte Solo, »ich glaube, etwa fünfzehn Katzenlängen entfernt. Es ist schwierig, das im Gebüsch so genau zu sagen...«

Bryndle warf einen Blick auf Sprecher und schlich geduckt vorwärts. Mit einer Kopfbewegung forderte er Solo auf, die Führung zu übernehmen. Die anderen folgten den beiden vorsichtig und schweigend.
»Ich sehe sie«, sagte Sprecher. »Dort, unter dem Laub.«
Wieder blieben alle stehen und krochen dann langsam weiter. Die Falle mußte jetzt mit Erde gefüttert werden.
»Es ist nicht viel Platz zum Graben«, erklärte Spanno. »Woher sollen wir genug Erde bekommen, damit sie zuschnappt?«
Sprecher erwiderte nichts, sondern näherte sich der schlecht versteckten Falle bis auf eine Katzenlänge. Sie war mit einer dünnen Schicht dürrer Blätter bestreut und lag an einer engen Stelle zwischen zwei großen Büschen. Das Graben würde schwierig werden.
»Wir müssen uns um das Ding herum aufstellen und von allen Seiten versuchen, etwas darauf zu werfen.« Der Alte sprach mehr zu sich selbst. Er drehte sich um und begann, wie schon einmal, die harte Erde aufzukratzen. Spanno, Selvyn, Ponder und die anderen verteilten sich nervös im Kreis. Dann fingen auch sie an zu scharren und zu kratzen.
Der Boden war steinhart, und sie hatten kaum Platz. Deshalb kamen sie nur langsam voran. Jedesmal, wenn es ihnen gelang, mit den Hinterpfoten Erde durch die Luft zu schleudern, stieg die Spannung. Alle warteten darauf, daß die tödlichen Kiefer der Falle mit einem lauten Knall zubeißen würden. Solo kauerte hinter Bryndle; er war am Ende seiner Kräfte.
Als die Falle endlich zuschnappte, waren alle darauf vorbereitet und reagierten erleichtert, einige sogar mit hysterischem Gejohle. Aber diesmal hatte es dreimal so lange gedauert, das Ding zu entschärfen.
Spanno löste sich aus der Gruppe, die um die Falle tanzte, und setzte sich neben Solo. »Du machst deine Sache sehr gut, Kleiner. Wir sind alle stolz auf dich. Ohne dich könnten wir das nicht schaffen.«
Solo wußte nicht, was er erwidern sollte. Aber plötzlich war alle Müdigkeit von ihm abgefallen, und er konnte es kaum erwarten,

weiter zu suchen. Der kleine Kater stand auf und nahm entschlossen seinen Platz an der Spitze wieder ein.

Als die Gruppe am frühen Morgen zur großen Hürde zurückkehrte, hatten sie noch drei Fallen entdeckt und unschädlich gemacht. Die Katzen konnten sich vor Müdigkeit kaum noch auf den Pfoten halten. Das Schlimmste in dieser Nacht war jedoch der Anblick des toten und leeren Jesse gewesen, der allein mitten auf dem Feld lag. Dieser junge Barde hatte einen schrecklichen Tod gefunden. Sie alle verstanden immer noch nicht warum.

Die meisten Katzen des Quorums hatten die ganze Nacht über am Behälter gewartet. Sie drängten sich aufgeregt um die erschöpften Kämpfer. Die Nachricht vom Sieg über die Fallen erfüllte alle mit Erleichterung, und sie überhäuften die Gruppe mit Glückwünschen. Jeder wußte, in dieser Nacht war etwas sehr Wichtiges geschehen, auch wenn niemand es in Worten hätte ausdrücken können. Die Legenden hatten eine neue Geschichte, und im Quorum gab es einen Helden – ein schüchternes Waisenkind: Solo, den Kleinen.

3

Die Riesenratte

»He, Kleiner! Wirst du einmal ein Sonderling wie Sprecher?« fragte Ponder, als die vier sich von den anderen Mitgliedern des Quorums getrennt hatten und auf dem Graustein nach Süden liefen.

»Ich werde wie Spanno«, erklärte Solo mit Nachdruck.

Der Farbige mußte lächeln. Offensichtlich gefiel ihm Solos Antwort.

»Und wie Selvyn... Ich will so schnell wie ein Rauwolf rennen können, und ich will so groß und so stark wie Ponder sein«, fügte der Kleine diplomatisch hinzu.

»Ein schlaues Köpfchen.« Ponder leckte sich geschmeichelt die Pfote.

»Vielleicht können wir doch noch etwas aus ihm machen«, stimmte Selvyn zu. »Ich weiß nicht, wie es euch geht, aber ich könnte jetzt ein bißchen Schlaf brauchen. Wie ist es mit dir, Solo? Du mußt doch todmüde sein. Du kannst im Holzstoß schlafen, wenn du willst. Da gibt es genug Platz.«

Solo hätte gern gefragt, was ein ›Holzstoß‹ sei, aber er wollte sich durch seine Unwissenheit nicht lächerlich machen. Die drei Barden flößten ihm noch immer großen Respekt ein.

Bryndle beanspruchte als Sitz den Platz auf der hohen Mauer; Spanno residierte auf dem Holzstoß. Dieser bestand aus vielen ordentlich geschnittenen Baumstämmen, die etwa hundert Katzenlängen südlich des Behälters kreuz und quer an der großen Hürde aufgestapelt waren. Dort lebte Spanno mit Ponder und Selvyn, seit er den Bau seiner Mutter verlassen hatte. Viele tollkühne Streiche der drei waren auf dem hölzernen Hügel ausgeheckt worden. Erstaunlicherweise beanspruchte Bryndle diese ideale Katzenfestung nicht für sich. Aber der alte Dom fand, für den Führer des Quorums sei ein so eindeutig autoritäres Verhalten ein taktischer Fehler. Ein fester Schlafplatz hätte ihn zudem für jeden Gegner schnell und leicht auffindbar gemacht. Bryndle nahm deshalb ganz nach Lust und Laune ein oder zwei Nächte das Lager eines beliebigen Mitglieds der Gemeinschaft in Beschlag. (Von dieser Angewohnheit blieben nur Prills und ihre Kleinen verschont.) Dann zog er weiter zum nächsten.

Der Holzstoß war beinahe so hoch wie die große Hürde; im Innern war er dunkel und von vielen Gängen durchzogen. Es gab mehrere Zugänge und ungefähr in der Mitte einen ausreichend großen Hohlraum. Man konnte bequem das freie Gelände auf der anderen Mauerseite erreichen; die tunnelartigen Öffnungen nach draußen waren so eng, daß weder Hunde noch die Kinder der Besitzer ins Innere vordringen konnten. Solo war von dieser Anlage sehr beeindruckt.

Während die vier Katzen sich in dem großen Raum im Innern ihre Schlafplätze suchten, kam die Unterhaltung ins Stocken. Spanno vergaß jedoch nicht, Solo zu loben, weil er die nächtliche Aufgabe so mutig und tapfer erfüllt hatte; der Kleine sollte möglichst schnell vergessen, wie schrecklich die ganze Sache gewesen war. Außerdem konnte Spanno sich gut nur zu gut vorstellen, wie dem kleinen Kater in der unmittelbaren Nähe des Dom eine ganze Nacht lang zumute gewesen sein mußte.

Als jeder der vier einen Platz gefunden hatte, unterdrückte Solo den natürlichen Drang, sich an Spannos Seite zusammenzurollen. Ponder gab vor, nicht zu merken, wie der schlafende Solo sich im Laufe des langen Tages mehrmals umdrehte und sich schließlich eng an den großen Grauen schmiegte.

Bei Einbruch der Dunkelheit versammelte sich das Quorum beinahe vollzählig am Behälter. Über das heroische Unternehmen der letzten Nacht wurde nicht mehr viel gesprochen. Es herrschte jedoch eine fröhlichere Stimmung als üblich, und jeder legte besonderen

Wert darauf, mit Solo zu sprechen und ihn beim Namen zu nennen, als er mit Spanno, Selvyn und Ponder zum Graille kam. Am Wasser stieß Ditto zu ihnen, ein Grauer wie Ponder. Er war bei ihrer Mission einer der stummen Helfer gewesen (rangniedere Barden redeten in unmittelbarer Nähe des Dom nur, wenn sie angesprochen wurden). Er galt zwar nicht als enger Freund Spannos oder der anderen, aber er begleitete sie manchmal, wenn sie Prills nachstiegen oder andere Bardenpflichten erfüllten. Allerdings traute ihm niemand so recht, denn er hatte – nicht infolge eines Unglücks, sondern von Geburt an – keinen Schwanz, und er war beinahe seine ganze Jugend über eine zahme Katze gewesen. Ihm würde deshalb immer etwas vom wahren Wesen der wilden Katzen fehlen, das sich nur in der Freiheit entfalten kann. Ditto bot Solo an, sich mit ihm zu ›beziehen‹; das war eine formelle Geste der Katzen, die Freundlichkeit und Zuneigung bewies. Dabei wurde die Nase leicht gegen die des Partners gedrückt und die ausgeatmete Luft des anderen eingeatmet. Solo hatte nichts dagegen, wunderte sich allerdings, weshalb Ditto im eigenen Quorum zu einem so förmlichen Ritual griff. Aber Ditto war etwas seltsam, wie Solo gehört hatte, und der kleine Kater wollte den schwanzlosen Barden nicht kränken – Rang hin, Rang her.

Nach dem Graille liefen die vier höchst zufrieden zum Holzstoß. Spanno legte sich, flankiert von Ponder und Selvyn, lang ausgestreckt auf die Mauer und beobachtete, wie Solo auf den Holzstoß kletterte.

»Nehmt ihr mich wirklich mit zum Rattenklopfen?« fragte der Kleine und stellte erwartungsvoll die Ohren auf. »Ich war noch nie Rattenklopfen...«

»Ja, Spanno, der Kleine hat eine gute Idee. Wir könnten ein bißchen Spaß brauchen und Solo zeigen, wie es geht.« Ponder stand bereits wieder auf den Pfoten und streckte sich.

Spanno blickte zu Selvyn hinüber. »Was meinst du? Hast du Lust, oder spielt sich dein dummer Bauch wieder einmal auf?«

»Ich bin mit von der Partie. Und der ›dumme Bauch‹ ist in Ordnung, danke der Nachfrage. Aber wenn Ponder wieder alles verpfuscht wie beim letzten Mal, und die Ratte entkommt, spielen wir ein neues Spiel. Wir nennen es: Schlag Ponder den Silt aus dem Bauch.«

»Was heißt hier ›verpfuscht‹«, knurrte der Graue, »du hast sie doch auf die Steine zugetrieben!«

»Und du solltest sie zurückjagen!« fauchte Selvyn und sprang kampfbereit auf.

»Hört mal zu, ihr zwei«, mischte sich Spanno ein. »Wir können hierbleiben und streiten, oder wir gehen Rattenklopfen. Beides gleichzeitig ist unmöglich. Also ich will jetzt los. Wer kommt mit?«

Ponder und Selvyn starrten sich immer noch wütend an, folgten aber, als der Farbige mit einem Satz von der Mauer hinunter auf das Feld sprang. Solo kroch durch einen Spalt dicht über der Erde und wußte nicht, was von all dem ernst gemeint und was nur Spaß gewesen war. Mit großen Augen und voller Stolz, weil er die drei älteren Barden begleiten durfte, sträubte der Kleine so eindrucksvoll wie möglich das Fell und versuchte, größere Schritte zu machen, um nicht neben ihnen herrennen zu müssen. Mehrere Dutzend Katzenlängen hinter den Hecken machten die vier halt, um die Jagd sorgfältig zu planen.

Rattenklopfen war mehr ein Spiel als eine ernsthafte Jagd zur Nahrungsbeschaffung. Aber es beruhte auf einem grundlegenden, für das Überleben notwendigen Können und wurde deshalb sehr ernsthaft betrieben. Gut genährte wilde Katzen töten und fressen Mäuse oder Ratten nur selten. Es macht ihnen jedoch großen Spaß, sie zu beschleichen und zu fangen. Dabei werden die Nager manchmal im wahrsten Sinne des Wortes zu Tode ›geklopft‹. Die tote Ratte oder Maus dient dann als Trophäe, mit der die Jäger bei anderen Eindruck machen wollen.

Die wilden Katzen lernen wie alle Lebewesen ihre Lektionen im allgemeinen durch Fehler. Auch Solo und die drei Freunde lernten auf diese Weise viel, und die Nacht mit der Riesenratte sollte ein unvergeßliches Erlebnis werden.

Die Strategie war schnell besprochen. Die vier schlichen lautlos in

der milden Nacht über das von Sternen beschienene Feld. Ihre Sinne waren aufs äußerste gespannt, um jeden Rack wahrzunehmen, jede leichte Schwingung, die von ihrer Beute ausgehen würde. Weit hinter den Hecken roch Ponder die Ratte als erster.
»Halt!« flüsterte er. Die anderen blieben stehen und versuchten, den Rack mit geblähten Nasenflügeln aufzunehmen.
»Dort!« hauchte Spanno und wies mit den Ohren in die Richtung. »Unter den Steinen.«
Fünf oder sechs Katzenlängen vor der Gruppe befand sich ein Hügel aus Geröll und kleinen Steinen. Spanno gab seine Anweisungen durch eine Kopfbewegung, um jedes Geräusch zu vermeiden, das die Ratte möglicherweise gewarnt hätte. Ponder schlich in weitem Bogen nach Süden, während Selvyn die entgegengesetzte Richtung nahm.
»Solo«, flüsterte Spanno beinahe unhörbar, »du bleibst hier. Wenn sie flieht, versuchst du, sie einem von uns zuzutreiben.«
Solo zitterte vor Erregung. Sein Herz pochte, und freudige Erregung durchflutete ihn, weil man ihm eine so wichtige Rolle zuteilte. Er kauerte sich flach in das spärliche Gras; sein Schwanz zuckte erwartungsvoll hin und her, und er war entschlossen, seine Sache gut zu machen, um die großen Freunde zu beeindrucken.
Geräuschlos nahmen Ponder und Selvyn ihre Plätze ein. Der Farbige war an Selvyn vorbeigelaufen und näherte sich dem Versteck der Ratte von Westen. Nun war sie von allen Seiten eingekreist.
Ponder schlich näher an das Opfer heran und stellte fest, daß der Rack, auf den er sich konzentrierte, etwas merkwürdig war. Es roch zwar schal und muffig wie nach Ratte, aber doch irgendwie anders. Das fiel auch Selvyn auf, und er hob den Kopf über das Gras, um Spanno ein Zeichen zu geben. Aber der Farbige näherte sich bereits zielstrebig der Beute. Durch eine auffällige Bewegung würde Selvyn riskieren, die Jagd zu verderben. Auch Ponder entschloß sich zu schweigen, denn er fürchtete viel zu sehr, er könne sich irren. Er beruhigte seine Nase damit, daß der sehr viel intelligentere Spanno sich nicht täuschen lassen würde.
Plötzlich rannte Spanno los, und jetzt gab es kein Zurück mehr!

Im nächsten Moment schoß zwischen den Steinen das größte und schwärzeste Untier hervor, das sie je gesehen hatten. Über den Rükken dieser Riesenratte zogen sich zwei weiße Streifen, und für ihren buschigen Schwanz hätte jeder Barde seine Kobbler gegeben. Sie eilte mit schreckgeweiteten Augen in Richtung Osten und hätte den verblüfften Solo beinahe über den Haufen gerannt. Der Kleine wich unwillkürlich mehrere Schritte zurück, als der riesige Nager verblüfft stehenblieb und ihn anstarrte. Diese Ratte war beinahe so groß wie Ponder!

Spanno sprang mit einem großen Satz über den Steinhaufen und blieb wie angewurzelt stehen. Selvyn und Ponder waren noch etwas weiter entfernt. Sie konnten die Lage weniger gut einschätzen und rannten wie geplant auf die Riesenratte zu, die sich zwischen Spanno und Solo in die Enge getrieben sah. Der Kleine wurde vor Schreck beinahe fey, als er sah, wie der Nager mit einer anmutigen Bewegung den prächtigen Schwanz hob, sich langsam im Kreis drehte und die näherkommenden Angreifer wütend musterte. Spanno gewann rasch seine Fassung wieder. Vom Jagdfieber gepackt, näherte er sich kühn der Ratte. Ponder und Selvyn waren sichtlich überrascht, folgten aber entschlossen Spannos bewundernswertem Beispiel.

Der Dom wird Augen machen, dachte Spanno, und seine Erregung wuchs, als er sich vorstellte, wie man sie am Behälter empfangen würde, wenn sie mit der Riesenratte zurückkamen.

Solo hoffte inständig, die Ratte werde nicht versuchen, in seine Richtung zu fliehen. Ponder kam von der einen Seite, Selvyn von der anderen und Spanno von hinten. Damit hatten sie die gestreifte Riesenratte umzingelt. Das merkwürdige Tier begann, die Zähne zu fletschen, aber plötzlich drehte es erstaunlicherweise zuerst dem einen, dann dem anderen Angreifer drohend den buschigen Schwanz zu. Keiner der Barden war je von einem Schwanz bedroht worden!

Spanno rief: »Jetzt!«, und sie stürzten sich mit einem Satz auf die Beute – mit Ausnahme von Solo. Im nächsten Moment traf sie der widerlichste, ekelhafteste und stärkste Rack-Gestank, den sie je er-

lebt hatten. Sie mußten mitten im Sprung den Angriff aufgeben. Hustend, spuckend und mit tränenden Augen entging ihnen, wie die Riesenratte gemächlich den Kreis der Jäger verließ und im Gelände verschwand. Zurück blieben die dichten Schwaden ihres Racks, der sich im Fell der verdutzten Barden festsetzte.
Spanno schüttelte sich, leckte eine Vorderpfote und wischte sich damit die Augen. »Was war *das*?«
»Wenigstens kannst du *mir* nicht die Schuld daran geben«, schnaufte Ponder hämisch.
»Ich krieg keine Luft!« Selvyn hustete und nieste. »Wir müssen von diesem Rack weg.«
»Nicht so einfach, Selvyn, denn er hängt *an uns*«, erwiderte Spanno. »Wir müssen ihn aber irgendwie loswerden. So können wir nicht zu den anderen zurück. Wo ist eigentlich der Kleine?« Der Farbige blickte sich um und entdeckte Solo, der völlig benommen im Gras saß. »Komm schon, Solo. Werd nicht gleich wieder fey. Es ist nur ein Rack. Wir lassen uns schon etwas einfallen.«
»Ich bin nicht fey, Spanno«, jammerte Solo, »aber ich glaube, ich will nicht noch einmal Rattenklopfen. Vielleicht muß ich dazu doch etwas älter sein.« Solo rollte verzweifelt auf der Erde hin und her und schüttelte sich; er versuchte, den starken, widerlichen Geruch aus seinem Kinderfell zu vertreiben. »Und was machen wir jetzt? Glaubt ihr, die Riesenratte kommt zurück?«
Die älteren Barden sahen sich unwillkürlich um.
»Nein, sie ist weg. – Wir müssen unbedingt Sprecher finden. Wenn jemand weiß, wie man den Rack schnell wieder los wird, dann er.« Spanno lief über das Gelände in Richtung Mauer, und die anderen folgten ihm.
»Wir haben sie beinahe erwischt, Spanno. Wenn sie uns nicht vollgespritzt hätte mit diesem... diesem Rack, hätte sie keine Chance gehabt.« Ponder ärgerte sich mehr darüber, daß es keinen Kampf gegeben hatte, als über den ungeheuren Gestank.
»Meinetwegen kann die Ratte das ganze Feld für sich allein haben. Mit einer so unfairen Waffe ist sie unbesiegbar«, brummte Selvyn mürrisch.

Für Solo hatte das merkwürdige Erlebnis auch eine positive Seite. Er war vor Angst beinahe fey geworden, aber er hatte es zum ersten Mal geschafft, sich nicht naß zu machen.
Die vier zum Himmel stinkenden Katzen liefen vorsichtig über die eingestürzte Mauer. Sie näherten sich dem Behälter von Süden und hielten sehnsüchtig nach Sprecher Ausschau. Aber der alte Barde war nicht zu sehen. Aus dem Behälter und unter den schlafenden Rauwölfen tauchten sofort Katzen des Quorums mit gerümpften Nasen auf.
»Was ist das für ein Gestank?« fragte einer.
»Liegt hier eine Leiche?« ein anderer.
»Wenn es eine Leiche ist, dann müßte sie schon seit einem Kreislauf hier liegen, um so zu stinken!«
Bryndle erschien auf dem Mauerrand. »Was ist denn mit euch los?« wollte er wissen und schaute Spanno und seine Gefährten ungehalten an. »Ihr verpestet ja das ganze Territorium!«
Die anderen Katzen wichen zurück, schüttelten die Köpfe und versuchten, die Luft anzuhalten. Prills sammelten ihre Kinder um sich und suchten eilig das Weite, als sei der Gestank ansteckend.
Spanno erzählte schnell die Geschichte – allerdings mit ein paar kleinen Änderungen: Die Riesenratte war inzwischen so groß wie ein Hund und ein gefährliches Ungeheuer; Ponder berichtete sogar von einem hitzigen und erbitterten Nahkampf, an den Solo sich nicht so recht erinnern konnte.
Als die Geschichte zum traurigen Ende kam, sprach Bryndle das Urteil: Verbannung! Sie durften sich nicht an der großen Hürde oder in ihrer Umgebung aufhalten, bis der Gestank aus ihren Fellen verschwunden war –, und bei dem Rack würde das nicht so schnell der Fall sein...
Eine kleine Gruppe, die etwas weniger von sich überzeugt war als noch bei Einbruch der Dunkelheit, suchte niedergeschlagen das Weite. Sie mußten den Spott der anderen Barden und die ersten einer ganzen Reihe von Witzen über die stinkende Riesenratte mit anhören, die im Quorum sehr bald die Runde machen sollten.
Langsam liefen sie wieder hinaus auf das Feld, mieden dabei aber

sorgsam die Richtung, in der das Stinktier verschwunden war. Spanno litt unter der Schlappe und ließ niedergeschlagen den langen Schwanz hängen, während der verbannte, stinkende Trupp schweigend in der Nacht verschwand.

Es war noch zu früh, um zu schlafen; es würde erst in einigen Stunden hell werden. Aber sie konnten unmöglich jagen – das war aussichtslos, wenn einem der Rack fünfzig Katzenlängen vorausging.

Solo trottete hinter den anderen her. Er war immer noch bestürzt und verwirrt. »Wohin gehen wir, Spanno?«

»Wohin wir wollen. Jeder, der eine Nase hat, wird uns Platz machen«, erwiderte Spanno trocken.

»Zum Holzstoß können wir mit Sicherheit nicht«, sagte Ponder seufzend.

»Dom Bryndle würde uns die Ohren abreißen«, murmelte Selvyn. Er hatte das Fell gesträubt, damit es schneller auslüftete.

Solo wäre am liebsten in seinen alten Bau zurückgekehrt. Aber er hatte das Gefühl, das sei irgendwie Fahnenflucht, und er müsse gemeinsam mit seinen Gefährten leiden.

Es wehte kaum ein Wind (was angenehm gewesen wäre), und Solo gewöhnte sich allmählich an den starken Rack, aber die Augen brannten und tränten ihm immer noch. So liefen sie eine Weile ziellos herum und kamen schließlich zu einer dicht mit hohem Gestrüpp bewachsenen Stelle. Bald saßen die vier schweigend in einiger Entfernung voneinander und machten sich an die Arbeit. Das Fell mußte oft und ausgiebig geputzt und gelüftet werden, ehe sie wieder zum Quorum zurück durften. Da half alles nichts. Ponder pflegte sich eigentlich grundsätzlich nur, wenn er um eine Prill warb, und selbst dann nur an gewissen Stellen. Aber jetzt mußte er einmal auf seine Grundsätze verzichten. Solo und Spanno hatten ein langes Fell und ahnten bald, daß sie noch oft Haarbälle spucken und würgen mußten. So war aus dem fröhlichen Rattenklopfen ein verbissenes ›Fellklopfen‹ in eigener Sache geworden . . .

In Gesellschaft seiner großen Freunde vertraute Solo natürlich darauf, daß die anderen ihn vor Gefahren warnen würden. Deshalb nahm er die Hunde als letzter wahr. Zunächst spürte er nur ein sanftes Vibrieren, das jedoch rasch zum Dröhnen trommelnder Pfoten wurde. Soweit er das beurteilen konnte, klang es nach vier oder fünf Hunden, die im Rudel über das Feld rannten, wie zahme Hunde es oft taten, wenn sie freigelassen wurden. Wen wollten sie wohl ›klopfen‹? Spanno gab hastig Anweisungen.

»Lauft nicht weg – bleibt beisammen! Wenn wir uns trennen, haben wir keine Chance. Dann verfolgen sie uns einzeln. Verschwindet im Gebüsch und rührt euch nicht von der Stelle.«

Solo war mit einem Satz bei Spanno, als die Katzen in Deckung gingen. Wenn die Hunde bereits eine andere Witterung aufgenommen hatten, würden sie vielleicht an ihnen vorbeirennen, aber ihr stinkender Rack mußte auffallen. Und richtig: Zwanzig Katzenlängen von dem Versteck entfernt, blieben die Hunde wachsam stehen. Sie sogen schnuppernd den fremden Rack ein und schienen verwirrt. Sie wußten offenbar nicht genau, was für ein Tier sie gestellt hatten. Aber sie nahmen auch den Geruch von Angst auf, und deshalb begannen sie bald wieder, aufgeregt zu bellen.

Die Katzen im Gebüsch kauerten sich zusammen. Ihr Atem ging flach und schnell; sie wußten, daß sie in der Falle steckten. Die Hunde näherten sich vorsichtig; sie schnüffelten am Boden und wedelten erwartungsvoll mit den Schwänzen. Solo hatte das Gefühl, bald wieder einmal fey zu werden, und ihm ging ständig das Wort ›Katzenklopfen‹ durch den Kopf.

»Wenn ich das Zeichen gebe«, flüsterte Spanno, »springen wir und greifen an. Zielt auf die Augen und brüllt aus Leibeskräften. Dann rennen wir so schnell wir können zu Solos Bau. Nur so können wir es schaffen, der Meute zu entgehen.«

Die Hunde waren jetzt weniger als zehn Katzenlängen entfernt. Sie kamen schnell näher, sabberten vor Erregung und hatten die vier beinahe erreicht, als Spanno das Zeichen gab. Die drei Barden sprangen mit gespreizten Krallen, wild spuckend und fauchend aus den Büschen hervor. Ponder landete geradewegs auf dem Kopf des Anführers und schlug ihm die Krallen ins Fleisch. Der Hund jaulte vor Schmerzen auf. Zwei andere aus der Meute wichen irritiert zurück, als Spanno einen dritten angriff. Der Farbige biß, so fest er konnte, in eines der langen Schlappohren, das sofort zu bluten begann. Selvyn war mit einem Satz bei dem fünften Hund und verbiß sich in die Unterlippe. Solo raste wie der Blitz an der Meute vorbei zu seinem Lager. Hundegebell dröhnte ihm in den Ohren. Spanno wurde sehr bald von dem Hund abgeschüttelt; er landete auf den Pfoten und jagte hinter Solo her. Selvyn ließ die Unterlippe des riesigen Hundes los, überschlug sich einmal, fauchte, kratzte seinen Gegner und sauste dann wie ein roter Strich davon. Die blutenden, jaulenden Hunde verfolgten sie nicht.

Spanno und Selvyn rannten die etwa hundert Katzenlängen über das freie Feld und erreichten gleichzeitig den engen Eingang des Baus. Selvyn zwängte sich als erster hindurch; Spanno drehte sich um und wartete auf Solo, dessen Beine sich so schnell bewegten, daß sie wie ein heller Fleck unter dem kleinen Körper wirkten.

»Rein mit dir!« rief Spanno und verschwand keuchend hinter Solo in der Hecke.

Die Hunde liefen verwirrt im Kreis umher und rannten dann in die entgegengesetzte Richtung. Zwei hinterließen rote Spuren, die im Sternenlicht glänzten.

»Wo ist Ponder?« fragte Spanno atemlos und sah sich in dem engen Bau um.

»Ich dachte, er sei hinter uns«, antwortete Selvyn.

»Glaubt ihr, er hat es geschafft? Er wird doch nicht ...« Solo beendete den Satz nicht. Er konnte es nicht aussprechen, aber sie dachten alle dasselbe.

Einige Augenblicke später sagte Spanno: »Ich glaube, sie sind weg. Los, suchen wir Ponder!« Der Farbige wirkte entschlossen und ruhig – zu ruhig.

Spanno streckte den Kopf aus der Hecke und durchforschte die Umgebung mit seinem Ring. Die Hunde waren fort. Selvyn und Solo standen dicht hinter Spanno, der mit Augen und Nase angestrengt die Dunkelheit abtastete. Er bekam eine trockene Kehle, und ihm wurde beinahe übel, als er Ponders Rack nirgends entdecken konnte. Auch Selvyn hatte ein schreckliches Gefühl, als sie vor dem Dickicht standen und über das dunkle Feld blickten.

»Du bleibst hier, Solo!« sagte Spanno. »Und wir machen uns auf die Suche, Selvyn.« Solo war traurig, daß er zurückbleiben mußte, widersprach aber nicht.
Der Farbige und der Rote schlichen mit angespannten Sinnen lautlos durch das trockene Gras, damit ihnen kein leises Geräusch, keine Bewegung entging, die vielleicht von Ponder kommen konnte. Solo bemühte sich, den beiden mit seinem Ring zu folgen, als sie in der Dunkelheit verschwanden. Er fühlte sich schuldig, weil er nicht wie ein Barde an ihrer Seite gekämpft, sondern sich schnell wie ein Kleines, das zu seiner Mutter flieht, in Sicherheit gebracht hatte. Wenn auch er die Hunde angegriffen hätte, wäre Ponder jetzt vielleicht bei ihnen... Bekümmert trat er von einer Vorderpfote auf die andere und wartete.
Selvyn entdeckte als erster den regungslosen grauen Körper dicht neben einem kleinen Baum. Er lag etwa zwanzig Katzenlängen vor ihnen. Selvyn stieß den Farbigen mit der Nase an und wies mit einer Kopfbewegung in die Richtung. Sie liefen steifbeinig weiter und versuchten, den unvermeidlichen Anblick so lange wie möglich hinauszuzögern. Unter heftigem Herzklopfen näherten sie sich schließlich dem dunklen Körper.
Plötzlich sprang der tot geglaubte Ponder kerzengerade in die Luft, landete elegant mit allen vier Pfoten auf dem Boden, reckte sich zufrieden, legte sich dann langgestreckt auf die Erde und tat so, als könne er kein Wässerchen trüben. Dann fragte er scheinheilig, als wäre nichts gewesen: »Habt ihr auch soviel Spaß gehabt? Das war der beste Kampf, den ich je erlebt habe. Es müssen zwanzig gewesen sein! Ach übrigens, wohin seid ihr denn so plötzlich verschwunden?«
Spanno sank wie ein Stein neben ihn. Die Erleichterung darüber, daß sein Freund lebte, verschlug ihm die Sprache.
»Du Siltkopf! Wie kannst du uns solch einen Schreck einjagen!« rief Selvyn und sah den Grauen entgeistert an. Aber seine Empörung klang nicht echt, und im nächsten Moment kugelten sich alle drei vor Lachen. Diesmal hatte der dumme Ponder sie wirklich überlistet.

Die drei staubigen Kämpfer machten sich unter albernen Scherzen und übermütigen Kapriolen auf den Weg zurück zum Bau, um Solo die Geschichte von dem gelungenen Streich zu berichten. Aber das Hochgefühl und die ausgelassene Heiterkeit hielten nicht lange an, denn sie waren alle völlig erschöpft.

Solo spürte, daß sich drei Katzen dem Bau näherten. Er sprang ihnen über das Feld entgegen und war mit ein paar Sätzen bei Ponder. Der tat, als verliere er das Gleichgewicht, und rollte zur Seite, als der Kleine ihm rittlings im Nacken saß und ihm als Zeichen allergrößter Zuneigung das Ohr leckte.

»Kann mir nicht jemand den Kleinen vom Hals schaffen?« brummte er gespielt barsch, hielt Solo dabei aber das andere Ohr hin.

»Ponder! Ponder, du bist zurück! Ich dachte schon, du bist ins Schattenland! Na klar, mit dir konnte es die kläffende Meute natürlich nicht aufnehmen!« rief Solo glücklich und vergaß die letzte Spur Scheu und Zurückhaltung vor dem großen Grauen.

»Runter, Kleiner! Du bringst mich ja um!« Ponder stieß Solo spielerisch in die Seite, unternahm aber nichts, um ihn wirklich loszuwerden. Spanno und Selvyn sahen zufrieden zu. Plötzlich herrschte unter ihnen eine Kameradschaft, die vorher nicht bestanden hatte.

Solo und die drei Barden machten sich bald darauf müde und glücklich auf die Suche nach einem sicheren Schlafplatz, den sie schließlich auch fanden. Die drei Erwachsenen hielten abwechselnd Wache, und der Rest der Nacht verlief ohne weitere Zwischenfälle.

Es sollte noch fünf Nächte dauern, bis der Gestank sich so weit verflüchtigt hatte, daß man ihnen die Rückkehr zum Quorum erlaubte.

Die Zeit im Exil verging ruhig und ohne ein Unglück. Der Himmel blieb klar, und es wehte ein leichter Wind, der half, den Rack aus ihrem Fell zu blasen. Die Geräusche des Lebens in ihrer Nähe verstummten, sobald die kleine Gruppe gemeinsam auftauchte; offenbar empfanden alle Tiere (mit Ausnahme von Hunden!) den starken Geruch als ebenso unangenehm wie die Katzen. Die vier

gewöhnten sich an das langweilige Schweigen, und meist verbrachte jeder die öde Zeit für sich allein.
Nur Solo wurde zu Spannos Schatten. Der Kleine wich nicht mehr von der Seite des Farbigen. Er hing an seinen Worten; er ahmte unbewußt den stolzen, geschmeidigen Gang des Barden nach und neigte beim Zuhören wie er leicht den Kopf. Für Solo verkörperte Spanno all das, was ein kleiner Kater hoffen konnte, in Zukunft selbst einmal zu werden: Spanno war stark, hatte aber ein weiches Herz; er war der geborene Führer, aber zugleich kameradschaftlich zu allen. Solo träumte davon, der Farbige werde eines Tages der Dom im Quorum sein und er mit Selvyn und Ponder einer seiner treuen Vollzieher. Spanno entging Solos wachsende Zuneigung und Anhänglichkeit nicht, und obwohl er durch seinen Rang Achtung und Ehrerbietung gewöhnt war, erfüllte ihn das Zutrauen des Kleinen mit stolzer Fürsorglichkeit. Spannos Kindheit lag noch nicht so lange zurück; Solos Kinderspiele und endlosen Fragen erinnerten ihn immer wieder daran, und er ging vergnügt darauf ein. Außerdem spürte Spanno, daß der Kleine etwas Besonderes war, und er wußte, daß Selvyn und Ponder das trotz ihrer gespielten Gleichgültigkeit ebenfalls begriffen hatten. Spanno, der Farbige, hatte sich in gewisser Weise immer für Ponder und Selvyn verantwortlich gefühlt. Aber Solo, der Kleine, brauchte ihn wirklich, und darüber freute er sich sehr.
Wilde Katzen können Untätigkeit nur so lange ertragen, bis der nächtliche Jagdinstinkt sie erfaßt. Dann wird die Ruhe zur Ruhelosigkeit. Als die dritte Nacht im Exil hereinbrach, waren die Barden gereizt *und* ruhelos.
Selvyn erwachte nach einem kurzen Schläfchen. Er reckte und dehnte sich, spreizte die Zehen, streckte die Krallen aus und betrachtete prüfend die geschwungenen, scharfen Spitzen.
»Laßt uns etwas unternehmen«, stöhnte er, »wir können doch nicht wie ein Haufen Prills die ganze Nacht hier herumliegen.«
»Hast du vielleicht Lust auf Rattenklopfen?« spottete Ponder.
»Ha, ha, sehr komisch. – Wonach ist dir, Spanno?« fragte Selvyn, ohne sich umzudrehen.

»Mit Sicherheit können wir nicht den Prills nachsteigen. Es würde sich keine in unsere Nähe trauen«, seufzte der Farbige und beugte sich vor, um ebenfalls seine Krallen zu begutachten; er knabberte wild an den Stellen zwischen den Zehen, die ihn juckten und die er scheinbar nie richtig erreichen konnte.

»Ich hab eine Idee!« rief Ponder hoffnungsvoll. »Wir schleichen uns in das Nordterritorium und sehen uns dort einmal um. Bryndle möchte doch gern wissen, was bei denen eigentlich los ist.«

»Ponder«, erwiderte Spanno mißmutig, »es wird noch eine Weile dauern, bis wir uns irgendwohin schleichen können. Die vom Nordquorum würden riechen, daß wir kommen, noch ehe wir über unsere Grenze wären. Für den Weg hin und zurück braucht man ohnehin eine halbe Nacht. Ich bin dagegen.«

»Also gut, dann machen wir eben nur einen Erkundungsgang«, sagte Selvyn entschlossen. Er putzte und leckte sich bereits. Die anderen folgten seinem Beispiel.

»Kommst du nicht mit, Solo?« fragte Spanno, als er sah, daß der Kleine keine Anstalten machte, sein langes Kinderfell zu glätten.

»Ach, ich bin ein bißchen müde, Spanno«, erwiderte Solo. »Ich glaube, diesmal bleibe ich hier..., wenn es euch nichts ausmacht.«

»Du hast wohl genug von unserer Art Vergnügen, wie?« fragte der Farbige und lachte. »Na, meinetwegen, aber bleib in der Nähe des Lagers, bis wir zurück sind. Wenn es hell wird, laufen wir schnell zum Behälter.«

»Ich rühre mich nicht von der Stelle, das verspreche ich.« Solo wußte selber nicht genau, weshalb er keine Lust hatte, mit den anderen zu gehen, aber er wollte lieber im Lager bleiben.

Als die drei sich schließlich auf den Weg machten, drehte sich Ponder noch einmal um. »Hör auf Spanno, Kleiner, und bleib hier! Wir haben genug Sorgen, auch ohne daß ein gewisser Solo davonläuft...«

»Ich warte bestimmt, bis ihr zurückkommt«, beteuerte Solo geschmeichelt. Er freute sich sehr darüber, daß sogar der ruppige Ponder sich um ihn Sorgen machte. Das gab dem kleinen Kater ein

wohliges Gefühl der Sicherheit, auch wenn seine großen Freunde nicht in der Nähe waren.
Die Barden verschwanden über das Feld nach Westen. Der Kleine saß vergnügt im trockenen Gras. Sein helles Fell wirkte im Sternenschein wie ein verschwommener Lichtfleck. Solo war mit sich und der Welt zufrieden. Den Ring hatte er weit ausgedehnt und tastete die Geräusche und die nächtliche Stimmung ab. Plötzlich nahm er die fernen Schwingungen einer Katze wahr, die sich dem Lager näherte. Zu seiner Beruhigung signalisierten ihm die Bewegungen, daß es sich um eine Katze des Quorums handelte, aber instinktiv war er bereits zum Eingang des Lagers zurückgewichen. Wenige Augenblicke später tauchte in der Ferne Sprecher auf. Welch eine Überraschung! Er hatte noch nie Gelegenheit gehabt, ausführlich mit dem alten Barden zu sprechen.
Vielleicht hat er Zeit für mich und muß nicht etwas Dringendes erledigen, dachte Solo aufgeregt. Und wirklich, Sprecher kam geradewegs auf das Lager zu. Solo stand ehrerbietig auf und ging seinem Gast ein Stück entgegen.
»Dom Sprecher, ich bin Solo, von Dom Bryndles Quorum«, sagte er, wie die Etikette es forderte.
Solo fühlte sich äußerst geschmeichelt und war leicht nervös, als Sprecher sich mit der Nase seiner Nase näherte, um sich zu ›beziehen‹. Er hielt sich an das vorgeschriebene Protokoll und tauschte den Atem mit dem alten Barden, dann bat er den Gast, sich zu setzen. Der Barde tat es wie selbstverständlich und ohne Herablassung, obwohl der Rangunterschied zwischen ihnen gewaltig war. Solo war ein kleiner, verwaister Kater und Sprecher der verehrte Ratgeber des Quorums. Der große Bryndle hörte auf seinen Rat – wie zahllose Doms vor ihm.
Plötzlich dachte Solo an den Gestank, den er verbreitete, und er wäre vor Scham am liebsten im Boden versunken. Der Rack der Riesenratte saß immer noch in seinem Fell. Wie unangenehm mußte er für die würdige Nase des ehrwürdigen Alten riechen... Bereits seine Gegenwart war eine Beleidigung Sprechers! Verlegen wich er langsam zurück.

»Keine Sorge, kleiner Solo«, lachte der Alte. »Der Rack hat nachgelassen, und ich sitze im Gegenwind. Ich nehme keinen Anstoß. Ach weißt du, zwischen uns besteht eigentlich kein Grund zu übertriebenen Förmlichkeiten.«
Sprechers Worte klangen freundlich und verständnisvoll, und sie standen im Einklang mit seinen sanften Augen. Erstaunlicherweise ging von dem blassen Fell sogar im Schatten, wo sie jetzt nebeneinander im Gras lagen, ein angenehmes Strahlen aus. Solo wußte nicht so genau, ob dieser Glanz von der Aura des Alten kam oder ob sich im Fell nur das schwache Sternenlicht brach. Das Gesicht des alten Barden hatte den gelassenen, heiteren Ausdruck wahrer Weisheit, und dahinter spürte man einen Anflug vergangenen Leids und das Mitgefühl, das durch Leiden entsteht. Und er war unglaublich alt. Man erzählte, Sprecher habe mehr als vierzig Jahreszeiten hinter sich, also mindestens das Doppelte der normalen Lebenserwartung wilder Katzen. Er hatte sich wahrlich das Recht verdient, weise zu sein.
»Stimmt es, daß du die Legenden von Anfang bis Ende erzählen kannst«, fragte Solo, der sich an die ersten Geschichten erinnerte, die seine Mutter ihm von Sprecher erzählt hatte.
»Ich kenne die Legenden«, erwiderte Sprecher nach kurzem Nachdenken. »Aber nicht ihr ›Ende‹. Weißt du, sie haben eigentlich kein Ende, so wie die Geschichte kein Ende hat. Wir schreiben die Geschichte und auch die Legenden, während wir sie leben.«
»Sagen die Legenden etwas über die Besitzer? Ich verstehe das mit den Besitzern nämlich überhaupt nicht.«
»Dich beschäftigt etwas Bestimmtes, Solo, nicht wahr?« fragte Sprecher und sah den Kleinen aufmerksam an.
»Es ist nur... die Legenden warnen uns vor den Besitzern, und trotzdem haben wir unser Territorium in ihrer Nähe. Die zahmen Katzen leben sogar *bei* ihnen«, sagte Solo stockend und verwirrt. »Manchmal weiß ich nicht, was ich davon halten soll.«
»Eine kluge Beobachtung, besonders wenn man bedenkt, wie jung du bist«, sagte Sprecher erfreut. »Hör zu, ich will dir eine Geschichte erzählen.«

Sprecher setzte sich und legte die Vorderpfoten ordentlich nebeneinander. Er schloß kurz die Augen, als erinnere er sich an etwas, und begann:

»Es ist lange, lange her, und zwar so lange, daß niemand sich mehr an diese Zeit erinnert. Damals lebte an einem fernen Ort, wo es zuerst Katzen gab, der Große Besitzer des gesamten Universums. Dieser DOM herrschte über das Fallwasser, das fallende Weiß und über das Licht des Tagesgestirns. Die anderen Besitzer kamen, traten vor ihn und brachten ihm Geschenke und das beste Graille, um dem DOM ihre Achtung und Ehrfurcht zu erweisen. Seine Behausung, der Große Bau, war größer und prächtiger als die Bauten der Besitzer auf der anderen Seite des Grausteins. Der DOM liebte alles Schöne und umgab sich mit den wunderbarsten und erstaunlichsten Dingen. Er fand auch Tiere schön und versammelte viele fremdartige, seltsame Geschöpfe aus der ganzen Welt um sich. In seiner Behausung lebten zum Beispiel unzählige buntgefiederte Vögel in kleinen Gebilden wie in Fallen, die in vielen Reihen über- und nebeneinander hingen, so daß die Vögel stets zur Stelle waren, wenn der DOM sie betrachten wollte.«

»Vögel in Fallen?« unterbrach ihn Solo. »Dieser DOM muß aber sehr grausam gewesen sein, wenn er geflügelte Wesen in Fallen gehalten hat.«

»Wir empfinden das so, aber der Große Besitzer sah es vielleicht anders«, erwiderte Sprecher. »Natürlich gab es in seiner Nähe auch viele Hunde, große und kleine, die ihm die unbehaarten Pfoten leckten und vor ihm auf dem Bauch lagen. Aber all diese Herrlichkeit befriedigte den DOM nicht, denn er hatte von einem Tier gehört, das weit im Osten lebte. Es war so flink, daß man es nicht fangen, so listig, daß man es nicht in eine Falle locken, und so stolz, daß man es nicht unterwürfig machen konnte. Der Große Besitzer hatte bereits viele Expeditionen ausgesandt, um dieses rätselhafte Tier zu finden, aber vergeblich. Schließlich schickte er seinen Vollzieher.

Die Jahreszeiten vergingen ohne eine Erfolgsmeldung, aber schließlich traf die Nachricht ein, man habe das Tier gefangen.

Man werde es zum Großen Bau bringen, damit der DOM es mit eigenen Augen sehe. Der DOM wartete ungeduldig auf die Rückkehr des Vollziehers. Endlich trat sein getreuester Gefolgsmann mit einer goldenen Falle vor den Großen Besitzer, der es kaum erwarten konnte, das so lange begehrte Geschöpf zu sehen. Es war Schamalat, die Katze.
Schamalat war ein kühner und sehr wilder Barde. Er spuckte und fauchte und bedrohte den Besitzer mit seinen gefährlichen, scharfen Krallen und Zähnen. In seinen zornigen gelben Augen lag keine Furcht, sondern nur Haß auf die, die ihn gefangen hatten, und kein Besitzer hatte ihn bisher berühren können. Schamalat war viel größer als die Katzen unserer Zeit. Schwarze Streifen zogen sich durch sein graues Fell, und an den Enden der langen, spitzen Ohren wuchsen silberne Haarbüschel. Der Große Besitzer konnte seine Freude nicht in Worte fassen. Er befahl, die wilde Katze im prächtigsten Behältnis des Großen Baus unterzubringen und sie mit dem erlesensten Fleisch und den verschiedensten Arten von wundervollem Graille zu füttern.
Schamalat war eitel und aufgeblasen, und er fand allmählich Gefallen an dem neuen bequemen Leben. Er mußte für sein Graille keine Tiere mehr jagen und töten. Er mußte nicht mehr Tag und Nacht vor seinen Feinden auf der Hut sein. Die Besitzer trugen sogar seinen Silt weg! Jeden Tag wurden ganze Berge von sauberem, weichem Material für sein Lager gebracht, und Gäste erschienen, um ihn ehrfurchtsvoll zu betrachten.
Bald erlaubte Schamalat dem DOM, ihn anzufassen und zu streicheln. Der wilde Barde genoß das sanfte Streicheln und Kraulen. Nach einer Jahreszeit durfte Schamalat sich überall im Großen Bau frei bewegen und hatte kein Verlangen mehr danach zu fliehen. Warum auch? Er mußte nur rufen, wenn er Graille wollte, und man brachte es ihm, und bei der leisesten Klage wurde er getröstet und gehätschelt. Er lernte, wieder zu schnurren, und er wurde dick und immer dicker.
Schließlich fand man eine Prill, brachte sie zu Schamalat, und nach der entsprechenden Zeit wurden im Großen Bau kleine Katzen ge-

boren. Der DOM machte den Nachwuchs anderen Dom-Besitzern in der ganzen Welt zum Geschenk. Die Katzen wurden überall beschützt und behütet, und sie gediehen und vermehrten sich schnell. Bald betrachtete es jeder als ein Zeichen seiner hohen Stellung, eine Katze im Bau zu haben. Man brachte bestimmte Katzen zusammen, um die beliebtesten Abweichungen in Farbe und Haarlänge zu erhalten, wobei man aus Gründen, die im dunkeln liegen, manche vorzog und andere verwarf.
Die Jahreszeiten vergingen, und schließlich gab es praktisch in jeder Behausung mindestens eine Katze. Sie wurden alle verwöhnt und überfüttert, sie waren eingesperrt und hatten zu wenig Auslauf. Sie wurden die ersten zahmen Katzen. Aber nachdem sie nicht mehr wild und selten waren, schätzte und begehrte man sie auch nicht mehr so sehr. Viele zahme Katzen wurden im Stich gelassen und mußten wieder selber für sich sorgen. So bildeten sich die ersten Quorums der unfreiwillig befreiten Katzen. Sie suchten sich ihre Nahrung als Streuner. Ihre natürlichen Instinkte waren aber bereits verkümmert, und so lebten sie weiterhin im Schatten der Besitzer und von deren Abfällen.
Inzwischen glauben die Besitzer, es dürfe nur noch zahme Katzen geben, und sie verfolgen uns, weil wir frei und wild leben. Schamalat hat den Lauf des Schicksals auf immer verändert, als er den Lokkungen des bequemen Lebens erlag. Wir werden niemals wieder echte Wildkatzen sein.«
Solo dachte nach. Er wußte nicht, ob Sprecher seine Frage beantwortet oder einfach neue Fragen aufgeworfen hatte. »Aber was ist mit den riesengroßen Katzen der Legenden? Sie sind doch noch wild, oder?«
»Es sind keine Katzen unserer Art. Wir stammen von Schamalat ab, und wir sind in unserem Wesen geschädigt. Wir sind mehr geschädigt, als man in einer Nacht erklären kann. Wir sagen, wir seien wild, aber selbst die wildesten unter uns kommen wegen Graille zu den Behausungen der Besitzer zurück. Und nicht nur, weil wir uns bequem ernähren können, Solo. Wir fühlen uns zu ihnen hingezogen. Die Verbindung zu den Besitzern ist nach der langen, langen

Zeit bei ihnen sehr stark. Wir beschäftigen uns mit ihnen, sie machen uns Angst, und manchmal töten sie uns sogar. Aber wir bleiben in ihrer Nähe.«

»Was ist mit den anderen Quorums, zum Beispiel mit den Katzen im Norden?« fragte Solo. Er hatte bisher nur vom Nordquorum gehört, obwohl es ganz bestimmt noch andere geben mußte.

»Sie haben auch einen Behälter wie wir. Alle Quorums leben auf die eine oder andere Weise in einem gewissen Kontakt mit den Besitzern. Diese Katzen sind ebenso wenig wild wie wir. Schamalat war die letzte wilde Katze«, erwiderte Sprecher müde, vielleicht auch ein wenig resigniert.

»Dom Sprecher, niemand scheint sich deshalb Sorgen zu machen. Aber manchmal denke ich darüber nach, und es kommt mir vor, als sei etwas falsch daran...«

»Das sind Dinge, für die man in einer Nacht oder in einer Jahreszeit keine Lösung findet, Solo. Denk weiter darüber nach. Sieh dir deine Umgebung an – nimm die Dinge nicht einfach hin, ohne sie zu hinterfragen. Eines steht fest: Die Zähmung durch die Besitzer hat uns eine Gabe eingebracht – die Fähigkeit zu fragen und zu denken. Diese Fähigkeit ist das Ergebnis von Muße und Sicherheit, aber wir haben dafür einen großen Preis zahlen müssen. Wir haben die Freiheit verloren, und unser Leben steht nicht mehr in Einklang mit der Natur. Wir haben also viel aufgegeben. Ich weiß nicht, was für ein Schicksal uns noch bevorsteht. Vielleicht wird es eines Tages eine Katze unter uns geben, die dieses Rätsel löst und das Band zwischen Besitzern und Katzen zerreißt. Vielleicht führt sie uns zurück in die Wildnis, zurück in die Freiheit.«

»*Du* weißt alles, Dom Sprecher«, sagte Solo etwas mutiger, »du könntest es tun.«

»Ich bin ein alter, schwacher Barde«, seufzte Sprecher, »der das alte Wissen lebendig hält und nichts Neues hinzufügt... das braucht unser Volk nicht.«

Sprecher stand auf, und Solo begriff, daß die Belehrung zu Ende war. Er wußte nicht, was er sagen sollte, und so blieb er stumm, als der Alte ohne weitere Worte ging und in der Nacht verschwand.

Solo betrachtete die Lichter, die in der Ferne hin und wieder in der hohen Behausung der Besitzer aufflammten, und er sah verhätschelte Katzen auf weichen Lagern vor sich, die von den Besitzern gefüttert und verwöhnt wurden. Er erinnerte sich an die Besitzer, die er von weitem gesehen hatte. Sie gingen aufrecht auf den Hinterbeinen, und eine magische Aura umgab sie. Auch er, der kleine Solo, beschäftigte sich seit seiner Geburt mit ihnen und ihrer Macht...

Solo schlief ein, aber Sprechers Geschichte ließ ihn nicht los. Er hatte das Gefühl, sie erzähle ihm etwas sehr, sehr Wichtiges, etwas, das ihm bisher entgangen war. Der kleine Kater wachte immer wieder beunruhigt auf und wünschte, Spanno, Ponder und Selvyn kämen zurück. In der Gruppe fühlte er sich geborgen und sicher, und sein Geist blieb ruhig.

4

Der Überfall

Zwei Kreisläufe waren ohne ein Unglück vergangen. Der Sommer hatte den Höhepunkt erreicht; es war heiß und drückend. Solo verlor gerade seinen hellen, flauschigen Kinderpelz und bekam ein glänzendes, weizenfarbenes Erwachsenenfell. Die kindliche Fistelstimme wurde allmählich tiefer, und das Problem mit dem Nässen in schwierigen Situationen war längst überwunden. Solo ging bewußt hoch aufgerichtet und möglichst auf Zehenspitzen, weil er größer wirken wollte; für Ponder und auch die anderen war er natürlich immer noch ›der Kleine‹, aber jeder akzeptierte ihn inzwischen als vollwertiges Mitglied der Bruderschaft der Vier.

Für alle im Territorium war es eine gute Zeit, auch wenn die Barden sich langweilten, denn die Prills waren noch weit davon entfernt, perrlig zu werden. Die Kinder des Frühjahrs waren entwöhnt und streiften inzwischen allein umher; sie brauchten keine schützende Mutter mehr, die sie bei allen Unternehmungen beaufsichtigte. Bryndles weiße Prill war wie einige wenige andere außerhalb der Zeit perrlig gewesen, aber entweder nicht trächtig geworden, oder sie hielt die Kleinen vor fremden Blicken verborgen. Sie hieß Kitty-Kitty; der Name klang wenig katzenhaft, aber man hatte sie sehr jung ihrer Mutter weggenommen, und sie konnte sich an keinen anderen Namen mehr erinnern. Kitty-Kitty erzählte, für die Besitzer sei das ein ganz besonderer Name, und nur die schönsten und am meisten geliebten Katzen bekämen ihn als Zeichen großer Zuneigung.

Kitty-Kitty war eine sehr selbstsichere, energische Prill. Sie hatte sich schnell an das Leben der wilden Katzen angepaßt. Aber es schmerzte sie immer noch, daß ihre Besitzer weggezogen waren, ohne sie mitzunehmen; sie wußte nicht genau, was sie getan hatte, um sie zu kränken. Spanno beobachtete Kitty-Kitty mit dem unheilbaren ›liebeskranken Idiotenblick‹, wie Ponder es nannte. Aber obwohl die weiße Prill und Bryndle sich nicht gebunden hatten – und alle wußten, daß er auch keinen Ausschließlichkeitsanspruch mehr erhob –, fehlte Spanno immer noch der Mut, den ersten Schritt zu tun.

An diesem Abend war es besonders heiß. Ponder hatte Nachtwache; er lief uninteressiert auf der langen Mauer hin und her und nutzte die Zeit, um seinen berühmten ›furchterregenden Ausdruck‹ zu üben. Ditto war für die Außenwache auf dem Feld eingeteilt, aber die Runden wurden locker und sorglos abgegangen – das Leben im Territorium war sicher. Man hatte schon eine ganze Weile keinen Streuner mehr gesichtet, und es gab genug Graille für alle. Die Besitzer und die Hunde schienen unter der drückenden Hitze zu leiden; sie hielten sich meist in der Behausung auf und liefen den wilden Katzen nicht über den Weg.

Man hatte Dom Bryndle seit zwei Nächten nicht mehr auf der großen Hürde gesehen, aber das war nicht weiter ungewöhnlich. Er verschwand oft in persönlichen Angelegenheiten, in die niemand seine Nase stecken durfte. Bei seiner Rückkehr hatte Bryndle seiner Sammlung von Narben und Kratzern meist ein paar weitere hinzugefügt. Dann wußten alle im Quorum, ihr Führer hatte sich draußen erfolgreich behauptet. Spanno war wie Selvyn und Ponder in Hochform, und der Farbige hatte das Quorum in Bryndles Abwesenheit völlig im Griff. An diesem Abend gab es jedoch wenig zu tun, und die meisten Barden lagen auf der Mauer oder zwischen den Rauwölfen. Spanno putzte sich auf dem Holzstoß und beobachtete Solo und Selvyn unten auf dem Graustein.

»Ich bin alt genug, um mit auf eine Erkundung zu gehen!« beschwerte sich Solo bei dem Roten und hüpfte aufgeregt hin und her.

»Vergiß es, Kleiner«, sagte Selvyn mit gespielter Barschheit. »Dazu überredest du mich nicht. Du bist noch nicht soweit.«

Solo wollte sich gerade aufs Bitten verlegen, als Ditto blitzschnell wie ein Vogel über die Mauer und auf den Holzstoß zuschoß. Der schwanzlose Graue kam direkt unter Spanno zum Stehen.
»Sie kommen!« stieß er keuchend und schnaufend hervor. »Aus dem Norden!«
Spanno sprang von der Mauer. »Wer kommt?« fragte er nervös und dachte: Wo ist Dom Bryndle?
Ponder und Selvyn standen schweigend neben dem Farbigen und warfen abwechselnd schnelle Blicke nach Norden und auf Ditto. Die anderen Mitglieder des Quorums waren herbeigekommen, um zu hören, was Ditto in solcher Panik vom Feld zurückgetrieben hatte.
»Die Barden aus dem Norden!« schnaufte Ditto und versuchte, langsamer zu atmen. »Acht, vielleicht auch mehr. Sie haben die Nordgrenze überschritten und kommen schnell näher.«
»Ein Rudel von acht Barden aus dem Norden?« wiederholte Spanno verblüfft.
»Ja«, bestätigte Ditto sehr ernst. »Wenn ich mich nicht irre, hat gerade das ganze Nordquorum die Grenze überquert... und sie sehen nicht aus, als wollten sie uns einen Freundschaftsbesuch abstatten...«
Spanno musterte die Gruppe vor sich und schätzte die Schlagkraft der anwesenden Kämpfer ab. Einige der besten Barden fehlten: Immerhin, Ponder und Selvyn waren zur Stelle, ebenso Abalon, Babbot und Rivalle. Die drei waren noch jung, aber Spanno konnte in diesem Augenblick nicht wählerisch sein. Sprecher sah er nicht, aber der Alte war ohnehin kein Kämpfer. Mit Ditto waren sie also nur sieben.
Die wenigen Prills eilten mit den halbwüchsigen Kindern bereits zu ihren Lagern, um den Nachwuchs zu schützen. Wenn die Streuner sie besiegten, würden sie jedes Katzenkind töten, das sie fanden, um Platz für ein Quorum ihrer eigenen Nachkommen zu schaffen.
»Wir sind sieben«, sagte Spanno, »sie sind acht. Aber gegen Streuner haben wir gute Chancen. Verteilt euch entlang der Mauer und bezieht Stellung. Wir wollen erst einmal herausfinden, was sie vorhaben.«

Für die Mehrzahl der Barden würde es die erste wirkliche Bewährungsprobe sein. Jetzt müssen sich die kindlichen Kämpfe und Gefechte auszahlen, dachte Spanno. Die Streuner aus dem Norden waren allerdings erfahrene Veteranen, und Spanno hatte bewußt gelogen, als er behauptete, sie hätten keine Chance, denn er wollte den Kampfgeist seiner Truppe nicht schwächen. Die Angreifer waren möglicherweise nicht so ausgeruht und gut genährt wie die Barden von Dom Bryndles Quorum, und insofern waren die sieben ihnen gegenüber vielleicht wirklich im Vorteil.

Im Nordquorum ging seit mehreren Kreisläufen alles drunter und drüber. Die Schlafkrankheit und tödliche Fallen verbreiteten Unheil, wie sie durch Gerüchte erfahren hatten. Bryndle rechnete seit einiger Zeit damit, daß die Barden aus dem Norden versuchen würden, in sein Territorium einzudringen. Die beiden Gruppen bekämpften sich schon seit langem unerbittlich. Der Anlaß für diese Feindschaft lag so weit zurück, daß er sich in den Nebel der Vergangenheit verlor. Trotzdem, einen Angriff auf ein ganzes Quorum hatte es noch nie gegeben. Das war kein Kampf mehr, das bedeutete Krieg!

Solo begriff instinktiv, daß ihnen möglicherweise großes Unheil drohte und verschwand in den innersten Gängen des Holzstoßes. Er fürchtete, draußen mehr eine Belastung als eine Hilfe zu sein. Die Barden aus dem Norden würden bald auftauchen; er fühlte ihre Schwingungen bereits im Graustein unter seinen Fußballen. Sie machten sich also nicht einmal die Mühe eines Überraschungsangriffs – sie waren sich ihrer Sache sicher und steuerten geradewegs auf ihr Ziel zu. Solo glaubte zu fühlen, daß es mehr als acht waren. Wo um alles in der Welt steckte Dom Bryndle?

Direkt über Solo sprang Spanno mit einem Satz auf den Holzstoß. Er hatte das lange, vierfarbige Fell kampfbereit gesträubt, die Krallen ausgestreckt und fauchte eindrucksvoll. Er war bereit. Beim Gedanken an den Kampf lief Ponder das Wasser im Mund zusammen, und er ließ erwartungsvoll die Backenmuskeln spielen. Der Graue kauerte auf einem Rauwolf dicht hinter dem Holzstoß. Seine Augen waren nur noch schräge Schlitze. Selvyn stand als Rückendeckung auf der Mauer. Unruhig bewegte er den Kopf ruckartig hin und her und versuchte, den Graustein auf der einen und das Feld auf der anderen Seite der großen Hürde im Auge zu behalten. Abalon, Babbot und Rivalle sprangen auf drei Rauwölfe, legten sich platt gedrückt auf den Bauch und warteten. Die schlecht verhüllte Angst, die sie ausstrahlten, verriet sie als die Anfänger, die sie tatsächlich waren. Keine Katze wird als Feigling geboren, und alle wilden Katzen lieben einen ordentlichen Kampf. Geschick und Selbstvertrauen werden allerdings durch Erfahrung und durch Siege erworben. Der Zweikampf war für alle etwas Selbstverständliches, aber selbst Spanno wußte nicht, wie er sich bei einem Gruppenkampf verhalten sollte.

Ditto hatte sich inzwischen wieder von dem Schreck erholt; er wirkte ruhig und gesammelt. Schwanzlos hin, schwanzlos her, dachte Spanno, vermutlich wird er eine größere Hilfe sein, als wir glauben. Denn auch ein Barde ohne Schwanz war mit Sicherheit nicht erwachsen geworden, ohne hin und wieder seine Ehre verteidigen zu müssen...

Dom Bryndles Abwesenheit dämpfte das Selbstvertrauen der sieben Kämpfer, aber die Zeit für solche Überlegungen war kurz, denn die Barden aus dem Norden überquerten bereits etwa zwanzig Katzenlängen vom Holzstoß entfernt die große Hürde. Spanno zählte zwölf; alle waren sie groß und lebten offensichtlich schon lange wild. Sie wirkten nicht so mager und struppig, wie er es sich den Gerüchten nach vorgestellt hatte. Ihr Dom, oder zumindest der Barde, der sie anführte, war ein kurzhaariger Weißer mit nicht allzu vielen Narben und einem verfilzten, ungepflegten Fell. Für seinen Rang wirkte er erstaunlich jung. Er hieß Tanner und hatte im Frühjahr erfolglos versucht, Bryndle herauszufordern. Irgendwo am Bauch mußte er die tiefen Narben von Bryndles Hinterkrallen tragen. Er war intelligent und verschlagen, und alle hatten schon damals gewußt, daß er eines Tages einen erneuten Versuch machen würde, Bryndle zu besiegen. Als er nun prüfend über den Platz blickte, suchte er seinen alten Gegner. Schweigend musterte er die Kämpfer des Quorums. Er war zufrieden.

Von seinem Versteck im Holzstoß verfolgte Solo bestürzt das Geschehen. Noch nie hatte man von Katzen gehört, die im Rudel herumzogen und als Gruppe angriffen. Allmählich ahnte er, was Sprecher meinte, als er gesagt hatte, die Katzen seien ›geschädigt‹. Kein natürlicher Instinkt hatte sie zu diesem Angriff getrieben. Solo wünschte Sprecher ebenso herbei wie Dom Bryndle.

»Ich will Schlitzohr«, erklärte Tanner schließlich und sah Ponder herablassend an. Offenbar hielt er ihn für den Hauptvollzieher.

Spanno erwiderte in einem ebenso kühlen und herrischen Ton: »Ja... aber er will dich nicht! Hast du vom letzten Mal nicht genug? Geh zurück in dein Territorium, Tanner, und nimm deine Prills mit.«

Tanner überging die Beleidigung, mehrere seiner Barden knurrten jedoch wütend.

»Der Jäger der Riesenratte spricht also für diesen Trupp kleiner Kinder«, spottete er und fügte bissig hinzu: »Wir haben von dem Stinktier gehört, das dir entwischt ist. Verläßt sich der große Bryndle darauf, daß der Rack in deinem Fell seine Feinde abschreckt?«

Ponder sprang mit einem Satz vom Rauwolf und lief vorsichtig über den Graustein in Tanners Richtung. An der Nordostecke des Holzstoßes trat er vor Ditto und blieb herausfordernd stehen.

»Verschwinde von unserem Graustein, Tanner, oder ich reiß dir das Fell vom Leib und stopf dir damit das große Maul!« fauchte der Graue. »Wenn du nicht auf der Stelle kehrt machst, wird dies dein letzter Ausflug gewesen sein.«

Die Wildheit des Grauen machte Solo angst. Tanner ließ sich nicht beeindrucken, aber die Barden aus dem Norden scharten sich enger um ihren Führer.

Tanner wandte sich wieder Spanno zu. »Ich habe gesagt, ich will Bryndle.«

»Hier bin ich!«

Alle Köpfe fuhren herum und blickten zur Mauer. Bryndle war lautlos von Norden auf der Mauer herangekommen und hatte sie alle überrascht. Nur ihm gelang es, sich unbemerkt an eine Gruppe Katzen heranzuschleichen, die alle wachsam die Umgebung mit ihren

Ringen abtasteten. Sprecher folgte mehrere Katzenlängen hinter ihm. Solo atmete erleichtert auf, obwohl sie nach Zahl und Gewicht den Feinden immer noch unterlegen waren.
Bryndle zog den Kopf zwischen die Schultern und lief geduckt über die Mauer – so näherte er sich nur einem Gegner. »Du bist in meinem Territorium, Tanner, und du wirst kämpfen müssen, um mich zu vertreiben. Sag deinen Barden, sie sollen Platz machen, dann wollen wir sehen.«
»O nein, Bryndle! Diesmal kämpfen wir auf *meine* Weise und nach *meinen* Regeln.« Tanners Worte klangen höhnisch und unverfroren. »Ich habe inzwischen ein paar Dinge gelernt. Wir nehmen es spielend mit deinem ganzen Quorum auf... und zwar auf der Stelle.« Sein Ton verriet eine seltsame Genugtuung.
Solo trat unruhig von einer Vorderpfote auf die andere. Er spürte, daß sich die Prills des Quorums von Westen, also vom Feld her, dem Holzstoß näherten. Sie spähten unruhig durch die Lücken in der Mauer. Prills interessierten sich selten ernsthaft für die übergeordneten Belange des Quorums und mischten sich niemals bei territorialen Streitigkeiten ein, obwohl sie von Sieg oder Niederlage am meisten betroffen waren. Unser Quorum wird diesen Kampf möglicherweise verlieren, dachte Solo, und dabei gibt es auf der anderen Seite der Mauer so viele ungenutzte Katzenstärken. Die Prills des Quorums übertrafen die Barden zahlenmäßig bei weitem. Und bei diesem Kampf wurden keine Zuschauer gebraucht – Bryndle und seine Barden benötigten Verstärkung!
Plötzlich hatte Solo eine Idee. Es war alles so offensichtlich und so einfach. Silt auf die Sitten! Solo kroch auf der Rückseite aus dem Holzstoß, schlich lautlos durch die große Hürde und zu den Prills. Sprecher beobachtete ihn von seinem Platz auf der Mauer mit wissenden Augen.
Bryndle fauchte vor Zorn, als er begriff, was Tanner plante. Der Herausforderer hatte vermutlich jeden Streuner im Umkreis von mehreren Meilen aufgesammelt, um sicherzustellen, daß er mit seinen Kämpfern gegenüber Bryndles Quorum in der Überzahl war. Zum ersten Mal seit seiner Machtergreifung war der Dom gefährlich

nahe daran, sein Territorium an einen Feind zu verlieren. Bryndle preßte den schweren Körper flach auf die Mauer, senkte den vorgestreckten Kopf und begann seine Kampf-Fuge mit einem kehligen zischenden Fauchen. Er zog die Lippen zurück, entblößte die gelblichen Fänge und kniff konzentriert die Augen zusammen, während er seine Kraft sammelte. Bryndle sah großartig aus. Der hoch erhobene Schwanz mit der einwärts gebogenen Spitze beschrieb einen scharfen Knick nach links, die Krallen waren ausgestreckt und gespreizt, und er hatte das schwarze Fell am Nacken und entlang der Rückenlinie gesträubt. Tanner wußte, der Kampf hatte begonnen. Er nickte seiner Gruppe beinahe unmerklich zu, und einige seiner Barden begannen vorsichtig, ihre Stellung auf dem Graustein zu verändern. Spanno und Selvyn sahen sich an. Das würde keine wilde Rauferei werden – Tanner hatte den Kampf offenbar sorgfältig geplant.

Bryndle erreichte den Höhepunkt seiner Fuge; sein gedehnter Kampfruf drang scharf durch die Nacht. Auch Ponder hatte sein tiefes, monotones Kampflied begonnen und richtete seine ganze Aufmerksamkeit auf einen der Feinde. Tanners Plan wurde rasch deutlich. Er und ein zweiter Barde, offenbar sein Vollzieher, standen auf dem Graustein unter Dom Bryndle. Zwei andere Streuner näherten sich Spanno. Jeweils zwei besonders draufgängerisch wirkende Kämpfer liefen langsam auf Ponder und Selvyn zu. Die anderen blieben auf dem Graustein verteilt und sollten sich Bryndles restliche Barden vornehmen. Alle sangen inzwischen, und die Stimmen schwollen allmählich zu einem überwältigenden, dissonanten Chor an. Sprecher beobachtete das Geschehen im Norden auf der Mauer. Die Gewißheit, daß in der Geschichte der Katzen noch nie so viele Kämpfer gleichzeitig im Kampf gesungen hatten, war beinahe unerträglich.

Bryndle wußte, er war in Schwierigkeiten. Ihm und jedem seiner Vollzieher standen zwei Gegner gegenüber, und die wenigen anderen waren jung und unerfahren. Selbst bei höchstem Einsatz aller seiner Kämpfer standen die Chancen nicht gut. Doch es gab kein Zurück. Ohne seine Fuge abzubrechen, sprang Bryndle mit einem

Satz von der Mauer. Tanner und Bryndle verkrallten sich ineinander. Gleichzeitig brach auf dem Graustein das Chaos aus.
Alle sprangen wütend aufeinander los. Aus den Kampf-Fugen wurde gedämpftes Knurren, als Zähne sich in Fell und Haut verbissen und Krallen grimmig hieben und kratzten. Ponder hielt seine beiden Angreifer mit Mühe in Schach, aber Spanno und Selvyn waren bereits unter dem Gewicht von zwei Streunern zu Boden gegangen. Bryndle wich zur Mauer zurück und stellte sich Tanner und seinem Vollzieher.
Plötzlich hörte man über dem Tumult einen anderen, einen hohen, durchdringenden Klang: Es waren die Fugen vieler Katzen, die sich rasch von Süden her näherten. Aber sie sangen eine Fuge, wie sie die Barden noch nie gehört hatten. In wenigen Augenblicken waren die neuen Kämpfer überall, und Spanno fand sich plötzlich von zweien flankiert, die er sofort erkannte: Kitty-Kitty und Sondle. Es waren die Prills! Dreizehn Prills des Quorums standen wie echte Kämpfer mit gesträubtem Fell auf dem Graustein. Ein kurzes, verwirrtes Zaudern, und der Kampflärm verstummte völlig. Als Spanno seine Fassung wiedergewann, blickte er stolz und triumphierend auf die Angreifer.
Bryndle stand hoch aufgerichtet da und ließ die übliche kühle Beherrschung erkennen, als er den Kampftrupp tapferer Prills musterte. Er sah Tanner in die erstaunten Augen und sagte: »Was hältst du von zweiundzwanzig gegen zwölf, Tanner? Es sieht ganz so aus, als bekommst du mehr Prügel, als du dir ausgerechnet hast.«
Tanner wich ein paar Schritte zurück und fauchte. »Ich kann nicht glauben, daß du dich soweit herabläßt, Prills in den Kampf hineinzuziehen. Wie wird das in eurer Geschichte aussehen?«
»Und wie wird es in eurer aussehen, wenn sie euch in die Flucht jagen?« zischte Bryndle höhnisch.
Solo kam hinter dem Holzstoß hervor. Er jubilierte, und das aufregende Geschehen überwältigte ihn. Er suchte Sprecher auf der Mauer, doch der alte Barde war nirgends zu entdecken.
Tanner sah, daß er in die Enge getrieben war, und er wußte, es gab nur einen Ausweg. Bryndle würde ihn nie gehen lassen, jetzt, da er

ihm so eindeutig überlegen war. Der weiße Streuner senkte den Kopf und fügte sich in das Unvermeidliche. Er nahm wieder Kampfhaltung ein.

Als Bryndle, gefolgt von dem ungeduldigen Ponder und mehreren anderen, sein Lied von neuem begann, fielen die ersten Tropfen. Einer traf Ponders gesenkten Kopf und riß ihn aus seiner Konzentration. Alle Augen richteten sich nach oben, als mehr und mehr Fallwasser auf den Graustein und die kampfbereiten Katzen niederging. Sie warfen sich unruhige Blicke zu, aber keiner zog sich zurück. Bald fielen die Tropfen immer schneller, und im gesträubten Fell entstanden Flecken, wo die Haare am Körper klebten. Solo zog sich wieder in den Holzstoß zurück, um der Nässe zu entgehen. Er wußte nicht genau, was nun geschehen würde.

Fallwasser mitten in einer Schlacht? Der Kampf hatte sie alle völlig in Anspruch genommen, so daß niemand gespürt hatte, daß es kommen würde. Und immer noch standen sich die Barden unbeweglich gegenüber und wurden naß und nässer. Keiner war bereit, zuerst Deckung zu suchen, damit es nicht aussah, als gebe er auf. Das Fallwasser klatschte immer heftiger; es trommelte in einem steten Rhythmus auf den Graustein, und die Unruhe der Katzen stieg.

»Steht nicht so dumm rum!« schrie Tanner schließlich. »Wir müssen Schutz vor dem Fallwasser suchen!« Nach kurzem Zögern setzte sich der ganze Nordtrupp in Bewegung und folgte seinem triefnassen Führer um den Behälter herum und über die große Hürde. »Glaub nicht, daß dich das rettet, Schlitzohr!« rief Tanner aus sicherer Entfernung. »Wir kommen wieder.«

Man hörte noch die eiligen Pfoten auf feuchter Erde, dann verschwanden die Angreifer auf der Suche nach einem trockenen Platz im dichten Gebüsch und eilten zur sicheren Grenze.

Bryndle schien die Abschiedsdrohung nicht sonderlich zu beeindrucken. Er suchte zusammen mit Spanno, Ponder, Selvyn und Solo Zuflucht im Holzstoß. Der Kleine erschrak über den starken Rack von soviel nassem Fell auf engem Raum, während er zusah, wie die Alten sich vorsichtig leckten und versuchten, das Wasser aus den tropfnassen Haaren zu schütteln. Alle anderen hatten Schutz unter den Rauwölfen gefunden; auch die Prills saßen dort beieinander und warteten, bis das Fallwasser nachließ, ehe sie zu ihren Kleinen zurückkehrten.

Die Barden im Holzstoß bebten immer noch vor unterdrückter Erregung. Niemand sprach, während Bryndle auf und ab lief und wütend vor sich hinfauchte. Er war sichtlich nicht begeistert von dem, was in dieser Nacht geschehen war – besonders nicht vom Auftauchen der Prills. Aber er mußte sich auch eingestehen, daß sie ihm durch das mutige Eingreifen das Territorium gerettet hatten.

»Ponder, wenn das Fallwasser aufhört, gehst du an die Nordgrenze und hältst Wache. Ich will wissen, ob das Quorum da drüben heute nacht noch einmal loszieht. Nimm Ditto mit!« Bryndle sprach in dem knappen, barschen Ton, der verriet, daß er zutiefst besorgt war, und niemand widersprach; man unterhielt sich nicht einmal wie üblich nach einem Kampf über dieses und jenes. »Spanno, du und Selvyn, ihr beide haltet Nachtwache hier. Ich nehme Babott und Rivalle mit mir. Von jetzt an gibt es doppelte Wachen – auch tagsüber. Bleibt auf der Hut.« Bryndle verschwand in der immer noch dunstigen Nacht und gab den anderen Barden des Quorums schroff seine Befehle.

»Ich habe Grenzwache. Ich mach mich besser auf den Weg«, brummte Ponder. Er erledigte Aufgaben nur ungern, wenn er nicht mit Selvyn und Spanno zusammen sein konnte. Aber er verstand Bryndle, der die Kräfte ausgewogen verteilte und seinen stärksten Kämpfern jeweils einen schwächeren als Deckung zuordnete. »Ich verstehe das nicht«, fügte er wie zu sich selbst hinzu, »die sind doch wahrhaftig wie eine Meute Hunde hier angerückt!«

»Sprecher sagt, wir sind geschädigt«, sagte Solo leise. Aber niemand hörte ihn.

Ponder kroch nach draußen; Spanno lief unruhig hin und her. Selvyn stand noch völlig aufgewühlt am Eingang.

»Hast du diese Prills gesehen?« fragte der Farbige und schüttelte den Kopf. »Ich bin neugierig, wie Sprecher das erklären wird!«

»Soviel ist sicher. Sie haben uns aus der Klemme geholfen, ganz

gleich, was für eine Erklärung der Alte findet«, erwiderte Selvyn und leckte sich die nassen Seiten.
»He, Kleiner. Was hältst du davon?« fragte Spanno. Ihm wurde gerade bewußt, daß er Solo überhaupt nicht beachtet hatte.
»Ich wette, zusammen mit den Prills hätten wir gegen Tanner gewonnen, wenn das Fallwasser nicht gekommen wäre.«
Ehe Spanno etwas sagen konnte, ließ ihn ein schwacher, unheimlicher Laut vom Feld verstummen. Dann hörten sie es noch einmal – ein leises, fernes, seltsam beunruhigendes Rufen. Die drei krochen vorsichtig nach draußen und standen schweigend vor dem Holzstoß. Das Rufen war jetzt etwas lauter, und sie erkannten, daß es von einer sehr unglücklichen Prill kam. Spanno und Selvyn sprangen auf den Mauerrand und spähten stumm über das dunkle Gelände. Solo kroch durch die Mauer und wartete direkt unter ihnen. Der klagende Ruf ertönte noch einmal, und kurz darauf sahen sie Kitty-Kitty, die mit starren, glasigen Augen im hohen Gras auftauchte. Zwischen den Zähnen trug sie den schlaffen, leblosen Körper ihres einzigen Kindes. Von seiner Nase tropfte Blut und befleckte das thrailleweiße Fell der Mutter. Kitty-Kittys Kräfte versagten; sie blieb stehen und legte das Kleine vorsichtig auf die Erde. Sie schnurrte gequält, leckte seine blutige Seite und ermunterte es zu atmen. Kitty-Kitty stand offenbar unter einem schweren Schock und war beinahe fey.
Nach einigem Drängen und vielem sanften Stupsen führten Spanno und Selvyn Kitty-Kitty weg von dem blutigen Kind und in den Holzstoß. Dort saß sie wie betäubt mit untergeschlagenen Vorderpfoten und blickte apathisch ins Leere. Spanno ging noch einmal hinaus und trug das Kleine weit weg aufs Feld.
Niemand erwähnte den Vorfall noch einmal. Offenbar war einer der flüchtenden Barden aus dem Norden auf dem Weg zur Grenze auf Kitty-Kittys Lager gestoßen und hatte das schlafende Kleine ohne Zögern getötet.

Ponder und Ditto schlichen naß und mißmutig wie befohlen weit draußen im Feld an der Nordgrenze entlang. Ponder war schlecht gelaunt, aber alle seine Sinne blieben wach und gespannt und nahmen sogar die Geschöpfe wahr, die im Staub (und gelegentlich auch in seinem Fell) lebten. Ditto war schweigsam, aber tüchtig. Eigentlich erstaunlich für eine ehemals zahme Katze, dachte Ponder, noch dazu eine schwanzlose... was benutzt er wohl als Antenne? Ditto achtete darauf, daß sein und Ponders Ring sich etwas überlappten; er spitzte manchmal schon die Ohren, noch ehe Ponder ein Geräusch hörte. Das Nordquorum blieb jedoch hinter seiner Grenze, und bei den ersten Lichtstrahlen liefen Ponder und Ditto verdrossen und müde, aber endlich wieder mit trokkenem Fell zurück.

»Wo schläfst du eigentlich?« fragte der Graue. Sie hatten die ganze Nacht über kein persönliches Wort miteinander gewechselt.

»Mal hier, mal dort. Ich habe noch kein eigenes Lager...«

»Ach, wirklich?« staunte Ponder. »Nun ja, im Holzstoß ist Platz, wenn du willst. Aber nur, falls du nicht lieber woanders hin möchtest...«

»Ich nehme das Angebot an«, erwiderte Ditto. »Natürlich nur für einen Tag, und wenn es den anderen nichts ausmacht.« Ditto freute sich insgeheim und fühlte sich geschmeichelt. Er mochte Ponder mit seiner rauhen, ungeschliffenen Art und bewunderte Spanno wie alle anderen. Selvyn kannte er nicht besonders gut, und Solos Meinung, vermutete er, zählte noch nicht.

Selvyn hielt Wache, als Ponder und Ditto am Holzstoß ankamen, und er stellte kaum ein Schnurrhaar, als die beiden Barden Schulter an Schulter an ihm vorbei und in die warmen Tiefen des gemeinsamen Lagers trotteten. Spanno warf den beiden einen seltsamen Blick zu, als sie einen Platz suchten, sich ein paarmal um sich selbst drehten und schließlich erschöpft auf den Boden sanken. Aber nach allem, was in der Nacht zuvor geschehen war, hätte Ponder die Riesenratte mitbringen können, ohne daß sich jemand besonders darüber aufgeregt hätte...

Der Farbige erklärte mit gedämpfter Stimme Kitty-Kittys Anwesenheit und ihren Zustand, und selbst Ponder blickte vor dem Einschlafen aufrichtig betrübt zu der kleinen weißen Prill hinüber. Spanno

und Selvyn hatten die erste Tagwache; sie machten sich unverzüglich auf den Weg. Solo schmiegte sich an Kitty-Kitty, ohne zu ahnen, wie sehr ihr dieser Körperkontakt half, über den Verlust hinwegzukommen.
Und so wurden sie die Sechserbande – ein äußerst erstaunlicher Zusammenschluß von vier Barden, einer Prill und einem Katzenkind. Unnatürliche Verhältnisse und gemeinsame Bedürfnisse banden sie eng aneinander.

Während der nächsten Nächte blieb es im Quorum zumindest nach außen hin ruhig. Übergroße Vorsicht ist bei den wildlebenden Katzen zwar tief verwurzelt, aber Dom Bryndle schien diese Vorsicht jetzt bis zum Äußersten zu treiben. Man sprach davon, daß Bryndle geradezu besessen von Gefahren sei, die niemand außer ihm sah, und von grundlosen Befürchtungen geplagt werde. Was auch die Gründe dafür sein mochten, der Dom bestand darauf, daß jeder Fleck des Territoriums nach einem festen, gleichbleibenden Plan patrouilliert wurde. An den doppelten Wachen und langen Kontrollgängen änderte sich viele Tage und Nächte nichts. Die Barden begannen, überreizt zu murren, und fauchten sich immer häufiger gegenseitig an, aber Dom Bryndle schien davon unbeeindruckt und ließ nicht erkennen, daß er die strikte Routine zu lockern gedachte.
Solo blieb bei Kitty-Kitty. Er war erst vier Kreisläufe alt und zu jung für Streifengänge. Allmählich überwand Kitty-Kitty ihre Niedergeschlagenheit; sie verließ wieder den Holzstoß und lief – mit Solo an der Seite – über den Graustein. Kitty-Kitty erzählte dem Kleinen von ihrem Leben in der Behausung der Besitzer und von den großen, wunderbaren Dingen, die sie dort gesehen hatte. Solo lauschte den erstaunlichen Geschichten wie gebannt. So erfuhr er zum ersten Mal etwas von dem Winterkasten, einem Behälter, in dem die Winterkälte eingefangen war und dem man unaufhörlich Graille entnehmen konnte, und von einer kleinen, gefangenen Welt, die die Besitzer stundenlang betrachteten und dann mit einer Berührung ihrer mächtigen Vorderpfote völlig zerstörten. Er hörte auch von

dem schrecklichen, dröhnenden Ding, das die Besitzer in ihrem Bau herumführten und das alles verschlang, was ihm im Weg lag. Die weiße Prill erzählte Solo von der riesigen Wasserlache, in die sich die Besitzer abwechselnd setzten, so daß jeder Teil ihres unbehaarten Körpers naß wurde. Aber der Kleine fand das zu unsinnig, um es zu glauben. Weshalb sollte sich jemand freiwillig in eine Wasserlache setzen?

»Das Leben der Besitzer kreist um Wasser«, erklärte Kitty-Kitty. »Es ist überall im Bau. Sie haben sogar einen Wasserbehälter, der jedesmal, wenn sie Silt absetzen, alles gurgelnd schluckt. Die Besitzer lieben Nässe. Sie halten ihre Vorderpfoten unter das Wasser, legen ihr Graille hinein, und einmal haben sie sogar mich in die große Lache getaucht. Ich habe mich mit Leibeskräften gewehrt und gekratzt, bis ich wieder draußen war, aber sie waren sehr ärgerlich, weil ich nicht drinbleiben wollte. Ich dachte, sie wollten mich umbringen!«

Solo lauschte mit großen Augen, und je mehr er von diesem Leben erfuhr, desto mehr wuchs seine Überzeugung, daß die Behausungen der Besitzer kein Platz für eine richtige Katze waren. Kitty-Kitty erzählte sogar, daß die Besitzer während der Nacht und nicht tagsüber schliefen, und daß sie ihr das ebenfalls beigebracht hatten. So etwas verstieß doch völlig gegen die Katzennatur!

Es dauerte nicht lange, und Solo mochte die weiße Prill beinahe ebenso sehr, wie er Spanno mochte. Sie war stark, intelligent, und sie konnte gut Geschichten erzählen – eine seltene Gabe bei Katzen. Sie sprach auch oft von ›Prill-Gleichheit‹, wie sie es nannte. Soweit Solo verstand, meinte sie, daß Prills und Barden im Quorum die gleiche Stellung einnehmen sollten. Der Kleine beschloß, mit Sprecher darüber zu reden. Aber in letzter Zeit hatte er den alten Barden nur selten gesehen und dann entweder in Begleitung von Dom Bryndle oder so in Gedanken versunken, daß Solo nicht gewagt hatte, ihn anzusprechen.

Ein halber Kreislauf war seit der siegreichen Auseinandersetzung mit dem Nordquorum vergangen, und immer noch zogen Spanno und die anderen endlose Runden um das Gebiet. Solo vermißte ihre

Gesellschaft. Eines Abends hörte er plötzlich, wie sich die Barden vom Feld her dem Holzstoß näherten. In dieser Zeit der verordneten Wachsamkeit war es höchst ungewöhnlich, mehr als einen oder zwei gleichzeitig im Holzstoß anzutreffen. Kurz darauf tauchten die Barden am Eingang auf.

»Ich glaube, Bryndle hat endgültig den Verstand verloren«, schimpfte Ponder. »Wenn die Silter aus dem Norden bis jetzt nicht zurückgekommen sind, kommen sie auch in Zukunft nicht mehr. Die sind nicht so dumm, sich noch einmal mit uns anzulegen. Der Dom muß das doch endlich einsehen! *Mir* fällt das ständige Wacheschieben natürlich nicht schwer«, fügte er rasch hinzu, »ich mache mir nur Sorgen wegen der anderen.«

»Natürlich, Ponder, deshalb hast du auch auf den letzten drei Runden den Schwanz im Dreck hinter dir nachgeschleppt«, erwiderte Ditto, dessen Ohren schlaff herunterhingen. Er war müde und erschöpft.

Ponder drehte sich lässig um und betrachtete seinen Schwanz. »Ich habe wenigstens einen, um ihn nachzuschleppen, Nacktarsch.«

»Natürlich, das mußte ja kommen. Sehr witzig.« Ditto schüttelte gähnend den Kopf.

»Bryndle beabsichtigt jedenfalls nicht, in allernächster Zeit an der Kontrollroutine etwas zu ändern«, sagte Spanno. »Er hat bereits die Wachen für die kommenden vier Nächte eingeteilt.« Der Farbige drehte sich im Kreis und sank auf seinen Platz. »Eigentlich würde ich gern zum Behälter gehen, aber ich bin zu müde zum Essen.«

»Vielleicht können wir... ich finde... *du* kannst doch mal mit ihm reden, Spanno«, sagte Solo. »Er hört auf dich. Weshalb versuchst du es nicht? Dann können wir alle wieder beisammen sein wie früher.«

»Solo hat recht, Spanno«, pflichtete Kitty-Kitty bei und stand auf. »Vielleicht solltest du wirklich mit dem Dom reden. Du hältst das nicht ewig durch. Ihr seht alle völlig erschöpft aus.«

»Bryndle kann sich einfach nicht damit abfinden, daß die Prills uns gerettet haben«, sagte Selvyn. »Na ja, wir waren zu sorglos im Hinblick auf unsere Sicherheit. Aber der Dom geht jetzt wirklich zu weit. Er verkraftet das alles nicht mehr: Zuerst die Nacht, in der wir mit Hilfe des Kleinen die Katzenfallen unschädlich gemacht haben, und dann die Bereitschaft der Prills zu kämpfen. Bryndle will eben nicht, daß sich etwas ändert. Er hält sich in allem genau an die Legenden.«

»Gut gesagt!« meinte Ditto anerkennend. »Aber... Bryndle mag verrückt sein oder nicht, es ist immer noch *sein* Quorum.«

»Das Jammern und Klagen hilft uns nicht weiter«, erklärte Spanno sachlich. »Wir wollen sehen, ob wir ihn finden und zur Vernunft bringen können. Wenn er entdeckt, daß wir alle gleichzeitig unsere Posten verlassen haben, dürfen wir uns jedenfalls auf etwas gefaßt machen.«

»Laß mich mitkommen, Spanno!« rief Solo und sprang zum Eingang.

»Nein, mein Kleiner, du bleibst besser hier. Das alte Schlitzohr nimmt Ratschläge selbst im günstigsten Fall nicht sonderlich gnädig auf. Das ist keine Sache für Kinder und Prills«, erklärte der Farbige energisch.

Solo setzte sich auf die Hinterpfoten, Kitty-Kitty ebenfalls. Die grünen Augen der Prill sprühten Funken – nach der Sache mit dem Nordquorum erschien ihr der Rangunterschied zwischen Barden und Prills nicht mehr gerechtfertigt.

Spanno und die anderen verschwanden erschöpft und auf bleiernen Pfoten in der Dunkelheit. Ponder murmelte immer noch mißmutig vor sich hin, als sie sich auf den Weg machten. Sie mußten nicht lange nach Dom Bryndle suchen. Er kam ihnen von Norden auf der Mauer entgegen, und als er sie entdeckte, sah er nicht sehr erfreut aus. Ein paar Katzenlängen hinter ihm folgte Rivalle.

»Ich hoffe, ihr hattet einen guten Grund, eure Posten zu verlassen«, zischte Bryndle, als er herangekommen war. »Das ganze südliche Feld ist ungeschützt. Was geht hier vor?«

Auch dem Dom war die Überanstrengung anzumerken. Der alte Kämpfer setzte sich und funkelte die jüngeren Barden ungnädig an.

»Dom Bryndle, wir haben dich gesucht. Ich glaube, wir müssen miteinander reden.« Spanno wünschte, er hätte Zeit gehabt, sich seine Worte zurechtzulegen. Bryndles Ohren zuckten – ein deutliches Zeichen dafür, daß er bereits beschlossen hatte, nichts von dem gut zu finden, was der andere sagen würde.

Beunruhigt, aber entschlossen, fuhr Spanno fort: »Die ständige Alarmbereitschaft dauert jetzt bereits einen halben Kreislauf. Wir sind alle dafür, das Territorium richtig zu bewachen. Aber die Barden aus dem Norden sind besiegt abgezogen, und seither hat man nichts mehr von ihnen gesehen oder gehört. Glaubst du nicht auch, es wäre an der Zeit, das Ganze etwas lockerer zu sehen?«

Bryndles Augen wurden zu schmalen Schlitzen; zwar hob er die Stimme nicht, aber der beinahe unbeherrschte, wütend zischende Ton ließ keinen Zweifel an seiner Erregung. »Wir patrouillieren das Territorium, bis *ich* sage, daß die Gefahr vorüber ist. Wenn ich es für notwendig erachte, haltet ihr bis zum Winter Tag und Nacht Wache. Jeder, der seinen Posten noch einmal unerlaubt verläßt, hat sich vor mir zu verantworten.«

»Es hat keinen Zweck, Spanno«, flüsterte Selvyn, der spürte, daß der Farbige wütend wurde. »Gehen wir zurück aufs Feld.«

Der Dom ließ seinen Vollzieher nicht aus den Augen, der den Blick furchtlos erwiderte. Ponder stellte sich neben den Farbigen. Nach Dom Bryndles Worten vibrierte seine Aura bedrohlich.

»Bei allem Respekt vor deiner Stellung, aber was wir tun, ist nicht mehr sinnvoll. Wir halten Wache auf einem leeren Feld...« Spanno zögerte, denn Bryndle hatte die Ohren inzwischen eng an den Kopf und zurückgelegt, und seine Augen funkelten vor Zorn.

»Darüber lasse ich nicht mit mir reden. Geht zurück auf euren Posten oder verschwindet aus meinem Territorium!« Der Dom sprach abgehackt, und seine Worte klangen sehr unnatürlich.

»Bryndle«, erwiderte Spanno besänftigend – er war erschrocken über die Reaktion des Anführers, »du verstehst uns ganz falsch. Du bist der Dom, und das respektieren wir. Aber ich bin dein Vollzieher und habe ein Recht darauf, gehört zu werden. Wir meinen doch nur, daß wir bei den Streifen etwas weniger strikt sein müssen.«

Bryndle hatte in der Vergangenheit schon öfter unberechenbar, ja sehr unvernünftig reagiert, aber jetzt lief alles eindeutig auf Kampf hinaus!
»Zumindest einer von uns wird nach dieser Nacht das Territorium nicht mehr bewachen«, knurrte der Dom mit gesenktem Kopf und schmalen Augen.
Sprecher tauchte auf der Mauer über dem Holzstoß auf. Es war einer der wenigen Fälle, in denen der alte Barde wirklich bestürzt wirkte.
»Dom Bryndle, überleg dir, was du tust«, erklärte Sprecher warnend. »Laß uns miteinander reden, ehe es zu spät dafür ist.« Sein Ton ließ erkennen, daß er schon vorher erfolglos versucht hatte, den Dom zu Mäßigung und Vernunft zu bringen.
Plötzlich begriffen die anderen, daß es stimmte: Der alte Dom hatte den Verstand verloren. Die drei Barden auf dem Graustein warfen sich einen kurzen Blick zu. Es war bereits zu spät. Ditto machte sich aus guten Gründen ebenso große Sorgen um Ponder wie um Spanno.
»Wenn du kämpfen willst, Bryndle... das kannst du haben. Komm runter auf den Graustein!« fauchte Ponder. Er konnte sich nicht länger aus dem Streit heraushalten und trat schützend vor Spanno. Auch Selvyn hatte seinen Platz verlassen und stellte sich mit gesträubtem Nackenfell neben den Farbigen.
»Bleibt zurück – ich schaffe das allein.« Spanno schien ruhig. Er wandte den Blick nicht von dem Dom und zeigte keine Anzeichen von Furcht.
Bryndle stand regungslos auf der Mauer und sah jetzt so bedrohlich aus wie das gefährliche Tier, das er geworden war. Er beachtete Ponder überhaupt nicht; er wollte den Kampf mit dem Farbigen. Außerdem erlaubte Ponders Rang ihm nicht, den Dom direkt herauszufordern. In der geordneten Katzenhierarchie hätte Ponder den ersten Vollzieher oder den unmittelbar ranghöheren Barden besiegen müssen, um den Dom zum Kampf herausfordern zu können. Der Rang einer wilden Katze wird durch eine komplizierte Kasten- oder Klassenordnung bestimmt und hängt von sehr viel mehr als Größe und Stärke ab. Andere, weniger leicht definierbare Eigenschaften und

Charakterzüge beeinflussen den Rang innerhalb eines Quorums und zählen ebensoviel oder noch mehr als Muskelkraft. Ein Quorum würde sich nicht von irgendeinem Tyrannen führen lassen, bloß weil dieser den Dom besiegt hatte. Die Gemeinschaft würde unweigerlich zerfallen.

»Ich will nicht gegen dich kämpfen, Bryndle«, sagte Spanno, und es klang verzweifelt. »Ich verlange nur, daß du auf die Stimme der Vernunft hörst.«

»Du hast meine Befehle angezweifelt. Jetzt verteidige diesen Zweifel oder verlaß das Territorium... und zwar sofort!«

Spanno sah Bryndles glühende Augen, aus denen jede Vernunft geschwunden war. Er wußte jetzt, daß der Kampf unvermeidlich war, obwohl er nicht genau verstand, wie es soweit hatte kommen können. Auch Ponder begriff, daß Bryndle zum Kampf entschlossen war, und er machte drohend einen Schritt auf den Dom zu.

»Aus dem Weg, Ponder! Es ist an mir zu kämpfen!« rief Spanno ihn zur Ordnung und machte damit in einer seltenen Demonstration seines Rangs sein Privileg geltend. »Das muß ich allein hinter mich bringen.«

Selvyn fügte sich und wich zurück. Aber der Graue blieb mit ausgestreckten Krallen auf seinem Platz. Ditto und Rivalle standen am Holzstoß. Ihr Rang erlaubte ihnen nicht, sich einzumischen.

»Zurück, Ponder«, befahl Spanno barsch und fügte etwas freundlicher hinzu: »Mir wird schon nichts geschehen, mein Freund.«

Bryndle starrte Spanno unverwandt an und begann langsam seine Fuge. Der Graue wich widerstrebend zwei oder drei Katzenlängen zurück und setzte sich erregt auf die Hinterpfoten. Er konnte nichts mehr tun, um den Kampf zu verhindern.

In Erwartung des Angriffs wählte Spanno einen etwas breitbeinigeren Stand.

»Spanno, nein!« schrie Solo und sprang aus dem Holzstoß ins Freie. Seine Angst um Spanno war größer als seine Achtung vor dem Protokoll. »Wir können weggehen! Wir können unser eigenes Quorum gründen, wir alle, auch Kitty-Kitty, und vielleicht ein paar von den anderen...«

»Solo! Zurück in den Holzstoß, marsch!« befahl Spanno, ohne den Blick von Bryndle zu wenden. »Selvyn, Ditto! Bringt ihn weg!«
Auch die weiße Prill war ins Freie gekommen, hatte den Kleinen aber nicht zurückhalten können. Selvyn und Ditto nahmen den von Panik erfaßten und wild um sich blickenden Solo zwischen sich und brachten ihn zu Kitty-Kitty. Sie mußte sich beinahe auf ihn setzen, um zu verhindern, daß er zur Mauer hinüber rannte, um Spanno beizustehen.
Als der Kampfplatz wieder frei war, duckte sich Spanno flach auf den Graustein und streckte den Kopf vor. Die Auseinandersetzung war unvermeidlich, aber Bryndle hatte den ersten Zug.
Dom Bryndles tiefe Vibrato-Fuge drang dröhnend aus den Tiefen seiner Brust; sie klang so wild und beinahe so wahnsinnig, wie es der Blick seiner großen, geweiteten Augen war. Geduckt und mit angelegten Ohren näherte sich der Dom seinem Gegner auf dem schmalen Mauerrand wie ein glänzendes schwarzes Band. Die Muskeln flossen wie Wasser unter seinem Fell. Jede Bewegung war in wildkatzenhafter Vorsicht wohlüberlegt – selbst das Heben einer Pfote ließ sich, wenn nötig, mühelos und blitzschnell in einen Sprung umwandeln. Bryndle war in seinem Element: eine Kampfmaschine, die sich auf ihr Ziel richtete.
Auch der Farbige war gespannt wie eine Feder und zum Gegenangriff bereit. Er begann, abgehackt und stoßweise zu singen. Sein Lied klang eher wie eine offene Herausforderung; es war weniger erzählend und poetisch als Bryndles Gesang. Man brauchte ein ganzes Leben, um eine Fuge wie die des alten Dom zu bauen, und wenn sie zu Ende war, würde die Nacht beginnen. Die beiden Fugen durchschnitten die Luft, und wenn sich die Stimmen überlagerten, waren die zufällig entstehenden Melodien von einer eigenartigen und befremdlichen Harmonie, bei der jedem ein Schauer über den Rücken lief; dieser Gesang hätte schön sein können, wäre er nicht so ursprünglich und wild gewesen.
Bryndle bezog fünf oder sechs Katzenlängen entfernt links über dem Farbigen Stellung. Ihre Blicke waren starr aufeinander gerichtet und ineinander verklammert, ihre Ringe tasteten den Gegner ab,

um einen Hinweis auf die Absichten des anderen zu entdecken. Ponder saß geduckt und still wie eine Statue. Er sah angespannt zu und spürte den tödlichen Ernst des Duells, das er nur zu gerne selbst geführt hätte. Selvyn schien das alles weniger zu berühren, aber die unruhig hin und her wandernden Augen verrieten seine Sorge. Kitty-Kitty blieb bei Solo am Holzstoß; plötzlich wußte sie, daß jede Spur von Loyalität, die sie dem Dom gegenüber empfunden haben mochte, verschwunden war. Sie beobachtete Spanno voll Unruhe und Sorge und mit einem sanften Gefühl im Herzen, wie nur Prills es kennen. Ditto saß etwas abseits, und deshalb sah er, wie Sprecher von der Mauer auf das Feld sprang und verschwand. Ein Berater war hier überflüssig.

Spanno kroch mit übertrieben langsamen Bewegungen vorwärts; sein langes, dichtes Fell schimmerte im Licht der aufgeladenen Aura. Der Farbige machte gerade einen vorsichtigen Schritt, als Bryndle mit einem flachen, schnellen Satz von der Mauer sprang. Das Echo seiner ohrenbetäubenden Kampf-Fuge hallte laut durch die Luft. Spanno ließ sich instinktiv auf die Seite fallen und rollte mit ausgestreckten Pfoten und gespreizten Krallen auf den Rücken. Er wählte die Bodenlage, die ihm vielleicht ermöglichen würde, an Bryndles weichen Bauch heranzukommen. Der Dom landete schwer auf dem Farbigen und grub die Fänge tief in den fleischigen Teil von Spannos Nacken, während der junge Barde mit den Hinterpfoten schnell und wirkungsvoll den Bauch des Gegners zerkratzte. Die Kampfrufe klangen wie ersticktes Knurren; hin und wieder hörte man das scharfe Knirschen der messerscharfen Krallen auf dem Graustein, während die beiden in einem unentwirrbaren Knäuel aufeinander einhieben. Nach einigen Augenblicken wilder Raserei endete die erste Runde, ohne daß einer dem anderen sichtlich überlegen gewesen wäre.

Bryndle kauerte seitlich von Spanno; die Kampflieder begannen von neuem. Haarbüschel flogen durch die Luft wie Pusteblumen. Wieder versuchte Bryndle, sich einen Vorteil zu sichern, und sprang noch beim Singen hoch in die Luft. Er wollte mit seiner ganzen Masse auf Spanno landen und ihn umwerfen. Aber der Farbige war schneller: Geschickt wich er zur Seite aus, und der schwere Bryndle fiel hart auf den Graustein, wo er nach Luft rang. Spanno nutzte die Chance, umklammerte Bryndles Kopf, biß ihm seitlich ins Gesicht und hieb mit den Krallen nach den ungeschützten Augen. Bryndle machte einen Satz rückwärts; dadurch wurde Spanno abgeschüttelt. Der Farbige rollte in Verteidigungsstellung, als Bryndle ihn ansprang, sich mit seinem ganzen Gewicht auf ihn warf und ihm die Zähne in den Unterbauch schlug. Spanno begann zu bluten. Er drehte und wand sich heftig, riß sich schließlich los, und damit endete die zweite Runde.

Der Farbige blutete, hatte aber keine Zeit, die nicht sehr tiefen Wunden zu lecken. Bryndle stand geduckt und sprungbereit weniger als vier Katzenlängen von seinem angeschlagenen Gegner entfernt. Er war zur nächsten Runde bereit und roch den Sieg.

Aber Spanno entschied sich überraschend für die Offensive, und das, noch ehe sie wieder angefangen hatten zu singen. Er griff plötzlich an; sein Ziel war wieder das Gesicht des Dom. Er sprang und biß dicht über dem einem Auge zu. Spanno spürte, wie die Haut riß, und schmeckte Blut. Er wußte, er hatte gut getroffen. Das Blut nahm Bryndle beinahe völlig die Sicht, und er schlug rasend vor Schmerz nach dem Farbigen, bekam jedoch nur ein Ohr zu fassen. Spanno duckte sich und packte Bryndle an der Kehle. Das war die beste Stelle. Der Dom grub seine Krallen in Spannos Schulter und Seite und verletzte ihn an mehreren Stellen, aber Spanno ließ Bryndles Hals nicht mehr los. Er biß so fest zu, daß ihm vor Anstrengung die Kiefer schmerzten. Bryndle konnte nicht mehr schlucken. Speichelfäden flogen durch die Luft, als er den Kopf heftig hin und her warf und sich vergeblich bemühte, seinen Widersacher abzuschütteln.

Bryndle war jetzt in der Defensive. Aber er fand endlich Halt auf dem Graustein und machte einen verzweifelten Satz vorwärts. Damit befreite er sich aus Spannos schraubstockartigem Biß, bezahlte dafür allerdings mit einem Teil seines Unterkiefers. Das Blut floß in Strömen, und der Dom brauchte Zeit, um seine Kräfte zu sammeln, wenn er eine weitere Runde überstehen wollte.

Zeit blieb ihm jedoch nicht, denn Spanno nutzte den Vorteil und griff sofort wieder an. Bryndle sah nur verschwommen, würgte am eigenen Blut und wollte ausweichen, um eine kurze Atempause zu gewinnen. Er stolperte, knickte unbeholfen zur Seite, und als Spanno sprang, rollte er sich instinktiv zusammen und schützte das Gesicht. So etwas hatte man bei Bryndle, dem Schlitzohr, noch nie erlebt. In diesem Augenblick wußten alle, der alte Dom war besiegt.
Spanno brach den Angriff mitten im Sprung ab und landete seitlich von Bryndle. Er war jedoch bereit, sofort weiterzukämpfen, falls das Schlitzohr ihn nur täuschen wollte. Der Farbige atmete schnell und mühsam. Auch er war fast am Ende seiner Kräfte. Bryndle richtete sich auf, sah Spanno aber nicht direkt an. Das Protokoll erlaubte dem Unterlegenen keinen Augenkontakt, wenn der Kampf zu Ende war.
Wortlos und ohne weitere Umstände hinkte der Dom langsam und mit eingezogenem Schwanz am Holzstoß vorbei nach Süden. Er hinterließ eine Spur hellroter Flecken. Ein paar Augenblicke später entschwand er den Blicken. Eine Ära war zu Ende.
Lange Zeit herrschte völlige Stille, die nur vom Keuchen des Farbigen unterbrochen wurde, der noch immer nach Luft rang.
»Dom Spanno«, hörte man eine Stimme aus der Gruppe, die sich versammelt hatte.
Der blutverschmierte, schmutzige Spanno sah sich benommen und verwirrt um; er begriff erst jetzt, welche Bedeutung das Geschehene hatte. Geistesabwesend leckte er sich die schmerzenden Wunden unter dem dicken Fell, um Zeit zu gewinnen, ehe er zu ›seinem‹ Quorum sprechen mußte. Am liebsten wäre er hinaus auf das Feld gelaufen, um eine Weile allein zu sein. Es war soviel geschehen, und es gab so vieles, über das er nachdenken mußte.
Solo atmete auf und entspannte seine verkrampften Muskeln. Spanno war der Dom des Quorums! Seine Gedanken überschlugen sich, und er wußte nicht, wie er reagieren sollte. Kitty-Kitty war völlig durcheinander. Endlich konnte sie sich eingestehen, wieviel ihr der Ausgang des Kampfes und Spanno bedeuteten.
Ponder saß mit geschlossenen Augen auf seinem Platz. Er hatte das

Gesicht auf die Erde gelegt und wirkte ebenso erschöpft wie Spanno. Auch Selvyn hockte matt auf dem Graustein. Aber seine Haltung verriet Stolz und einen unbeirrbaren Glauben an den Farbigen. Ditto wußte nicht genau, wie sich Spannos neuer Rang für ihn auswirken würde und lief etwas abseits unruhig hin und her.

»Dom Spanno!« hörte man eine zweite Stimme. Die Worte klangen feierlich, und aus ihnen sprach große Achtung.

Plötzlich wurde das ganze Quorum lebendig. Alle drängten herbei, um den Farbigen voll echter Zuneigung, die sie Bryndle gegenüber nie empfunden hatten, zu beglückwünschen. Spanno saß verlegen inmitten der aufgeregten Katzen. Er schien überwältigt, denn er begriff langsam: *Er* war jetzt Dom. Er hatte es geschafft.

Als der Jubel sich etwas legte, begann Abalon das Ritual des Beziehens und des Treueschwurs, mit dem ein neuer Dom in seine Stellung eingeführt wird. Er trat steifbeinig vor den Farbigen, preßte seine Nase an Spannos Nase, und sie tauschten den Atem. Dann nannte er förmlich seinen Namen und legte den Schwur ab.

»Dom Spanno, ich bin Abalon, und ich werde dir folgen.«

Spanno hatte seinen Platz eingenommen. Er wirkte erschöpft, aber ruhig. Er dankte Abalon, wie es sich gehörte, und wartete schweigend, während der nächste Barde des Quorums vor den neuen Dom trat.

»Dom Spanno, ich bin Rivalle, und ich werde dir folgen.«

Spanno dankte auch ihm. Ein Barde nach dem anderen leistete den Schwur. Dann folgten die Prills. Nur die Allerkleinsten mußten an diesem Ritual nicht teilnehmen. Spannos engste Gefährten warteten bis zum Schluß. Selvyn blickte sich um, weil er sehen wollte, wer zuerst vortreten würde, und tat es dann mit nervösem Lächeln selbst.

»Dom Spanno, ich bin Selvyn, und ich werde dir folgen.« Selvyn fand die förmliche Anrede dem lebenslangen Freund gegenüber leicht albern, aber sein Ton verriet echte Zuneigung und große Achtung.

Ponder war der nächste. Der große Graue kratzte sich noch einmal, um diese Prüfung hinauszuzögern, und lief dann schwerfällig hinüber zu dem Farbigen. »Dom Spanno, ich bin Ponder, und ich werde dir folgen«, sagte er hastig und sehr verlegen. Ponder fühlte sich bei einem Zeremoniell nie wohl.

»Ponder, du bist mein Freund, und ich bitte dich, zusammen mit Selvyn, als Vollzieher neben mir zu stehen.«

Der große Graue setzte sich verwirrt, aber auch stolz neben Spanno. Er genoß sichtlich die ihm überraschend zugefallene neue Stellung und den damit verbundenen hohen Rang.

»Dom Spanno, ich bin Ditto. Auch ich werde dir folgen.« Ditto hielt nach dem Beziehen die Augen gesenkt und wandte sich zum Gehen, noch ehe er richtig zu Ende gesprochen hatte.

»Komm zurück, Ditto«, rief Spanno und versuchte, verzweifelt zu klingen. Der Schwanzlose wandte sich noch einmal um. »Ich werde alle Hilfe brauchen, die ich bekommen kann«, erklärte der neue Dom.

Ditto warf Spanno einen kurzen dankbaren Blick zu, dann stellte er sich zu Selvyn und Ponder.

Schließlich hüpfte Solo, der Kleine, mit hoch aufgerichtetem Schwanz und aufgestellten Ohren über den Graustein.

»Ich bin Solo, und ich werde dir folgen, Dom Spanno!« rief er fröhlich, warf sich auf den Farbigen und leckte ihm das Gesicht wie ein Kind seine Mutter.

»Aber Solo, du bringst mich ja um«, lachte Spanno. Er war froh über die unbeschwerte Abwechslung nach all der Feierlichkeit.

Kitty-Kitty wartete, bis Solo sich beruhigt hatte. Ihr Katzenherz bebte vor Stolz und einer seltsamen Erregung, wenn sie den Farbigen ansah. Sie lief anmutig zu Spanno hinüber und schlug kokett die Augen nieder.

»Ich bin Kitty-Kitty, und ich werde dir folgen«, schnurrte sie, und dann etwas leiser, »oder an deiner Seite sein, wenn du willst.«

Spanno sah Kitty-Kitty überrascht an. Sein Herz klopfte plötzlich heftig. In den vergangenen harten und zermürbenden Nächten hatte er völlig vergessen, wie schön und weiblich Kitty-Kitty war. Und bis zu diesem Augenblick wußte er nie ganz genau, was die weiße Prill für den alten Dom empfand.

Ponder entgingen die verliebten Blicke des Farbigen und der weißen Prill nicht, und er unterdrückte einen Anflug von Eifersucht.
Solo war noch zu jung, um zu begreifen, was sich ereignete, und das verwirrte ihn. War ihm etwas entgangen? Er blickte zu Selvyn, der sich plötzlich sehr für die Sterne interessierte. Kitty-Kitty drehte sich um und lief anmutig zum Holzstoß zurück. Was sollte das bedeuten? Nach einem Blick auf Spanno, dessen Mund halb offen stand und der Kitty nachstarrte, beschloß Solo, besser nicht zu fragen.
Eine allen bekannte Stimme unterbrach das verlegene Schweigen.
»Ich bin Sprecher, und ich werde dir folgen.«
Das ganze Quorum beobachtete voll Ehrfurcht, wie der Alte mit dem jungen Dom offiziell in Beziehung trat.
»Sprecher! Ich fürchtete schon, du seist mit Dom... mit Bryndle gegangen. Ich werde deinen Rat brauchen.«
»Bryndle hört nur noch seine innere Stimme. Die Katzen ändern sich. Sie wenden sich von den alten Sitten ab. Bryndle hat diese Veränderungen gefürchtet. Aber er war ein guter Dom. Er hat sein Quorum lange Zeit gut geführt. Wir dürfen nicht zu hart über ihn urteilen, und wir müssen daran denken, was er Gutes für das Territorium getan hat.«
Es folgte ein respektvolles Schweigen. Sprechers Worte hatten wie ein Nachruf geklungen.
Spanno räusperte sich. »Im Hinblick auf Veränderungen möchte ich gleich zwei vorschlagen. Erstens: Kein Barde dieses Quorums wird jemals grundlos ein Kind töten, sei es eines der unseren oder eines aus einem anderen Territorium.«
Auf ihrem Platz am Holzstoß gab Kitty-Kitty in schmerzlicher Erinnerung einen leisen Klagelaut von sich. Aus der Gruppe hörte man das beifällige Murmeln der Prills und die gedämpfte Zustimmung der Barden. Spannos Idee war keineswegs revolutionär. Die meisten Barden hatten ohnehin noch nie einem Kind etwas zuleide getan, denn dieser Instinkt war über lange Zeit immer schwächer geworden, da er zum Überleben nicht mehr nötig war.
»Zweitens: Es ist einem Barden erlaubt, seine Kinder anzuerkennen.«

Der zweiten Erklärung folgte bestürztes Schweigen. Die eigenen Kinder anerkennen? Weshalb?
Die wilden Katzen kennen kein Wort für ›Vater‹, obwohl sie schon seit langer Zeit einen Zusammenhang zwischen dem Freien und der Geburt von Kindern sehen.
»Als nächstes sollen wir wohl auch Milch geben«, hörte man eine leicht verwirrte Stimme aus der Gruppe, »und bei den Prills und ihren Kindern schlafen!«
»Warum solltet ihr eure Kinder nicht anerkennen?« fragte eine Prill ärgerlich. »Sie stammen schließlich auch von euch.«
»Und woher sollen wir wissen, daß es überhaupt ›unsere‹ Kinder sind?«
Mehrere Prills riefen sofort aufgebracht: »Wir wissen, wessen Kinder es sind! Versucht, euch einmal dafür zu interessieren, vielleicht wißt ihr es dann auch!«
Die Barden beschwerten sich im Chor, aber niemand machte ernsthaft Einwände gegen die Verordnung. Schließlich, so trösteten sich die Barden, hatte Dom Spanno gesagt, es sei erlaubt, und nicht, es sei Pflicht.
Kitty-Kitty dachte überglücklich: Das ist ein wichtiger Schritt auf dem Weg zur Gleichstellung der Prills im Quorum. Ponder hatte das Gesicht mit gespieltem Entsetzen in die Erde gedrückt. »Wozu brauchen Barden die Kleinen?« fragte er fassungslos die Erde.
»Wenn du willst, daß wir unsere Kinder anerkennen, kannst du ja mit deinem beginnen«, sagte Sprecher augenzwinkernd mit einem Blick auf Solo.
Solo und Spanno begriffen gleichzeitig, was Sprecher meinte. Der Farbige wußte, daß es stimmte – er hatte Mercell, Solos Mutter, sehr gut gekannt.
»Setz dich, Solo, ehe du umfällst.« Selvyn lächelte. Er war unbemerkt neben den Kleinen getreten.
Solo setzte sich verblüfft. Sein Traum hatte sich erfüllt. Spanno war der Dom des Quorums. Und er war Spannos Sohn!
Man hörte Gekicher. Bryndle hatte man hinter seinem Rücken ›Schlitzohr‹ genannt, jetzt flüsterte man sich hinter vorgehaltener

Pfote ›Mutter Spanno‹ zu. Damit hatte der neue Dom auch schon einen Spitznamen.

Der Farbige richtete sich auf und wandte sich an das ganze Quorum.

»Das ist für den Augenblick alles. Ich bin am Holzstoß, falls jemand mich brauchen sollte. Banda und Wizzle übernehmen die erste Feldwache. Rivalle und Weldon lösen sie ab. Ich bin später selbst auf dem Feld.«

Dom Spanno wandte sich in Richtung Holzstoß, drehte sich aber noch einmal um und fügte hinzu: »Ich danke euch allen. Ich werde versuchen, mich eurer Achtung würdig zu erweisen.«

Banda und Wizzle sprangen auf die große Hürde und verschwanden zum Wachdienst auf dem Feld. Als zahme Katzen, die noch nicht lange im Quorum lebten, hatte Bryndle sie noch nie mit dieser Aufgabe betraut. Spannos Befehl war die ersehnte Bestätigung, daß man sie im Quorum von nun ab voll akzeptierte.

Die Sechserbande, wie sie seit Kitty-Kittys und Dittos Aufnahme in die Gruppe genannt wurde, dehnte und streckte sich in ihrer Holzhöhle. Alle versanken in tiefes Nachdenken über die Ereignisse der Nacht. Spanno schwieg besonders nachdrücklich. Er war jetzt nicht nur der Dom, sondern hatte nun auch ein Kind. Dieses Wissen löste in ihm ein Gefühl aus, für das er keinen Namen fand. Er hatte Solo schon immer beschützt und sich für ihn verantwortlich gefühlt, aber zum ersten Mal empfand er eine Art Stolz, als sei der Kleine im wahrsten Sinne des Wortes eine Erweiterung seiner selbst. Der Farbige suchte sich einen Platz in Solos Nähe, und die beiden saßen schweigend nebeneinander.

Solo bebte innerlich immer noch vor Freude. Er wollte rennen und springen und sich auf Spanno werfen, wie er es getan hatte, als er noch sehr viel kleiner war. Statt dessen saß er ruhig neben ihm, hielt den Kopf aufrecht und kam sich sehr, sehr erwachsen vor.

Ponder konnte nicht länger schweigen. »Nicht schlecht, Spanno. Nein, keineswegs schlecht.«

»Hat dir meine Rede gefallen?« fragte der Farbige und streckte sich ausgiebig. »Es waren nur ein paar Gedanken, die mir gerade ...«

»Doch nicht deine blöde Rede«, stöhnte Ponder. »Der Kampf! Ich hätte es nicht viel besser machen können. Ich wußte schon die ganze Zeit, du kannst es. Ich habe ohnehin nie daran gezweifelt.«
»Wohin wird Bryndle gehen, was meint ihr?« fragte Selvyn. Diese Frage beschäftigte sie alle.
»Bryndle?« wiederholte Spanno nachdenklich. »Er wird vermutlich nach alter Sitte in einem anderen Territorium wieder ein Quorum gründen. Mach dir keine Sorgen um das alte Schlitzohr. Er ist zäh. Es war reines Glück, daß ich ihn überhaupt besiegt habe.«
»Danke für alles, was du mit der neuen Anordnung für die Prills getan hast«, schnurrte Kitty-Kitty. »Du wirst ein großartiger Dom sein.« Die weiße Prill hatte seit der Rückkehr zum Holzstoß den Blick nicht von Spanno gewandt. »Wie stark und hübsch er ist!« seufzte sie unhörbar.
»Wir hätten das schon lange tun sollen. Schließlich sind die Besitzer ja auch mit ihren Prills und den Kindern zusammen.« Spanno mied verlegen Kitty-Kittys Blick.
»Ich möchte, daß du weißt, ich bin stolz, bei dir zu sein«, meldete sich Ditto zu Wort. »Ich wußte nicht, ob sich an deinen Gefühlen für mich etwas geändert hatte, nachdem du Dom geworden warst..., na ja, schließlich bin ich eine zahme Katze und habe keinen Schwanz.«
»Was ist so wichtig an einem Schwanz?« fragte Spanno. »Banda hat keine Kobbler, aber deshalb ist er nicht weniger eine Katze.«
Banda war vor weniger als einem Kreislauf aus der Behausung seiner Besitzer geflohen, aber leider erst, nachdem sie ihn verstümmelt hatten.
»Banda muß zumindest nicht viele Kinder anerkennen«, spöttelte Selvyn. Als Antwort erhielt er einen ärgerlichen Blick von Kitty-Kitty *und* von Solo.
»Da bin ich lieber ohne Schwanz«, murmelte Ditto.
Nach einer Weile stand Spanno auf und streckte sich genußvoll. »Na«, sagte er zu den anderen, »dann wollen wir mal. Wir haben ein großes Gebiet abzugehen.« Alle wußten, für Spanno war es Zeit, seinen Warngelt über den des alten Dom zu legen.

Die Barden sprangen sofort auf und begannen, sich zu putzen. Die Erregung ließ alle Müdigkeit verfliegen. Kitty-Kitty blieb liegen – soweit reichte die Gleichheit der Prills doch noch nicht.

Als der Trupp sich zum Gehen wandte, sagte Spanno zu Solo: »Paß auf Kitty-Kitty auf, Kleiner. Wir reden miteinander, wenn die Arbeit getan ist.«

Während der Abwesenheit der Barden war Kitty-Kitty ein reines Nervenbündel. Sie putzte sich und lief unruhig hin und her, setzte sich, sprang sofort wieder auf, lief wieder hin und her, putzte sich und wartete sehnsüchtig auf Spanno. Solo kam sich überflüssig vor und begann langsam, sich ebenfalls zu putzen – was auch dringend notwendig war. Dabei bemerkte er zum ersten Mal die Ansätze dessen, was Banda so schmerzlich vermißte. Solo begriff, er war auf dem besten Weg, erwachsen zu werden, und wußte, noch zwei Jahreszeiten, und er würde alt genug sein, um einen Platz als Vollzieher neben Spanno einzunehmen. Diese Nacht hatte wirklich viele Überraschungen gebracht.

Solo war nach all den Aufregungen müde und mußte mit den vielen Gefühlen ins reine kommen, die ihn bestürmten. Er rollte sich schließlich neben Kitty-Kitty zusammen und schlief ein. Seinen Ring hielt er jedoch in Alarmbereitschaft, denn Spanno hatte ihm aufgetragen, auf die weiße Prill aufzupassen, und Solo nahm diese Aufgabe ernst. Schließlich war er Spannos Sohn.

Weit im Westen, im tiefen Wald, lag ein großer schwarzer Kater im Versteck. Sein Atem ging rasselnd, sein Fell war verklebt, und über der Nase und einem Auge war das Blut zu klebrigen braunen Krusten getrocknet. Er hatte große Schmerzen, aber er wußte, wenn er bis zum Morgen durchhielt, würde er überleben. Und dann, so schwor sich der alte Dom, würde er Rache nehmen.

5

Das Schattenland

Der Machtwechsel wurde vom Quorum rückhaltlos gebilligt. Spanno markierte stolz und feierlich das Territorium mit seinem Gelt und kümmerte sich um die Angelegenheiten der Gemeinschaft mit der Selbstverständlichkeit, die jemand besitzt, der zu Rang und Herrschaft geboren ist. Sein Titel beeindruckte ihn im Grunde nicht – zumindest für seine Freunde blieb er derselbe alte Spanno, und an der Bindung zwischen ihnen änderte sich nichts. Spanno, der Farbige, war bei weitem der jüngste Dom, den das Quorum je gehabt hatte, und manchmal überkam ihn das Gefühl, zu früh in diese verantwortungsvolle Stellung getrieben worden zu sein. Er trauerte oft der sorglosen Zeit nach, die er immer für selbstverständlich gehalten hatte. Aber im Herzen war Spanno ein Dom, und er nahm die Veränderungen und Herausforderungen als sein Schicksal an.

Die Nächte wurden zunehmend kühler. Solo saß vor Tagesanbruch oft mit Spanno im Holzstoß und hörte aufmerksam zu, wenn der Farbige über seine Erlebnisse als Barde sprach oder seine Ansichten über das Leben der wilden Katzen äußerte. Spanno förderte Solos Bildung durch sein Wissen, und dadurch gelang es ihnen, die für das Quorum neue Vater-Sohn-Beziehung zu einem Vorbild zu machen.

Das Quorum fand zufrieden zum normalen Leben zurück. Zwar wurden die Grenzen des Territoriums immer noch scharf bewacht, aber im allgemeinen war aus der Sechserbande stets nur einer in solchen Diensten unterwegs; alle Barden, die älter als vier Kreisläufe waren, wechselten sich dabei ab. Es hatte keinen anderen Alarm, keine anderen drohenden Gefahren für das Territorium gegeben als gelegentlich ein streunender Hund oder die übermütigen Kinder eines Besitzers, die über das Feld liefen. Von Tanner und seiner Bande war ebensowenig zu sehen und zu hören wie von Bryndle.

Wie es seinem Rang entsprach, machte Spanno nachts die Runde und verstärkte seinen Gelt, wo es nötig war. Üblicherweise begleiteten ihn dabei Ponder und Selvyn oder Ditto. In den letzten Nächten hatte er allerdings Kitty-Kitty mitgenommen, und die Ausflüge dauerten plötzlich sehr viel länger. Solo entgingen die verstohlenen Bemerkungen der anderen nicht, wenn der Farbige und Kitty-Kitty zusammen verschwanden.

Ditto gehörte inzwischen ganz zur Gruppe. Zwischen ihm und Ponder hatte sich eine echte Freundschaft entwickelt. Die beiden ergänzten sich gut – der ungeschliffene, grobe, aber gutmütige Graue und der verbindliche, anspruchslose, aber zuverlässige Ditto. Man sah den einen selten einmal ohne den anderen.

Da Spanno mit Kitty-Kitty und Ponder mit seinem neuen schwanzlosen Freund soviel Zeit verbrachten, befand sich Solo mehr und mehr in Gesellschaft von Selvyn. Der Rote hatte in letzter Zeit immer öfter Anfälle von Verdauungsbeschwerden und sah sich gezwungen, mehr draußen als drinnen zu schlafen. Bei sechs Katzen auf engem Raum konnte es geschehen, daß ein unvorhergesehener Anfall sie alle ins Freie trieb. Selvyn fand sich mit seinem Leiden gutmütig ab und verschwand auf der Stelle, wenn es in seinem Bauch rumorte. Solo begleitete ihn oft in solchen Zeiten der Verbannung. Sie saßen dann auf dem Holzstoß oder liefen über das Feld zu Solos altem Lager, das so kühl und luftig war, daß auch der Rote sich dort wohl fühlte. Solo mochte Selvyn, auch wenn er nicht viel sprach. Selvyn besaß eine ruhige Bescheidenheit, die an Scheu grenzte. Seine Schnelligkeit war unübertroffen – keine andere Katze vermochte so blitzschnell auf einen Baum zu klettern oder das Feld zu überqueren wie er. Solo hatte es bisher nicht gemerkt, aber Selvyn nahm einen höheren Rang im Quorum ein als Ponder. Allerdings machte der Rote seinen Rang nicht geltend; er nahm es widerspruchslos hin, daß der Graue die dominantere Rolle spielte.

Das Quorum hatte in letzter Zeit mehrere neue Mitglieder aufgenommen – alles zahme Katzen, die zurückgelassen worden waren, als ihre Besitzer von einer Erkundung nicht zurückkehrten. Meist war es dieselbe Geschichte: Anfangs litten die zahmen Katzen sehr und waren bestürzt, dann fanden sie sich allmählich mit der neuen Lage ab und kehrten zum Verhalten wilder Katzen zurück. Wie Kitty-Kitty fragten sie sich jedoch immer wieder bekümmert, welche Untat sie begangen haben mochten, um die Besitzer so gegen sich aufzubringen. Ein oder zwei schienen ihre Besitzer zu lieben und warteten Tag für Tag vergeblich auf deren Rückkehr. Einige dieser Katzen waren verunstaltet; ihnen fehlten die vorderen Krallen oder die Kobbler, und sie würden sich nie einen besonderen Rang in der Gesellschaft der wilden Katzen erobern können. Ein Barde namens Minit, der beinahe so jung war wie Solo, trug noch ein Band der Besitzer um den Hals. Es wurde allmählich enger, da Minit wuchs, und er würde schon bald nicht mehr ohne Schwierigkeiten schlukken können.

Manchmal brauchte eine zahme Katze mehrere Kreisläufe, um sich wieder richtig an die Sprache der wilden Katzen zu erinnern. Aber auch sie schafften es schließlich. Sprecher hielt sich oft bei den Neuankömmlingen auf und half ihnen bei dem schwierigen Übergang vom Leben einer zahmen zum Leben einer wilden Katze. Die zahmen Katzen schienen sich wegen völlig belangloser Dinge anzufauchen. Sie stritten ständig über Nichtigkeiten, zum Beispiel darüber, wer an welchem Platz sitzen oder wer zuerst zum Graille gehen durfte. Das war für alle anderen verwirrend, doch Ditto erklärte ihnen, es sei eine natürliche Reaktion auf das lange Eingesperrtsein in den Behausungen der Besitzer. Er sagte, es sei die schlimmste Form der Gefangenschaft, nicht zu wissen, daß man nicht frei war. Sprecher fügte hinzu: »Bei einem Leben in so engen Grenzen gewinnen Kleinigkeiten eine große Bedeutung.«

Hin und wieder kehrte ein Barde des Quorums von einer Erkundung nicht zurück, und sein Schicksal blieb ungewiß. Durch die rasenden Rauwölfe kam es regelmäßig zu Todesfällen, aber alles in allem veränderte sich die Größe des Quorums kaum; insgesamt lebten in

Spannos Territorium einschließlich der Prills (die Kinder nicht mitgezählt) etwa vierzig Katzen.
Sprecher tauchte gelegentlich am Holzstoß auf, ganz so, als wolle er zeigen, daß er zur Verfügung stehe, falls jemand ihn um Rat fragen wollte. Solo wußte nicht genau, wem Sprecher sich damit zur Verfügung stellte, aber der Alte richtete es immer so ein, daß er auch mit dem kleinen Solo sprach, ehe er wieder verschwand. Solo wünschte sich schon lange einmal ein ausführliches Gespräch mit Sprecher über die Legenden, doch ihm ging so vieles durch den Kopf, daß er sich einfach noch nicht bereit fühlte für eine lange philosophische Unterhaltung.

Es war früh am Abend, als Solo nach einer üppigen Mahlzeit und der abgelehnten Bitte, Spanno auf seiner Runde begleiten zu dürfen, schmollend und gelangweilt mit Selvyn im Holzstoß saß. Eine Katze, die sich langweilt, ist ein potentielles Unglück auf vier Pfoten, und Solo war keine Ausnahme. Spanno zog mit Kitty-Kitty die große Runde... wieder einmal! Ponder und Ditto trieben irgendeinen Unfug, während Rivalle und Banda Wache hielten. Selvyn hatte zuviel gegessen. Er litt wie üblich unter Blähungen und fühlte sich entschieden unwohl.
»Ich muß aufs Feld und mir Gras suchen«, stöhnte Selvyn, während er sich reckte. »Mein Bauch bringt mich noch um. Ich begreife nicht, was die Besitzer alles an ihr Graille tun. Sie haben wieder einmal einen guten, schmackhaften Vogel verdorben. Mir tränen die Augen, und meine Nase juckt! Der Dom-Besitzer, der ihre Geschenke schließlich bekommt, muß einen Magen aus Graustein haben.«
Solo stellte sich den Behälter gern als einen großen, unerschöpflichen Bauch vor, der immer wieder gefüllt wurde. Das nahrhafte und köstliche Graille war für das Quorum bestimmt. Er hatte bequemerweise vergessen, was Sprecher ihm zu diesem Thema erklärt hatte. Solo wußte nur noch, daß für die Besitzer zahme Katzen inzwischen nichts Besonderes, wilde Katzen aber lästig waren. Er verstand deshalb nicht, weshalb sie Graille zum Behälter brachten. Die

Geschichte mit den Geschenken für einen Dom-Besitzer stimmte jedenfalls nicht – es schien nie ein Dom der Besitzer etwas von dem Graille zu nehmen. Allerdings kam regelmäßig ein riesiger Rauwolf, verschlang alles, was im Behälter übriggeblieben war, und fuhr damit davon. Und so blieb es ein Rätsel, was danach mit den Gaben der Besitzer geschah. Solo zweifelte jedoch nicht daran, daß er dieses Rätsel eines Tages mit Sprechers Hilfe lösen würde.
Selvyn wollte sich auf den Weg machen, um Gras zu suchen, und Solo brach schnell seine Überlegungen ab.
»Nimm mich mit, Selvyn! Ich will nicht allein hierbleiben. Du kannst mir etwas über Gras beibringen und mir zeigen, welche Gräser man essen kann.« Die Legenden enthielten genaue Anweisungen zu Gras, aber Solo wußte natürlich, kein Erwachsener ließ sich die Gelegenheit entgehen, seine Kenntnisse an wißbegierige junge Barden weiterzugeben.
»Ja, ich glaube, ich könnte dir einiges beibringen. Durch mein Leiden weiß ich eine ganze Menge über Gras. Wir machen eine kleine Erkundung daraus.«
Der Kleine sprang auf, putzte sich schnell und war noch vor Selvyn draußen.
»Wir laufen zum Westfeld«, sagte der Rote. »Da draußen wächst das beste Gras.« Spielerisch fügte er hinzu: »Also los, Kleiner. Zeig mal, wie du inzwischen die Mauer nimmst.«
Selvyn sprang mit der üblichen Lässigkeit auf die Mauer und wartete, während Solo sich auf den Sprung vorbereitete. Der Kleine wich sechs oder sieben Katzenlängen zurück, nahm seine ganze Kraft zusammen und rannte so schnell er konnte auf die große Hürde zu. Kurz vor der Mauer setzte er zu einem eleganten, allerdings zu kurzen Sprung an. Er landete mit ausgestreckten Pfoten etwa drei Katzenlängen zu tief und krallte sich wie eine Eidechse an die Steine. Einen Augenblick später rutschte er ab und fiel mit einem Plumps auf den Graustein. Dies war Versuch Nummer vierundzwanzig: ebenfalls gescheitert. Wortlos nahm er den Weg durch eine Mauerspalte.
»Das nächste Mal, Kleiner, das nächste Mal«, tröstete ihn Selvyn,

der sich an seine eigenen Versuche erinnerte, *auf* die Mauer und nicht *gegen* sie zu springen.
Sie liefen in Richtung Westen. Selvyn überprüfte wachsam und vorsichtig die Umgebung, und Solo hielt sich im Ring des Roten. Während der Kleine schnuppernd seinen Weg durch die inzwischen vertrauten Hecken nahm, roch er stolz hin und wieder Spannos Gelt. Selvyn blieb manchmal stehen, untersuchte mit größter Sorgfalt einen Grasbüschel und gab Solo dabei Erklärungen. »Diese Art nicht«, sagte er dann vielleicht, »es ist rauh, klebrig im Mund und schwierig zu schlucken. Es könnte allerdings gut gegen Fadenwürmer sein.« Sie liefen über das weite Feld und entfernten sich immer weiter von der großen Hürde.
»Selvyn, sieh mal! Wie ist das?« Solo wartete, bis Selvyn herübergekommen war, um den Fund zu untersuchen.
»Gut gemacht, Kleiner. Es ist die richtige Art Gras, jawohl. Aber es ist alt. Such von dieser Sorte junge, zarte Halme.«
Sie suchten die Umgebung ab, und wenige Augenblicke später fand Selvyn seine Medizin.
»Das ist es«, erklärte er zufrieden. »Jung, zart und feucht – genau richtig.«
»Was ist das hier?« rief Solo etwa zehn Katzenlängen entfernt. »Das sind aber seltsame Farben!« Er meinte damit die vielfarbige Aura und weniger die Pflanze, die er bestaunte. Selvyn hob den Kopf und lief hinüber, um die Blätter genauer in Augenschein zu nehmen. Er roch prüfend an dem langen Stengel.
»Sie riecht merkwürdig, aber gut. Sie ist von mehr Farben umgeben als alle anderen Gräser und Blattpflanzen, die ich kenne. Das ist ein gutes Zeichen. Ich probiere ein bißchen, um zu sehen, wie es schmeckt.«
Er nahm ein großes, fleischiges Blatt in den Mund und biß hinein. Der Kleine beobachtete Selvyn neugierig.
»Schmeckt nicht schlecht. So etwas müßte für meine Beschwerden gut sein. Versuch mal«, sagte der Rote mit vollem Mund.
»Äh, nein... Ich hab ja keine Beschwerden. Ich finde, es hat einen komischen Rack, Selvyn, und dann diese merkwürdigen Far-

ben. Vielleicht solltest du dich besser an das übliche Gras halten. Die Legenden warnen vor bestimmten Gräsern, die eine Katze sehr krank machen können.«

»Ach, Unsinn«, erwiderte Selvyn immer noch kauend. »Es schmeckt gut. Es ist viel besser als das übliche Gras. Mein Magen hat sich schon beruhigt.«

Solo sah inzwischen etwas ängstlich zu, wie der Rote immer gieriger kaute. Ein derart unbesonnenes Verhalten kannte er bei dem sonst so vorsichtigen Barden nicht. Die Blätter schienen Selvyn jedoch nicht zu schaden.

»Wir müssen zurück, Solo«, erklärte Selvyn schließlich. »Spanno und Kitty-Kitty werden inzwischen wieder im Holzstoß sein. Ich will ihnen unbedingt von meinem Fund berichten. Ich glaube, ihnen wird dieses Blättergras auch schmecken.« Selvyn streckte und reckte sich. Er rülpste zufrieden und lief mit Solo an der Seite ostwärts in Richtung Holzstoß.

Auf halbem Weg begann Selvyn plötzlich, laut zu kichern. Solo konnte sich nicht daran erinnern, etwas Lustiges gesagt zu haben.

»Was ist denn so komisch, Selvyn?« fragte der kleine Kater verwirrt.

»Komisch?« Der Rote brach in heiseres Gelächter aus. »Ach komisch! Komisch ist komisch.«

»Aber Selvyn. *Was* ist komisch?«

Der Rote ließ sich plötzlich ins Gras fallen und bog sich vor Lachen. Schließlich sprang er kichernd in die Luft und raste auf einen jungen Baum zu. Er machte einen Satz und hing immer noch lachend am Stamm.

»He, Solo! Sieh mal, das bist du, wenn du versuchst, auf die große Hürde zu springen.«

Selvyn mußte über seinen Witz so lachen, daß ihm die Luft wegblieb. Der Kleine konnte nichts Lustiges daran finden.

»Komm schon, Selvyn. Wir müssen zurück.« Er machte sich inzwischen ernste Sorgen. Selvyn war nicht recht bei Trost. Warum sprang er plötzlich auf einen Baum? Und warum hörte er nicht mehr auf zu lachen...

Der Rote ließ den Stamm los und landete unsanft auf dem Boden, aber er kicherte immer noch. Dann rannte er ausgelassen um Solo herum, der beklommen in Richtung Mauer lief, sprang in die Luft, warf sich ins Gras und raste wieder los.

»Kleiner, ich bin so klein wie du! Paß auf, ich bin bald eine Maus, aber ich freß die Riesenratte, Riesenratte... rattetetete...« Selvyn amüsierte sich köstlich. Alle Vorsicht war vergessen, und Solo spürte, wie gefährdet sie im offenen Gelände waren. Er lief schneller, während der Rote unbekümmert um ihn herumhüpfte. »Du hättest dein Gesicht sehen sollen, als die Riesenratte plötzlich vor dir stand!« Selvyn konnte vor Lachen kaum sprechen. »Ich dachte schon, sie würde dich über den Haufen rennen... so wie ich!« Solo sprang entsetzt zur Seite und lief verwirrt davon. Selvyn verfolgte ihn johlend und lachend. »Ich stinke wie die Ratte und bin doch eine Latte und suche eine Matte und möchte eine Süße, der schick ich viele Grüße...« So sang er lauthals vor sich hin und schüttelte sich immer wieder vor Lachen über seine eigenen Witze.

Als sie sich dem Holzstoß näherten, hörten die anderen vier den Lärm und sprangen auf die Mauer. Ungläubig und mit offenem Mund starrten sie auf die beiden hinunter.

»Hallo, Barden«, rief Selvyn munter. »Oh, Kitty-Kitty, dir gilt mein besonderer Gruß, schmus, schmus! Hallo, Süße, ich schick dir viele Grüße!« Er rollte sich kichernd auf den Rücken, strampelte mit allen vier Pfoten und sang lachend in tiefsten und höchsten Tönen: »Gruß, schmus, schmus...«

»Was ist denn mit Selvyn los?« fragte Spanno und mußte grinsen. So hatte er seinen Freund noch nie gesehen.

»Nichts, mein edler Dom!« schrie Selvyn und versuchte, wieder aufzustehen. »Mir geht es gut, ganz prächtig, wirklich!«

»Vielleicht ist er krank«, meinte Kitty-Kitty besorgt, aber sie mußte gegen ihren Willen auch lächeln.

»Er hat auf dem Feld komisches Gras gekaut, und seitdem lacht er nur noch und spielt völlig verrückt«, erklärte Solo, der endlich auch zu Wort kam.

»Baldrian?« überlegte der Farbige laut. »Nein, denn wenn es Baldrian war, wird er...«
»Ich habe Hunger, Hunger, Hunger, einen Riesen-, Riesen-, Riesenhunger!« grölte Selvyn. »Ich will Graille, Graille, Graille!« Im nächsten Augenblick schoß er über die Mauer in Richtung Behälter und reimte dort lachend und singend weiter.
Das Gejohle lockte viele aus dem Quorum herbei, und man hörte plötzlich überall Gekicher. Lachen ist ansteckend!
»Ich habe nichts davon gegessen«, beteuerte Solo leise. Aber das schien niemanden zu interessieren. Alle wollten viel eher wissen, was Selvyn gegessen hatte.
»Jemand sollte ihn begleiten«, seufzte Spanno schließlich. »Wenn er in diesem Zustand angegriffen wird, singt er nur und krümmt sich vor Lachen. Ponder, bleib du bei ihm!«
»Warum ich? Ich hab keine Lust, mir das schwachsinnige Geblödel anzuhören«, schimpfte Ponder. »Den Silt sollte man ihm aus dem Leib schlagen!« Aber er machte sich brummend auf den Weg.
»Wo wächst das Gras, von dem er gegessen hat, Solo?« fragte Spanno neugierig.
Solo sah ihn mißtrauisch an.
»Wir sollten genau wissen, wo es steht... damit keiner versehentlich davon ißt«, beteuerte Spanno.
»Im Westen, dicht hinter den Hecken... ich zeig's dir.«
»Nein, Solo, das ist nicht nötig.« Er zwinkerte den Barden, die sich um ihn drängten, verstohlen zu. »Kitty-Kitty und du, also ich meine, ihr bleibt schön hier. Wir Barden suchen das komische Gras und markieren es«, erwiderte Spanno. Das klang zwar vernünftig, aber Solo entging nicht, wie alle schmunzelten und sich die Lippen leckten. Er sah seine Freunde fassungslos an.
»Komm, Kleiner«, sagte Kitty-Kitty plötzlich energisch. »Laß sie die großen Barden spielen. Wir bleiben hier und warten auf Selvyn und Ponder.«
Der Dom verschwand mit seinem aufgeregten Gefolge im Gestrüpp. Solo kroch durch die Mauer zum Graustein auf der anderen Seite, wo die Prill auf ihn wartete.

»Selvyn war richtig komisch, findest du nicht?« Kitty-Kitty kicherte leise.

»Er hat über alles gelacht – und über nichts. Ich finde das nicht komisch!« erklärte Solo trotzig. Der Rote hatte ihn enttäuscht, und die merkwürdigen Reaktionen der Erwachsenen machten ihn unsicher. Sie lachten über diesen gefährlichen Unsinn und schienen sich sogar für das Gras zu interessieren. »Hoffentlich kommen Spanno und die anderen nicht ebenso verrückt wie Selvyn zurück«, sagte Solo bekümmert, »von wegen markieren. Die wollen doch nur selbst davon probieren...«

»Sei nicht so streng«, sagte die Prill sanft. »Auch Barden müssen manchmal spielen. Und ich wollte sowieso wieder einmal zu Sondle; wir haben uns lange nicht mehr unterhalten. Kommst du mit?«

»Nein, ich bin müde«, erwiderte Solo und verschwand verstimmt im Holzstoß. Er hatte im Moment genug von der Welt der Erwachsenen. Aber als er sich in seine Ecke verzogen hatte, bedauerte er es doch, allein zu sein, denn er war nicht müde. Plötzlich hob er den Kopf. Von Süden näherte sich eine Katze dem Holzstoß. Hatte Kitty-Kitty es sich anders überlegt und würde mit ihm spielen? Solo sprang froh und neugierig auf und rannte nach draußen.

»Kitty-Kitty!« rief er. »Ich komme...« Der Kleine sauste durch eine Öffnung und stand direkt vor – Bryndle.

Der schwarze Barde starrte ihn böse und feindselig an. Das eine Auge war geschwollen und verklebt, das andere durchbohrte ihn voll kalter Wut. Dieser Blick hatte nichts mehr mit dem alten Dom Bryndle zu tun. Der Schwarze war wahnsinnig! Er atmete heftig und laut durch den Mund, den Kopf hielt er tief gesenkt. Voll Entsetzen wußte der kleine Kater plötzlich: Der besiegte Dom wollte Rache!

Solo schrie, aber er brachte nur ein dünnes Piepsen hervor. Bryndle sprang ihn an und stieß ihn brutal um; Solo fiel auf die Seite und lag hilflos auf dem Graustein. Er versuchte, sich aufzurichten, aber der Schwarze war bereits über ihm und preßte ihn zu Boden. Solo konnte nicht einmal mehr den Kopf bewegen. Er hörte Kitty-Kittys durchdringenden Schrei nicht mehr. Aber Bryndle hörte ihn. Er biß zu, packte den Kleinen mit den Zähnen und schüttelte ihn heftig. Solos Kopf flog von einer Seite zur anderen, bis der kleine Körper schließlich schlaff und regungslos zwischen Bryndles Zähnen hing. Kitty-Kitty schrie noch einmal. So schnell sie konnte, rannte sie über den Graustein und sprang dem Schwarzen auf den Rücken. Sie verkrallte sich in seinem Fell und versuchte mit aller Kraft, ihn aus dem Gleichgewicht zu bringen. Sie biß Bryndle in den Kopf, kratzte und zerfleischte ihn, in der Hoffnung, er würde Solo loslassen. Aber Bryndle duckte sich nur unter ihrem Angriff und knurrte, während er Solo wie rasend schüttelte.

Ponder und Selvyn hatten Kitty-Kittys entsetzte Schreie gehört. Im nächsten Augenblick waren sie auf dem Graustein und rannten zum Holzstoß zurück. Beim Näherkommen sahen sie Kitty-Kitty auf dem Rücken des Schwarzen. Aber die verzweifelte Attacke der Prill schien keine Wirkung auf den alten Dom zu haben. Bryndle knurrte eine sinnlose, undeutliche Fuge. Aus dem einen weit aufgerissenen Auge sprach der nackte Wahnsinn. Zwischen seinen Zähnen hing bewegungslos der blutige Solo.

Weit draußen auf dem Feld hörten Spanno und die anderen Kitty-Kittys Schreie ebenfalls. Der Farbige erstarrte. Vor kalter Angst krampfte sich ihm der Magen zusammen. Er machte auf der Stelle kehrt und rannte so schnell er konnte mit Ditto an der Seite zur großen Hürde zurück. Die anderen folgten ihnen.

Ponder stieß Bryndle ohne nachzudenken im vollen Lauf den Kopf in die Seite. Kitty-Kitty konnte sich gerade noch rechtzeitig in Sicherheit bringen, bevor die zwei Barden mit einem lauten, dumpfen Geräusch und dem Zischen hervorgepreßten Atems zusammenstießen. Durch Ponders Schwung rutschten sie beide über den Graustein, prallten gegen den Holzstoß, und Bryndle mußte Solo loslassen. Der schlaffe Körper rollte mehrere Katzenlängen über den Boden und blieb regungslos liegen. Selvyn sprang vorwärts und stellte sich schützend über Solo, während Ponder in wilder Raserei über den Schwarzen herfiel. Bryndle war von dem Aufprall völlig benommen und unternahm nur schwache und wirkungslose Versu-

che, sich zu verteidigen. Ponder hatte sich auf der linken Seite im Hals des Schwarzen verbissen und bearbeitete ihn mit den rasiermesserscharfen Hinterkrallen. Das Blut floß in Strömen, aber Bryndle schrie nicht vor Schmerz oder Wut auf. Nach wenigen Augenblicken wurde der Schwarze schlaff und bewegungslos. Mit einem heftigen Ruck brach Ponder dem besiegten Barden das Genick und ließ ihn fallen.
Der Graue stand zitternd über dem schwarzen, leblosen Körper auf dem Graustein und war bereit, sich sofort wieder auf ihn zu stürzen, wenn er sich noch einmal rühren sollte. Aber es gab keinen Zweifel: Bryndle würde nie mehr kämpfen.
Alle Blicke richteten sich nun auf Solo. Er lag mit nach innen gebogenem Rückgrat, lang ausgestrecktem Hals und einem Bein in seltsam gekrümmter Stellung unter dem Körper auf dem Graustein. Blut färbte das weizenfarbige Fell an mehreren Stellen. Die drei betrachteten den Kleinen angsterfüllt und warteten auf eine Bewegung oder irgendein anderes Lebenszeichen.
Spanno und Ditto sprangen gleichzeitig auf die Mauer und erstarrten vor Entsetzen beim Anblick der grauenhaften Szene unter ihnen. Ponder stand bebend vor Zorn über Bryndles Leiche, während Kitty-Kitty und Selvyn aufgeregt um Solo herumliefen. Was geschehen war, bedurfte keiner Erklärung.
»Lebt er?« rief Spanno und sprang schnell auf den Graustein. Ditto folgte seinem Beispiel.
Sie standen alle um den kleinen Kater herum und betrachteten ihn ratlos. Keiner wußte, was sie tun sollten oder wie sie ihm helfen konnten. Spannos weit aufgerissene Augen verrieten panische Angst, aber er fand keine Worte.
»Er lebt«, flüsterte Ditto plötzlich. »Er atmet!«
Alle wußten, daß es nicht unbedingt ein gutes Zeichen war, wenn eine verletzte Katze überlebte. In der Welt der wilden Katzen bedeutet eine schwere Verletzung im allgemeinen nichts anderes als einen langsamen Tod.
Unter den gespannten Blicken aller beschnupperte und betastete Kitty-Kitty sanft Solos Körper. Sie untersuchte die augenfälligen

Verletzungen: möglicherweise ein gebrochenes Genick... klaffende blutende Wunden an der linken Schulter... Bißwunden an der linken Seite... eine blutende Nase. Seine Flanke hob und senkte sich beim Atmen, wenn auch nur schwach, und er hatte die Augen geschlossen. Katzen, das wußten sie, sterben immer mit offenen Augen.

Schließlich trat Kitty-Kitty zurück, und Spanno nahm ihren Platz ein. Er leckte sanft Solos Ohren.

»Ich konnte ihm nicht helfen«, schluchzte die weiße Prill verstört und setzte sich auf den Graustein.

»Du hast getan, was du konntest, Kitty-Kitty«, sagte Ditto leise. »Ich weiß es.«

»Wir hätten bei euch bleiben sollen.« Spanno sprach schnell, und seine Stimme klang gepreßt.

»Es ist meine Schuld! Wir wären alle hier gewesen, wenn ich nicht von diesem Kraut gegessen hätte.« In Selvyns Augen spiegelten sich Verzweiflung und Abscheu vor sich selbst. »Es ist alles meine Schuld...«

»Niemanden trifft eine Schuld, und jetzt ist auch nicht der Augenblick, jemanden zu beschuldigen«, fiel ihm Spanno ins Wort. »Wir müssen den Kleinen hineinbringen, damit er geschützt ist, und wir werden Sprecher holen. Wir müssen sehr behutsam sein – wir wissen nicht, ob er vielleicht innere Verletzungen hat.«

Ponder drehte den Kopf nach Bryndle und zischte: »Ich würde ihn am liebsten noch einmal umbringen.«

»Es ist vorbei, Ponder«, sagte Ditto. »Du mußt uns mit Solo helfen.« Ditto wußte, eigentlich brauchten sie keine Hilfe, aber er wollte Ponder von Bryndles Leiche ablenken und seine Gedanken auf etwas anderes richten.

Sie suchten Stellen, an denen sie den verletzten Solo mit den Zähnen anfassen konnten, und zogen und schleppten ihn vorsichtig zum Holzstoß und durch die größte Öffnung nach innen. Während dieser langen, schwierigen Prozedur bewegte Solo sich nicht und gab auch keinen Laut von sich. Das Blut, das langsam aus seiner Nase sickerte, hinterließ eine rote Spur.

»Ditto, such Sprecher und bring ihn hierher – schnell!« befahl Spanno, ohne aufzublicken.
Ditto drehte sich wortlos um und verschwand nach draußen. Kitty-Kitty stand neben Solo und redete leise und beruhigend in seine Ohren.
»Du wirst wieder gesund, Kleiner. Ich werde gut für dich sorgen. Es dauert nicht lange, und du bist wieder völlig in Ordnung«, sagte sie immer wieder. »Sprecher kommt, und alles wird gut.«
Spanno lief verzweifelt auf und ab. Er empfand nur ohnmächtige Hilflosigkeit und glaubte, daran zu ersticken. Selvyn und Ponder saßen in einer Ecke und flehten im stillen, Sprecher möge sich doch beeilen.
»Warum hat er das getan?« fragte Spanno mehr sich als die anderen. »Warum ist er über den Kleinen hergefallen? Er hätte zu mir kommen sollen!«
Aber Bryndle hatte Rache gesucht; ein normaler Zweikampf hätte ihm weniger Genugtuung verschafft als der Überfall auf Solo.
Bald darauf hörten sie eilige Katzenpfoten auf dem Graustein, und Spanno blieb stehen. Selvyn sprang auf. Sprecher kam ohne weitere Umstände herein und lief geradewegs zu Solo. Die ungewöhnliche Eile verriet seine Sorge. Ditto folgte ihm atemlos auf den Fersen. Er blickte die anderen ängstlich und fragend an.
»Ist er...?« fragte Ditto. Er konnte nicht weitersprechen.
»Er atmet immer noch«, erwiderte Kitty-Kitty, die beiseite trat, um Sprecher Platz zu machen.
»Es ist Bryndles Werk«, erklärte der Farbige, obwohl er wußte, Ditto hatte Sprecher mit Sicherheit die Einzelheiten berichtet.
»Ja«, sagte der Alte, der den Kleinen eingehend betrachtete, beschnupperte und die Verletzungen begutachtete. Dann beugte er sich lange und konzentriert über Solo. Die anderen drängten sich hinter ihm zusammen und warteten gespannt auf Sprechers Urteil. Schließlich hielt Ponder es nicht mehr aus.
»Was ist? Sag schon!« platzte der Graue heraus. »Wird er es überleben, Sprecher?«
»Es ist schlimm. Sehr schlimm. Und ich kann nicht sagen, ob er

innere Verletzungen hat. Aber nach allem, was ich sehe, glaube ich nicht, daß er daran sterben wird. Sein Hals ist jedenfalls nicht gebrochen.«

Im Holzstoß hörte man Seufzer der Erleichterung. Alle hatten sich nichts sehnlicher gewünscht, als das zu hören.

»Er braucht Pflege«, fügte Sprecher eilig hinzu. »Und viel Zeit. Ich kann nicht sagen, wie lange es dauern wird.«

»Wir werden ihn pflegen«, flüsterte Kitty-Kitty, die neben Spanno stand. »Oh, wir werden ihn pflegen!«

Selvyn hielt den Kopf gesenkt und hatte das Gesicht zwischen den Vorderpfoten vergraben. Ponder versuchte, sein Zittern zu unterdrücken. Auch Ditto wirkte niedergeschlagen und war sehr still.

»Hast *du* Bryndle getötet?« fragte Sprecher und sah den Grauen ruhig an.

»Ja, ich habe ihn getötet«, antwortete Ponder laut und erwiderte trotzig den Blick des Alten.

Sprecher zögerte. »Du hast getan, was du tun mußtest«, sagte er schließlich, und seine Augen wanderten wieder zu Solo. Auf seinem Gesicht lag ein sorgenvoller, schmerzlicher Ausdruck, und niemand wußte, ob er dabei an Solo oder an Bryndle dachte. »Unterhalten wir uns draußen.«

Die Barden folgten Sprecher hinaus. Kitty-Kitty blieb bei Solo, gab leise, kehlige Laute von sich und wärmte ihn. Sie war wieder Mutter, und ihr krankes Kind brauchte sie.

Das Quorum hatte sich am Holzstoß versammelt und wartete auf Nachrichten von Solos Zustand.

»Geht es ihm gut?« fragte Banda und sprach damit aus, was alle bewegte. »Er ist doch nicht... tot, oder?«

»Ich glaube, wenn er diesen Tag überlebt, wird er das Schattenland nicht sehen«, sagte Sprecher. »Aber er ist schwer verletzt.«

Man hörte Geflüster in der Gruppe. Jeden beschäftigte dieselbe Frage: Warum hatte Bryndle das getan?

»Weshalb Solo?« fragte Mondy, eine junge Prill. »Wir verdanken ihm soviel. Zuerst die Fallen, dann der Überfall aus dem Norden...«

»Was ist mit dem Überfall aus dem Norden?« fragten Spanno und Ponder wie aus einem Mund.
»Nun, Solo hat uns doch auf die Idee gebracht, zusammen mit euch Barden zu kämpfen –«
»*Solo* hat euch auf die Idee gebracht?« wiederholte Spanno überrascht, und es war deutlich, daß er nichts davon gewußt hatte. Solo hatte nie darüber gesprochen, und die Prills hatten sich nur untereinander darüber unterhalten, denn sie nahmen an, es sei allgemein bekannt.
»Dieser Kleine!« Ponder seufzte. Spanno schwieg.
Sprecher brach das Schweigen. »Ein ehemals großer Kämpfer ist heute nacht auf schlimme Weise gestorben. Aber es ist wichtig, daß wir uns daran erinnern: Der Barde, der dort leer auf dem Graustein liegt, ist nicht der Bryndle, der uns geführt und das Territorium so lange beherrscht hat. Ich weiß nicht, was ihm die Vernunft raubte und was über ihn gekommen ist, aber es machte ihn böse und blind. Es war ein Akt der Rache, der sich gegen einen Unschuldigen richtete, und seine Tat ist ein Beispiel für das, was Bryndle haßte und am meisten fürchtete: Katzen, die von den Legenden abweichen, die unüberlegt... und eigensinnig handeln. Ich glaube, er hat die Veränderungen der letzten Zeit nicht verkraftet. Er fühlte sich innerlich zerrissen.«
Das Quorum schwieg nachdenklich und respektvoll. Diesmal waren Sprechers Worte tatsächlich ein Nachruf.
Damit war die Versammlung beendet. Ein paar junge Barden schleppten Bryndles Leiche auf dem Graustein weiter nach Süden, weg vom Holzstoß. Sie würde nicht lange dort liegen – ein Besitzer würde sie finden und forttragen. Die Katzen wußten von früheren Erfahrungen, daß die Besitzer diese Art Unordnung in der Umgebung ihrer Behausungen nicht duldeten. Dom Spanno verschwand mit seinem Gefolge im Holzstoß, um nach Solo zu sehen, und Sprecher hielt Wache auf der Mauer.
»Kehrt zu euren Lagern zurück«, sagte der Alte. »Ihr könnt jetzt nichts weiter tun.«
Die Mitglieder des Quorums gingen langsam und zögernd auseinan-

der und sprachen nur flüsternd miteinander, als wollten sie den kleinen Kater nicht wecken, der im Holzstoß lag und mit dem Tod kämpfte.
Solos Zustand hatte sich nicht verändert. Er atmete immer noch. Ditto bot an, die Wache zu übernehmen, und Ponder begleitete ihn. Ehe er ging, drückte er Solo sanft die Nase in den Nacken.
Ponder wollte rennen – schnell und lange und weit. Und er rannte, als sei ihm das Schattenland auf den Fersen, bis er schließlich völlig erschöpft und atemlos ins Gras fiel. Dort blieb er lange liegen; Ditto hielt sich, wie es seine Art war, in einiger Entfernung, und der Graue konnte seinem Kummer unbeobachtet freien Lauf lassen.
Während der nächsten beiden Nächte lag Solo schlafend und regungslos auf seinem Lager. Kitty-Kitty beaufsichtigte seine Pflege in allen Einzelheiten. Wasser wurde auf die einzige Weise gebracht, die Katzen kennen – jeweils ein Mundvoll – und dem Kleinen zwischen die geöffneten Lippen geträufelt. Ponder scharrte Erde über Solos Silt und Siltaa, und Kitty-Kitty schob sie mit ihren Pfoten nach draußen. Wenn Solo auch nur kaum merklich mit den Ohren zuckte, brachte sie das alle erwartungsvoll auf die Pfoten. Aber er schlief und schlief. Spanno saß immer wieder lange neben dem Kleinen und sprach von der gemeinsamen Zeit, die vor ihnen lag, machte Versprechen und hoffte inbrünstig, Gelegenheit zu erhalten, sie zu erfüllen. Ponder wurde immer mürrischer und schroffer; und Selvyn zog sich, gepeinigt von Schuldgefühlen, wortkarg in sich zurück. Der ruhige Ditto mit seinem kühlen Kopf hielt die Gruppe zusammen. Er ermahnte Spanno, sich um die Belange des Quorums zu kümmern, zwang Ponder, seine Hilflosigkeit und Spannung abzureagieren, indem er über das Gelände rannte, und er versuchte, mit dem verzweifelten Selvyn zu reden. Sprecher hielt sich ständig in der Nähe auf, kam regelmäßig in den Holzstoß, um Solo zu untersuchen und nach Anzeichen der Besserung Ausschau zu halten. Aber jede Einladung zu bleiben, lehnte er ab.

Solo hatte das Gefühl, er sei in einem Traum gefangen, in einem langen, endlosen Traum, aus dem er nicht erwachen konnte. War

dies das Schattenland? Er wußte es nicht. Hatte auch er von Selvyns merkwürdigem Blattgras gegessen? Manchmal fühlte er sich von seinem Körper getrennt und sah die Dinge wie aus großer Höhe; nur dann waren die Schmerzen völlig verschwunden. Seltsame Stimmen vermischten sich zu dumpfen, gurgelnden Geräuschen. Solo wollte aufwachen, denn im Traum verfolgten ihn unablässig die zusammengekniffenen grünen Augen eines riesigen schwarzen Barden, und Solo wußte, wenn sein Verfolger ihn schließlich einholte, würde er ihn in das Schattenland bringen.
Solo spürte, wie Kitty-Kittys sanfte Zunge seine Wunden leckte und das Feuer linderte, und er fühlte die Wärme ihres Körpers an seinem Körper. Nein, es war nicht Kitty-Kitty... es war seine endlich zurückgekommene Mutter. Die anderen mußten die Schwestern sein, die so lange verloren gewesen waren.

»Hört ihr?« rief Kitty-Kitty. Spanno und Selvyn waren mit einem Satz neben ihr. Solo schnurrte, allerdings so leise, daß man nicht sagen konnte, um welche Art Schnurren es sich handelte.
»Hol Sprecher!« befahl der Farbige und beugte sich über Solo.
Kitty-Kitty eilte hinaus, um den Alten zu rufen, und war gleich wieder mit ihm zurück. Sprecher trat schnell neben den Kleinen und lauschte auf den schwachen Ton.
»Was hat das zu bedeuten?« fragte Spanno. Seine Augen richteten sich verstört und unsicher auf den Alten. Selvyn trat von einer Vorderpfote auf die andere und schüttelte den Kopf. Er konnte die Ungewißheit beinahe nicht mehr ertragen.
»Ist es ein gutes Zeichen, Sprecher?« fragte die Prill mit angehaltenem Atem.
»Es *ist* ein gutes Zeichen«, erwiderte der Alte endlich, ohne jedoch den Blick von Solo zu wenden.
Kitty-Kitty sank vor Erleichterung zu Boden und verbarg in der Art der Prills ihr Gesicht in den Pfoten. Spanno und Selvyn zitterten. Sie hatten Mühe, die Fassung zu bewahren.
Offenbar hatte jemand Ponder und Ditto gerufen. Sie stürmten in den Holzstoß und kamen in einer Staubwolke zum Stehen.

»Er schnurrt, und Sprecher sagt, es ist ein gutes Zeichen«, platzte Selvyn als Antwort auf die Frage in ihren Augen heraus.
Die Wartenden vor dem Holzstoß wurden unterrichtet, und man hörte ihre erleichterten und überglücklichen Rufe. Solo würde ihnen erhalten bleiben.
»Der Kleine wird leben..., um uns zu führen«, erklärte Sprecher. Aber der zweite Teil des Satzes ging im Jubel der anderen unter.
»Ich wußte, der Kleine wird es schaffen!« sagte Ponder. »Und wenn er nur am Leben bleibt, um mich zu quälen!« Der Graue versuchte offenbar, die Zärtlichkeit zu verbergen, die er für Solo empfand.
»Nun ja, einer muß es schließlich tun«, rief Selvyn lachend. »Es ist eine schmutzige Arbeit, aber –«
»Ich hab' Hunger«, piepste da eine heisere Stimme.
Es herrschte fassungsloses Schweigen, und alle Augen richteten sich auf Solo. Er hatte den Kopf leicht gehoben, seine Augen waren noch trübe und verschleiert vom langen Schlaf.
»Ich hole ihm etwas!« riefen fünf Stimmen gleichzeitig.
»*Ich* hole ihm etwas!« wiederholte Selvyn als einziger. Er verschwand aus dem Holzstoß und lief schnell zum Behälter. Er hoffte, einen zarten Leckerbissen für den schwachen Solo zu finden. Selvyn empfand es als seine Pflicht, das zu tun.
Die anderen drängten zu Solos Lager, trafen aber auf eine entschlossene Kitty-Kitty, die ihnen den Weg versperrte.
»Zurück!« fauchte sie. »Der Kleine ist noch so krank, daß ihr tolpatschigen Barden ihm nicht auf den Leib rücken werdet!« Niemand widersprach.
Als Selvyn zurückkam, aß Solo zum erstenmal seit mehr als zwei Nächten wieder etwas. Doch es dauerte noch zwei Nächte, ehe er die ersten unsicheren Schritte nach draußen wagte. Ponder brummte, Solo ziehe seine Gesundung absichtlich hinaus, um ihn zu quälen; Kitty-Kitty meinte ängstlich, der Kleine habe es zu eilig. Barden und Prills des Quorums brachten die besten Leckerbissen zum Holzstoß – mehr, als eine ganze Schar gesunder Kinder hätte aufessen können.
Solo stellte keine Fragen nach Bryndle oder ›jener Nacht‹. Nie-

mand wußte genau, ob er sich überhaupt daran erinnerte. Aber alle spürten, daß jetzt ein besonderes Band zwischen Ponder, dem Grauen, und Solo, dem Kleinen, bestand.

»Der Berg, die Strahlen, der schwarze Schatten...«, flüsterte Solo einmal früh am Morgen, als sich alle zum Schlafen zusammengerollt hatten. Aber niemand wußte, was diese Worte bedeuten sollten.

6

Die Neugier

In den folgenden Nächten erholte sich Solo und war bald wieder bei Kräften. Er nahm zu, wuchs und fühlte sich fast wie ein richtiger wilder Barde – und so sah er mittlerweile auch aus. Bald würde das riesige Nachtgestirn zum fünften Mal seit seiner Geburt wieder ganz rund sein, und nach fünf Kreisläufen hatte er beinahe die Hälfte seiner vollen Größe und seines Gewichts erreicht.

Der frühe Verlust der Mutter lag zwar wie ein dunkler Schatten über Solos Entwicklung, aber als Ausgleich dafür hatte er inzwischen fünf ›Mütter‹ gefunden, die sich um seine Erziehung kümmerten – alle natürlich vom eigenen Standpunkt aus. Spanno wurde Solos wichtigstes Vorbild, und dem Farbigen war sehr wohl bewußt, welch großen Einfluß er allein durch sein Verhalten ausübte. Von ihm lernte Solo Gerechtigkeit und ›sanfte‹ Stärke; er begriff, daß wahre Größe bedeutet, auf niemanden herabzublicken, ganz gleich, welchen Rang er hat. Ponder machte den Kleinen mit den praktischeren Seiten des Lebens einer wilden Katze vertraut. Er zeigte ihm, wie gekämpft, wie geblufft wird, und vergaß auch nicht zu erklären, daß tapfer sein nicht einfach bedeutet, ›keine Angst‹ zu haben. Selvyn half Solo, die Geheimnisse der Natur zu erforschen, und wenn der Kleine den Roten begleitete, lernte er, das Leben in den Bäumen zu spüren und die stummen Melodien der Welt zu hören, die ihn umgab.

Bescheidenheit war zwar ein natürlicher Wesenszug Solos, aber Ditto zeigte ihm eine andere Art von bescheidenem Mut. Der schwanzlose Barde war ein lebendes Beispiel für die Ungleichheit in der Natur, aber er besaß einen inneren Stolz, der auf Selbstachtung

beruhte und nicht darauf, daß andere ihm Anerkennung schenkten. Kitty-Kitty ersetzte Solo die Mutter, die er verloren hatte. Sie sorgte und ängstigte sich um den Kleinen, lehrte ihn selbstlose Fürsorge und weckte sein Gefühl für Zusammengehörigkeit. Die weiße Prill bestand auf Sauberkeit (nur Ponder widersetzte sich ihr in diesem Punkt erfolgreich) und makellos gepflegtem Fell. Die Ohren wurden täglich inspiziert, und sie hielt Solo Vorträge darüber, daß von allen Wesen Katzen die saubersten seien. Kitty-Kitty wiederholte immer wieder: »Schmutz ist nur etwas für Hunde.«
Solo erhielt also eine gute, umfassende und ausgewogene Erziehung. Dank seiner Quorum-Familie wurde er stark, mutig, bescheiden und sauber und war bald mit jedem Aspekt des Lebens der wilden Katzen vertraut.
Der Kleine hatte eine glückliche Zeit. Seine fünf ›Mütter‹ verwöhnten ihn, und das Quorum achtete ihn, aber trotzdem plagte Solo die unstillbare Neugier der ungestümen Jugend. Jede Nacht war wie ein neuer, leerer Raum, der mit wunderbaren Abenteuern und Entdekkungen gefüllt wurde. Besonders ein Abend bescherte ihm ein denkwürdiges Erlebnis, an das er sich noch als erwachsener Barde erinnern sollte.
Solo hatte Spanno überredet, ihn zu den Behausungen mitzunehmen, damit er sich dort ein wenig umsehen und die Besitzer beobachten konnte.
»Ich glaube, Kitty-Kitty sollte besser nichts davon erfahren«, sagte Spanno so beiläufig wie möglich. »Es besteht kein Grund, sie wegen nichts und wieder nichts zu beunruhigen.«
»Natürlich«, stimmte Solo schnell zu. »Die Sache bleibt unter uns.« Er freute sich darüber, mit dem Farbigen ein Geheimnis zu teilen.
»Ich war ungefähr so alt wie du, als ich zum erstenmal die Behausungen inspiziert habe.« Der Farbige lachte leise. »Ponder und ich ..., also wir sind hinüber gegangen und haben mit den zahmen Katzen Streit angefangen. Natürlich waren wir damals noch sehr jung. – Also los, machen wir uns auf den Weg.«
Solo schlüpfte durch die Mauer. Beim Anblick der Lichter, die um

die Behausungen der Besitzer leuchteten, sagte er nachdenklich: »Mir scheint, als wären in letzter Zeit überhaupt keine zahmen Katzen mehr draußen unterwegs. Die Besitzer lassen sie wohl nicht mehr raus... Ich fände es schrecklich, ständig in einem Bau eingesperrt zu sein.«
»Die zahmen Katzen mögen das«, erwiderte der Farbige. »Und alle, die einmal nach draußen kommen, haben solche Angst, daß sie nicht wagen, mit uns zu reden.«
»In welche Richtung gehen wir, Spanno?« fragte Solo. Er stand bereits sprungbereit auf dem Graustein und fieberte dem Abenteuer entgegen.
»Laß dich überraschen. Aber vergiß nicht, was ich dir gesagt habe – beim ersten Anzeichen von Gefahr läufst du, so schnell du kannst, zurück oder auf das Feld. Wenn du plötzlich einen Besitzer siehst, bleibst du regungslos sitzen, wo du bist. Vielleicht entdeckt er dich nicht – meist ist es so.«
Sie wußten beide, es war höchst unwahrscheinlich, daß sie einem der großen Wesen begegnen würden; nachts sah man selten Besitzer vor den Behausungen. Den wilden Katzen, die kein Interesse daran hatten, ihnen über den Weg zu laufen, war das nur recht.
Spanno und Solo schlichen besonders wachsam und vorsichtig über den Graustein. Spanno hatte ein schlechtes Gewissen, aber er redete sich ein, der Ausflug sei eine gute Gelegenheit, Solo etwas beizubringen. Der Kleine fieberte vor Ehrgeiz. Er wollte dem Farbigen unbedingt zeigen, wie erwachsen und geschickt er bereits war. Trotzdem konnte er seine Aufregung kaum unterdrücken – die Behausungen gehörten offiziell nicht zum Territorium, und genaugenommen befanden sie sich auf einer Erkundung.
Unter einem der kümmerlichen niedrigen Büsche am äußeren Rand der Behausungen blieben sie stehen. Solo kauerte sich neben den Dom und lauschte auf die gedämpften Geräusche, die durch die dicken, hohen Mauern drangen. Es war das vertraute Gewirr einzelner unverständlicher Laute und etwas, das die Musik der Besitzer sein mußte, wie Solo vermutete. Manchmal hörte sie sich beinahe wie eine Fuge an, mit der die Barden um die Prills warben – wunder-

bar rein und zusammenhängend –, dann wieder war alles nur ein kompliziertes Durcheinander mit viel zu vielen Tönen gleichzeitig und einem Rhythmus wie schwerfälliges Laufen oder atemloses Rennen. Während Solo lauschte, drang nicht weit von seinem Platz entfernt die harte Stimme eines Besitzers durch die Mauer. Solo spürte, sie klang zornig.

Spanno brachte Solo mit einem Schubs wieder in die Wirklichkeit zurück. »Komm, Kleiner«, sagte er aufmunternd, »ich will dir etwas zeigen, was du nicht glauben wirst, wenn du es nicht mit eigenen Augen gesehen hast.«

»Was ist es, Spanno?« In Solos Neugier mischte sich eine Spur Angst.

»Du wirst schon sehen.« Der Farbige lächelte. »Nur Mut, es beißt nicht.«

Sie liefen schnell über einen hell erleuchteten, überdachten Weg – sie wollten sich nicht lange im Schein der Lichter aufhalten – und erreichten einen großen, offenen Platz, den auf allen Seiten Behausungen der Besitzer umstanden. Die weite, leere Fläche bestand zum größten Teil aus Graustein. Solo sah kaum Gras oder Erde. Die wilden Katzen vermuteten, daß die Besitzer für Gras nicht viel übrig hatten. Weshalb sonst bedeckten sie so viel Boden mit Graustein?!

Die riesige Fläche überwältigte Solo. Aber Spanno wollte sich hier nicht länger aufhalten; er drängte den Kleinen in südlicher Richtung über den Platz und auf einen anderen Weg. Solo folgte dem Farbigen auf den Fersen, und sie erreichten bald einen zweiten, noch größeren Platz. In der Mitte sah Solo etwas, das ihm beinahe den Atem nahm.

»Was ist denn das?« stieß der Kleine fassungslos hervor und starrte ungläubig hinüber.

Spanno lächelte zufrieden und sagte gönnerhaft: »Lauf hin, und sieh es dir an. Es tut dir nichts. Sei aber trotzdem vorsichtig.«

Solo machte ein paar zögernde Schritte. Hinter einem Zaun, durch den man hindurchsehen konnte, war die größte Wasserpfütze, die er je gesehen hatte. Von Kitty-Kitty wußte er, daß die Besitzer Wasser sammelten, aber *davon* hatte sie nichts gesagt! Die Pfütze war mindestens zwanzig Katzenlängen breit und noch sehr viel länger; außerdem schien sie sehr tief zu sein. Das Wasser hatte einen scharfen, unangenehmen Rack. Aber es war unglaublich schön, denn auf der Oberfläche spiegelten sich funkelnd viele farbige Lichter.

»Wozu soll die Pfütze gut sein, Spanno?« flüsterte Solo, der den Blick nicht von dem grünlichen Wasser wenden konnte.

»Die Besitzer spielen darin. Sogar ihre Kinder. Ich habe es zwar nie selbst gesehen, aber einige zahme Katzen beschwören es. Versuch aber nicht, etwas davon zu trinken. Es schmeckt ebenso schrecklich, wie es riecht.«

Solo war wie verzaubert. Die Legenden berichteten von vielen wundersamen Dingen, auch von unvorstellbaren geheimnisvollen Plätzen, wo es überhaupt keine feste Erde gab, sondern nur Wasser. Man nannte sie Meere, und darin lebten merkwürdige, beinlose Wesen, die man angeblich sogar essen konnte...

»Komm, wir gehen zusammen etwas näher ran«, sagte der Kleine, der sich nicht traute, allein weiterzugehen. »Leben in dem Wasser irgendwelche Wesen?«

»Ich habe nie etwas anderes als Insekten dort gesehen. Sie können darauf laufen. Abalon behauptet, die Besitzer könnten auf den Vorderpfoten über das Wasser gehen, aber das glaube ich nicht. Ditto sagt, sie legen sich auf das Wasser.«

Mit Spanno als beruhigender Rückendeckung hüpfte Solo über den niederen Zaun und näherte sich langsam der gigantischen Pfütze. In einiger Entfernung vom Rand blieb er ehrfürchtig stehen. »Man kann bis auf den Grund hinuntersehen«, flüsterte er. »Und da unten ist nichts... nichts!«

Der Kleine war so begeistert und hingerissen von diesem geheimnisvollen Ort, daß sich sein Fell sträubte. Er kroch noch näher an den Rand heran. Während er wie gebannt auf das Wasser und die schimmernden Lichter auf der bewegten Oberfläche starrte, wich seine Spannung allmählich. Unschlüssig streckte Solo schließlich eine Pfote aus und tastete vorsichtig nach dem Wasser. Vielleicht *war* es verzaubertes Wasser, und man *konnte* darauf gehen. Aber als er die

kühle Nässe am Ballen spürte, fuhr er zurück. O nein, das war ganz normales Wasser! Er dachte daran, was Spanno über den schrecklichen Geschmack gesagt hatte, und verzichtete darauf, die nasse Pfote zu lecken. Statt dessen schüttelte er sie mehrmals schnell.
»Das ist ein komisches Ding, nicht wahr?« sagte Spanno, aber mehr zu sich selbst. Er hatte viele Ausflüge zu den Besitzern hinter sich, aber über die Riesenpfütze staunte er immer noch. »Komm, Kleiner, da ist noch etwas, das ich dir zeigen will.«
Solo wäre lieber an der Pfütze geblieben und hätte sie genauer untersucht, aber er wollte auf keinen Fall allein dort sein. Widerstrebend folgte er dem Farbigen um das Wasser herum und über den künstlichen, harten Boden nach Osten. So unauffällig wie möglich sprangen sie über den niedrigen Zaun und liefen über den freien Platz zur Mauer einer Behausung. Etwa fünfzehn Katzenlängen vor dem Bau begann Spanno, ganz langsam zu schleichen, als sei er auf der Jagd, und bedeutete Solo, seinem Beispiel zu folgen. Sie näherten sich einer Reihe umzäunter Plätze, die an Behausungen grenzten. An manchen Stellen reichten die Holzzäune nicht ganz bis zur Erde, und es war genügend Platz, um darunter hindurchzukriechen. Spanno blieb immer wieder stehen und schnupperte, als suche er etwas ganz Bestimmtes.
»Was wollen wir denn hier?« fragte der Kleine, der nicht von Spannos Seite wich.
»Jagen, aber etwas ganz Besonderes...«, erwiderte dieser geheimnisvoll und suchte weiter.
Er kroch auf dem Bauch unter einem Zaun hindurch. Solo legte die Ohren an und folgte dem Farbigen; er wußte nicht so recht, was sie taten. Sie befanden sich auf einem Platz, der ungefähr so groß war wie der Behälter. Allerdings hatte er nicht so hohe Wände. Überall roch es nach Katze. Aha, hier mußte also eine zahme Katze leben. Auf der Erde lagen viele seltsame Gegenstände der Besitzer verstreut, aber Spanno beachtete sie nicht, sondern lief geradewegs zur Mauer. Plötzlich nahm Solo einen anderen Rack wahr. Der süße Geruch ließ ihm das Wasser im Mund zusammenlaufen. Er stellte sich neben den Farbigen und schnupperte an einem runden, flachen

Gefäß, das vor der Behausung auf dem Graustein stand. Solo wußte sofort, was darin war – Thraille! Nicht die frische, warme Thraille seiner Mutter, aber trotzdem Thraille. Konnte es Thraille der Besitzer sein? Nein, sie roch überdeutlich nach einem Tier. Solo leckte vorsichtig, während Spanno belustigt zusah. Es war tatsächlich Thraille.

Sie konnten nicht beide gleichzeitig den Kopf über das Gefäß beugen. Deshalb wechselten sie sich ab und leckten es schließlich völlig aus. Solo war froh, daß er nicht mit Ponder teilen mußte, denn der Graue berechnete Portionen nach dem Körpergewicht.

»Woher kommt das?« fragte der Kleine. Er wischte sich mit der Vorderpfote über die Schnurrhaare und wünschte, das Gefäß wäre größer gewesen.

»Vermutlich gehört es einer zahmen Katze, die nicht alles getrunken hat«, erwiderte Spanno, der Solos Frage nicht richtig verstand. »Komm, hinter den anderen Zäunen finden wir sicher noch mehr.«

Sie krochen auf den großen Platz und liefen in Richtung Süden. Aber noch ehe sie fünf Katzenlängen zurückgelegt hatten, hörten sie die Schritte eines Besitzers und blieben wie erstarrt stehen. Es waren laute, seltsame Schritte, die sich von Westen näherten. Die beiden kauerten sich sprungbereit auf den Graustein und spürten den Widerhall der Schritte unter den Ballen ihrer Pfoten. Schweigend warteten sie darauf, daß der Besitzer die Richtung ändern und sich wieder entfernen würde. Sie wußten, eine wilde Katze konnte einem Besitzer mühelos davonlaufen, aber am besten vermied man, sich überhaupt sehen zu lassen.

Solo hatte nicht wirklich Angst. Die Besitzer kamen sehr oft zum Behälter oder gingen zu den Rauwölfen, und er war es inzwischen gewohnt, sie aus einiger Entfernung zu sehen.

»Wenn er uns entdeckt, machst du es wie ich«, flüsterte der Farbige, der gespannt wie eine Feder neben dem Kleinen kauerte.

Solo nickte nur, denn der Besitzer erschien bereits auf dem Weg. Er würde bestimmt in einer der vielen Schneisen verschwinden, und dann konnten sie ihre Suche nach Thraille wieder aufnehmen.

Aber der Besitzer ging weiter. Er war inzwischen sehr nahe herangekommen, und Solo sah, daß es eine große ›Prill‹ war.
Sie kam über den Graustein direkt auf die Katzen zu und würde die beiden mit dem hellen Fell bald entdecken. Dann mußten sie wie der Blitz über den freien Platz flüchten. Die große ›Prill‹ blieb etwa fünfzehn Katzenlängen von ihnen entfernt stehen und blickte in ihre nachtgeweiteten Augen. Solo spürte den Augenkontakt und empfand ihn irgendwie als unangenehm; es war, als ›kenne‹ ihn das riesige Wesen – und dieses Gefühl wiederum empfand er als angenehm und wie eine stumme Sehnsucht. Beinahe wie eine Katze, die sich reckt, beugte die große ›Prill‹ sich vor, begann leise und in hohen Tönen zu rufen und streckte lockend eine ihrer unbehaarten Vorderpfoten aus. Solo wußte, dieses unheimliche Wesen wollte ihn berühren.
Spanno duckte sich noch tiefer, und ohne zu überlegen, machte Solo es ihm nach. Der Farbige zischte: »Jetzt!«, und sie machten beide einen großen Satz, rannten in weitem Bogen links an der verblüfften ›Prill‹ vorbei und verließen das Gebiet der Besitzer auf demselben Wege, auf dem sie gekommen waren.
Sie fühlten sich kühn und verwegen, als sie nach diesem Abenteuer über den Graustein in Richtung Holzstoß liefen. Vor der großen Hürde blieben sie mit einem unbehaglichen Gefühl stehen. Auf dem Mauerrand saß Kitty-Kitty und blickte streng und mißbilligend auf sie hinunter. Spanno grinste unschuldig und sprang zu ihr hinauf. Solo versuchte, sich unten im Schatten so unsichtbar wie möglich zu machen.
»Hallo, Kitty-Kitty«, rief der Farbige lässig, als er sich neben sie setzte und versuchte, betont ruhig und langsam zu atmen.
»Spar dir dein ›Hallo‹. Ich weiß, wo ihr beiden gewesen seid. Du bist unverbesserlich. Es kann da drüben sehr gefährlich sein.«
Spanno lachte. »Uns ist nichts passiert. Man hat uns kein Härchen gekrümmt...«
Kitty-Kitty beugte sich vor und betrachtete Solo prüfend. »Das Gebiet der Besitzer kann wie eine Falle sein. Ihr solltet nicht dorthin gehen. Ich weiß es – ich habe in den Behausungen gelebt.«

»Du solltest dir um uns nicht so viele Sorgen machen«, sagte Solo stolz und im Brustton eines Möchtegern-Erwachsenen. »Wir sind wilde Katzen, wir können auf uns aufpassen.«
Kitty-Kitty hob energisch die Pfote und machte ihm wortlos, aber unmißverständlich klar, daß sie über dieses Thema nicht mit sich reden ließ. Dann verschwanden sie und Spanno auf dem Feld; Solo zögerte und drehte sich noch einmal neugierig nach den Behausungen um, ehe er durch die Mauerlücke kroch. Er wäre liebend gern allein zu ausführlicheren Erkundungen dorthin zurückgegangen. Wenn er doch nur schon ein bißchen größer und älter wäre...

In dieser Nacht geschah nichts Aufregendes mehr, und noch ehe dunstig der Morgen anbrach, fanden sich nach und nach alle wieder am Holzstoß ein und machten sich träge zum Schlafen bereit. Kitty-Kitty begann, sich ausgiebig zu putzen. Sie versuchte geduldig, auch die letzte Klette und die letzten verfilzten Haare aus ihrem Schwanz zu entfernen. Die anderen sahen ihr geistesabwesend zu; sie hingen ihren Gedanken nach und begannen unwillkürlich, sich ebenfalls das Fell zu lecken und zu putzen. Putzen ist wie Gähnen unglaublich ansteckend; hat erst eine Katze damit begonnen, sind bald alle Katzen im Umkreis damit beschäftigt, sich das Fell zu lecken.
Es war noch nicht hell, als Murdok mit der traurigen Nachricht kam, daß man an der Südgrenze des Territoriums wieder ein Kind gefunden hatte, das offenbar von einem schnellen Rauwolf erfaßt und getötet worden war. Die Mutter des Kleinen hieß Pensey; erst vor wenigen Nächten war eines ihrer Kinder auf dieselbe Weise ums Leben gekommen. Murdok berichtete, Pensey sei völlig verstört und habe keine Thraille mehr für das letzte überlebende Kind. Kitty-Kitty verließ sofort den Holzstoß und lief zu den dichten Hekken in der Mitte des Feldes, um ihre Freundin zu trösten.
Ponder war mürrisch und verstimmt. Ein Hund hatte seinen Lieblingsplatz vor dem Holzstoß mit Siltaa bespritzt, außerdem machten ihm wieder einmal Ohrmilben zu schaffen, und zu allem Übel war er auch noch unter einem Rauwolf eingeschlafen, der eine schwarze,

klebrige Masse auf sein Fell getropft hatte. Selbst Dittos Versuch war gescheitert, den Grauen in eine bessere Stimmung zu bringen.

Ponder kratzte sich heftig mit einer Hinterpfote am Ohr. »Ich gehe zum Behälter«, erklärte er mißmutig und schüttelte den Kopf, daß die Ohren wackelten. Der Graue verzog sich und machte den anderen dabei wortlos klar, daß er allein sein wollte.

»Das Graille wird ihm guttun«, bemerkte Ditto mit einem Seufzer. »Er wird zuviel essen, dann wird ihm übel, und er schläft irgendwo ein.«

Kurze Zeit später hallte das wütende, beinahe hysterische Geheul einer Katze über den Graustein und ließ alle verstummen. Der durchdringende Schrei klang nach großen Schmerzen!

»Ponder!« riefen die vier wie aus einem Mund.

Spanno, Selvyn, Ditto und Solo stürmten aus dem Holzstoß und rannten in Richtung Norden, denn von dort war der Schrei gekommen. Aber sie konnten den Grauen nirgends entdecken. Als sie sich dem Behälter näherten, nahmen sie Ponders Ring wahr, aber in einem Zustand, der dem entsprach, was sie hörten. Der Graue mußte also da drin sein.

Spanno zögerte. »Ponder? Ist alles in Ordnung?«

»Holt mich hier raus!« brüllte Ponder aus dem hohlen Gebilde.

»Da!« rief Solo, und alle Augen richteten sich auf eine Ecke am oberen Rand des Behälters. Dort, wo zwei Seiten des Behälters zusammenstießen, ragte aus einem engen Spalt ein zerzaustes graues Fellbüschel hervor: Ponders Schwanzspitze.

Die älteren Barden warfen sich besorgte Blicke zu, sprangen auf den schmalen Rand und blickten ins Dunkel. Solo kroch durch die niedrige Öffnung nach innen. Ponder hing kopfüber im Behälter; er stemmte die Vorderpfoten gegen die Wand und verzog das Gesicht – vor Schmerzen, aber auch, weil ihm seine Lage sehr peinlich war.

»Steht nicht so rum!« fauchte er. »Tut etwas!«

Spanno sprang in den Behälter und stellte sich neben Solo.

»Warum hast du denn den Schwanz in diesen blöden Spalt gesteckt?«

»Das war gar nicht so einfach«, knurrte Ponder. »Und sehe ich vielleicht so aus, als wollte ich jetzt darüber reden? Mir tut alles weh!«

Der Behälter war nicht einmal halb voll. Deshalb konnte Ponder sich nicht mit den Vorderpfoten abstützen und hing mit dem ganzen Gewicht an seinem empfindlichen Schwanz. Nach oben konnte er auch nicht, denn die glatten Seiten boten keinen richtigen Halt, und da der Schwanz fest im Spalt an der Ecke klemmte, konnte er nicht hinunterspringen.

»Also gut, ich versuche, ihn herauszuziehen«, sagte Selvyn, »vermutlich wird es aber ein bißchen wehtun.«

»Mir ist ganz gleich, was du machst«, stöhnte Ponder, »aber befreie mich, ehe mich einer von den anderen sieht!«

Ditto machte Selvyn Platz, und Spanno sah mit Solo von unten zu. Der Rote packte das Fell am Schwanz des Grauen und zog aus Leibeskräften, aber ohne Erfolg. Ponder war ein starker Barde, und sein ganzes Gewicht hing an der Schwanzspitze.

»So geht es nicht«, schnaufte Selvyn schließlich und rang nach Luft. »Ponder ist einfach zu schwer.«

»Nach zwei oder drei Tagen ohne Graille ist er leichter...«, Ditto kicherte, aber Ponders Knurren ließ ihn sofort wieder verstummen. Ditto machte ein ernstes Gesicht und blickte zu Solo hinunter. »Hast du eine Idee, Kleiner, wie wir den Schwanz herausziehen können?«

Solo versetzte sich in Ponders Lage. Nach kurzem Nachdenken rief er aufgeregt: »Spanno, du mußt dich unter Ponder stellen, damit er mit den Pfoten auf deinem Rücken Halt findet. Das nimmt etwas von dem Gewicht weg, und dann kann Selvyn den Schwanz vielleicht aus dem Spalt ziehen.«

»Das könnte funktionieren, Solo!« Ditto nickte beeindruckt. Und er war froh, daß Ponder sich nicht auf *seinem* Rücken abstützen sollte.

»Schnell! Beeilt euch doch!« jammerte Ponder.

Spanno bahnte sich geschickt einen Weg durch den Berg der Gaben und stellte sich direkt unter den Grauen.

»Ach du liebe Zeit«, flüsterte Selvyn von oben. »Da kommen die anderen.«

Mehrere Katzen hatten die Aufregung am Behälter wahrgenommen und eilten besorgt herbei. Selvyn, Ditto und Solo bedauerten Ponder jetzt aufrichtig – nicht nur wegen der Schmerzen, sondern auch wegen der Demütigung, die ihm nicht erspart bieb. Eine wilde Katze hat schließlich ihren Stolz!

»Helft mir doch!« stöhnte Ponder. »Silt! Die anderen dürfen mich nicht sehen...« Es ging um seine Ehre!

Spanno machte sich so groß wie möglich und Ponder streckte vorsichtig die Vorderpfoten nach der Schulter des Farbigen aus. Plötzlich entstand Unruhe unter den Katzen draußen, und sie verschwanden stumm unter den Rauwölfen oder flohen auf das Feld. Nach einem Augenblick der Verwirrung begriff der Rettungstrupp im Behälter, weshalb sich alle so schnell aus dem Staub gemacht hatten: Von Norden näherte sich ein Besitzer mit einem großen braunen Gefäß in der unbehaarten Pfote. Er brachte eine Gabe.

»Was nun?« fragte Solo leise. Sie rührten sich nicht von der Stelle. Sollten sie eilig Schutz suchen und den armen Ponder einfach hängen lassen? Sollten sie bei ihrem wehrlosen Freund bleiben? Spanno traf schnell eine Entscheidung.

»Ponder«, flüsterte er hastig, »verhalte dich ruhig. Ich glaube, der Besitzer wird dich nicht sehen. Wenn er dich entdeckt, stürzen wir uns von der anderen Seite der Mauer auf ihn.« Der Farbige blickte zu Selvyn und Ditto hinauf. »Los! Verschwinden wir!«

Die beiden sprangen ~~sprangen~~ auf den Graustein und über die große Hürde, während Spanno und Solo eilig durch die Öffnung nach draußen und durch eine Mauerlücke krochen.

Ponder hielt den Atem an und zog seinen Ring ganz eng um sich. Er litt schreckliche Qualen und hatte das Gefühl, die Schwanzwurzel stehe in Flammen. Aber in der Hoffnung, der Besitzer werde das Stückchen Katzenschwanz nicht sehen, das über den Rand ragte, blieb er stumm und regungslos hängen.

Und wirklich: Der Besitzer lud seine Gabe ab und entfernte sich wieder nach Norden, offenbar ohne die Katze im Behälter bemerkt

zu haben. Als er in sicherer Entfernung war, kamen Spanno und die anderen schnell zurück.
»Ponder?« rief Selvyn von draußen. »Alles in Ordnung?«
Ponder knurrte in ohnmächtiger Wut, die sich an seiner Aura nur allzu deutlich ablesen ließ, wüste Katzenflüche. Der Farbige sprang in den Behälter, landete unter dem Grauen und verstand den Wutanfall sofort. Die Gabe des Besitzers war auf dem armen Ponder gelandet und verzierte sein gesträubtes Fell mit weißen, glitschigen Fäden, die toten Würmern glichen und wie schmutzige Eiszapfen von den Ohren des Grauen hingen. Trotz allem sah es komisch aus, und Solo hätte am liebsten laut gelacht. Aber es war nicht der richtige Augenblick dazu.
»Holt mich hier raus!« fauchte Ponder mit zusammengebissenen Zähnen.
Spanno versuchte, ein ernstes Gesicht zu machen, kletterte auf die Gaben und stellte sich wieder unter Ponder. Dabei suchte er nach einem zuverlässigen Halt für seine Pfoten, damit sie unter dem Gewicht der beiden Katzen nicht in der weichen Masse versinken würden. Ponder stützte sich vorsichtig mit den Vorderpfoten auf Spannos Rücken. Endlich ließ der Schmerz in seinem Schwanz wenigstens etwas nach. Der Farbige rief: »Jetzt!« Selvyn und Ditto packten eine Mundvoll Fell und zogen daran. Nach einem heftigen Ruck rutschte der Schwanz aus dem Spalt, und Ponder fiel mit seinem ganzen Gewicht auf Spanno und Solo. Selvyn verlor das Gleichgewicht, zog Ditto mit sich, und die beiden landeten ebenfalls im Behälter. Es entstand eine Panik, als das Knäuel der fünf Katzen in den weichen Bergen von Gaben lag, und jeder versuchte, Halt zu finden und sich von den anderen zu lösen.
Ponder schaffte es als erster. Mit einem Satz war er aus dem Behälter, stand mit gesträubtem Fell auf dem Graustein und bemühte sich, seine Fassung wiederzufinden.
»Was macht dein Schwanz?« fragte Solo. »Er ist doch nicht... beschädigt, oder?«
Ponder sah sich nach möglichen Zeugen um, erwiderte aber nichts.

»Ist alles in Ordnung, Ponder?« fragte Ditto so neutral wie möglich. Der Graue brummte etwas in Dittos Richtung und lief auf die Mauer zu. Er sah bedauernswert aus: Der stolze Barde war über und über mit den weißen, wurmartigen Fäden des Besitzers behängt, von dem schwarzen Schlamm des Rauwolfs ganz zu schweigen, und sein Schwanz, den er schützend unter den Bauch legte, hatte einen Knick. Der gedemütigte Held sprang auf die Mauer und verschwand auf dem Feld. Vermutlich wollte er allein sein, um seine Wunden zu lecken.

»Ich wußte schon immer, daß es ein Vorteil ist, *keinen* Schwanz zu haben.« Ditto lachte vergnügt, als er mit Spanno, Selvyn und Solo zurück zum Holzstoß lief.

Auch die andern grinsten. Aber so komisch sie die Sache auch fanden, in Ponders Gegenwart fiel nie wieder ein Wort darüber.

7

Die Liebe

Der Sommer lag hinter ihnen, und die Nächte wurden zunehmend kälter. Der Winter rückte näher. Die Katzen hatten nicht mehr unter dem Fallwasser zu leiden – dafür gab es hin und wieder einen sehr viel angenehmeren Weißfall. Dann schwebten langsam weiche, weiße Flocken vom Himmel und bedeckten Graustein und Feld. Auf dem warmen Fell bildeten sich Wassertröpfchen, aber der Weißfall ließ sich mühelos abschütteln, und man wurde nie bis auf die Haut naß, wie es beim Fallwasser hin und wieder geschah. Solo saß mit dem Farbigen oder einem der anderen im Holzstoß, beobachtete, wie die winzigen weißen Flocken herabsanken und die Spuren der Rauwölfe füllten, und er fragte sich, woher diese seltsame Masse kam und welchen Zweck sie wohl hatte.
Der erste Weißfall war das Zeichen für den Beginn der vierten und letzten Jahreszeit. Für die Barden war es ein wichtiges Ereignis, denn es bedeutete: Die Zeit des Freiens war nahe. Und damit veränderte sich das Leben im Quorum.

Der Winter dauerte nun schon zwei Kreisläufe. Solo kroch aus dem Holzstapel heraus, streckte sich und tastete mit seinem Ring die Umgebung ab. Es war angenehm kalt, und der Himmel war klar. Im Norden, am und im Behälter, hielten sich einige Katzen auf, auch im Süden streiften zwei oder drei durch das Gelände. Sie schienen unruhig und erregt. Solo wußte, der Grund dafür war das Freien. Barden, die älter als neun oder zehn Kreisläufe waren, gerieten in glühende Leidenschaft, die sie völlig durcheinanderbrachte. Solo stellte voll Stolz fest, daß er über dieses verrückte Verhalten erhaben war. Mit seinen acht Kreisläufen fehlte ihm nicht mehr viel zu seiner endgültigen Größe, aber Interesse am Freien regte sich noch nicht in ihm. Das goldblonde Fell war inzwischen etwas kürzer und lag wie bei den Erwachsenen glatt am Körper. An der linken Schulter und dem linken Vorderbein hatte er lange Narben, die ein älterer Barde gewiß stolz zur Schau getragen hätte – wahrscheinlich hätte er auch heroische Geschichten über ihren Ursprung erfunden, um andere damit zu beeindrucken –, aber bei Solo weckten die Narben nur bedrohliche, schattenhafte Erinnerungen.

Solo schien selbst nach den Maßstäben der wilden Katzen, die zwischen fünf und acht Pfund schwerer sind als ihre zahmen Verwandten, auffallend groß und stark zu werden. Trotzdem nannte man ihn immer noch ›den Kleinen‹.

Spanno machte auf dem Feld die Runde und hatte Kitty-Kitty zu einem ›Gespräch‹ mitgenommen. Für Solo war es allerdings ein Rätsel, worüber sie überhaupt noch sprechen konnten – sie hatten eine ganze Jahreszeit Abend für Abend miteinander ›gesprochen‹. Ponder und Selvyn waren in letzter Zeit wie von Sinnen, wenn die Rufe der Freier die Ruhe und Stille des Territoriums durchbrachen. Vermutlich waren sie gerade zusammen mit Ditto unterwegs und machten ein paar Prills den Hof – oder versuchten zumindest, die Aufmerksamkeit der Angebeteten auf sich zu lenken. Überall lag Leidenschaft in der Luft.

Solo lief in Richtung Behälter. Ihn trieb das Bedürfnis nach Gesellschaft ebenso sehr wie der Hunger. Beim Näherkommen bemerkte er überrascht Ponders und Dittos Ringe. Selvyn war vermutlich mit Mondy unterwegs, einer roten Prill, der er in letzter Zeit nachstieg. Ihre Kinder wird man einmal nicht so leicht verwechseln können, dachte Solo, denn Mondy war genau so gefärbt und gezeichnet wie Selvyn. Der Kleine sprang auf die hohe Südwand des Behälters – ein Kunststück, das ihm erst seit kurzem gelang, und jeder geglückte Sprung bereitete ihm große Befriedigung – und hinunter zu den beiden Älteren, die lustlos durch die Gaben pfoteten.

»Hallo, Kleiner! Hast du dich endlich zum Aufstehen entschlossen?« fragte der Graue, ohne aufzublicken.

»Hallo, Ponder. Hallo, Ditto. Wo ist Selvyn?« erwiderte Solo und suchte sich etwas zu essen.
»Auf dem Feld mit... wie heißt sie noch? Du wirst ihn jedenfalls eine Weile nicht sehen. Den Roten hat es schließlich auch noch erwischt. – Willst du etwas davon?« Ditto wies mit der Nase auf einen zerrissenen braunen Behälter mit undefinierbarem Inhalt.
»Nein, danke«, erwiderte Solo zwischen zwei Bissen eines eigenen Fundes. »Habt ihr den Dom gesehen?«
»Der große Dom verbindet wie üblich Pflicht und Vergnügen«, erwiderte Ponder trocken. »Er und Kitty-Kitty kontrollieren die Westgrenze.«
»Westgrenze? Wir haben keine Westgrenze.«
»Richtig, Kleiner, aber die beiden kontrollieren sie trotzdem.« Ponder lachte leise und zufrieden über seinen Witz.
Plötzlich hörten sie aus südlicher Richtung den melodischen Thrill eines freienden Barden. Ponder und Ditto richteten die Ohren auf und stellten sie nach vorne. Sie lauschten und versuchten festzustellen, wer da so leidenschaftlich sang. Bald fiel schrill und mißtönend ein zweiter Barde ein.
Wortlos sprangen Ditto und der Graue auf den Rand des Behälters und hinunter auf den Graustein. Solo folgte ihnen. Er wollte nicht zurückbleiben.
Zwanzig bis dreißig Katzenlängen hinter dem Holzstoß umkreisten drei Barden eine zusammengekauerte Prill. Es muß eine zahme Katze oder eine Streunerin sein, dachte Solo, denn er kannte ihren Rack nicht. Es war eine hübsche Prill mit kurzem, schwarzweißem Fell und schönen Pinselohren, die den Kleinen an Schamalat in Sprechers Geschichte erinnerten. Ihr Rakscha erfüllte die Luft wie der Duft von tausend Feldblumen. Aber beinahe ebenso stark war der scharfe Rack von Angst und Verwirrung. Wieder tönte der betörende Thrill eines Barden durch die Nacht. Solo stellte fest, daß Rivalle um sie warb, und Abalon und Murdok mit ihm die Fremde bestürmten.
Ponder und Ditto blieben in einiger Entfernung stehen; der Rakscha ließ sie vor Erregung beben.

Rivalle näherte sich der Prill und rief noch einmal, diesmal in höheren und lauteren Tönen. Er wartete auf ihre Antwort, aber es kam kein Thrill, sondern ein schrilles, unharmonisches Klagen. Die Prill war beinahe fey! Sie war zu Tode erschrocken und zitterte, ihre Augen stierten glasig ins Leere, und sie rührte sich nicht von der Stelle. Trotzdem näherte sich Rivalle ihr immer weiter; Abalon und Murdok folgten dicht hinter ihm. Solo drehte sich um und wollte Ponder auf diese Rücksichtslosigkeit hinweisen. Aber als er das Gesicht des Grauen sah, blieb ihm das Wort im Halse stecken. Ponder starrte die kleine Prill schmachtend mit kreisrunden Augen an, sein Schwanz hing schlaff herunter, und die Ohren standen ihm albern vom Kopf ab.
Auch Ditto hatte den Zustand seines Freundes bemerkt und blickte vielsagend abwechselnd auf Ponder und auf die kleine Prill.
Unvermittelt begann der Graue sein Rufen. Aber es war kein Liebes-Thrill; es war sein Kriegsruf, seine furchterregende Herausforderung zum Kampf! Mit gesträubtem Fell sprang er an Ditto und Solo vorbei über Rivalle hinweg und landete direkt vor der Prill, die immer noch ins Leere starrte. Er drehte sich nach Rivalle um, legte die Ohren flach zurück, kniff die Augen drohend zu schmalen Schlitzen zusammen und fauchte: »Wenn du die Prill anrührst, reiß ich dir jedes Haar am Leib einzeln aus.«
Rivalle wich erschrocken ein paar Schritte zurück. Abalon und Murdok fielen übereinander, als sie den Rückzug antraten. Solo und Selvyn starrten ungläubig auf das Geschehen.
»Ich meine es ernst, du Dreckskerl. Verschwinde, und zwar sofort, sonst bekommst du es mit mir zu tun, und ich verspreche dir, es wird dir nicht gefallen!« knurrte Ponder böse, und sein grimmiges Gesicht ließ keinen Zweifel am Ernst seiner Worte. Die kleine Prill jammerte leise, ohne aber die lähmende Starre überwinden zu können.
»Äh... Ponder, du kannst nicht einfach hier auftauchen und dir nehmen...«, begann Rivalle, der sich von seinem Schreck wieder etwas erholt hatte.
»Ich kann tun, was mir paßt. Die Prill ist halb tot vor Angst. Sie hat

auf dein Rufen nicht geantwortet. Jetzt verschwinde, bevor ich dir den Kopf zwischen die Schultern ramme.«
Ponder machte herausfordernd einen Schritt auf den überraschten Rivalle zu. Der Graue stand weit über Rivalle und den beiden anderen Barden, nicht nur wegen seiner Stellung als Vollzieher. Rivalle schimpfte leise vor sich hin, während er auf sichere Distanz ging, über die Mauer sprang und schließlich auf dem Feld verschwand. Murdok und Abalon verzogen sich ohne Widerrede in Richtung Süden.
Solo beobachtete das Geschehen verwundert. Es gefiel ihm nicht, daß Ponder sich so rabiat durchsetzte, noch dazu gegenüber einem Mitglied des Quorums. Aber ihm gefiel auch nicht, daß Barden des Quorums sich an eine Prill heranmachten, die vor Angst beinahe von Sinnen war. Mußten denn alle Barden beim Freien den Verstand verlieren? fragte er sich kopfschüttelnd. Ditto blieb so ruhig und gelassen, wie man das nur bei Sprecher vermutet hätte.
Ponders grimmiger Zorn wich zärtlicher Besorgnis, als er sich der verängstigten Prill zuwandte. Er trat langsam und freundlich neben sie und sprach leise und beruhigend auf sie ein. Aus dem wilden Kämpfer wurde plötzlich ein sanfter Barde mit Schmusepfoten.
»Es ist ja alles gut. Niemand tut dir etwas«, wiederholte er immer wieder schnurrend. »Ponder ist bei dir. Beruhige dich…«
Solo sah, wie Ponders Nase zuckte, als er die Prill durch ihren Rack hindurch aufnahm. Ganz langsam streckte der Graue den Kopf vor und drückte ihn sanft an ihren starren Nacken. Er redete zärtlich auf sie ein, vermied dabei aber jede plötzliche Bewegung, die sie erschrecken oder noch mehr verängstigen konnte.
Solo setzte sich mit einem Plumps auf die Hinterbeine: Ponder war verliebt! Der grobe, barsche Raufbold Ponder hatte sich bis über beide Ohren in eine kleine, verängstigte Prill verliebt. Solo warf einen Blick auf Ditto, der nur mit Mühe ein anzügliches Grinsen unterdrückte, während der sonst so wilde Vollzieher des Dom die Kleine voll Hingabe und Zärtlichkeit anhimmelte und flötete:
»Keine Angst. Ponder beschützt dich. Sie sind alle weg. Bei mir bist du sicher.«

Langsam gewann die schwarzweiße Prill ihre Fassung wieder. Sie hörte auf zu klagen, blickte erleichtert in die feuchten, mondsüchtigen Augen des Grauen und rückte näher an den großen Barden heran, als suche sie bei ihm Schutz.
»Ich hatte solche Angst«, flüsterte sie schließlich mit einer hohen Kinderstimme. »Sie waren plötzlich überall...«
»Es ist vorbei. Ich bin Ponder, der Vollzieher des Dom in diesem Territorium. Und ich werde nicht zulassen, daß dir jemand ein Haar krümmt«, säuselte er.
Dann leckte der Graue ihr hingebungsvoll das Fell und die Ohren. Solo glaubte zu träumen. Das tat Ponder, der wilde Ponder, der es immer unter seiner Würde hielt, *sein* Fell zu lecken!
Es stellte sich heraus, daß die kleine Prill Rosen hieß. Sie war zwei Nächte gewandert, ehe sie Spannos Territorium gefunden hatte. Rosen berichtete, sie komme aus einer Behausung weit im Norden. Man hatte sie in einem Rauwolf weggebracht und unterwegs hinausgeworfen.
Ditto und Solo liefen zum Behälter zurück und ließen den großen Ponder und die kleine Prill allein.
»So habe ich Ponder noch nie erlebt«, sagte Solo und schüttelte fassungslos den Kopf.
»Die Liebe haut auch die Besten um«, lachte Ditto. »Ich wette, das nächste Mal scharwenzelst du auch um eine niedliche Prill herum.«
»Niemals! Ich bin wie du, Ditto. Ich verliere doch nicht wegen einer Prill den Kopf!«
»Vorsicht, Kleiner. Das Freien trifft mich genauso schlimm wie alle anderen. Ich stehe nur nicht in besonders hoher Gunst bei den Prills. Ich glaube, sie machen sich Sorgen, wie die Kinder aussehen würden.«
Es dauerte einen Augenblick, bis Solo begriff, daß Ditto auf seinen fehlenden Schwanz und die Frage anspielte: Haben seine Kinder einen Schwanz oder nicht? Auch Solo wußte darauf keine Antwort, und deshalb liefen sie schweigend weiter.
Sie kamen gerade am Holzstoß vorbei, als Spanno, gefolgt von dem

wütenden Rivalle, auf dem Mauerrand auftauchte. Der in seinem Stolz verletzte Rivale hatte sich offenbar beim Dom beschwert.
»Wo ist Ponder?« fragte Spanno gereizt.
»Weiter südlich auf dem Graustein«, antwortete Solo beunruhigt. Neuigkeiten verbreiteten sich schnell im Territorium, und es versammelten sich bereits mehrere Katzen.
»Also gut, Kleiner, hol ihn«, seufzte der Dom.
Solo drehte sich zögernd um und wollte gerade gehen, als er spürte, daß der Graue sich bereits näherte. Ponder hatte aufgefangen, daß sich die Katzen um den Dom versammelten, und kam mit festen, entschlossenen Schritten über den Graustein. Ihm folgte, noch innerhalb seines Rings, die kleine, hübsche Rosen.
»Du wolltest mich sprechen, Spanno?« fragte Ponder betont freundlich, als er herangekommen war.
Rivalle saß etwas nervös, aber hoffnungsvoll hinter Dom Spanno auf der Mauer. Solo verdrückte sich zu Ditto und einigen anderen in eine offensichtlich neutralere Ecke.
Der Farbige sah Ponder ernst an. »Rivalle erklärt, du hättest ihn beim Freien gestört und ihm diese Prill mit Gewalt genommen.«
Der Graue zuckte nicht einmal mit den Ohren. Die meisten Katzen des Quorums hatten sich inzwischen versammelt. Es sah wie eine Ratsversammlung aus. »Ich hatte das Recht dazu und den Rang, Dom Spanno«, erwiderte der Graue – er benutzte sogar die förmliche Anrede –, »aber ich habe niemanden beim Freien gestört. Die Prill war fey vor Angst. Rivalle wußte es und hat sich unverschämterweise darüber hinweggesetzt.«
Kitty-Kitty und eine Reihe anderer Prills waren ebenfalls erschienen. Sie stand mit einem unbehaglichen Gefühl neben Spanno. Der Streit beunruhigte sie ebenso wie Ditto und Solo.
»Sie hatte solche Angst, weil du dich eingemischt und mich herumkommandiert hast«, fauchte Rivalle. »Frag Murdok und Abalon!«
Das ist eine himmelschreiende Lüge, dachte Solo und warf Ditto einen empörten Blick zu, der ihm jedoch bedeutete, ruhig zu bleiben. Alle drehten sich nach Murdok und Abalon um, aber die beiden Barden waren klugerweise nicht erschienen.

»Ich stampf dich in den Graustein, du Schlappschwanz!«
»Halt, Ponder, halt! Antworte auf die Anschuldigung. Hast du ihm die Prill mit Gewalt weggenommen oder nicht?«
»Hat vielleicht schon jemand daran gedacht, die Prill zu fragen, was geschehen ist?« rief Kitty-Kitty jetzt energisch.
Rosen schien verblüfft, daß eine Prill es wagte, sich bei einem Streit der Barden einzumischen. Spanno zögerte irritiert, wandte sich dann aber freundlich an die junge Prill.
»Keine Angst – hier kannst du offen sprechen. Berichte uns, was geschehen ist.«
Rosen blicke hilfesuchend zuerst auf Ponder, dann auf Kitty-Kitty und begann stockend: »Ich... ich... der schwarze Barde und zwei andere umringten mich... Ich konnte nicht weglaufen... Ich wollte fliehen, aber sie ließen mich nicht. Dann weiß ich nichts mehr, bis Ponny auftauchte... die anderen Barden waren plötzlich weg...«
Rosens Stimme sank zu einem Wimmern herab. Ponder schmiegte seinen Kopf an ihr Gesicht und schnurrte ihr tröstende Worte ins Ohr.
»*Ponny?*« wiederholte jemand kichernd, verstummte aber sofort unter dem bösen Blick des Grauen.
Spanno sah Rivalle streng an. »Du hast Ponder fälschlich beschuldigt. Aufgrund deiner Behauptung habe ich meinen Freund und Stellvertreter verhört. Du kannst die Angelegenheit direkt mit ihm regeln.«
Rivalle fiel der Unterkiefer herunter, sein Blick wurde starr und ängstlich.
Spanno unterstrich seinen Entschluß, Ponder die Entscheidung über Rivalles Schicksal zu überlassen, indem er sich umdrehte und auf der Mauer nach Norden verschwand.
Solo dachte, Ponder werde sich im nächsten Augenblick auf Rivalle stürzen und ihn vor den Augen aller verprügeln. Ditto schaute wie üblich nur kühl und sachlich drein. Er kannte den Grauen vermutlich besser.
Ponder stand neben der zitternden Prill und sagte mit erstaunlicher

Ruhe zu Rivalle: »Du kannst das Quorum entweder verlassen oder mit mir um das Recht zu bleiben kämpfen.«
Rivalles Schweigen verriet, daß das Quorum noch vor Tagesanbruch einen Barden weniger haben würde.
Kitty-Kitty folgte Spanno. Die anderen verließen den Platz und besprachen aufgeregt den Fall. Solo und Ditto liefen zum Holzstoß und sprangen hinauf.
»Warum durfte ich Spanno nicht sagen, was geschehen war?« fragte der Kleine. Er dachte wieder an Dittos strengen Blick, der ihm befohlen hatte zu schweigen.
»Spanno wird mit solchen Dingen allein fertig«, erwiderte Ditto ruhig, »und Ponder brauchte unsere Unterstützung nicht, um sich zu verteidigen.«
»Ich dachte, Ponder würde Rivalle windelweich schlagen, aber er hat ihn einfach gehen lassen...«
»Ponder hat etwas Besseres zu tun.« Ditto lachte zufrieden. Der Graue hatte seine Sache diesmal nicht schlecht gemacht, fand er.

Spanno und Kitty-Kitty kamen kurz vor Tagesanbruch zum Holzstoß zurück. Kitty-Kitty verließ Spanno nicht, obwohl ihr Rakscha sich verflüchtigt hatte. Katzen kennen keine Paarbindung im üblichen Sinne, aber die Beziehung der beiden ging inzwischen über das Freien hinaus.
Ditto lag ruhig auf seinem Platz und gab vor zu schlafen. Aber er war tief in Gedanken versunken und blieb noch lange wach. Der Schwanzlose fühlte sich einsam und den anderen so fern, daß selbst Ponder ihn nicht hätte trösten können. Die zur Schau getragene kühle Überlegenheit tröstete ihn nicht darüber hinweg, daß auch er sich nach einer Prill sehnte.
In der nächsten Nacht kam Selvyn zurück. Er sah mitgenommen, aber keineswegs unzufrieden aus. ›Ponny‹ blieb mit Rosen auf dem Feld, und darüber wunderte sich niemand. Banda und Minit hatten sich übereifrig für den Wachdienst gemeldet, und nach Spannos Runde traf sich die Gruppe zum Graille am Behälter. Alle waren munter und aufgekratzt, nur Ditto wirkte immer noch nachdenklich.

»Ditto! Schnell!« hörte man plötzlich Ponder. Mit Rosen an der Seite kam er zum Behälter gerannt.
Der Graue hüpfte in großen, eindrucksvollen Sätzen herbei. In seinem Ring war keine Spur von Angst oder Zorn zu entdecken. Die anderen blickten gespannt und neugierig auf und fragten sich, was für ›Ponny‹ im Augenblick wohl wichtiger sein mochte als die kleine Prill.
»Los, beeil dich, Ditto!« keuchte er atemlos. »Komm mit!«
Ponder machte auf der Stelle kehrt und lief in die Richtung, aus der er gekommen war. Rosen konnte kaum Schritt mit ihm halten. Ditto und Selvyn waren mit einem Satz aus dem Behälter und beeilten sich, dem Grauen zu folgen. Spanno, Kitty-Kitty und Solo liefen verwirrt und neugierig hinterher.
Weit im Süden, über hundert Katzenlängen hinter dem Holzstoß, hielt Ponder plötzlich an und wartete, bis die anderen ihn eingeholt hatten. Grinsend blickte er auf eine Behausung.
»Dort drüben!«
Hinter einer der durchsichtigen Öffnungen in der Mauer saß eine zahme Prill. Sie war dunkelgrau, hatte keinerlei Zeichnung und breite, übergroße Ohren. Niemand sagte etwas. Sahen sie denn nicht, was Ponder ihnen zeigen wollte? Ditto wandte sich an den Grauen, der die zahme Katze schmunzelnd beobachtete.
»Warum der ganze Aufruhr, Ponder? Eine zahme Katze, die in einer Behausung sitzt...«
»Sieh nur genau hin...« Ponder strahlte.
Alle Blicke richteten sich wieder auf die Behausung. In diesem Augenblick stand die Prill auf und streckte sich gelangweilt. Sie schien ihre Umgebung und die wilden Katzen nicht wahrzunehmen. Aber jetzt verstanden alle Ponders Aufregung: Die Prill hatte *keinen Schwanz*! Wie Ditto besaß sie nicht einmal die Andeutung eines Schwanzes.
Ditto starrte mit feuchten, kreisrunden Augen hinüber. Seine Ohren standen ihm plötzlich genauso albern vom Kopf ab wie Ponders Ohren, als er Rosen das erste Mal gesehen hatte. Die dunkle Prill ahnte nichts von ihrem neuen Verehrer und setzte sich wieder.

»Ohhh«, seufzte Ditto sehnsüchtig.

»Jetzt hat es auch den letzten vernünftigen Barden im Territorium erwischt«, stöhnte Solo.

»Sie ist ja ganz niedlich. Aber vergiß bitte nicht, du kommst nicht an sie ran.« Selvyn gähnte nachdrücklich. »Es sei denn, du könntest durch Mauern hindurchspringen. Das würde dieses seltene und stolze Geschöpf mit Sicherheit beeindrucken.«

»Sei still, die Prill dort drüben ist in Ordnung!« erklärte der Graue energisch. »Der alte Ponder sorgt für seine Freunde. Ditto, lauf rüber und red mit ihr. Nun geh schon! Ein Versuch lohnt sich!«

»Und was soll ich ihr sagen?«

»Geh einfach rüber..., sag ihr, wie du heißt..., und zeig ihr... na, zeig ihr, daß ihr beide etwas gemeinsam habt«, redeten plötzlich alle gleichzeitig auf den verwirrten Ditto ein.

»Nur Mut, Ditto. Sie wird dich nicht fressen«, sagte Spanno und gab dem schwanzlosen Barden mit der Schulter einen Schubs.

Ditto sah sich nervös um, holte tief Luft und lief tapfer über den Graustein zur Behausung. Direkt unter der durchsichtigen, eckigen Öffnung in der Mauer befand sich ein schmaler vorstehender Rand. Ditto sprang mühelos hinauf und stand vor der zahmen Prill. Sie hob überrascht den Kopf, zog sich aber nicht zurück.

Niemand konnte hören, was der Schwanzlose sagte, aber offensichtlich zeigte die Prill Interesse. Ditto setzte bequem auf den Rand, und die beiden saßen sich jetzt direkt gegenüber. »Durch die durchsichtige Wand kann man sehen und hören, aber sie trennt die beiden mehr als tausend Katzenlängen«, flüsterte Kitty-Kitty.

»Seht euch das an! Auf Anhieb ein verliebtes Paar! Sie haben beide keinen Schwanz und sind deshalb etwas Besonderes, aber ich wußte nicht, daß das etwas mit Liebe zu tun hat«, murmelte Solo.

»Die brauchen uns jetzt nicht mehr«, erklärte Ponder und drehte sich um. Die anderen folgten seinem Beispiel und liefen zum Holzstoß zurück.

Rosen wirkte in der Gruppe etwas verloren. Kitty-Kitty konnte sich gut vorstellen, wie ihr zumute sein mußte.

»Keine Sorge, Rosen«, flüsterte sie ihr zu, »ich mache dich bald mit

den anderen Prills im Quorum bekannt und werde dir helfen, dich hier zurechtzufinden.«
Rosen warf der weißen Prill nur einen kurzen, scheuen Blick zu und sah traurig zu Boden. Aber Kitty-Kitty verstand. Sie war auch einmal eine ausgesetzte, verängstigte zahme Katze gewesen.

Die Nacht war beinahe zu Ende, als Ditto zurückkam. Solo und der Rote saßen auf der Mauer; Ditto sprang zu ihnen hinauf.
»Wie war es?« fragte der Kleine neugierig. »Magst du sie? Wie ist sie denn?«
»Sie ist schön! Und sie ist intelligent und weiß sehr viel, und sie heißt Doeby, und ...«
»Und ist eine zahme Katze, und sie ist eingesperrt und für dich unerreichbar«, unterbrach Selvyn den schwärmenden Ditto. »Tut mir leid für dich, Ditto. Aber ich finde, du solltest dir keine Illusionen machen. Du kannst sie da nicht rausholen.«
»Die Besitzer lassen sie doch bestimmt ab und zu raus«, widersprach Solo.
»Nein«, seufzte Ditto, »Selvyn hat recht. Man läßt sie nie aus der Behausung.«
Ditto war drei Nächte unglücklich. Er verbrachte beinahe jede wache Minute auf dem schmalen Rand unter der durchsichtigen Mauer, unterhielt sich mit Doeby, verschlang sie sehnsüchtig mit Blicken, und in der vierten Nacht sang er schließlich mit glühender Leidenschaft für sie.
Solo hatte ihn begleitet und saß in taktvoller Entfernung auf einem Stein. Er beobachtete die beiden von ferne und grübelte über ihre hoffnungslose Lage nach. Ditto rief und sang voll Leidenschaft, während Doeby sich an die Öffnung lehnte und das Gesicht nahe an sein Gesicht drückte. Ditto sang und sang; sein tief empfundener Thrill tönte rein und klar durch die kühle Stille der Nacht und gewann mit jedem Refrain an Kraft und Klangfülle.
Plötzlich wurde nicht weit von Ditto entfernt eine Schneise aufgerissen, und im nächsten Moment stürmte ein wütender Besitzer mit einem langen Stock, der am Ende wie ein Busch aussah, aus

der Behausung. Was immer das sein mochte, es wirkte gefährlich. Das große, schwerfällige Wesen schrie böse in der abgehackten, grunzenden Sprache der Besitzer, schwang den Stock drohend durch die Luft und rannte auf Ditto zu. Der Schwanzlose verschluckte die letzten Töne, sprang erschrocken auf den Boden, und schon schlug der Stock mit einem dumpfen Knall auf den Rand, wo er gesessen hatte. Ditto saß benommen auf dem Graustein und wich mit Mühe dem nächsten Schlag aus. Dann rannte er um sein Leben.

Solo hatte plötzlich eine Idee! Wie ein Blitz sauste er über den Graustein zu der weit offenen Schneise in der Behausung.

»Doeby!« rief er aus Leibeskräften. »Lauf davon! Schnell!« Um Zeit zu gewinnen, mußte er nur noch den Besitzer ablenken, der den so schnell ›zurückgekehrten‹ Barden außer sich vor Wut mit dem Stock verfolgte. Die Prill zögerte nicht lange und lief durch den offenen Eingang in die Freiheit.

Ditto hatte schon fast die große Hürde erreicht, als er Solo hörte. Verblüfft blieb er stehen, sah die wilde Verfolgungsjagd und dann Doeby, die ihm nacheilte. Kurz darauf krochen die drei atemlos durch eine Öffnung in der alten Mauer und liefen noch ein ganzes Stück über das Feld, ehe sie keuchend und erschöpft anhielten.

»Solo!« japste Ditto, »wie hast du das geschafft? Doeby, du bist frei! Jetzt kannst du dich dem Quorum anschließen!«

Doeby sah sich unruhig um, als bedaure sie bereits ihre hastige, unüberlegte Flucht. Sie zog ein Gesicht wie Kitty-Kitty, wenn Selvyn einen seiner Anfälle hatte.

»Ich hoffe doch sehr, du hast für mich Vorbereitungen getroffen«, flüsterte Doeby. »Du erwartest doch wohl nicht, daß ich in dieser . . . dieser Wildnis lebe!« Die letzten Worte ›flüsterte‹ sie schon sehr laut. Doeby war nicht so scheu und zurückhaltend wie Rosen.

»Was meinst du damit, Doeby?« fragte Ditto unsicher und fügte dann schnell hinzu: »Aber mach dir keine Sorgen. Bei uns gefällt es dir bestimmt.«

»So nahe ist mir ein Besitzer noch nie gewesen!« japste Solo. »Die sind vielleicht groß!« Er begriff erst jetzt, was er getan hatte.

»Hier ist es so schmutzig!« rief Doeby pikiert.
Spanno, Selvyn und Kitty-Kitty eilten herbei. Offenbar hatten sie die Verfolgungsjagd beobachtet.
»Kleiner, forderst du jetzt schon die Besitzer zum Kampf heraus?« fragte der Farbige beeindruckt.
Doeby putzte sich geschäftig ihr schönes Fell und schwieg. Sie blickte herablassend auf die wilden Katzen und achtete darauf, mit niemandem in Berührung zu kommen. Ditto strich verliebt um sie herum.
»Ich möchte euch alle mit Doeby bekanntmachen. Doeby, das sind meine Freunde: Spanno, der Farbige, unser Dom, Selvyn, einer der Vollzieher, Kitty-Kitty, Dom Spannos... äh... Begleiterin, und Solo, der Kleine, dein Retter.«
»Ja, ja«, murmelte Doeby und blickte gedankenverloren über das Feld.
Es entstand ein betretenes Schweigen, das dem über beide Ohren verliebten Ditto entging, der die vornehme graue Prill anbetete und jetzt, da keine Wand sie mehr von ihm trennte, etwas verunsichert mit seiner Leidenschaft bestürmte.
»Ich glaube, du hättest sie bei den Besitzern lassen sollen, Solo«, sagte Spanno, nachdem sie die beiden taktvoll allein gelassen hatten und außer Hörweite waren.
»Ich glaube, sie ist nur schüchtern«, warf Kitty-Kitty ein.
»Schüchtern? Bei meiner Hinterpfote!« fauchte Selvyn. »Die hat uns von Kopf bis Schwanz gemustert, als seien wir Silt.«
»Ditto scheint jedenfalls glücklich zu sein«, meinte Solo, und damit gaben sie sich zufrieden.
Dittos Liebesabenteuer dauerte jedoch nur eine Nacht – so lange brauchte Doeby, um festzustellen, daß in der Wildnis alles ›schmutzig‹ war. Sie kratzte und jammerte vor der Behausung ihrer Besitzer und wurde hineingelassen, während Ditto von weitem niedergeschlagen zusah.
»Ich will nicht darüber sprechen«, erklärte Ditto. Und dabei blieb es.

8

Das Gespräch

Die Zeit des Freiens ging schließlich zu Ende, und Solo freute sich, weil das Quorum seiner Ansicht nach wieder Vernunft annahm. Ponder kam erschöpft und glücklich zum Holzstoß zurück. Rosen weigerte sich allerdings, ihn zu begleiten. Sie war scheu, und der Gedanke an das Zusammenleben mit so vielen Barden auf engem Raum machte ihr Angst. Deshalb blieb sie bei Mondy und den anderen Prills in den Hecken. Ditto überwand die ›Sache‹ (wie Selvyn es nannte) mit Doeby, und selbst der normalerweise taktlose Ponder unterließ es, ihn deshalb zu necken. Die Sechserbande lebte wieder zusammen, und für Solo war die Welt in Ordnung.

Frischer Weißfall bedeckte das Territorium; er fiel leise während des Tages, und nachts funkelte das Feld strahlend weiß im Sternenlicht. Solo mochte den Weißfall. Die Pfoten versanken knirschend darin, wenn man über den Graustein lief. Aber er fand es ungemütlich, lange Zeit auf dem wattigen Weiß zu sitzen. Er mußte entweder stehen oder sich einen geschützten, vom Weißfall verschonten Platz suchen.

Solo hatte ein trockenes Lager im Gebüsch auf dem Feld etwas nördlich des Behälters gefunden. Dort lag er jetzt und beobachtete zwei kleine Herbst-Kinder, die unermüdlich Anschleichen auf eine Maus übten, die sich nach den vielen Angriffen kaum noch bewegen konnte. Solo erinnerte sich gut daran, wie er vor wenigen Kreisläufen dasselbe Spiel mit Ponder als ›Maus‹ gespielt hatte.

Spanno und Selvyn hatten Wache, Ditto und der Graue suchten im Behälter nach Graille. Plötzlich spürte Solo mit seinem Ring, daß Banda und Minit näherkamen. Die zwei jungen Barden hatten sich angefreundet. Sie waren beide von ihren Besitzern ausgesetzt worden, und das schuf eine gewisse Gemeinsamkeit. Banda sprach nie über seine Erlebnisse in der Behausung und auch nicht darüber, wie er seine Kobbler verloren hatte. Aber Solo wußte inzwischen mehr über solche Absonderlichkeiten und hatte die Vorstellung längst aufgegeben, Kobbler könnten einfach abfallen. Er vermutete wie alle anderen, solche Untaten seien das Werk der Besitzer. Aber warum verstümmelten sie die Katzen, die sie in ihren Behausungen hielten?

Banda war allgemein beliebt und übernahm bereitwillig seinen Teil an Patrouillen und Wachen. Der fehlende Machtgelt schien ihn nicht zu behindern. Er hatte ein weißes Fell mit großen schwarzen Flecken und war in Gegenwart der ranghöheren Barden eher scheu. Sonst war er aber lustig und immer zu Streichen aufgelegt.

Minit war ein junger weißer Barde ungefähr in Solos Alter. Mit Ausnahme von Banda sprach er kaum mit jemandem. Das Band der Besitzer um seinen Hals machte ihn verlegen, obwohl es mittlerweile im dichten Fell kaum noch auffiel. Im Quorum sah man darüber hinweg, aber Minit schien trotzdem das Gefühl zu haben, es sei entehrend. In gewisser Weise hatte er recht: Wie Banda drängte sich ihm Tag für Tag, Nacht für Nacht die Vergangenheit auf.

Die beiden jungen Barden liefen langsam über die weiße Erde und hoben dabei die Pfoten übertrieben vorsichtig hoch. Sie sahen sich immer wieder unsicher um, als suchten sie etwas, und erst als sie Solo entdeckten, liefen sie schneller.

»Weißt du, wo Sprecher ist, Solo?« fragte Banda. »Wir haben ihn schon überall gesucht. Wir müssen dringend mit ihm reden.

Minit stand dicht hinter Banda. Er schien sehr bekümmert.

»Ich habe Sprecher seit der Zeit des Freiens nicht mehr gesehen«, erwiderte Solo. Seine Neugier erwachte. Er hätte die beiden gern gefragt, aus welchem Grund sie den Alten suchten, wollte aber nicht aufdringlich wirken. »Ich könnte euch beim Suchen helfen«, bot er diplomatisch an und hoffte, auf diese Weise mehr zu erfahren.

Die zwei schwiegen betreten. Deshalb fragte er freundlich: »Kann ich vielleicht etwas anderes tun?«
»Fragen wir ihn doch«, flüsterte Minit.
»Sei still, ich mach das schon«, antwortete ihm Banda über die Schulter.
Solo blickte verwirrt von einem zum anderen. »Mich fragen? Worum geht es denn?«
»Nun ja...«, Banda suchte nach den richtigen Worten, aber schließlich gab er sich einen Ruck und erklärte: »Es geht um Minits Halsband. Es wird immer enger. Er hat schon Schwierigkeiten beim Schlucken. Wenn wir ihn nicht bald davon befreien..., ich meine, wenn er noch weiter wächst..., erstickt er vielleicht.«
»Du kannst doch so gut Probleme lösen«, fügte Minit leise hinzu, »und da Sprecher nirgends zu finden ist, dachten wir...«
Solo stand auf und trat neben Minit. Das Band war im Fell gerade noch sichtbar. Es hatte eine bräunliche Farbe und einen starken tierischen Rack. Es war überall angenagt – offensichtlich hatte sein Freund Banda bereits versucht, es durchzukauen.
Der kleine schwarzweiße Barde erriet Solos Gedanken. »Ich konnte es nicht durchbeißen. Es ist so eng, daß ich mit den Zähnen keinen richtigen Halt finde.«
In diesem Augenblick näherten sich Ponder und Ditto. Sie kamen vom Behälter. »Was gibt's?« fragte der Graue forsch wie immer, als er zu ihnen trat.
»Wir müssen das Band um Minits Hals entfernen. Habt ihr vielleicht eine Idee, wie man das schaffen könnte?«
Die beiden älteren Barden beschnupperten und betrachteten das Halsband, machten aber keine Vorschläge.
»Das bleibt dir erhalten«, sagte Ditto schließlich und wiegte besorgt den Kopf. »Ich kann dazu nur sagen, Minit, du solltest besser nicht mehr wachsen.«
»Da kann dir keiner helfen«, fügte Ponder erstaunlich freundlich hinzu.
Minit sah so verlegen und beschämt aus, als wolle er im nächsten Augenblick davonlaufen.

»Wir müssen etwas unternehmen – und zwar bald«, seufzte Banda mit einem flehenden Blick auf Solo.
»Wißt ihr was?« sagte Solo nachdenklich, »ohne das Fell wäre das Band nicht so eng. Wenn wir Minit das Fell abnehmen könnten, würde das Band vielleicht über den Kopf rutschen.«
»Eine gute Idee, Kleiner«, erwiderte Ponder, »aber leider undurchführbar. Wie willst du Minit das Fell abnehmen?«
»Wir können es ihm nicht abnehmen«, sagte Solo langsam und mehr zu sich selbst, »aber ich glaube, wir können etws tun, damit es nicht im Weg ist.«
»Wie meinst du das?« fragte Minit mißtrauisch. »Was hast du mit mir vor?«
»Hör zu«, sagte Solo schließlich. »Wenn wir dich naß machen und dein Fell flachdrücken, ist das Band vielleicht so lose, daß wir es dir über die Ohren ziehen können.«
»Naß?« hauchte Minit, »mit Wasser?«
»Richtig. Wir machen dich naß, und dann versuchen wir, es dir über den Kopf zu ziehen.«
Minit war entsetzt, aber Banda fand die Idee gut. Ditto und Ponder konnten Solos Gedanken nicht folgen.
»Erinnert ihr euch an das Fallwasser, als Tanner mit seinen Barden hier war?« erklärte Solo. »Ihr wißt doch noch, wie dünn wir alle mit nassem, angeklatschtem Fell ausgesehen haben!«
»Willst du Fallwasser machen?« fragte Banda. Er glaubte offenbar, Solo sei auch dazu in der Lage. Alle lachten, und der Kleine schüttelte den Kopf. Dann sagte er: »Komm, Minit, wir laufen zu den Behausungen. Dort gibt es immer Wasser.«
»Wasser?« flüsterte Minit entsetzt und schien plötzlich Wurzeln geschlagen zu haben. Trotz Solos und Bandas Zureden rührte er sich nicht von der Stelle.
»Komm, Ponder! Hilf mir. Wir müssen Minit zu den Behausungen bringen.«
»Das ist ja verrückt«, murmelte der Graue, aber er stellte sich hinter Minit und ›half‹ auf seine Weise etwas nach. Der eingeschüchterte junge Barde setzte sich – wenn auch zögernd – in Bewegung. Schie-

bend und drängend brachten sie ihn schließlich bis vor die Mauer, wo das Trinkwaser des Quorums Tag und Nacht aus einer runden Öffnung rann. In Minits Augen stand panische Angst, als er das Wasser sah.

»Du hältst jetzt den Kopf unter das Wasser, bis du richtig naß bist«, befahl Solo unerbittlich.

Minit rührte sich nicht von der Stelle.

»Minit! Möchtest du das Band loswerden oder nicht?« fragte Solo energisch.

»Gibt es denn keine andere Möglichkeit?« fragte Banda mitfühlend. »Bist du überhaupt sicher, daß es funktioniert?« Alle hatten jetzt Mitleid mit Minit.

»Nein, ich bin nicht sicher, daß es funktioniert. Aber ich habe keine bessere Idee.«

Während Minit auf das Wasser starrte, wurde er allmählich fey.

»Minit! Es ist doch nur ein bißchen Wasser.« Solos Stimme klang verständnisvoll, aber bestimmt. »Du wirst wieder trocken. Ich verspreche es dir!«

»Ich erfriere!« wimmerte Minit, »ich erfriere und sterbe!«

»Du erstickst und stirbst, wenn du nichts unternimmst«, sagte Ditto leise.

»Ich kann es nicht mitansehen«, stöhnte Ponder und wandte sich ab.

»Ponder!« rief Solo. »Das nützt nichts. Hilf mir lieber! Er muß den Kopf unter das Wasser halten.«

Ponder kratzte sich zögernd, aber dann gab er sich einen Ruck. Plötzlich stand der furchterregend große Graue in Kampfhaltung auf dem Graustein und näherte sich Minit mit gesenktem Kopf. Ein drohendes Grollen drang aus seiner Kehle, dann fauchte er dem kleinen Barden böse ins Ohr:

»Halt den Kopf unter das Wasser, oder ich zieh dir das Band bis zu deinem kleinen mageren Hintern!«

Minit hielt den Atem an, schloß die Augen, machte zögernd ein paar Schritte auf die Mauer zu und streckte mit Todesverachtung den Kopf vor. Aber ehe er das fließende Wasser erreichte, blieb er

wieder stehen. Ponder stieß ihn unsanft mit der Nase an und schob ihn bis zur Mauer und direkt unter die silberne Öffnung. Das Wasser lief Minit über den steif vorgereckten Hals und über die Brust. Jedes trockene Haar an seinem zitternden, verkrampften Körper sträubte sich, aber mit Ponder im Rücken ließ er das Wasser ergeben und tapfer über sich laufen.
»Ach du liebe Zeit!« hörten sie plötzlich Spanno, der gerade von der großen Hürde kam. »Was will Minit denn unter dem Wasser?«
»Sie quälen ihn!« rief Selvyn empört und rannte an Spanno vorbei.
Schnell erklärte man den ungläubigen Barden, was sich Solo ausgedacht hatte. Es war gut, daß Minit die Augen fest geschlossen hielt, denn inzwischen erschienen immer mehr Mitglieder des Quorums und starrten fassungslos auf den zitternden Minit.
»Das müßte reichen«, meinte Solo schließlich.
Minit rührte sich nicht.
»Minit! Es ist genug!« wiederholte Solo. Aber Minit blieb bewegungslos stehen. Er war fey.
Ponder packte den tropfnassen Minit am Fell und zerrte ihn von der Mauer weg. Der kleine Barde begann, heftig am ganzen Leib zu zittern.
»Reg dich doch nicht so furchtbar auf... keine Angst... es geschieht dir nichts«, redete Solo leise und beruhigend auf ihn ein, »paß auf, jetzt ziehe ich dir das Band ab.«
Solo stand vor Minit, drückte mit dem Kinn Minits Kopf etwas nach unten und packte das Band der Besitzer mit den Zähnen. Er stemmte sich mit den Vorderpfoten gegen Minits Schulter und zog und zerrte es bis zu den Ohren. Dort schien es festzusitzen, doch plötzlich glitt es über das eine, dann über das andere nasse Ohr. Nun saß es zwar vor Minits Ohren, aber es preßte ihm die Kiefer zusammen. Der gequälte Barde konnte weder sprechen noch schlucken und bekam kaum noch Luft.
»Geschafft!« schnaufte Solo zur Überraschung aller und holte tief Luft.

Der Kleine stemmte sich noch einmal gegen Minit, spannte die Muskeln und zog mit aller Kraft. Das Band gab mit einem Mal nach, und Solo kugelte rückwärts über den Graustein.

»Es ist weg!« schrie Banda. »Minit! Mach die Augen auf, und sieh es dir an!«

Minit saß zusammengekauert und verkrampft auf dem Boden. Er öffnete vorsichtig ein Auge und sah Solo mit dem Band im Mund auf dem Graustein liegen. Wahrhaftig – er spürte das Band nicht mehr am Hals!

Die versammelten Katzen atmeten vor Erleichterung hörbar auf. Banda sprang überglücklich um Minit herum.

Solo lief besorgt zu Minit. »Du kannst wirklich gut Probleme lösen«, sagte der kleine Barde leise, »aber weißt du, Probleme lösen ist furchtbar.« Er senkte erschöpft den Kopf und fügte hinzu: »Sprecher hätte es nicht besser machen können.« Das war mehr als ein Dankeschön.

Solo schwieg verlegen.

»Ich wußte, daß du es schaffen würdest«, erklärte Ponder, als Ditto sich kopfschüttelnd umdrehte. »Ich habe nie daran gezweifelt.«

Solo ließ das Band fallen und untersuchte Minits Hals nach Verletzungen, fand aber keine.

»Tut mir leid, daß wir dich naß machen mußten«, sagte er. »Komm mit in den Holzstoß. Dort ist es wärmer, und du wirst schneller wieder trocken.«

Minit zitterte immer noch. Dankbar nahm er die Einladung in den Holzstoß an. Aber ehe sie aufbrachen, blickte er noch einmal auf das Band der Besitzer, das auf dem Graustein lag. »Ich habe es nie gesehen«, sagte er zu Banda. »Es hing mir fast mein ganzes Leben lang um den Hals, aber sehen konnte ich es nie. Ich weiß immer noch nicht, warum sie mir das angetan haben.«

Die älteren Barden verschwanden wieder auf dem Feld. Solo, Banda und Minit liefen zum Holzstoß. Der Kleine wollte die Gelegenheit nutzen, mit ihnen einmal ausführlich über die Besitzer zu sprechen. Er setzte sich erwartungsvoll in seine Ecke, während Banda half, Minit trocken zu lecken.

»Kitty-Kitty hat mir viel von ihrer Zeit als zahme Katze erzählt«, begann Solo vorsichtig. »Wie waren eigentlich eure Erfahrungen mit den Besitzern?«

»Es ist alles gut und schön, wenn man freundliche Besitzer hat wie Kitty-Kitty. Sie kraulen ›ihre‹ Katze hinter den Ohren und füttern sie mit Leckerbissen. Aber es gibt auch grausame Besitzer!«

»War es schlimm für dich, Banda?« fragte Solo leise. »Ich kann mir das Leben dort überhaupt nicht vorstellen. Und...«, er zögerte, »also, ich verstehe nicht, wie Besitzer und Katzen zusammen in einer Behausung leben können.«

»Ich auch nicht«, sagte Banda etwas ruhiger. »Ich weiß jetzt, was sie mir angetan haben. Jeder im Quorum weiß es. Dabei glaubte ich damals, meine Besitzer hätten mich gern... ich habe alles getan, was sie wollten...«

»Ich nicht!« unterbrach ihn der sonst so schüchterne Minit ungewöhnlich heftig. »Bei uns gab es zwei Besitzer-Kinder. Sie haben mich abwechselnd gequält. Sie haben mir Knoten in den Schwanz gemacht und mich an den Ohren gezogen, bis ich mich schließlich wehren mußte. Ich glaube, sie sind in einen anderen Bau umgezogen, und ich bin froh, daß sie mich nicht mitgenommen haben! Am Anfang, als ich noch keine wilden Katzen kannte, hatte ich allerdings Angst, so allein zu sein.«

»Du hast wenigstens noch deine Kobbler«, seufzte Banda. »Ich glaube, meine wachsen nie mehr nach. Ich habe die Hoffnung noch nicht aufgegeben und warte auf ein Wunder. Aber es ist schon so lange her... und jetzt ist da nichts mehr.«

»Dom Spanno sagt, du bist ohne Kobbler nicht weniger eine Katze als mit Kobblern.« Solo wollte ihn trösten, wußte aber nicht, ob er das Richtige gesagt hatte. »Hat es weh getan, als sie abfielen?«

»Abfielen? Sie sind mir abgenommen worden! Sie haben mich in die Haut gestochen, und ich konnte weder schreien noch mich bewegen. Ich war fey...« Banda schwieg. Die Erinnerung quälte ihn. Minit leckte ihn tröstend.

»Einer *meiner* Besitzer hat mich in einen großen Wasserbehälter gesteckt und ihn fest verschlossen. Das Wasser lief durch ein dunkles

Loch und machte ein schrecklich lautes, gurgelndes Geräusch. Ich bin beinahe auch in dem Loch am Boden versunken, ehe sie mich wieder rausholten. Danach haben sie mich unter einen heißen Windmacher gehalten, bis ich dachte, meine Haut verbrennt. Ich habe wie wild gekratzt und mich schließlich befreit. Wie der Blitz bin ich unter den Winterkasten gekrochen und zwei Nächte in diesem Versteck geblieben.«

Diese Geschichten klangen für Solo wie Erzählungen aus den Legenden. Darüber mußte er nachdenken. Seine Mutter hatte viele wundersame Geschichten erzählt, aber er hätte es nicht für möglich gehalten, daß die Besitzer so grausam sein konnten. Er dachte bekümmert: Es ist wieder einmal Zeit für eine Unterhaltung mit Sprecher. Solo nahm sich vor, den Alten so bald wie möglich aufzusuchen.

Solo spürte, daß sich Ponder und Selvyn dem Holzstoß näherten, und wußte, mit dem Eintreffen der Barden war das Gespräch beendet, denn Ponder schüchterte jüngere Katzen ein, auch wenn er es gar nicht beabsichtigte. Banda und Minit liefen unruhig hin und her. Die Erinnerungen hatten sie sichtlich aufgewühlt, und sie wollten ohnehin wieder ins Freie. Minit sah Solo nachdenklich an. Er schien noch etwas auf dem Herzen zu haben, drehte sich aber wortlos um und folgte Banda zum Ausgang.

»Mögest du immer Schutz finden.« Mit diesen förmlichen Worten verabschiedeten sich die jungen Barden.

»Möge der Tag nie über eurem Hunger grauen«, erwiderte Solo.

Die beiden krochen schnell aus dem Holzstoß und entgingen nur knapp einer Begegnung mit Ponder, der sich wieder einmal mit Selvyn in Beleidigungen übte und auch Solo mit Sticheleien (›unser kleiner Held‹) nicht verschonte. Solo hörte gedankenverloren zu und suchte krampfhaft einen Vorwand, um den Holzstoß zu verlassen. Er hatte sich unauffällig bis nahe an den tunnelartigen Eingang geschlichen, als Ponder seine Absicht durchschaute.

»Ach, wo wollen wir denn hin?« fragte der Graue mißtrauisch.

»Ich will nur allein sein«, erwiderte Solo treuherzig. Er wußte, das würde jeder verstehen, aber er fand Ponders Fürsorge mittlerweile etwas übertrieben. Ein- oder zweimal hatte er sogar den Verdacht gehabt, der Graue sei ihm unauffällig gefolgt, um auf ihn aufzupassen. Aber beweisen konnte er nichts, denn er hatte ihn nie in unmittelbarer Nähe gespürt.

»Lauf nicht wieder so weit weg. Ich möchte nicht hier im Holzstoß liegen und mir Sorgen um deine kleine Ohren machen. Spanno und Kitty-Kitty ziehen mir das Fell über die Ohren, wenn dir etwas passieren sollte.«

»Ich laufe nur auf das Feld. Da mußt du dir wirklich keine Sorgen um mich machen«, beteuerte Solo und war wie der Blitz draußen. Nichts wie weg, dachte er.

Solo sprang über die große Hürde und lief durch das Gras nach Westen. Er dachte über Bandas und Minits Erlebnisse mit den Besitzern nach. Weshalb sind sie diesen unheimlichen Wesen nicht davongelaufen? Weshalb bleiben die zahmen Katzen mehr oder weniger freiwillig bei ihnen? Warum leben die wilden Katzen in der Nähe der Behausungen? Warum fühle ich mich hier so wohl, obwohl es doch im Grunde das Territorium der Besitzer ist? Die Fragen überschlugen sich in seinem Kopf. Er mußte sich mit Sprecher unterhalten. Es gab so vieles, was er nicht verstand.

Solo war nicht weit gelaufen, als er plötzlich den Alten entdeckte, der offenbar ungeschützt auf dem freien Feld saß. Weshalb habe ich Sprechers Ring nicht gespürt, überlegte Solo erstaunt.

»Sprecher«, sagte er höflich, »ich habe dich gesucht.«

»Und ich habe auf dich gewartet, Kleiner.«

»Auf mich gewartet? Warum hast du auf mich gewartet, Dom Sprecher?«

Sprecher überging die Frage und lächelte nur über Solos offensichtliche Verwirrung.

»Kommst du, um mir eine große Neuigkeit mitzuteilen?« fragte der Alte.

Solo vergaß die vielen Fragen und berichtete eifrig, wie er Minit von dem Band befreit hatte. Dann wartete er gespannt auf Sprechers Reaktion. Der Alte hatte aufmerksam zugehört und nickte zustimmend. Aber Solo hatte den Eindruck, daß er die Geschichte bereits kannte. Solo fiel plötzlich auf, daß Sprecher... irgendwie anders aussah. Sein weißes Fell schien so merkwürdig zu strahlen. Der Alte wirkte so kräftig und stark, er schien sogar vor Kraft zu ›pulsieren‹. Solo betrachtete ihn aufmerksam und fand Sprecher viel schöner als sonst. Er wunderte sich darüber, aber er dachte: Ach, es ist nur das Sternenlicht auf dem weißen Fell, und ich bin eben völlig durcheinander!

»... und jetzt muß sich Minit keine Sorgen mehr machen, daß er vielleicht zu groß wird«, beendete er seinen Bericht. »Ich bin sicher, du hättest eine bessere Möglichkeit gefunden, ich meine: eine ohne Wasser, wenn du da gewesen wärst.«

»Gut gemacht.« Sprecher lächelte. »Und ein Grund, stolz zu sein. Ich weiß nicht, wie man das Band sonst hätte entfernen können. Wenn ich gegangen bin, wird das Quorum einen klugen Sprecher haben, der meinen Platz einnimmt.«

Solo begriff erst in diesem Augenblick, daß ›Sprecher‹ ein Rang und nicht nur ein Name war. Verwirrt zögerte er mit der Antwort. »Ich? Ich kann unmöglich deinen Platz einnehmen! Ich kenne nicht einmal alle Legenden!«

Solo hatte ja nichts dagegen, Probleme zu lösen, aber er hatte nicht vor, ein Sprecher zu werden! Er war Spannos Sohn. Er wollte ein Vollzieher sein. Sprecher sah ihn belustigt an.

»Außerdem«, fuhr Solo fort, »wohin willst du denn gehen? Und vorher mußt du mir noch viel über die Legenden erzählen und über Schamalat und die Besitzer.«

»Du lernst durch das, was du siehst, sehr viel mehr als durch meine Worte. Eines Tages wirst du alle Rätsel lösen. Ich weiß es.«

»Mit Sicherheit habe ich bisher noch kein einziges gelöst.« Solo seufzte. »Ich stoße nur ständig auf neue. Weißt du, daß Banda und Minit von ihren Besitzern gequält worden sind?«

Solo hoffte mit dieser Bemerkung den Anstoß zu einer Belehrung gegeben zu haben. Vielleicht würde Sprecher ihm jetzt Rede und Antwort stehen.

»Ich weiß, Solo. Aber vergiß nicht: Wenn dich *eine* Katze quält, bedeutet das nicht, daß dich *alle* Katzen quälen. Die Legenden sagen: Die Besitzer sind die einzigen Wesen mit vollkommener Vernunft, und ihre Fähigkeiten sind unbeschränkt. Wir können nicht einmal versuchen, sie zu verstehen.«

»Aber weshalb leben wir in der Nähe ihrer Behausungen? Weshalb gehen wir nicht weit weg von den Besitzern und leben, wie die Katzen es vor Schamalat getan haben? Wir brauchen doch die Besitzer nicht...«

»Durch die Besitzer und durch unsere Beziehung zu ihnen haben wir das Denken gelernt. Vielleicht lernen wir es immer noch. Das wäre ein Grund dafür, weshalb wir hier in ihrer Nähe blieben.«

»Aber wir sind keine zahmen Katzen, wir sind wilde Katzen. Wir können denken und Schlußfolgerungen ziehen, und wir haben keinen direkten Kontakt zu den Besitzern«, erwiderte Solo.

»Viele von uns haben das Leben als zahme Katze begonnen. Du weißt, daß jeder im Quorum von den zahmen Katzen, die zu uns stoßen, soviel wie möglich über die Besitzer erfahren möchte. Der Kontakt zu diesen unergründlichen Wesen verändert uns ganz allmählich. Wir sind inzwischen intelligent, und das war nicht immer so. Vor langer Zeit brauchten wir den größten Teil unserer Kraft für die Jagd nach Graille oder dafür, uns vor unseren Feinden zu schützen. Es blieb uns keine Zeit, zu beobachten und zu lernen. Jetzt finden wir Graille im Behälter, und die Besitzer vertreiben unsere natürlichen Feinde. Wir haben Zeit und Muße. Wir können denken, lernen und uns ändern. Wir haben einen Weg eingeschlagen, den keiner von uns wirklich verlassen möchte. Wir glauben, die Besitzer zu hassen. In Wahrheit wollen wir wie sie sein, auch wenn diese großen Wohltäter unsere Feinde geworden sind. Sie töten uns mit ihren Rauwölfen. Sie stellen uns Fallen, und ihre Kinder werfen mit Steinen nach uns. Doch andere unserer Art leben behütet und geliebt in ihren Behausungen. Es ist ein großer, unauflösbarer Widerspruch. Die Besitzer sind mächtig und unberechenbar. Ich spüre für das Territorium eine Gefahr, die ich noch nie gespürt habe...«

Sprechers Blick wanderte über das Feld, als rede er mehr mit sich selber. Solo begann, bei seinen Worten insgeheim zu zittern.

»Ich glaube, wir sollten weggehen und uns einen Platz suchen, wo es keine Besitzer gibt«, sagte Solo leise.
Sprecher sah ihn wieder an und lächelte: »Ich habe mein ganzes Leben lang über diese Dinge nachgedacht, und ich glaube, das wirst du auch tun. Vielleicht findest du eines Tages die Antwort auf unsere Fragen.«
Solo schwieg. Er dachte an die große ›Prill‹, die er mit Spanno gesehen hatte. Damals spürte er, wenn auch nur kurz, den Wunsch, von diesem Wesen berührt zu werden.
»Ich bin stolz auf dich, Solo«, sagte Sprecher schließlich. »Geh deinen Weg, und laß dich nicht beirren.« Diese Worte klangen wie ein Abschied.
Solo hörte ein Geräusch an der großen Hürde und drehte sich um. Aber es waren nur ein paar Katzen des Quorums. Als er sich beruhigt wieder Sprecher zuwenden wollte, war der Alte spurlos verschwunden. »Wie machst du das nur?« fragte Solo den leeren Platz, auf dem Sprecher eben noch gesessen hatte.
Nachdenklich schlug der Kleine den Weg zum Holzstoß ein. Sprechers unvermitteltes Verschwinden enttäuschte ihn, und Sprechers Worte, er – Solo – werde seinen ›Platz einnehmen‹, beunruhigten ihn. Der junge Barde spürte eine Gefahr, der er keinen Namen geben konnte. Als er schließlich seufzend in den Holzstoß kroch, wollte er nicht mit den anderen reden und versuchte, so schnell wie möglich zu schlafen.

In der Nacht darauf verließ Solo unauffällig die anderen am Behälter und lief verstohlen über das dunkle Feld. Er wollte zu den Hekken, wo die Prills mit ihren Kindern lebten. Ponder und Selvyn durften das nicht erfahren, denn sie würden ihn verspotten. Doch hin und wieder sehnte sich der Kleine nach der Gesellschaft von Katzen.
Bei den Prills ging es munter zu. Sie waren gesellig und unterhielten sich gern und viel in ihren hohen Stimmen. Es herrschte ein ständiges Kommen und Gehen rund um die vielen Lager unter den Hekken. Neuigkeiten wurden hinter vorgehaltener Pfote ausgetauscht

und nicht selten auch sehr gehässig besprochen. Wenn die Prills wieder Kinder hatten, sorgten die ausgelassenen Kleinen natürlich ständig für Aufregung und Durcheinander. Kein Wunder also, daß sich das Leben der Katzen in den Hecken sehr von der Barden-Atmosphäre im Holzstoß unterschied. In Gegenwart ranghoher Barden schlugen die Prills, wie es die Sitte verlangte, ergeben die Augen nieder und schwiegen. Nur Kitty-Kitty kämpfte gegen diese »dumme, verlogene Duldsamkeit«. Das waren zumindest ihre Worte – Solo war nicht sicher, daß er genau verstand, was sie damit meinte. Immerhin, sie schien einigen Erfolg zu haben. Die Barden mußten inzwischen gewisse Regeln einhalten. Wenn sie sich zum Beispiel der weiblichen Hochburg in den Hecken näherten, mußten sie ihr Anliegen vorbringen und warten, bis man sie zum Eintreten aufforderte. Nur Solo durfte als Waisenkind und Schützling des ganzen Quorums immer noch unangemeldet im Lager der Prills erscheinen.

Der größte Teil des Weges lag bereits hinter ihm, als sein Ring den einer anderen Katze berührte. Er kannte den Ring nicht. Es war ein Barde, und er gehörte nicht zum Quorum. Der Fremde verhielt sich vorsichtig und unsicher wie jemand, der das Territorium nicht kannte. Solo schloß daraus: Dieser Barde ist ein Streuner! Instinktiv zog er seinen Ring enger und wollte kehrtmachen, um bei den anderen Schutz zu suchen.

Nein, dachte Solo, ich bin jetzt ein Barde und muß anfangen, mich wie ein Barde zu benehmen. Irgendwann muß ich meinen ersten Kampf bestehen. Warum nicht jetzt?

Der Streuner befand sich etwa zwanzig Katzenlängen entfernt und mußte Solos Anwesenheit inzwischen gespürt haben. Solo schlich sich an ihn heran und versuchte, die Ausstrahlung des Fremden und seine Absichten zu bestimmen. Es war ein junger Barde ungefähr in Solos Alter, und es war eindeutig eine wilde Katze. Der Streuner hatte seinen Ring weit ausgedehnt; sein Warnsystem funktionierte offenbar gut. Er wirkte aber nicht so brutal und verschlagen wie die meisten Eindringlinge. Solo spürte eine Offenheit und Freundlichkeit, die nicht zu einem typischen Streuner paßte.

Solo sang eine leise, kehlige Warnung und versuchte dabei, erfahren zu wirken. Der Klang seiner Stimme beim Kampfruf überraschte ihn selbst. Der Streuner antwortete mit seinem Ruf, schien aber darauf zu achten, daß er nicht zu herausfordernd klang. Er hielt sich im Territorium eines anderen Quorums auf, und damit war er natürlich in der Defensive. Solo kroch durch das hohe Gras und blickte im nächsten Augenblick direkt in die müden Augen des Fremden. Der Barde war kleiner als Solo und grau wie Ponder. Er wirkte völlig erschöpft.

Der kleine Graue betrachtete Solo vorsichtig und mit Respekt. Er hatte in der Nähe Dom Spannos Machtgelt gerochen und nahm den Rack auch an dem blonden Barden wahr. Er hielt Solo für einen jungen Vollzieher auf Patrouille.

Solo wußte, der Fremde erwartete, sich den Weg erkämpfen zu müssen, wie es unter Barden Sitte ist. Er sah, wie der Fremde die Kampfhaltung einnahm und den müden Kopf senkte. Solo fand den jungen Barden sympathisch. Merkwürdigerweise spürte er eine gewisse Übereinstimmung. Mußten sie wirklich kämpfen? Und wenn, warum sollte man nicht zuvor miteinander sprechen? Solo zögerte. Er hoffte, der andere würde seine Unentschlossenheit nicht als Feigheit deuten.

»Sag mal«, fragte Solo vorsichtig und spürte plötzlich die alte Schüchternheit. »Willst du wirklich kämpfen?«

Der Streuner hob nachdenklich den Kopf: »Ich nehme an, wir sollten, nicht wahr? Es wird doch ... erwartet.«

»Vermutlich«, erwiderte Solo nervös, »es wird vielleicht nicht gut aussehen, wenn wir es nicht tun ...«

»Ja, das stimmt. Ich nehme an, dann sollten wir wohl ...«

Solo sah den Fremden seufzend an. »Willst du anfangen oder soll ich?«

»Es ist dein Territorium. Ich glaube, das gibt dir das Recht, anzugreifen.«

Wie konnte Solo mit einem so höflichen Barden kämpfen?

»Ich weiß nicht. Ich habe noch nie ... noch nie vorher darüber reden müssen.«

»Hör zu«, sagte der Fremde mit einem müden Kopfschütteln. »Wir wissen beide, daß du gewinnen wirst. Weshalb also der Aufwand?«
»J-ja...«, stammelte Solo, »weshalb der Aufwand...«
Der Streuner schüttelte sichtlich erleichtert eine Pfote und leckte sie, dann sagte er schon etwas munterer: »Warum vergessen wir den Kampf nicht einfach, und du läßt mich laufen? Deinem Quorum kannst du meinetwegen erzählen, was du willst.«
Solo mochte den kleinen Grauen, und er wußte, er war kein Feigling. Er war sicher ein Barde auf seiner ersten großen Erkundung und hatte Besseres im Sinn, als mit jedem zu kämpfen, der ihm über den Weg lief.
»Das mit dem Erzählen vergessen wir auch. Ich finde«, sagte Solo energisch, »du gehst deinen Weg, und ich gehe meinen.« Plötzlich fühlte er sich so gut, als wenn er einen großen Kampf gewonnen hätte, obwohl er Ponder und den anderen wahrscheinlich nie etwas von dieser Begegnung erzählen würde.
»Das ist sehr nett von dir«, sagte der kleine Graue dankbar. »Weißt du, ich habe von diesem Territorium gehört. Man sagt, ihr habt einen vierfarbigen Dom, Prills, die kämpfen, und einen noch nicht erwachsenen Sprecher. Ist das alles wahr?«
Solo lächelte verlegen. »Einiges.«
Der Fremde blickte zu Boden und dachte nach. Er schien sich noch unterhalten zu wollen, aber er fand nicht die richtigen Worte. »Mögest du immer Schutz finden«, sagte er schließlich und brach damit das verlegene Schweigen.
»Und dir wünsche ich eine sichere Reise, mein Freund. Wenn du direkt nach Norden läufst, begegnest du vermutlich niemandem aus meinem Quorum. Aber in dem Territorium eine halbe Nacht nördlich von hier mußt du vorsichtig sein. Es wimmelt dort von Streunern, und es sind rüde Gesellen.«
Der kleine Graue sah Solo noch einmal prüfend an, dann wich er in das hohe Gras zurück und war verschwunden. Solo machte kehrt und lief zu den Hecken. Er stellte sich vor, auch er sei auf einer Erkundung und streife allein durch ein unbekanntes Gebiet...

»Solo?« rief Kitty-Kitty, als er sich der großen Hecke näherte. »Bist du es? Komm herein, und setz dich zu uns.«
Solo suchte sich einen Weg durch die stachligen Heckenrosen und fand Kitty-Kitty zusammen mit mehreren anderen Prills in einem höhlenartigen Lager. In der Hecke war es dunkel und warm. Das Lager wirkte gemütlich und bewohnt. Solos alter Bau befand sich etwas weiter nördlich in dieser Hecke. Die Nasen der Prills zuckten, und sie reckten die Hälse, um die Racks aufzunehmen, die Solo von draußen mitbrachte. Solo sog schnuppernd den schweren, süßen Rack der Prills ein und die letzten Spuren von Rakscha.
Der Kleine setzte sich Rosen gegenüber. Sie wirkte jetzt ruhiger und gelassener. Mondy saß neben Trivet, und links von Solo hatte sich Sondle, eine große, rotweiße Prill, zusammengerollt. Er nahm auch die Ringe einiger anderer Katzen in der Umgebung wahr.
»Gibt es noch keinen Nachwuchs in der Hecke?« fragte Solo übertrieben interessiert.
»Noch nicht.« Kitty-Kitty schnurrte zufrieden. »Aber bald. Wahrscheinlich dauert es keinen Kreislauf mehr. Ich glaube, Trivet wird die erste sein.«
»Nein, ich werde die erste sein!« widersprach Sondle energisch.
»Das werden wir ja sehen«, erwiderte Mondy kühl. Sie schien sehr, sehr stolz darauf, Selvyns Erwählte zu sein. Rosen hingegen war das Gespräch peinlich, und sie schwieg.
Solo konnte nicht begreifen, was daran so wichtig sein mochte, wer zuerst Kinder bekam. Bald würden im ganzen Territorium überall Kinder herumpurzeln.
Eine junge Prill namens Pardie kam in das große Lager und suchte sich einen Platz gegenüber von Solo. Sie war weiß, glich Kitty-Kitty und hatte den schönsten flauschigen Schwanz, den Solo je gesehen hatte. Beim Gehen trug sie ihn steil aufgerichtet, und an der Spitze, die sich unablässig bewegte, hatte er einen niedlichen kleinen Knick. Solo spürte ein merkwürdiges Ziehen im Magen, als Pardie die Augen niederschlug, sich mehrmals um sich selbst drehte und sich setzte. Weshalb hatte er noch nie bemerkt, wie hübsch sie war?

»Was führt dich hierher? Haben die Barden dich allein gelassen?« fragte Kitty-Kitty.
»Nein, hier draußen ist es nur viel schöner«, erwiderte Solo und seufzte. »Manchmal wünsche ich mir, der Holzstoß wäre nicht so nahe an den Behausungen.«
»Ich weiß«, sagte Kitty-Kitty. »Der verbrannte Rack der Rauwölfe ist so unangenehm, daß ich in letzter Zeit oft Halsschmerzen bekomme.«
»Es ist nicht nur das«, sagte Solo. »Alles scheint von den Besitzern berührt zu sein – der Graustein, die Mauer, selbst die Stämme im Holzstoß. Ich glaube, wir sollten nicht so nahe bei ihnen leben...«
»Du redest ja schon wie Sprecher.« Sondle gähnte.
»Dom Spanno kommt!« rief Trivet und sah Kitty-Kitty erstaunt an.
»Und er ist nicht allein«, schnurrte Sondle und zwinkerte Rosen und Mondy zu.
Die Prills begannen plötzlich, sich hektisch zu putzen, obwohl sie alle sehr sauber und gepflegt aussahen. Aber die Prills fühlten sich nach dem Putzen offenbar wohler. Dann eilten sie hinaus. Solo betrachtete sich verlegen die Pfoten. Er saß in der Klemme. Seine Freunde würden bald wissen, daß er sich in das Lager der Prills geschlichen hatte. Es half nichts, er mußte den Spott ertragen. Seufzend reckte er sich und folgte widerwillig Kitty-Kitty und den anderen nach draußen.
Spanno, Selvyn, Ponder und Ditto standen bereits fünf Katzenlängen vor der Hecke. Solo spürte sofort, es war etwas Schreckliches geschehen. Spanno berührte zur Begrüßung Kitty-Kittys Nase, aber nur ganz kurz. Dann wandte er sich an Solo.
»Kleiner«, begann der Farbige zögernd, »ich habe dich gesucht. Wir dachten uns, daß wir dich hier finden würden. Selvyn und ich... nun ja, wir sind gerade von einer Patrouille zurückgekommen, und... also... wir haben auf dem westlichen Feld Sprecher gefunden. Er ist... leer.«
Solo wurde es plötzlich flau im Magen, aber er war hellwach.

»Sprecher?« flüsterte er. »Sprecher ist tot? Wie? Wann?« Solo spürte seine Beine nicht mehr und setzte sich schnell auf die Hinterpfoten.

»Es tut mir leid, Kleiner«, sagte Spanno. »Ich weiß, du hattest eine besondere Beziehung zu ihm, und er hatte eine besondere Beziehung zu dir.«

»Und ich dachte immer«, sagte Kitty-Kitty kaum hörbar, »Sprecher würde ewig leben.«

»Was ist denn geschehen?« fragte Solo und sah hilfesuchend zu Spanno.

»Wir wissen es nicht. Ich glaube, seine Zeit war einfach gekommen.«

Ponder kratzte sich am Kopf. »Er hat keine Verletzungen, und er sieht... friedlich aus.« Der Graue schüttelte unruhig den Kopf.

»Zeigt mir, wo er liegt.«

»Du mußt ihn nicht sehen, Kleiner«, sagte Selvyn schnell. »Es besteht kein Grund, daß du...«

»Spanno, bitte. Ich will ihn sehen. Es ist sehr... wichtig.«

»Laßt ihn«, sagte Kitty-Kitty leise und sah den Farbigen bittend an.

Ditto schien etwas sagen zu wollen, überlegte es sich aber anders und schwieg. Solo wollte allein gehen, aber Spanno nickte ihm zustimmend zu und drehte sich um. Gemeinsam machten sich Solo und der junge Dom auf den Weg; schweigend krochen sie an einer verhältnismäßig lichten Stelle durch das Gebüsch. Solo spürte, daß viele Katzen des Quorums auf dem Feld waren und nach Westen eilten. Es dauerte nicht lange, und sie sahen eine dicht mit Gras bewachsene Stelle ziemlich ungeschützt auf freiem Feld. Dort liefen mehrere Barden langsam hin und her. Solo wußte sofort, in der Nähe mußte Sprecher liegen.

Nach einer kurzen Begrüßung ließ Solo die anderen zurück und ging allein zur Leiche des Alten, die halb verborgen im Gras lag. Er sah auf den ersten Blick, Sprecher war seit mindestens zwei Nächten leer, möglicherweise sogar schon länger. Aber er hatte sich doch in der letzten Nacht mit ihm unterhalten! »Ich habe nicht geträumt«,

flüsterte er mit zusammengebissenen Zähnen, und ihm wurde plötzlich eiskalt.
Sprecher lag mit gestrecktem Hals und steifen Beinen auf der Seite. Sein Gesicht wirkte friedlich, wie Ponder gesagt hatte, und die Augen standen offen. Insekten krochen über den halb geöffneten Mund. Der tote Sprecher sah aber nicht schrecklich aus wie nach einem Todeskampf. Nun ja, so soll es ja auch sein, dachte Solo irgendwie getröstet.
Der Kleine blieb lange dort sitzen und trauerte stumm um den geheimnisvollen, rätselhaften Sprecher. Der Alte war tot. Aber wer hatte in der Nacht zuvor mit ihm gesprochen?

9

Die Erkundung

Solo beschloß zu warten, bis im Quorum der Schreck über Sprechers Tod nachgelassen hatte, ehe er seine Absicht vorbrachte. Und so vergingen noch einige Nächte, bis alle wieder einmal beisammen saßen und verhaltnismäßig guter Stimmung waren.

»Nach dem nächsten Tag«, erklärte er entschlossen, »breche ich zu meiner ersten großen Erkundung auf.« Es war, als habe ein Blitz eingeschlagen.

»Solo!« rief Kitty-Kitty, die als erste die Fassung wiederfand. »Dazu bist du noch zu jung!«

»Ich bin schon mehr als zehn Kreisläufe alt, und das ist nicht mehr *zu jung*, Kitty-Kitty.«

»Warum gerade jetzt?« fragte Spanno. »Hat es etwas mit Sprecher zu tun?«

»Ich weiß nicht. Außerdem ändert das nichts. Ich möchte gehen ... ich muß gehen.«

Alle Barden müssen, ehe sie ihre endgültige Größe erreicht haben, allein die unbekannte Welt außerhalb ihres Territoriums erkunden. Dieses Abenteuer kann mehrere Nächte, aber manchmal auch einen halben Kreislauf dauern. Die erste große Erkundung ist für die Barden wie ein Ritual, durch das sie zum Erwachsenen werden. Für die jungen Barden ist das Abenteuer verlockend. Eine starke, instinktive Wanderlust treibt sie, das Territorium zu verlassen und mit unbekanntem Ziel in fremdes Gebiet vorzudringen.

Solo lebte glücklich mit Spanno und den anderen in seinem Territorium, doch er wußte sehr wohl, daß es draußen eine Welt gab, von der er keine Ahnung hatte. Die Legenden berichteten von anderen

Lebewesen, die er nie gesehen hatte, und von dichten Wäldern, die es zu erforschen galt. Aber vor allem wollte Solo einige Zeit weit weg von den Besitzern sein, um herauszufinden, wie das Leben ohne ihren Einfluß war. Er würde bald erwachsen und voll entwickelt sein, und auch er spürte den uralten Drang nach Abenteuern, den er nicht unterdrücken konnte und wollte.

»He, Kleiner«, sagte Ponder gespielt fröhlich, »ich bin in letzter Zeit auch ein bißchen unruhig. Warum gehen wir nicht zusammen? Eigentlich bin ich ganz froh, daß du auf die Idee gekommen bist. Ich brauche...«

»Nein, Ponder«, unterbrach ihn Solo, »das geht nicht. Du weißt, ich muß *allein* gehen. Du kannst mich nicht ewig beschützen.«

»Weshalb mußt du allein gehen?« fauchte Kitty-Kitty. »Weil es sich für einen *Barden* so gehört? Weil diese große Erkundung die Heldentat eines Barden ist, die man *barden*haft zu vollbringen hat?«

Selvyn lief aufgeregt hin und her. »Weißt du, wie gefährlich es draußen sein kann?« gab er zu bedenken. »Allein, und weit weg von diesem Territorium? Da gibt es Streuner, Hunde und...«

Selvyn suchte nach Worten und sah Spanno hilfesuchend an, denn er hoffte auf Zustimmung. Aber der Farbige schwieg.

»Wenn es für Solo Zeit ist zu gehen, sollten wir ihn nicht daran hindern«, sagte Ditto schließlich. »Wir wollen uns einfach nicht damit abfinden, daß der Kleine kein Kind mehr ist. Wir haben alle unsere große Erkundung hinter uns, und wir wissen, warum sie wichtig ist. Selbst die Legenden sagen...«

»Die Legenden!« fauchte Kitty-Kitty. »Mal redest du davon, die alten Sittan aufzugeben und nach den Grundsätzen der Vernunft zu leben, und im nächsten Augenblick kommst du wieder mit den Legenden!«

»Kitty-Kitty«, mischte sich Spanno ein, »Solo ist inzwischen ein richtiger Barde. Wir müssen ihn ziehen lassen. Und außerdem, ein Leben der Vernunft und des Nachdenkens bedeutet nicht, die Legenden oder unsere Instinkte aufzugeben...«

»Sehr richtig, Spanno«, fiel ihm Solo aufgeregt ins Wort, »es bedeutet nur, daß wir versuchen, sie besser zu verstehen.«

»Sehr richtig, Solo«, grollte Ponder. »Und wenn dir da draußen ein wilder Hund in den Hintern beißen will, setzt du dich hin und erklärst ihm in schönen Worten, das sei nicht richtig und sehr unvernünftig.«
Ditto lachte leise über seinen Freund, der die echte Sorge um Solo wieder einmal mit Bosheiten tarnte. »Ihm wird schon nichts geschehen, Ponder. Er kommt bestimmt von seiner Erkundung zurück. Wir werden ihn nicht verlieren«, versuchte Ditto das Grauen zu beruhigen.
»Das will ich auch hoffen«, sagte Selvyn. »Jemand muß ja schließlich Ponder bändigen.«
»Wohin willst du denn gehen?« seufzte dieser mißmutig. »Ich bin damals nach Osten...«
»Ich gehe nach Westen.«
»Nach Westen?« fragte Spanno. »Weshalb gerade nach Westen? Da gibt es nichts...«
»Da ist nichts, überhaupt nichts, nur das langweilige, endlose Feld!« Um seinen Worten Nachdruck zu verleihen, spielte Selvyn Langeweile und gähnte übertrieben.
»Was hoffst du denn im Westen zu finden?« fragte Ditto sichtlich bekümmert.
Solo sah seine Freunde belustigt an und erwiderte: »Nun ja, wir wissen alle, daß hinter der Nordgrenze ein anderes Katzen-Territorium liegt. Im Süden, hinter dem Feld, stehen kleinere Bauten der Besitzer, und im Osten ist der Streifen Schwarzstein, wo die Rauwölfe sich treffen, wenn sie rennen wollen. Aber der Westen ist noch unbekannt. Deshalb will ich ihn sehen.«
»Und was willst du in dieser Wildnis essen?« fragte Kitty-Kitty und trat von einer Pfote auf die andere.
»Was haben die Katzen vor Schamalat gegessen? Was essen die wilden Tiere, die keinen Behälter haben?«
»Naseweise, siltkluge kleine Katzen, die Tag und Nacht mit Silberzungen reden«, brummte der Graue grimmig und setzte sich wütend in eine Ecke.
»Hört zu«, sagte Spanno. »Solo muß keine Erklärungen abgeben

und niemanden um Erlaubnis fragen, wenn er zur ersten großen Erkundung aufbrechen will. Es ist sein Recht.« Spannos Spruch wurde schweigend als endgültig akzeptiert.
Inzwischen war es hell, und Solo rollte sich neben Kitty-Kitty zusammen, die den Kopf zwischen den Vorderpfoten vergrub und sich bemühte, ihren Kummer zu verbergen. Alle im Holzstoß taten an diesem Tag nur so, als ob sie schliefen. Solo spürte das, und er bekam Gewissensbisse, weil seine Freunde sich seinetwegen so große Sorgen machten. Aber das änderte nichts an seinem Entschluß. Er mußte aufbrechen, und er zweifelte nicht daran, daß sie ihn trotz ihrer Besorgnis verstanden.
Am Abend begleitete Kitty-Kitty den Kleinen zum Behälter und beaufsichtigte ihn beim Essen. Danach führte sie ihn zum Wasser vor der Behausung.
»Ich gehe doch nicht ins Schattenland«, beschwerte sich Solo. »Ich mache nur eine Erkundung.«
»Trink ordentlich, und putz dir das Fell«, erwiderte die weiße Prill barsch. »Jemand muß ja für einen anständigen Anfang deiner Erkundung sorgen.«
Solo graute davor, sich von allen zu verabschieden. Er wußte, sie erwarteten ihn auf dem Feld. Während er sich nervös leckte und putzte, rannte ein winziger Barde über den Graustein. Solo sah, wie der Kleine mit dem flauschigen, schwarzen Kinderfell plötzlich zögerte, sich verlegen die Ohren kratzte und mehrere Katzenlängen von ihm entfernt stehenblieb. Er traute sich offenbar nicht zur Wasserstelle, solange Kitty-Kitty und Solo dort waren. Solo dachte an seine eigene Schüchternheit und bedeutete dem Kleinen freundlich näherzukommen.
»Dom... Solo«, piepste der Kleine und verschluckte sich vor Aufregung. Dann blickte er mit großen Augen zu ihm auf und fragte: »Ist... ist es wahr, daß du die Legenden laut aufsagen kannst... von Anfang bis zum Ende?«
Solo sah ihn verdutzt an, ehe er antwortete, denn er erinnerte sich an ein anderes kleines Katzenkind und an einen anderen Tag vor langer Zeit. »Ich kenne die Legenden, aber nicht ihr Ende...«

Solo konnte nicht weitersprechen. Er stammelte etwas, drehte sich um und lief auf die große Hürde zu. Dann zögerte er und sah sich noch einmal um. Er vermißte die Mutter, die eigentlich in der Nähe des Kleinen sein mußte. Nun sah er, wie sie dem vorwitzigen Naseweis nachgelaufen kam und ihm eine mütterliche Lektion erteilte. Solo lachte erleichtert; dieser Kleine war keine Waise.

Er sprang mit Kitty-Kitty von der Mauer auf das Feld und sah erstaunt, daß sich beinahe das ganze Quorum eingefunden hatte, um ihn zu verabschieden. Spanno kam ihm sehr feierlich entgegen.

»So weit – so gut«, sagte der Farbige und versuchte, unbekümmert zu klingen. »Aus unserem Kleinen ist ein Barde geworden, und er zieht hinaus, um die Welt zu sehen.«

Zum erstenmal trat Spanno förmlich mit Solo in Beziehung und erkannte ihn damit als Erwachsenen und Gleichgestellten an. Solo war sehr stolz.

»Dir verdanke ich meine Geburt, Dom Spanno, und als ich klein war, hast du mich behütet. Ich werde dir immer folgen.« Damit wiederholte er die Formel, wie es die Sitte verlangte. Diesen Augenblick sollte Solo nie vergessen.

Einer nach dem anderen kam zu Solo und trat mit ihm in Beziehung. Es gab Katzen im Quorum, die Solo nur dem Namen nach kannte und viele Gleichaltrige, mit denen er nie herumgetollt war, nie gespielt hatte, denn Spanno und die anderen vier waren immer für ihn zur Stelle gewesen. Aber er nahm sich vor, alle seine Brüder nach der Rückkehr besser kennenzulernen...

Der Abschied und der große Augenblick waren vorbei. Es war Zeit zu gehen. Solo schlug den Weg nach Westen ein und lief in die Dunkelheit.

Solo blieb schon bald mitten auf dem Feld stehen. Er wollte sich sammeln und letzte Vorbereitungen treffen. Von jetzt an war er allein und mußte sich auf seine Klugheit und seine natürlichen Schutz- und Verteidigungsmöglichkeiten verlassen. Solo war fest entschlossen, keine Fehler zu machen. Ruhig, aber energisch schob er alle Gedanken beiseite und konzentrierte sich auf seine Sinneswahrnehmungen. Er dehnte den Ring soweit als möglich aus und überprüfte die Grenzen seines Aufnahmevermögens, indem er den Ring auf die Bäume in der Ferne richtete, die dort in einer Art Halbkreis standen. Zufrieden blähte er die Nasenflügel und holte tief Luft. Dabei nahm er die verschiedenen Racks auf. Seine hochentwickelten Sinne halfen ihm jetzt, jedes Lebewesen zu identifizieren, das sich während der letzten drei Nächte in diesem Gebiet aufgehalten hatte. Er richtete ein Ohr leicht nach vorne, das andere nach unten und zur Seite. In dieser Stellung konnten sie die größtmögliche Vielfalt an Tonwellen auffangen. Von jetzt an würden die Ohren ständig und unabhängig voneinander in Bewegung sein, um Ungefährliches und Vertrautes von Geräuschen zu unterscheiden, die ihn vor Ungewöhnlichem wie einem angriffslustigen Raubtier warnten. Er nahm bewußt eine breitbeinigere Haltung ein und belastete die Ballen der Pfoten. So spürte er besser die Erschütterungen, die Tiere in seiner Nähe hervorriefen. Er stellte seine Augen auf verstärktes peripheres Sehen ein und richtete sie wachsam auf Sträucher und Büsche in der Umgebung, damit ihm verräterische Bewegungen nicht entgingen. Dann senkte er den Kopf in Schulterhöhe, hielt den Schwanz waagrecht ausgestreckt und an der Spitze leicht gebogen. In dieser Haltung bot er der Luft den geringsten Widerstand und würde beim Laufen nicht so schnell ermüden. Schließlich überprüfte er noch einmal seine Richtung. Ponder hatte das Bestimmen der Himmelsrichtungen lange und gründlich mit ihm geübt. Solo drehte sich langsam im Kreis und achtete dabei auf den leichten Wind von Norden. Sobald er ihn spürte, blieb er stehen und machte sich noch einmal alle Himmelsrichtungen klar. Dann war er bereit und lief entschlossen weiter nach Westen. Mit wachen Sinnen und im Einklang mit Gedanken und Gefühlen wurde er eins mit dem kühlen dunklen Land, seiner Atmosphäre und seinem Rhythmus.

Die Nacht war ruhig, beinahe windstill und angenehm frisch. Solo freute sich, daß das riesige Nachtgestirn rund und hell war – wenn ein Teil fehlte, verströmte es sehr viel weniger Licht, und die wilden Katzen mußten sich verstärkt auf ihre Nachtsicht verlassen, die

einen manchmal täuschen konnte. Dann wurde es nämlich schwierig, Größe und Entfernung von Lebewesen oder Dingen zu beurteilen.
Solo fand in dieser hellen Nacht mit normaler Sicht mühelos einen Weg durch die dicken hohen Büschel wilder Hirse und die stachligen Brombeerranken. Er näherte sich dem dichten Wald, der im Westen lockte. Noch hatte er das Territorium nicht verlassen, aber er blieb wachsam, vorsichtig und zielbewußt und lief geschmeidig, lautlos und federnd wie eine erfahrene alte Katze, der es gelingt, in der unmittelbaren Umgebung so gut wie unauffällig zu sein. Solos Augen wurden zu schmalen Schlitzen. Er zog wie Ponder die Mundwinkel gefährlich und drohend etwas zurück. Der Graue hatte gesagt, für eine wilde Katze sei es wichtig, immer ›böse und hungrig‹ auszusehen, wenn sie allein unterwegs sei. Er hatte Solo bei jeder Gelegenheit verspottet und prophezeit, er werde mit dem ›dümmlichen, niedlichen Kleinkinderblick‹ nie ein wilder Barde werden. Ponder konnte gefährlicher aussehen als jeder andere im Quorum, aber jetzt wäre er auf seinen Schützling sicher stolz gewesen.
Solo überquerte im Hochgefühl einer neuen und lang ersehnten Unabhängigkeit das stille, leere Feld. Die Büsche wurden dichter und standen immer enger. Allmählich gelangte er in unbekanntes Gelände. Sein Körper, der an die Atmosphäre des Territoriums gewöhnt und auf alle Besonderheiten dort eingestellt war, spürte die Veränderung und versuchte, Solo dorthin zu ziehen. Wenn das Abenteuer zu Ende war, mußte er nur diesem Zug nachgeben, um den Rückweg zu finden. Aber jetzt blieb Solo auf seinem westlichen Kurs und schlich unter Bäumen entlang, die wie Riesen über ihm aufragten. Hinter ihren großen, knorrigen Ästen verschwand der sternenübersäte Himmel beinahe völlig. Unter den Bäumen wuchs nur wenig Gras; der Boden war uneben, und Solo stand immer wieder vor Steinen, unter denen sich Grillen verbargen, die mit ihrem Zirpen die entschwindende Zeit maßen. Ihr seltsamer Gesang beruhigte seine Gedanken und besänftigte ihn – hier erlebte er eine für ihn neue Art Ruhe und Ausgewogenheit.

Solo fühlte sich erstmals seit langer Zeit richtig wohl, und er spürte mit stiller Freude, daß er die Ruhe nicht störte.

Solo hatte das Gefühl, daß die Nacht wie im Flug verging. Das Territorium lag hinter ihm. Er untersuchte eingehend die Umgebung – alles war neu, alles war eine Entdeckung. Selbst der Geruch war fremd und anders. Solo nahm den Rack von Fallwasser auf, das noch nicht lange im Boden versickert war. Er schnupperte mit Genuß an dem feuchten, weichen Laub. Manchmal blieb er aufgeregt stehen, weil er den schwachen Rack von Kaninchen oder fremden Tieren aufnahm. Und dann dachte er an all das, was so auffällig fehlte: der verbrannte Gestank der Rauwölfe und der scharfe Rack der Gaben, die im Behälter verfaulten, weil niemand sie beanspruchte. Der tote, stumpfe, allgegenwärtige Geruch nach Graustein war ebenso verschwunden wie der rätselhafte feine Dunst der großen Hürde. Hier war die Luft noch natürlich, denn die Besitzer hatten ihr nichts hinzugefügt.
Solo lief mit geschmeidigen Bewegungen immer weiter durch die Wildnis. Dabei stellte er sich vor, er sei ein Späher, den man vorausgeschickt hatte, um den Weg für das Quorum zu erkunden. Dann wieder überließ er sich anderen Gedanken und wurde zu einem gefährlichen Einzelgänger, der in ein feindliches Territorium eindrang und einen tyrannischen Dom jagte. Im nächsten Moment war er eine Wildkatze wie Schamalat, die mühelos ihre Beute verfolgte, die ihr nie entkam. Hin und wieder wurde er auch wieder das, was er war: ein unreifer Barde auf der ersten großen Erkundung. Dann überwältigte ihn die grenzenlose Weite, und er unterdrückte entschlossen die aufsteigende Angst. Die prickelnde Unsicherheit machte ihn wieder vorsichtig, und er nahm seine Umgebung mit besonderer Wachsamkeit auf.
Ein Viertel der Nacht war vergangen, ehe Solo Rast machte. Über ihm wölbte sich immer noch ein hohes Dach aus Ästen und Laub, aber das Unterholz war dichter und bot mehr Deckung. Hier war es stockdunkel. Der Wald bevorzugte düstere Farben: samtiges Schwarz und unergründliches Blau. Die seltsame Stille verstärkte

das Summen in Solos Ohren. Er veränderte seinen Ring und versuchte sich dem Rhythmus des Waldes anzugleichen, damit keine Lebewesen ihn bemerkten. Er schloß die Augen, aber selbst ein fallender Grashalm wäre seiner Aufmerksamkeit nicht entgangen. In dieser Nacht würde ihn kein Feind schlafend überraschen.

Solo spürte plötzlich ein Tier in seiner Nähe. Er zog seinen Ring zusammen und spähte angestrengt in die Dunkelheit. Er verharrte regungslos und mit angehaltenem Atem, bis er wußte, was es war. Solo entspannte sich, als er ein junges Kaninchen entdeckte, das munter kleine Äste knabberte und sorglos durch sein Blickfeld hüpfte. Das Kaninchen fühlte sich beschützt, und daraus schloß er, daß die Mutter in der Nähe sein mußte. Die Legenden sagten, diese Hüpfer seien eine jagdbare, wohlschmeckende Beute. Aber Solo konnte sich das kleine sanfte und scheue Wesen nicht als Graille vorstellen. Er hatte außerdem noch keinen Hunger und mußte weiter. Er streckte sich zufrieden und verschwand lautlos in der Nacht. Der Wald blieb still, und Solo entschied sich für eine weniger anstrengende, aber trotzdem vorsichtige Wachsamkeit. Er hatte sich inzwischen weiter vom Territorium entfernt, als eine Katze des Quorums es üblicherweise tat. Er beschnupperte das belaubte Unterholz und seltsame Blumen, beobachtete fremdartige Lebewesen und versuchte sie einzuordnen. Und er schärfte die Krallen seiner Vorderpfoten an alten Bäumen und dachte dabei: Hier hat das bestimmt noch niemand aus dem Quorum getan.
Solo genoß das beglückende Gefühl, frei von Grenzen und Schranken zu sein. Er übte seine Sprünge und Haken. Er rannte und streckte sich, sprang und flog beinahe im gestreckten Lauf durch den Wald. Er wiederholte seine Lieder und Rufe und begann sogar, seine Lebens-Fuge aufzubauen, einen Vielzweck-Ruf für alle Gelegenheiten, der eine Mischung aus der Lebensgeschichte und der Weltanschauung einer Katze ist. Solo wünschte sich nichts sehnlicher, als für immer hier zu bleiben – aber bereits bei dem Gedanken fühlte er sich plötzlich einsam und bekam Gewissensbisse. Auf ihn warteten noch andere Pflichten.

Erst kurz vor Tagesanbruch erwog Solo wieder eine Rast. Er befand sich jetzt schon weit im Westen, und das Gelände stieg unmerklich an. Er war müde, er brauchte Graille und mußte sich ausruhen. Sein Instinkt sagte ihm, daß es in der Gegend keinen Behälter der Besitzer gab, und damit hatte er eine neue Aufgabe: Er mußte eine Beute finden. Der Morgen graute gerade über den Bäumen. Solo hatte Hunger. Er duckte sich, und die Jagd begann. Er wußte noch nicht genau, was er jagen würde, aber er vertraute auf seinen Instinkt.

Solo versteckte sich unter dichten Bäumen und machte sich auf eine längere Wartezeit gefaßt. In der Welt der Katzen ist Jagen gleichbedeutend mit Geduld. Aber erstaunlicherweise mußte er nicht sehr lange warten. Über ihm kreiste ein blauer Vogel, der den gut getarnten Solo nicht bemerkte und nach einem geeigneten Landeplatz Ausschau hielt. Solo beobachtete gespannt, wie der Vogel sich etwa zwanzig Katzenlängen von ihm entfernt niederließ.

Man konnte nicht erkennen, daß Solo sich bereits bewegte, aber er lag nicht länger auf dem Bauch. Langsam und sehr vorsichtig hob er die Vorderpfote und wartete, ob die Beute darauf reagierte. Dann machte er den ersten Schritt. Der Vogel pickte sorglos in der Erde. Ermutigt kroch Solo weiter, aber er war völlig eins mit dem Unterholz. Sein Schwanz zuckte heftig hin und her, das Fell auf dem Rücken sträubte sich vor Erregung. Solo hatte Anschleichen und Fangen oft geübt, allerdings nie, wenn das Graille davon abhing.

Er befand sich jetzt nur noch etwa zehn Katzenlängen von dem Vogel entfernt. Dieser konnte ihn jeden Moment wahrnehmen und auffliegen. Beim entscheidenden Sprung mußte er schnell wie der Blitz sein, sonst hatte er das Nachsehen. Solo wollte aber noch näher an sein Opfer heran. Wenn noch sechs Katzenlängen zwischen ihnen lagen, hatte er eine bessere Chance, den kleinen Vogel zu fangen. Er hob langsam die Vorderpfote zum nächsten Schritt, da entdeckte ihn der Vogel und erstarrte. Noch ehe er sich wieder bewegen konnte, sprang Solo wie ein Pfeil durch die Luft und preßte im nächsten Augenblick das piepsende Vögelchen mit Brust und Vorderpfoten auf die Erde.

Solo wartete. Er hatte den Vogel gefangen und wußte, was nun zu tun war. Die Aufregung der Jagd war vorüber. Der kleine Vogel zappelte nicht mehr. Solo dachte: Jetzt oder nie...
Der junge Barde hatte im Territorium hin und wieder Vögel gefangen, aber noch nie einen Vogel gegessen. Er fand es nicht allzu schlimm. Sein Hunger war gestillt, und er hatte ein gewisses Erfolgsgefühl, obwohl er jetzt wußte, daß das eigentliche Geschick darin bestand, die vielen Federn zu entfernen. Solo suchte sich zufrieden eine dicht bewachsene, unzugängliche Stelle, drehte sich einige Male um sich selbst und rollte sich mit einem tiefen, glücklichen Seufzer zum Schlafen zusammen.

Die zweite Nacht war etwa zur Hälfte vorüber, als es für Solo nichts Neues mehr zu entdecken gab. Er hatte einen Vogel gefangen, er war hoch hinauf in Bäume geklettert, und er hatte sogar zum erstenmal seinen Machtgelt hinterlassen – er hielt es für höchst unwahrscheinlich, daß er in dieser Gegend damit jemanden beleidigte oder herausforderte. Bestimmt erhob keine wilde oder zahme Katze Anspruch auf das Gebiet. Die Langeweile unterhöhlte allmählich seine Vorsätze und seine Entschlossenheit. Solo war ein geselliges Tier und mußte Erlebnisse mit Freunden teilen. »Stell dir vor«, begann er ein Selbstgespräch, »du bist allein mitten in einem Katzenparadies. Tja und was dann...« Solo erkannte, daß er sich tatsächlich in einer idealen Umgebung für wilde Katzen befand. Das Unterholz war dicht und bot Deckung, die Luft war sauber, und er hatte noch keine Feinde gesehen. Selbst Graille gab es im Überfluß... was auch immer es war, es war eßbar.
Solo entschied, Selvyn hatte recht gehabt. Im Westen gab es nicht viel zu entdecken. Zuerst das Feld und dann der Wald. Das Gelände stieg einige Zeit an, dann fiel es wieder ab. Dann kam wieder Feld und dann wieder Wald. So ging es weiter, aber im Grunde war alles nur ein weites, endloses Feld. Und dahinter lag auch wieder Feld. Wie weit mußte er noch laufen, ehe er sich damit abfinden konnte, daß es nichts anderes gab?
Er war wieder einmal aus dem Wald heraus und auf freiem Gelände.

Zwischen der dichten Borstenhirse entdeckte er einen geschützten Platz und ruhte sich aus. Im Halbschlaf überließ er sich seinen Gedanken. Er stellte sich vor, wie sein Quorum entschlossen ein neues Territorium in der Wildnis suchte und fand. Die Gemeinschaft trotzte den Gefahren und lebte, wie Katzen leben sollten – unter Führung des großen Dom Solo...

Aber plötzlich waren alle seine Gedanken wie weggewischt. Er erstarrte in höchster Alarmbereitschaft: Schnell und zielstrebig näherten sich Tiere seinem Versteck. Diesmal waren es keine kleinen Hüpfer. Sie waren größer, und sie hatten ihn wahrgenommen! Er spannte sprungbereit alle Muskeln. Aber Flucht war nicht mehr möglich.

Es schienen fünf Angreifer zu sein. Solo preßte sich flach auf die Erde und überlegte fieberhaft: Wer jagt in Gruppen? Was auch immer das für Tiere waren, sie kreisten ihn ein! Sie rückten zielstrebig näher, als wollten sie ihn gemeinsam angreifen. Solo sträubte vor Angst das Fell und tastete mit dem Ring ihre Stellungen ab, denn er hoffte, eine Lücke in ihrer Linie zu finden, um vielleicht doch noch fliehen zu können. Aber die Abstände zwischen ihnen waren gleich groß, und sie kamen schnell auf ihn zu.

Der erste brach durch das Gestrüpp, und Solo machte sich beinahe naß. Es war ein Wolfer. Solo wußte, er konnte an *einem* Wolfer vorbeikommen und ihm davonlaufen. Da war nur ein Haken an der Sache: Hier kamen *fünf* Wolfer auf ihn zu, und es waren keine langsamen, schwerfälligen zahmen Hunde. Wolfer konnten sehr schnell rennen...

Die anderen tauchten vor Solo auf. Sie waren alle silbergrau und sehr mager. Sie hetzten mit heraushängender Zunge heran, und der Speichel rann ihnen über die Lefzen. Solo kauerte sich wie eine Sprungfeder zusammen und drehte sich schnell im Kreis. Das Herz schlug ihm bis zum Hals, während er versuchte, sie alle im Blick zu behalten. Er war sicher, er würde sterben.

Plötzlich blieben sie stehen. Einer, offenbar der Anführer, begann eine Art wilde, winselnde Fuge und bedeutete den anderen mit einer Kopfbewegung, sich auf die Beute zu stürzen. Solo machte sich bereit, um sein Leben zu kämpfen. Er war entschlossen, wenigstens einen seine scharfen Krallen spüren zu lassen, ehe er ins Schattenland ging.

Kampfbereit setzte sich Solo mit gesträubtem Fell auf die Hinterpfoten, als aus dem Nichts plötzlich ein riesiger weißer Barde auftauchte und mit einem Satz neben ihm stand. Die Wolfer wichen jaulend und verwirrt zurück, als sie das strahlende Licht sahen, das Sprechers Gestalt annahm. Der Alte war größer als früher, und Solo sah zu seinem Erstaunen durch den schimmernden Körper hindurch die Umrisse der Wolfer und der Pflanzen in der Nähe. Solo wußte: Das war keine Illusion des Sternenlichts! Als ihn dieser Gedanke durchzuckte, zitterte er vor ängstlicher Erregung. Die Wolfer waren zwar zurückgewichen, fanden aber allmählich die Fassung wieder. Solo sah die strahlende Erscheinung fragend an. Sprecher fauchte die Meute plötzlich gefährlich an, und die Angreifer sträubten zitternd das Fell und winselten, als würde man sie schlagen.

»Lauf, Solo!« befahl Sprecher. »Lauf so schnell du kannst!«

»Sprecher...«, begann Solo unsicher und zögernd. Er konnte den Alten nicht einfach der gierigen Meute überlassen...

»Solo! Du hast keine Zeit zu verlieren! Lauf!«

Mit einem Satz schoß Solo zwischen zwei verblüfften Wolfern hindurch und raste in südlicher Richtung davon. Er sah Bäume und Hecken nur noch als undeutliche Flecken, während er um sein Leben rannte. Nach einer Weile warf er ängstlich einen Blick über die Schulter zurück und stellte fest, daß Sprecher verschwunden war. Die Wolfer starrten auf den leeren Platz, an dem sie ihn gerade noch gesehen hatten. Solo rannte weiter, bis ihm die Pfoten brannten und ihm vom Keuchen die Kehle schmerzte. Er wurde etwas langsamer, aber plötzlich sah er den weißen Barden vor sich am Waldrand.

Die freudige Erregung, die Sprechers Anblick in Solo auslöste, verlieh ihm neue Kraft, und er folgte vertrauensvoll dem Alten. Er wußte, das wurde von ihm erwartet. Sprecher tauchte ab und zu zwischen den Bäumen vor ihm auf und verschwand dann wieder. Solo überließ sich seinem Instinkt und rannte ihm nach. Er empfand keine Müdigkeit und atmete gleichmäßig und rhythmisch. Er rannte und rannte, sprang über niedrige Hindernisse und suchte im Wald nur nach der strahlenden Erscheinung. Und jedesmal, wenn er fürchtete, ihn endgültig aus den Augen verloren zu haben, tauchte beruhigend am Rand seines Gesichtsfeldes ein weißer Schimmer auf.

»Sprecher!« rief er immer und immer wieder, »warte auf mich!« Aber der Alte gab keine Antwort und eilte ihm offenbar mühelos voraus.

Solo achtete nicht darauf, wohin er lief. Aber plötzlich bemerkte er zu seiner Verwunderung, daß es bereits wieder hell wurde. Er hörte den jubilierenden Ruf unzähliger Vögel in den Zweigen und blieb verwirrt stehen. Wie lange und wie weit war er gelaufen? Er wußte es nicht. Aber seine brennenden Pfoten erinnerten ihn daran, daß er einen müden und erschöpften Körper hatte und nicht wie Sprecher den Gesetzen der Erde enthoben war. Solo gähnte und wollte nur noch schlafen, denn der Tag brach an. Er stellte die Ohren auf und lauschte. In der Nähe gab es fließendes Wasser. Durstig leckte er sich über die ausgetrockneten Lippen und ließ sich vom Wasser anziehen. Er fand bald darauf in einer kleinen Schlucht das glitzernde Naß, auf dem goldbraune Lichtflecken tanzten. Solo trank gierig, leckte sich die wunden Pfoten und sah sich prüfend um. Am Ende der Schlucht entdeckte er zwei hohe Felsen. Er schleppte sich langsam dorthin, und schon beim Näherkommen spürte er die Höhle. Sie war schön und groß, sauber und still. Er schnupperte an den Wänden, dehnte prüfend den Ring aus. Nichts signalisierte Gefahren. Solo kroch in eine kleine moosbewachsene Nische am Eingang und schlief auf der Stelle ein. Oder schlief er nicht? Noch während er die Augen schloß, spürte er das sanfte Licht und sah Sprecher. Der Alte lächelte, hob die Pfote und sagte: »Bleib liegen. Du mußt jetzt ruhen. Ich werde dir eine Geschichte erzählen. Denk nicht weiter darüber nach. Wenn die Zeit gekommen ist, wirst du dich wieder daran erinnern und glauben, es sei ein Traum, der dich von nun an begleitet. Der Traum führt dich zum Ziel. Aber du sollst auch deinem Quorum die Geschichte vom Mond, von der dunklen

Schlange der Nacht und von der Prill erzählen, die das Schicksal auf alle Zeiten in die Pfote nahm und den Mondwald allen Katzen, die der Gefangenschaft entfliehen, zum Vermächtnis hinterließ. Sie alle werden dir auf den weiten Weg folgen, der vor dir liegt.« Sprechers Stimme war wie sanftes Reiben am Kopf, wie Schnurren in der Kehle und wie wunderbare Farben, die Solos Herz berührten.

Der junge Barde schlief lange, wachte munter auf, streckte und reckte sich. Er fühlte sich wie neu geboren, lief vorsichtig vor die Höhle und sah, daß es eine klare Nacht war. Er dachte: Hier bleibe ich. Vielleicht besucht mich Sprecher jetzt jeden Tag und erzählt mir die Legenden. Aber plötzlich nahm er den Rack wahr! Verblüfft blieb Solo stehen und sog mit zuckender Nase die Luft ein. Das war doch nicht möglich! Nicht weit von hier mußte es Schwarzstein und Rauwölfe geben. Wie konnte das sein? Schwarzstein und Rauwölfe hier in der Wildnis? Sprecher war nirgends zu sehen. Solo lief neugierig und verwirrt die Schlucht hinauf auf den starken Rack zu.

Beim Näherkommen wurde der Geruch immer eindeutiger. Solo hörte sogar schwach, aber unverkennbar, das Brüllen der Rauwölfe, die ganz in der Nähe mit hoher Geschwindigkeit vorbeirasten. Sein Weg führte ihn auf eine kleine Anhöhe, und als er hinunterblickte, sah er es: Direkt unter ihm befand sich ein weiß markierter Streifen Schwarzstein, und darauf rannten viele Rauwölfe. Aber hinter dem Schwarzstein entdeckte er etwas, das seine Aufmerksamkeit noch mehr fesselte.

Ein Berg beherrschte das Land im Westen. Er war so hoch, daß Solo den Kopf zurücklegen mußte, um zu sehen, wo der Gipfel in den Wolken verschwand. Er leuchtete im ersten Licht des frühen Morgens und ragte bis in den Himmel empor – eine zeitlose, erhabene Erscheinung. Der Berg in seiner stummen, gewaltigen Größe flößte ihm Ehrfurcht ein. Und dieser Berg schien Solo zu rufen. Der Ruf drang aus seiner unermeßlichen Tiefe durch das dunkle Braun, Blau und Grün seiner Gestalt, der in ihm wie ein Gesang ein Echo fand. Es klang wie ein alter vergessener Traum oder eine ferne Erinnerung, bei der sein Herz höher schlug . . .

»Solo, geh zurück! Du wirst im Territorium gebraucht.«

Das war Sprechers Stimme. Solo drehte sich verwirrt um und suchte zwischen den Bäumen hinter sich den Alten, der ihn hierher geführt hatte. Aber er sah die weiße Erscheinung nicht. Die sanfte Stimme schien nur ein paar Katzenlängen entfernt gewesen zu sein. Solo dachte nach. Die Worte, die er so deutlich gehört hatte, erfüllten ihn mit Angst. Wenn Sprecher ihn jetzt zurückschickte, dann mußte etwas Schreckliches geschehen sein...

»Sprecher!« rief Solo verzweifelt. Sein Schrei hallte durch die Stille und verhöhnte ihn mit einem immer schwächer werdenden Echo. Aber er erhielt keine Antwort. »Sprecher! Was ist geschehen?«

Verwirrt und verängstigt bestimmte Solo die Himmelsrichtungen und lief nach Osten. Wenn ich mich unterwegs nicht aufhalte, müßte ich den Rückweg in einer Nacht und einem Tag schaffen, dachte Solo bekümmert. »Also gut, in der übernächsten Nacht bin ich wieder im Quorum«, verkündete er den stummen Bäumen.

10

Das Feuer

Solo war als junger Barde auf Erkundung in die westliche Wildnis gezogen. Als er jetzt zu seinem Quorum zurückeilte, war er ein Erwachsener mit einem festen Ziel vor Augen; und ihn trieb die Angst vorwärts. Er nutzte den ganzen langen Tag, um voranzukommen, und hielt bloß an, wenn es unbedingt nötig war, aber selbst dann nur ganz kurz. Bis zum Einbruch der Nacht lief er ruhig und gleichmäßig. Vor ihm lag eine weite Strecke, und er konzentrierte sich – wie vom Rhythmus des Laufens hypnotisiert – auf die Bewegungen seines Körpers. Solo glaubte mehrmals, links oder rechts einen weißen Schimmer zu sehen, aber er wußte nie mit Sicherheit, ob es Sprecher war. Die Umgebung zog wie ein wirrer Traum an ihm vorbei, aus dem er sich nicht befreien konnte, aber etwas in seinem Inneren gab ihm Kraft.

Der größte Teil der Strecke lag inzwischen hinter ihm, und der Wald wirkte allmählich vertrauter, aber Solo würde noch gut eine halbe Nacht brauchen, um die Grenze des Territoriums zu erreichen. Plötzlich nahm er Rauch wahr. Der schwache, beißende Rack verstärkte seine Unruhe. Eine namenlose Angst trieb ihn vorwärts, und er strengte sich noch mehr an, um die immer weiter auseinander stehenden Bäume schnell hinter sich zu bringen. Als das leuchtende Tagesgestirn zum zweitenmal in entgegengesetzter Richtung über den Himmel gezogen war, und die Welt unmerklich in der Dämmerung versank, sah er, daß in der Ferne, wo sich die Behausungen befinden mußten, rötlich schwarze Nebelschwaden wie dunkle Wolken dicht über der Erde hingen. Tobte dort ein Sturm oder ein noch gefährlicheres Unwetter? Wenn es ein Sturm war, dann hatte er noch nie einen solchen erlebt. Solos Kehle wurde trocken vor Angst. Er rannte in gestrecktem Lauf weiter, bis er die Erde des westlichen Feldes unter den Pfoten spürte. Je weiter er nach Osten kam, desto mehr verdunkelte der Rauch den Himmel. Die Luft wurde drückender, und das Atmen schwieriger. Als die mittleren Hecken vor Solo auftauchten, sah er den glühenden roten Schein über der Landschaft – Feuer! Er hatte noch nie ein Feuer gesehen, aber die Legenden berichteten von seiner furchteinflößenden, zerstörerischen Macht. Es vernichtete und verbrannte auf seinem Weg alles Leben. Jetzt verstand er Sprecher: Deshalb sollte er so schnell zurück!

Eine dichte, schwere Decke aus Rauch lag über dem Land. Der Wind trieb einen Aschenregen auf das Feld. Solos Augen tränten, und er mußte husten. Von den Behausungen drang ein Grollen herüber, das wie Donner klang. In dem Lärm glaubte er ganz schwach auch die aufgeregten Stimmen von Besitzern zu hören. Auf dem Graustein rannten Rauwölfe, und in der Ferne durchschnitten klagende Schreie die Luft. Aber Solo konnte sie nicht einordnen.

Beim Näherkommen entdeckte er die dunklen Umrisse von Katzen des Quorums, die ziellos durcheinander liefen. An den Ringen spürte Solo das Entsetzen und die Panik, die sie erfaßt hatte. Spanno und die anderen Freunde sah er nicht. Ein würgender, dumpfer Schmerz verkrampfte ihm den Magen. Mit tränenden Augen spähte Solo angestrengt durch den schwarzen Rauch über das Feld.

Banda und Minit sahen Solo als erste und rannten ihm entgegen. Mehrere Prills und einige jüngere Barden folgten ihnen mit weit aufgerissenen Augen.

»Solo!« keuchte Banda. »Gut, daß du zurück bist! Sieh dir das Feuer an! Die Behausungen brennen... die Besitzer können den Feuersturm nicht aufhalten oder bändigen!«

Minit war völlig durcheinander und stammelte immer wieder: »Du mußt es dir ansehen, Solo! Du mußt es dir ansehen! Es ist...« Er mußte husten und drückte den Kopf ängstlich gegen die Brust.

»Wo sind Spanno und die anderen?« fragte Solo atemlos.

»Dom Spanno, Selvyn und Ponder sind hinübergegangen, um den

Brand zu beobachten«, antwortete Mondy. »Kitty-Kitty und Ditto wollen sie gerade holen...«

»Sie sind schon so lange weg«, wimmerte Rosen. »Ponder –«

»Sie sind da drüben? Bei den Behausungen?« fragte Solo entsetzt und spürte eine schreckliche Gefahr. Ohne die Antwort abzuwarten, rannte er über das Feld zur großen Hürde.

Solo kam an den Hecken vorbei, auf die glühende Funken prasselten, und als er sich der Mauer näherte, sah er, wie rote Flammen aus den schwarzen Wolken schlugen, die von den Behausungen der Besitzer aufstiegen. Er hatte gehofft, Ponder und die anderen auf der Mauer zu sehen. Aber dort saßen sie nicht. Waren sie im Holzstoß? Der Wind trieb die schwefligen, stechenden Hitzewellen über das Feld. Es mußte doch einen Grund haben, daß die fünf sich so nahe an das Feuer heranwagten. Plötzlich hörte er Kitty-Kitty! Sie schrie verzweifelt: »Spannooooo! Spannooo!«

Mit einem Satz war Solo auf der Mauer und sah den Holzstoß vor sich. Nacktes Entsetzen lähmte ihn. Ihr Lager war zerstört. Die Stämme waren umgefallen und lagen kreuz und quer auf dem Graustein. Ponder, Ditto und Kitty-Kitty rannten und sprangen im dichten Qualm und Rauch verzweifelt über das Holz.

»Ponder!« rief Solo. »Was ist passiert? Warum seid ihr denn noch dort unten, und wo sind Spanno und Selvyn?«

Ponder hob verstört den Kopf. »Solo!« schrie er zurück. »Sie sind da drin! Ein riesiger Rauwolf hat den Holzstoß gerammt... bis auf Selvyn sind wir alle herausgekommen... Spanno ist zurück, um ihn zu holen... das Holz ist gerollt, und alles ist zusammengefallen. Ich kann nicht mehr hinein!« Er keuchte nur noch. »Ich konnte ihn nicht zurückhalten...«

»Spanno!« Solo war mit einem Satz neben Ponder auf dem Graustein. »Selvyn!« Es muß einen Weg geben, dachte er. Wir müssen sie befreien! Jetzt verstand er Sprechers Warnung – *er* mußte versuchen, die beiden zu retten!

»Solo!«, flehte Kitty-Kitty. »Tu etwas! Hol sie heraus!«

»Hierher!« hörten sie plötzlich einen leisen Ruf aus dem Holzstoß. Es war Selvyn. Er lebte! Die drei kletterten sofort in die Richtung, aus der sie Selvyns Stimme gehört hatten. Zwischen den Stämmen sahen sie eine rote Pfote.

»Spanno!« rief Solo. »Wo bist du?«

»Hier«, kam die Antwort mit gepreßter, erstickter Stimme, »hinter Selvyn. Mir fehlt nichts... wir schaffen es, Solo!«

»Zwängt euch durch!« schrie Ditto. »Wir helfen von dieser Seite!«

Sie schlugen die Krallen in das Holz und zogen und zerrten. Sie mußten die Stämme nur ganz wenig verschieben, aber es blieb kaum Zeit. Funken und Asche regneten auf sie herab. An mehreren Stellen begann das Holz bereits zu glimmen. Selvyn schob verzweifelt die Pfoten zwischen zwei Stämme und wollte sie weiter auseinanderdrücken. Aber sie bewegten sich nicht.

Solo sah es und dachte: Wir müssen alle Kräfte auf einen Punkt konzentrieren. Wenn sie sich richtig verteilten, konnte es vielleicht gelingen, einen der beiden Stämme, die etwa so dick wie eine Katze waren, etwas zu verschieben.

»Alle hierher!« rief Solo. »Schnell, verteilt euch!« Er wies jedem einen Platz neben sich an, dann gab er das Kommando: »Jetzt... jetzt... jetzt!«

Sie stemmten sich zusammen gegen das runde Holz, das sich unter dem rhythmischen Druck tatsächlich bewegte und zur Seite rutschte.

Selvyn zwängte seinen blutenden und zerkratzten Kopf durch die schmale Öffnung. Ponder und Ditto packten das wenige Fell, das sie fassen konnten, und versuchten, Selvyn herauszuziehen. Solo und Kitty-Kitty drückten unterdessen gegen das schwere Holz, bis ihnen schwarz vor Augen wurde.

Der Holzstoß brannte bereits. Kleine Flammen züngelten um sie herum. Das Holz begann, ganz unheimlich zu knistern und zu knacken.

»Fester!« schrie Solo. Er spürte, wie die Hitze ihm das Fell versengte. Seine Angst um Spanno wuchs. Endlich – mit einem Ruck gab das Holz nach, und Selvyn wand und schob sich etwas weiter durch den Spalt. Er blutete an Kopf und Nacken, wo Ponder und

Ditto ihn am Fell gezogen hatten. Er zappelte und strampelte. Aber er saß fest.

»Das Holz bewegt sich!« rief Kitty-Kitty. Der Stamm unter ihren Pfoten rollte nach außen und fing an zu rutschen. »Halte durch, Spanno! Wir schaffen es!«

Plötzlich war Selvyn frei. Ponder und Ditto zogen ihn seitwärts aus dem Spalt und fielen unter dem plötzlichen Gewicht rückwärts. Selvyn richtete sich schwankend auf und rang nach Luft. Aber sie durften keine Zeit verlieren! Alle drei sprangen sie neben Solo und Kitty-Kitty, um Spanno zu befreien. Er war größter und würde mehr Platz brauchen, um hinauszukommen. Aber die dichten, schwarzen Rauchschwaden nahmen ihnen die Sicht. Sie sahen plötzlich nichts mehr und glaubten zu ersticken.

»Wir machen weiter!« keuchte Ponder. »Wir holen dich raus, Spanno!«

»Spanno!« rief Kitty-Kitty verzweifelt. »Spanno! Wo bist du!«

Spanno wollte antworten, aber die Hitze und der Rauch erstickten seine Stimme. Das Atmen fiel ihm schwer, und er rang qualvoll nach Luft. Aber Selvyn hatte es geschafft ... war in Sicherheit, und auch er konnte es schaffen ...

Oben umklammerten seine Freunde mit letzter Kraft das dicke, runde Holz, das Spanno gefangenhielt. Der Stamm bewegte sich ruckweise, wenn sie sich gemeinsam dagegen stemmten, und der Spalt wurde jedesmal etwas breiter.

Aber plötzlich knarrte das Holz unter ihnen, rutschte, und der Stamm rollte polternd in die ursprüngliche Stellung zurück. Es war alles zunichte, was sie erreicht hatten. Solo konnte Spanno immer noch sehen, doch der Farbige hatte etwa eine halbe Katzenlänge zurückweichen müssen. Die Flammen schlugen höher, und der Qualm wurde immer dichter. Spanno würde ersticken, wenn sie ihn nicht schnell befreien konnten. Kitty-Kitty schrie nicht mehr, sie wimmerte nur noch heiser. Die Freunde schlugen die eingerissenen und blutigen Krallen mit Todesverachtung in das Holz und stemmten sich erneut gegen den Stamm.

Das schreckliche Dröhnen und Krachen bei den Behausungen, der unheimliche Feuersturm und die heulenden Rauwölfe verliehen dem Geschehen etwas Unwirkliches. Gellende Schreie der Besitzer verrieten, daß auch sie um ihr Leben kämpften.

»Solo!« rief Kitty-Kitty mit erstickter Stimme. »Es bewegt sich!«

Spanno drückte entschlossen seinen großen Kopf in den schmalen Spalt. Solo faßte wieder Mut. Auch die anderen sahen jetzt, wie Spanno versuchte, ihnen zu helfen. »Halte durch!« murmelte Solo mit zusammengebissenen Zähnen. Noch ein Stück, und dann würden Ponder und Ditto ihn wie Selvyn am Fell packen und herausziehen können. »Jetzt... jetzt... jetzt...« japste er, und sie stemmten sich alle gegen den Stamm. Sie hatten es beinahe geschafft!

Der Rauch machte sie blind, und die Hitze versengte ihnen die Gesichter. Die Flammen rückten unbarmherzig näher. Spanno zwängte sich mit Kopf und Vorderpfoten durch den Spalt.

»Jetzt!« schrie Solo heiser, und seine Stimme überschlug sich. »Drücken, Spanno!«

Der Kopf des Farbigen war beinahe frei. Die vier nahmen Schulter an Schulter noch einmal all ihre Kraft zusammen. Spanno schob, die anderen drückten, und endlich spürten sie, wie der Stamm unter ihren Pfoten nachgab, rutschte und anfing zu rollen. Sie sprangen zur Seite. Aber in diesem Moment fielen krachend mehrere Stämme, die bereits brannten, in die entstandene Lücke. Die Flammen schlugen hoch auf, und sie mußten entsetzt zurückweichen, um sich selber in Sicherheit zu bringen. Der Holzstoß geriet wieder in Bewegung.

»Nein!« schrie Solo. »Spanno! Nein!« Aber für Spanno gab es keinen Ausweg mehr. Das Holz brannte lichterloh. Das Feuer hatte ihr altes Lager endgültig erobert. Spanno war verloren.

Kitty-Kitty schrie vor Entsetzen auf. Sie warf den Kopf wie wahnsinnig hin und her und rief immer und immer wieder Spannos Namen. Ponder starrte versteinert auf das Flammenmeer und bewegte sich nicht von der Stelle. Der verletzte Selvyn sank zuckend auf den Graustein, und Ditto, der dicht hinter ihm stand, wurde fey.

Solo spürte trotz Flammen und glühender Hitze eine eisige Kälte. Er warf den Kopf zurück und schrie seine Qual so laut hinaus, daß sein

Ruf das Getöse der Feuersturms übertönte und weit über das Feld drang. »Spannooooooooo!« rief er und wollte sich halb besinnungslos auf die brennenden Stämme stürzen.
»Nein, Solo!« brüllte Ponder, packte Solo im Nacken und warf ihn auf den Graustein. »Wir können ihm nicht mehr helfen!« Der Rauch wurde so dicht, daß sie keine Luft mehr bekamen und noch weiter zurückweichen mußten.
Da drang ein Schrei gellend durch die brennende Nacht und ging ihnen durch Mark und Bein. Aber sie konnten für Spanno nichts mehr tun. Der Farbige schrie noch einmal, doch sein Schreckensschrei brach plötzlich ab. Auf dem Graustein lag nur noch ein verkohlter, brennender Haufen Holz, über den der Feuersturm hinwegjagte.

Kitty-Kittys laute Klagen gingen allmählich in stummes Wimmern über. Die Barden umringten sie. Spannos Tod traf sie alle, aber sie mußten jetzt an sich denken. Instinktiv wichen die fünf keuchend und hustend vor dem Rauch und den Flammen zurück und krochen durch die große Hürde auf das Feld. Einer nach dem anderen trennte sich von der Gruppe, um allein zu trauern. Solo verbarg sich im hohen Gras und fiel erschöpft in einen fey-ähnlichen Schlaf. Er mußte dem Schmerz wenigstens eine Weile entrinnen. Ponder lag mehrere Katzenlängen entfernt, hing seinen Gedanken nach und hielt einsam Wache, während der Tag anbrach, verstrich, wieder von der Nacht abgelöst wurde und die letzten Rauchspuren aus der Luft über dem Feld verschwanden.
Als Solo sich schließlich aufraffte und zu den Hecken lief, war er ein anderer. Seine Schritte waren fest und gleichmäßig, aber es fehlte ihnen das übliche leichte und übermütige Federn. Er preßte die Zähne zusammen und streckte entschlossen das Kinn vor. Er würde sich nicht von dem eingeschlagenen Weg abbringen lassen! Er wußte jetzt mit unerschütterlicher Sicherheit: Alle wilden Katzen würden das Gebiet der Besitzer verlassen, wo ihnen nur Tod und Verderben drohten. Es gab keinen anderen Weg. Er lief zu seinem Quorum, das sich in der Nähe versammelte. Die Kindheit fiel end-

gültig von ihm ab, und er sah deutlich seinen Platz in einer unsicheren und von Gefahren bedrohten Welt. In dieser Welt war das Überleben weniger ein Recht als eine Gunst. Umstände und treue Freunde hatten ihn bislang vor den harten Seiten des Lebens bewahrt und beschützt, aber diese Zeit war nun endgültig zu Ende.

Auf der Westseite der mittleren Hecken stieß Solo auf die Gruppe. Jetzt waren sie nur noch zu fünft, und sie standen schweigend beisammen. Das ganze Quorum hatte sich eingefunden. Die Nachwirkungen des Unglücks machten alle unsicher und verwirrt. Die Prills drängten sich zitternd und ängstlich unter der Hecke zusammen. Die jüngeren Barden suchten Führung und Sicherheit bei Solo und den anderen Erwachsenen. Sie liefen unruhig hin und her und redeten nur leise miteinander. Solo wußte, für alle war er jetzt der Sprecher, und er mußte ihnen etwas sagen. Aber er brachte kein Wort hervor.

Banda näherte sich ihm zögernd, gefolgt von dem kleinen Minit. »Was werden wir nun tun... Dom Solo?« fragte Banda. Alle Augen richteten sich auf Solo und warteten auf seine Antwort.

Solo verstand sehr wohl, daß Banda ihn nicht nur als Zeichen der Achtung mit ›Dom‹ angesprochen hatte. Er wurde unsicher und sah sich bestürzt um. »Nein! Ich kann... ich kann Spannos Platz nicht einnehmen! Selvyn sollte es tun oder Ponder oder –«

Selvyn trat rasch vor. »Wir hatten eine Ratsversammlung, während du... allein warst. Wir haben abgestimmt... und wir sind uns einig: Du sollst uns führen.«

»Nein! Ich bin noch zu jung! Ich habe noch nie in einem wirklichen Kampf gesiegt! Ich habe...«

»Du übernimmst das Denken, Solo«, sagte Ponder leise, »und ich das Kämpfen.«

»Solo«, fügte Ditto hinzu, »in zwei Jahreszeiten würdest du ohnehin jede Katze des Quorums an Rang übertreffen. Du warst von Kindheit an dazu bestimmt, Sprecher zu werden.«

»Wir brauchen dich«, sagte Kitty-Kitty gequält und mit schwacher Stimme, »... auch Spanno würde wollen, daß du uns führst.«

Die versammelten Katzen nickten zustimmend. Bei dem Wort

›Spanno‹ überwältigte Solo der Kummer. Was kann ich für das Quorum tun? Spanno habe ich nicht helfen können, dachte er gequält. Und stand er im Rang wirklich über Selvyn oder Ponder? Solo wußte, der Rang in einem Quorum war jedem gegeben. Man konnte ihn nicht erlernen oder verdienen. Aber trotzdem... es gelang ihm nicht, sich an der Spitze des Quorums zu sehen. Plötzlich verstand er die seltsame Nacht auf dem Feld: Sprecher hatte ihm damals das Amt übertragen. Aber in seinem Innern wehrte sich alles: Ich bin kein Sprecher, und ich bin kein Dom! Und jetzt soll ich für das Quorum Dom *und* Sprecher sein... In den Legenden gab es kein Beispiel dafür. Das war zuviel verlangt!

Solo drehte sich verlegen um und verkroch sich tief in die Hecke. Er wollte allein sein, um seine Gedanken zu ordnen. Mußte er das wirklich alles auf sich nehmen? Der wichtigste Teil ihres Territoriums war so gut wie zerstört, ihr Dom und größter Kämpfer tot. Die Prills waren dick und rund von den Kindern, die sie trugen. Es mußten Vorbereitungen getroffen werden, damit das Leben weitergehen konnte. Aber wie sollte das geschehen? Die Behausungen lagen in Schutt und Asche. Und in dieser Not sollte sie ein junger, unerfahrenen Dom führen und schützen...

Geh deinen Weg, und laß dich nicht beirren, Solo. Erinnere dich an deinen Traum! Unvermittelt drangen Sprechers klare und sanfte Worte in Solos Bewußtsein. Diesmal verunsicherten sie ihn nicht. Die Worte des Alten brachten dem unglücklichen Solo vielmehr Ruhe. In ihnen fand er die Orientierung, die er suchte.

Also gut! Er würde das Quorum führen. Er würde es nach Westen in eine Wildnis bringen, in der es keine Besitzer und keine Kämpfe um die Grenzen eines Territoriums gab. Dort waren sie frei und wild. Ihre Kinder würden *wahren* Stolz und *wahre* Unabhängigkeit kennenlernen und so leben, wie wilde Katzen eigentlich leben sollten. Sein Entschluß stand fest: Wir brauchen die Besitzer nicht mehr.

Solo kehrte ruhig und mit kraftvollen Schritten zu den anderen zurück. Er mußte ihnen vieles sagen und vieles erklären. Ponder, Kitty-Kitty, Selvyn und Ditto erwarteten ihn vor der Hecke – sie hatten an seiner Entscheidung für das Quorum, für seine Aufgabe nicht gezweifelt.

Der kleine, scheue und bescheidene Minit trat zu Solo und räusperte sich, um sich bemerkbar zu machen. »Dom Solo, ich bin Minit... und ich werde dir folgen.«

Das Ritual dauerte, und ein neues Leben begann. Einer nach dem anderen kam und trat mit Solo als Dom in Beziehung. Sie gelobten ihm Treue und erkannten ihn rückhaltlos als ihren Führer an. Und damit veränderten sie für immer den Lauf der Katzengeschichte.

11

Der Kampf

Das Quorum litt unter dem Verlust von Spanno, und die Trauer, die wie ein greifbarer Schatten über ihnen lag, verband die Katzen und trennte sie zugleich. Jeder hatte eine enge und feste Beziehung zu Spanno gehabt, und keiner konnte sie so leicht beiseite schieben. Sie aßen, tranken Wasser und schliefen, wenn sie konnten, aber die Verzweiflung blieb; sie zeigte sich an den langen leeren Blicken und den ziellosen Wanderungen der Barden. Sogar am hellen Tag schlichen sie traurig und ruhelos über das Feld. Überall liefen sie hin, nur nicht in die Nähe der Mauer und zu den Überresten des Holzstoßes.

Sechs Tage nach dem Feuer drang von der anderen Seite der großen Hürde eine Flut seltsame Geräusche zu ihnen herüber. Rauwölfe liefen in immer größerer Zahl über den Graustein, pausenlos hörten sie die geschäftigen Rufe der Besitzer, und bald folgte dröhnendes, durchdringendes Klopfen, Summen, Sägen und quietschendes Kratzen. Die Behausungen wurden wieder aufgebaut – diese unberechenbaren Wesen wollten dort offenbar so weiterleben wie zuvor. Die Gaben im verkohlten, rußigen Behälter, die mehrere Nächte lang verhältnismäßig karg gewesen waren, wurden allmählich wieder reichhaltiger, und an den wenigen Stellen auf dem Feld, die von den Ausläufern der Flammen geschwärzt worden waren, begann neues Grün zu sprießen.

Langsam überwand das Quorum die lähmende Teilnahmslosigkeit. Die Prills brachten ihre Lager in Ordnung, und die Barden beschäftigten sich mit Jagdspielen und halbherzigen Kämpfen. Es wurde wieder Wache geschoben und Patrouille gegangen. Solo übernahm

das Kommando. Er lief auf dem Mauerrand entlang, wie viele Doms vor ihm, und Ponder folgte ihm in kurzem Abstand. Die Vergangenheit trat allmählich zurück – sie würden Spanno nie vergessen, aber die Grenze zwischen der Vergangenheit und der unbekannten Zukunft war endgültig gezogen. Sie mußten im Hier und Jetzt leben!
Eines Abends wartete Solo, bis Ponder endlich zum Behälter gegangen war, ehe er allein auf dem Feld verschwand. Ponder ließ ihn nicht mehr aus den Augen. Seit Solo der Dom war und damit jederzeit zum Kampf herausgefordert werden konnte, nahm die Fürsorglichkeit des Grauen geradezu fanatische Züge an. Und wenn Ponder etwas vorhatte, sorgte er dafür, daß Selvyn oder Ditto in der Nähe des jungen Dom blieben. Bisher hatte Solo sich damit abgefunden, aber seit einiger Zeit mußte er immer wieder an die hübsche Pardie denken. Er sehnte sich nach einer Prill und ganz besonders nach Pardie. Aber solche zarten Bande wollte er ohne Begleitung knüpfen. Mit geblähten Nasenflügeln durchforschte er die Luft über dem Feld und suchte den zarten Rakscha der weißen Prill. Er war noch nicht weit gekommen, als er Kitty-Kittys leises Rufen hörte. Überrascht stellte Solo die Ohren und spürte plötzlich sehr deutlich, daß sie in Bedrängnis war und Kummer hatte. Was machte sie allein hier draußen? War sie verletzt? Er hielt den Atem an und hörte sie noch einmal kläglich rufen. Diesmal klang es allerdings sehr viel schwächer. Erschrocken und verwirrt stellte Solo fest, daß er den Ruf überhaupt nicht auf dem Feld, sondern in sich hörte. Kitty-Kittys Klage und flehentliche Bitte um Hilfe hallte leise in seinem Bewußtsein wider. Der Eindruck verschwand so schnell, wie er gekommen war. Von Unruhe erfaßt, kehrte Solo auf der Stelle um und eilte zu den anderen zurück. Er mußte sich vergewissern, was Kitty-Kitty bekümmerte, denn er konnte sich den Ruf in seinem Innern nicht erklären.
Es dauerte nicht lange, und er spürte Ponders Ring. Selvyn und Ditto waren bei ihm, aber Kitty-Kitty nicht. Sie schienen unruhig zu sein und waren froh, als sie Solo entdeckten. Ponder stürmte aufgebracht durch das Gras. Der Rote und Ditto folgten ihm.
»Wo bist du gewesen, Solo?« rief Ponder schon von weitem. »Ist dir

nicht klar, daß du jetzt das Ziel jedes herumziehendes Streuners bist?«
»Wo ist Kitty-Kitty?« unterbrach ihn Solo knapp. Die drei sahen ihn verblüfft und erschrocken an; Solos Unruhe entging ihnen nicht.
»Ich glaube, sie ist nach Norden gegangen, um allein zu sein«, erwiderte Ditto. »Sie war die ganze Nacht irgendwie gereizt und ist ständig hin und her gelaufen.«
»Außerdem hat sie mit niemandem gesprochen«, fügte Selvyn hinzu.
»... gereizt und ständig hin und her gelaufen...?« wiederholte Solo nachdenklich. Seine Befürchtung stand ihm ins Gesicht geschrieben und übertrug sich auf die anderen. »Sind es ... die Kinder?«
»Dazu ist es noch zu früh, nicht wahr?« fragte Selvyn, der nicht allzuviel über solche Dinge wußte.
»Kitty-Kitty hat gesagt, es würde mindestens noch einen Viertel-Kreislauf dauern, bis die ersten Kinder kommen«, murmelte Ditto. »Aber ich erinnere mich nicht mehr genau, wann sie das gesagt hat«, fügte er nach einer kurzen Pause hinzu.
»Kinder?« fragte Ponder mit echtem Entsetzen. »In einer solchen Zeit?«
»Ich glaube, ich weiß, wo sie sein könnte«, sagte Solo. Er drehte sich um und lief schnell durch das Gestrüpp nach Norden. Die anderen warfen sich besorgte Blicke zu und folgten ihm beklommen. Sie wußten alle, Kitty-Kitty würde noch einen tragischen Verlust nicht verkraften.
Die vier Barden eilten geräuschlos durch das kühle, dunkle Dikkicht, dehnten ihre Ringe weit aus und versuchten, Kitty-Kitty zu spüren. Vermutlich hatte sie sich ein gut verstecktes Lager gewählt und saß dort allein in der Art der Prills, die Kinder erwarteten. Solo lief an der großen Hecke entlang nach Norden, wo sich sein alter, längst aufgegebener Bau befand. Er zweifelte inzwischen nicht mehr daran, Kitty-Kitty dort zu finden.
Beim Näherkommen nahm Solo die Aura der Prill wahr. Die

Gruppe blieb unsicher stehen, denn – Kitty-Kitty war nicht allein.
Solo senkte den Kopf, öffnete die Augen weit und sog mit bebenden Nasenflügeln den seltsamen Rack ein, der aus der Hecke drang. Mit einem leisen, kehligen Laut kündigte er sein Näherkommen an und trat zum Eingang.
»Solo?« hörte er Kitty-Kitty, die gut versteckt in dem höhlenartigen Bau saß. Ihre Stimme klang sehr matt.
»Ich bin es, Kitty-Kitty. Ist alles... in Ordnung? Soll ich draußen bleiben?«
»Nein«, antwortete sie leise und fügte schnell hinzu: »Oh, Solo, sie sind viel zu klein...«
Solo zögerte, kroch dann aber vorsichtig durch das dichte Gewirr der ineinandergewachsenen Zweige in die Hecke. Er schob sich behutsam in das alte, vertraute Lager und entdeckte Kitty-Kitty in der westlichen Ecke. Sie lag mit aufgerichtetem Kopf auf der Seite. Ihre Augen waren rund und schimmerten fiebrig. Kein Zweifel: Sie hatte Kummer. Es dauerte einen Augenblick, ehe Solo die Bewegungen in der Dunkelheit neben ihr sah.
»Kitty-Kitty!« flüsterte Solo aufgeregt. Neben ihr lagen drei winzige Kätzchen. Das eine war rein weiß, die beiden anderen hatten wie Spanno vier Farben. »Ist alles mit ihnen in Ordnung?« fragte er leise, ohne sich von seinem Platz am Eingang zu rühren. Solo konnte sich nicht vorstellen, wie so winzige Kätzchen überleben sollten.
»Ich weiß nicht, Solo«, erwiderte Kitty-Kitty. »Sie müßten größer sein.«
Solo konnte den Blick nicht von den drei Kleinen wenden. Die beiden Farbigen, beides Barden, strampelten und kämpften um den Platz an Kitty-Kittys Seite. Aber das Weiße, eine Prill, bewegte sich auffällig langsam und hatte Mühe, den Kopf hoch zu halten.
»Sie sind schön«, sagte Solo leise.
Aus Kitty-Kittys Augen sprach deutlich die große Anstrengung der noch nicht lange zurückliegenden Geburt. Sie atmete schnell und gepreßt, aber sie war keineswegs fey. Zum erstenmal, seit er denken

konnte, wußte Solo nicht, was er seiner Freundin sagen sollte. Sie sah die Verwirrung und die Sorge in seinen Augen.
»Es wird schon gut gehen, Solo«, beruhigte sie ihn.
Solo blieb noch einige Zeit bei Kitty-Kitty und ging dann auf ihre Bitte hinaus, um die drei anderen zu holen, damit sie die Kleinen in Augenschein nahmen. Ponder mußte mit Gewalt in die Hecke geschoben werden, auch Selvyn wehrte sich mit allen Pfoten. »Das ist doch gegen jede Sitte«, knurrte Ponder. »Keine Prill läßt Barden zu ihren Neugeborenen«, belehrte Selvyn den jungen Dom. Aber Solo wußte ebenso wie seine drei Freunde, daß Kitty-Kitty in diesem Punkt andere Vorstellungen hatte. Natürlich wäre es Spannos Privileg und Aufgabe gewesen, diese neue Sitte durch sein Vorbild in Kraft zu setzen. Jetzt mußten die drei brummigen Barden ihrem verlorenen Freund zuliebe über den eigenen Schatten springen. Sie sahen Solo in drolliger Verzweiflung hilfesuchend an. Konnte er ihnen *das* nicht ersparen? Solo blieb fest und erinnerte sie daran, daß Spanno seine Kinder ganz bestimmt anerkannt hätte. Es half also nichts, und seufzend krochen sie hintereinander in den Bau. Erfreulicherweise machte Ditto mit seiner Liebenswürdigkeit Ponders unverhülltes Entsetzen vor den zerbrechlichen Neugeborenen und Selvyns befangenes Schweigen mehr als wett.
Unter dem durchaus berechtigten Vorwand, Kitty-Kitty müsse sich unbedingt ausruhen, verließen sie bald wieder den Bau. Die vier Barden blieben vor der Hecke, um bei der Prill Wache zu halten. Sie teilten stumm die dunkle Gewißheit, daß die winzigen Kinder wahrscheinlich nicht überleben würden.
»Bald wird es überall von kleinen Katzen wimmeln«, murmelte Ditto nachdenklich und brach damit das Schweigen. »Dann wird die Hecke einen ganzen Kreislauf lang für uns gesperrt sein.«
Selvyn öffnete den Mund, um etwas zu erwidern, aber ihm kam ein Gedanke, und seine Augen wurden plötzlich schmale Schlitze. Er gähnte nachdrücklich, streckte sich, betrachtete ausführlich seine Krallen und leckte sich dann erstaunlich lange das Fell. »Ich bin bald zurück«, sagte er dann beiläufig. »Ich glaube, ich kümmere mich mal um die Außenwache.«

Auch Ponder stand auf und versuchte, seine Eile durch ausgiebiges Strecken und Gähnen zu verbergen. »Gute Idee, Selvyn, ich kontrolliere die im Süden.«
Ditto blieb sitzen und zwinkerte Solo zu. Sie wußten beide, wohin Ponder und der Rote wollten – Mondy und Rosen würden zwar auch bald ihre Kinder bekommen, aber vielleicht ließen die Prills sie noch einmal in die Hecke.
Solo und Ditto rollten sich zusammen und fielen bald in einen leichten Schlaf. Sie hörten Kitty-Kittys leises Schnurren, und obwohl es den Kleinen galt, wirkte es auf die beiden Barden beruhigend und einschläfernd. Trotzdem würden sie bei der geringsten Veränderung in Kitty-Kittys Ton sofort wach sein.
Aber nicht das Schnurren der Prill ließ sie plötzlich aufspringen. Eine Warnfuge hatte die Stille durchbrochen und mit ihrer archaischen Hartnäckigkeit selbst die Insekten zum Schweigen gebracht. Das war Ponder! Sein Ruf war eine Kampfansage und zugleich eine Warnung, die Solo und Ditto verriet, daß es sich nicht um eine interne Rauferei handelte. Ein Feind war im Territorium!
Der Ruf kam aus dem Südwesten der Prill-Hecken. Solo und Ditto waren sofort hellwach. Sie sprangen über das Feld und versuchten, an Ponders durchdringender Fuge das Ausmaß der Bedrohung abzuschätzen.
»Es ist etwas Ernstes«, rief Ditto, denn in der Stimme des Grauen lag unverhüllter Haß.
Solo blieb am Rand einer freien Fläche unvermittelt stehen. Er spürte es: Der Eindringling war Tanner; Bryndles alter Feind war zurückgekommen, um Rache zu nehmen – vielleicht wollte er auch noch einmal versuchen, das Territorium an sich zu reißen. Ditto kauerte neben Solo im Schutz des hohen Grases. Mit angespannten Sinnen machten sie sich ein Bild von der Lage.
Ponder und Selvyn hatten den Eindringling gestellt und standen ihm kampfbereit gegenüber. Der große Graue hatte das Fell zornig gesträubt und die ausgestreckten Krallen gespreizt; er hielt den Kopf tief und hatte die Lippen in der unnachahmlichen Drohgebärde zurückgezogen, für die er allgemein bekannt war. Tanner krümmte

den Rücken und musterte seine alten Feinde kühl und gelassen. Hinter ihm entdeckte Solo eine Gruppe Barden, die ihm überhaupt nicht gefielen. Tanner hatte diesmal den Zeitpunkt besser gewählt als beim ersten Überfall: Die ›Kämpferinnen‹ konnten in dieser Jahreszeit nicht eingreifen, weil sie dadurch die noch ungeborenen Kinder gefährdet hätten, und das Quorum war nach dem Feuer und Spannos Tod geschwächt und noch nicht wieder im Gleichgewicht. Die Nachricht, daß ein junger, kaum erwachsener Barde als Dom im Territorium des alten Bryndle herrschte, mußte Tanner sehr gefreut haben.

Solo zögerte. Kitty-Kitty brauchte Schutz.

»Komm, Tanner«, fauchte Ponder, »wir wollen sehen, wie stark du wirklich bist.«

»Jedesmal, wenn ich euch besuche, spielst du dich vor mir wie eine alte, zahnlose Prill auf, die eine Kröte verschluckt hat, du lahmer Muskelprotz«, höhnte Tanner. »Geh mir aus dem Weg! Ich bin hier, um deinen Dom zum Kampf herauszufordern. Die Vögel pfeifen von den Bäumen, was für ein Feigling er ist. Ich kann es nicht glauben, und deshalb will ich es selbst überprüfen.« Tanner grinste hämisch.

Solo bekam ein leeres Gefühl im Magen. Als Dom eines eigenen Territoriums hatte Tanner das Recht, ihn herauszufordern. Aber Solo wußte genau, daß er zu jung und zu unerfahren war, um es mit einem so kampferfahrenen Barden wie Tanner aufzunehmen. Er wußte auch – Recht hin, Recht her –, Ponder würde Tanner nie in seine Nähe lassen.

»Du Großmaul! Du solltest lieber einen Rauwolf herausfordern, wenn du es so genau wissen willst und Sehnsucht nach dem Schattenland hast«, fauchte Ponder. »Aber zuerst mußt du an mir vorbei, Tanner!«

»Und dann an mir«, fügte Selvyn kühl und entschlossen hinzu.

Ditto verließ seinen Platz neben Solo und trat stumm zu den anderen. Aus dem Gras tauchten Abalon, Babbot, Banda und Minit auf. Immer mehr Barden gesellten sich zu der Gruppe. Aber Tanner ließ sich nicht einschüchtern. Er hatte sein Ziel klar vor Augen. Der größte Teil des Quorums war anwesend, und sein Dom kauerte allein im Gestrüpp. Damit hatte Tanner den Kampf praktisch schon gewonnen.

»Nimmt euer großer Dom und Sprecher meine Herausforderung etwa nicht an?« fragte Tanner verächtlich und mit gespielter Ungläubigkeit in der Stimme. In der Welt der wilden Katzen verlor ein Dom seine Ehre, wenn er feige einem Kampf auswich.

»Um die kleineren Probleme kümmere ich mich«, erklärte Ponder hochmütig. Er wollte Tanner bei seiner Ehre packen und damit zum Kampf reizen.

»Bist du sicher, mein Freund, daß ich heute nicht dran bin?« Selvyn ging sofort auf das Spiel ein und kicherte albern. »Wir sollten dich eigentlich für ernstere Dinge aufsparen.« Der Rote zuckte mit einem Ohr und schüttelte kurz die Pfote, um seine Geringschätzung auszudrücken.

Aber Tanner ließ sich nicht von den beiden ablenken. Er wollte einen Kampf mit dem jungen Dom um die Herrschaft über das Territorium. Erst wenn er ihren Führer besiegt hatte, würde er den Kampf gegen die Vollzieher aufnehmen, das ganze Quorum vertreiben und seine Anhänger hierher bringen. So oder so, das Territorium gehörte praktisch schon ihm. Er wünschte sich nur, er hätte es Bryndle wegnehmen können oder wenigstens Spanno. Das hier schien läppich und für Tanners Geschmack schon fast etwas zu leicht.

Ponder sagte gereizt: »Hör zu, du Siltkopf. Wenn mein Dom Lust hätte, dich zu sehen, säße er dir jetzt schon im Nacken. Warum ver...«

Ponder brach mitten im Satz ab, denn alle Köpfe fuhren herum. Am östlichen Rand bewegte sich etwas – Solo trat aus dem Gestrüpp hervor.

Niemand, auch Tanner nicht, war auf diesen Anblick vorbereitet: Dort kam ein Dom und kein junger Barde. Er näherte sich dem Eindringling kampfbereit, und allen, die ihn sahen, gefror das Blut in den Adern. Dieser wilde Barde ließ sie an die Raubtiere der Legenden denken. Das gesträubte, dichte lange Fell machte ihn sehr viel größer. Er hielt den gesenkten, runden Kopf vorgestreckt und näherte sich seinem Herausforderer mit der gefährlichen, unbeirrbaren Zuversicht, wie sie üblicherweise nur von sehr alten und erfahrenen Kämpfern ausgeht. Die grauweißen Narben an seiner Schulter schimmerten im schwachen Sternenlicht und verstärkten die Illusion, er habe bereits viele und schwere Kämpfe siegreich bestanden. Seine geschmeidigen, lautlosen Bewegungen waren beherrscht und sicher. Die leise Warnfuge entwickelte sich zu einer ungestümen Kampfansage, und sein Ring erfaßte ungestüm Freund und Feind und ließ sie erzittern. Selbst Ditto starrte dieses wilde Raubtier mit offenem Mund an.

Solo hatte sich insgeheim darauf vorbereitet, daß Ponder und die anderen sich ihm ängstlich in den Weg stellen oder versuchen würden, ihn von seinem Vorhaben abzubringen. Aber ihm entging die Wirkung seines Auftritts nicht, und er bemerkte erleichtert, daß sich seine Barden ein paar Schritte vom unmittelbaren Schauplatz zurückzogen. Er war der Dom, und seine Entscheidungen waren Gesetz. Niemand, auch keiner seiner Vollzieher, konnte ihm dieses Recht verweigern – wenn es sein mußte, würden sie es sogar mit ihrem Leben verteidigen. Er wußte, Ponder schaltete schnell und entschied bei sich, wie weit er den Dingen ihren Lauf lassen konnte und wann er eingreifen mußte. Kämpfen war sein Element.

Solo blieb fünf oder sechs Katzenlängen vor Tanner stehen. Er konzentrierte sich auf den Ring des Streuners – ihm würde nicht viel Zeit bleiben, eine Besonderheit, irgendeine Schwäche seines Gegenübers zu entdecken.

Tanner hatte sich wieder gefaßt. Man hatte ihm erzählt, der junge Dom sei noch ein Kind und im Zweikampf ein leicht zu besiegender Gegner. Aber vor ihm stand kein Kind, das man mit einem gezielten Schlag erledigen und ins Schattenland befördern konnte. Er würde kämpfen müssen, und nach dem Aussehen des jungen Dom zu urteilen würde es ein harter Kampf werden.

Solo brach unvermittelt seine Fuge ab. »Du wolltest mich sprechen, Tanner?« Seine Stimme klang voll, tief und selbstsicher. Er wollte Tanner mit Ruhe und Überlegenheit überraschen. Aber der weiße Barde hob kaum ein Schnurrhaar.

»Das ist also der Milchbart von einem Sprecher, den dieses Quorum zahmer, räudiger Katzen Dom nennt«, knurrte Tanner. Er ließ sich nicht aus der Fassung bringen.
Das Ritual verlangte, daß man dem Gegner eine ganze Reihe Beschimpfungen entgegenschleuderte, die zunehmend unverschämter wurden. So geriet das Blut der Kontrahenten in Wallung, und meist zeigten sich bei diesem Vorspiel die ersten Schwächen. Aber Solo ging auf die Beleidigung nicht ein, sondern musterte den Herausforderer nur kühl und stumm.
Tanner geriet sichtlich in Wut. »Du glaubst also, du kannst es mit mir aufnehmen, junger Dom«, fauchte er und ging langsam, breitbeinig und geduckt in Stellung. Sie standen sich jetzt kampfbereit gegenüber.
Über dem Platz lag atemlose Stille. Solos Vollzieher beobachteten ihn mit großer Sorge, denn sie wußten, bei diesem Kampf ging es um alles. Ein Quorum kann einem besiegten Dom nicht folgen. Bei einer Niederlage verlangte das Gesetz, Solo als Streuner zu verbannen, und nur die wenigen, die ihm dennoch die Treue hielten, würden ihn begleiten. Auch Bryndle, das Schlitzohr, hatte dieses Schicksal erlitten. Über die Zukunft des Quorums entschied stets der Sieger. Im Leben der wilden Katzen gab es nichts Wichtigeres als einen Kampf um die Führung des Quorums. Ponder fühlte sich hin und her gerissen. Er wollte Solo wie gewohnt beschützen, aber die Regeln des Quorums verlangten von ihm Gehorsam gegenüber der Entscheidung seines Doms, der sich so kühn dem Herausforderer gestellt hatte.
Solo und Tanner schoben sich langsam aufeinander zu, bis sie weniger als vier Katzenlängen trennten. Ihre tiefen, heiseren Fugen gingen allmählich in klare, langanhaltende, herausfordernde Kampfschreie über, mit denen sie den Gegner beeindrucken wollten. Sie umkreisten sich nicht, wie es üblich war, denn sie wollten jede unnötige Bewegung vermeiden, um sich keine Blöße zu geben. Aber sie durchbohrten sich mit Blicken und kämpften mit ihrer undurchdringlichen Aura um einen Vorteil. Der Kampf begann mit einem Schlagabtausch auf einer anderen Ebene, in der es keine sichtbare

Kampfhandlung gab, die aber schon über Sieg oder Niederlage entscheiden konnte. Keiner der beiden ließ ein Zeichen von Schwäche erkennen, und das deutete auf einen langen und zermürbenden Kampf hin.

Tanners Flankenmuskeln spannten sich so unmerklich, daß Solo diese gefährliche Bewegung fast entgangen wäre. Er bereitete sich darauf vor, seitlich auszuweichen, falls Tanner springen sollte, aber nur soweit, daß er mit einem Gegenangriff kontern konnte, wenn Tanner sein Ziel verfehlte.

Mach dich frei von allen Gedanken, hörte Solo eine vertraute Stimme in sich. *Plane nicht im voraus, das lenkt dich nur ab, macht dich langsam und schwächt dich. Sei offen für alles, was du siehst und spürst, und vertraue deinem Instinkt.*

War es die Stimme von Sprecher oder Spannos? Oder hörte er sein innerstes Selbst?

Solo beendete den lautlosen Dialog, denn plötzlich erfüllte ihn eine ungeahnte Sicherheit. Er öffnete seine Sinne, überprüfte mit ihnen Tanners Miene und Bewegungen und verließ sich ganz darauf, daß sein Instinkt ihn leiten würde. Er hatte sich noch nie so katzenhaft, so eins mit sich selbst gefühlt. Alle Furcht war von ihm abgefallen. Er erlebte sich auf eine neue, ungeahnte Weise. Zum erstenmal spürte er seine wahre Kraft. Er sah Tanners Aura jetzt klar und deutlich und konzentrierte sich auf die leichteste Veränderung in Farbe oder Form. Sein Gegner konnte ihn nicht mehr täuschen. Solo sah seine Absicht, ehe er sie in die Tat umsetzte.

Tanner blickte Solo in die Augen. Der Streuner konzentrierte sich auch, aber als Veteran vieler Kämpfe neigte er zu den mehr praktischen Seiten des Kampfes. Als Dom und bösartiger Einzelgänger folgte er den brutaleren Sitten des herrischen Wildkatzenlebens. Im Vergleich zu solchen Katzen war Solos Quorum sehr viel höher entwickelt. Tanners Erfahrungen, mit denen er sich immer wieder durchgesetzt hatte, machten ihn jedoch allzu sicher und deshalb berechenbarer. Er würde mit den vertrauten Methoden kämpfen, mit denen er schon in der Vergangenheit Erfolg gehabt hatte.

Setz deine Fuge ein, Solo, riet ihm die Stimme. *Eine gute Fuge kann*

ablenken und einschüchtern. Richtig eingesetzt, kann sie einen Gegner sogar hypnotisieren.
Solos Ruf wurde leiser und langsam wieder lauter, während er den engen Bereich von Tönen suchte, der Tanner irritieren und ablenken würde. Und richtig, der weiße Streuner verspannte sich leicht.
Solos Schwanz beschrieb einen Bogen, während der junge Dom kraftvoll seine Fuge sang. Er war ruhig, gesammelt und bereit. Das Gefühl der Stärke und des Selbstvertrauens nahm zu. Etwas Altes und lang Vergessenes stieg in ihm auf. Als er den Widerhall davon in seiner Fuge hörte, kam es ihm auch bekannt vor.
Vertraue ganz auf die Legenden. Dein Erbe, deine Erinnerungen umfassen alle Erfahrungen deiner in vielen Leben geführten Kämpfe.
Solo schnellte plötzlich im Einklang mit seiner innersten Regung ohne erkennbare Vorbereitung wie eine Feder auf seinen Gegner los. Mit diesem entschlossenen Angriff überraschte er nicht nur ihn, sondern auch die gebannt zuschauenden Katzen. Tanner ging zu Boden und rollte mit hochgestreckten Pfoten auf die Seite, als Solo auf ihm landete. Er bot Solo geschickt nur Haut und lockeres Fell als Angriffsfläche und schlug mit den scharfen Krallen heftig und schnell gegen Solos ungeschützten Bauch, aber sein dickes Fell bot Solo ausreichenden Schutz, und Tanner konnte ihn nicht ernstlich verletzen.
Beende die Runde, wenn ein Patt erreicht ist, warnte die Stimme. *Schwäche dich nicht nutzlos.*
Solo sprang rückwärts und sammelte seine Kraft einige Katzenlängen entfernt, ohne den Blick von Tanner zu wenden. Durch den kurzen Zusammenstoß hatte er viel über Tanners Reflexe und Kampfgewohnheiten gelernt.
Tanner war sofort wieder auf den Beinen und zum Angriff bereit. Durch die erste Runde hatte sich an seinen Absichten nichts geändert. Aber er war entschlossen, diesmal den Vorteil auf seiner Seite zu haben. Noch ehe er den Kampfruf wieder aufgenommen hatte, stürzte er sich auf Solo, denn er hoffte, der unerfahrene Gegner sei darauf nicht vorbereitet. Aber der junge Dom wich blitzschnell zur

Seite aus, sprang vorwärts und umklammerte den Kopf des Gegners. So entging er den scharfen Krallen von Tanners Hinterpfoten, konnte ihn aber seine Krallen spüren lassen. Mit dem gelungenen Sprung eroberte Solo sich einen Vorteil, und es gelang ihm, Tanner durch sein Gewicht zu Boden zu zwingen. Jetzt hatte Solo seinen Gegner unter sich und biß dem Weißen fest in den Nacken. Tanner senkte den Kopf und befreite sich dann mit einem heftigen Ruck. Kaum war er frei, griff er an, ohne auch nur einen Augenblick seine Kräfte zu sammeln. Solo stellte sich seinem Gegner frontal, und die beiden prallten aufeinander. Sie richteten sich hoch auf, standen auf den Hinterpfoten, umklammerten sich und hieben mit den Krallen wild aufeinander ein. Tanner warf den jungen Barden schließlich durch sein Gewicht zu Boden, aber Solo gelang es, sich fest in Tanners Backen zu verbeißen, und dann bearbeitete er den Weißen erbarmungslos mit den Hinterpfoten. Tanner mußte sich zurückziehen, und Solo nutzte die Gelegenheit: Er sprang auf und wich nach hinten aus.

Beide Barden bluteten, aber die Wunden waren nicht tief und machten sich noch nicht als Schwäche bemerkbar.

Sie gingen mehrere Katzenlängen auseinander, um sich zu sammeln. Sie mußten die Runde beurteilen, um ihr Vorgehen besser auf den Gegner abzustimmen. Die beiden standen sich in nichts nach. Tanner kämpfte im Bewußtsein seiner praktischen Erfahrungen und mit dem Selbstvertrauen, das die vielen Siege ihm gebracht hatten. Solo verließ sich auf seinen Instinkt, sein waches Bewußtsein und auf die listige Wendigkeit des Klügeren. Er hatte sich bis jetzt mehr als gut gehalten. Die versammelten Katzen saßen seit Kampfbeginn regungslos und folgten dem Geschehen auf ihre Weise. Das Quorum war von Solos Verwandlung wie gebannt, und selbst Tanners Barden spürten, daß hier mehr als ein gewöhnlicher Kampf stattfand: Solo schien das Wesen und die Meisterschaft der Großen zu besitzen, die in den Legenden besungen wurden. Auch Tanner erkannte, daß er in Solo einen Gegner von ungeahnter Kraft und Geschicklichkeit gefunden hatte.

Solo nahm seine Fuge wieder auf – ein reiner, durchgehender Ton.

Er verschmolz mit seiner Fuge und überließ sich seinem innersten Wesen. In diesem Augenblick gab es für ihn nichts auf der Welt als den weißen Barden, der ihn zu einem mörderischen Kampf herausforderte, von dessen Ausgang das Schicksal des Quorums abhing. Er spürte, daß Tanner zum Angriff bereit war, und sah, wie die Muskeln des Streuners sich spannten. Tanner war immer noch zuversichtlich. Er kämpfte um den Sieg, denn die Möglichkeit einer Niederlage kam ihm nicht in den Sinn. Er stieß herrisch und laut seinen Ruf aus. Er klang schrill und schmerzte in den Ohren. Die bewußte Dissonanz zu Solos Fuge verriet Tanners Absicht: Er wollte die Konzentration des jungen Dom stören.

Aber Solo überraschte seinen Gegner noch einmal. Er sprang unvermittelt und so schnell auf ihn los, daß mehrere der Zuschauer die Bewegung gar nicht wahrnahmen. Tanner reagierte gerade noch rechtzeitig. Er duckte sich, um beim Zusammenprall sofort unter Solo hervorspringen zu können. Aber Solo landete zielsicher auf Tanners Nacken, bearbeitete ihn wie ein Kaninchen mit den Hinterpfoten und brachte den Weißen damit aus dem Gleichgewicht. Mit einer plötzlichen, heftigen Drehung fuhr Solo herum und schlug seinem Gegner die Zähne in ein Ohr. Der unbeschreibbare Schmerz hätte die meisten Katzen bewegungsunfähig gemacht.

Tanner brauchte jedoch nur einen kurzen Augenblick, um den Kopf mit einem Ruck zurückzuziehen und sich aus Solos Biß zu befreien, auch wenn er dabei einen Teil seines Ohrs opferte. Der Schmerz an seinem Kopf brannte wie Feuer. Erstmals mußte Tanner an Schutz denken, und er handelte rasch: Er fand Halt mit den Hinterpfoten und befreite sich mit einem Satz. Aber er wich nicht zurück, um Kraft für eine weitere Runde zu sammeln, sondern ging sofort zum Gegenangriff über. Solo blieb gerade noch Zeit, sich auf die Seite fallen zu lassen und die Pfoten auszustrecken, als Tanner sich bereits mit der ganzen Wucht seines Gewichts auf ihn stürzte. Der Weiße kämpfte jetzt wie rasend und versuchte, Solo ebenso empfindlich zu treffen und zu verletzen, wie er verletzt worden war.

Jetzt, Solo – jetzt muß es geschehen! sagte die innere Stimme.

Solo vergrub die Zähne in Tanners Brustfell und trommelte gleich-

zeitig wie rasend gegen den Bauch des Weißen. Der wollte Solo in den Kopf beißen, verlor aber durch die Gegenattacke das Gleichgewicht, packte zu weit vorne zu und fand keinen festen Halt. Solos messerscharfe Krallen schlugen ohne Unterlaß gegen Tanners Bauch und hinterließen jedesmal tiefe Kratzer. Gleichzeitig schob er den Kopf immer höher, und seine Zähne näherten sich allmählich Tanners Kehle – er wußte instinktiv, daß ein Biß in die Gurgel den blindwütigen Tanner zum Aufgeben zwingen würde. Solo spürte, wie Tanner leicht schwankte, nutzte die geringfügige Überlegenheit und mobilisierte seine letzten Kraftreserven. Mit einem unerwarteten Ruck warf er Tanner auf die Seite und hockte blitzschnell auf ihm. In dieser Lage konnte Tanner seine Krallen nicht einsetzen. Als sein Gegner überrascht den Kopf hob, vergrub Solo mit grimmiger Entschlossenheit die Zähne zwischen Nase und Ohr und ließ nicht mehr los. Tanner schrie schmerzgepeinigt auf und befreite sich mit einem reflexartigen Satz. Der stechende Schmerz machte ihn völlig hilflos. Das Blut floß ihm in Strömen über das Gesicht. Er taumelte zur Seite und sah nichts mehr. Er stolperte und wäre beinahe gestürzt. Die ganze linke Kopfhälfte war voller Blut. Tanner würgte und sank benommen zu Boden. Er war besiegt.
So endete der Kampf bereits nach der dritten Runde.
Das Quorum verharrte noch in gespanntem Schweigen und blickte vom Rand des Kampfplatzes auf die beiden Kontrahenten. Ponder drückte unsicher das Gesicht in den Staub; er war völlig verwirrt und wußte nicht so recht, welcher Ausdruck jetzt angebracht war. Selvyn und Ditto standen wie erstarrt nebeneinander. Der junge Dom, der bis vor kurzem noch der ›Kleine‹ für sie gewesen war, flößte ihnen Ehrfurcht ein.
Tanner fuhr sich vorsichtig mit der Pfote über das Gesicht und blickte zu Boden. Die Aura des Streuners veränderte sich beinahe unmerklich, und Solo wußte sofort, der Weiße war nicht länger ein Feind. Tanner stand schwankend auf, und seine Barden scharten sich unsicher um ihn. Mit unterwürfig eingezogenen Schwänzen verschwand die Gruppe auf dem Feld in Richtung Norden.
Solos Quorum war inzwischen vollzählig versammelt. Sogar die

Prills waren aus den Hecken gekommen. Auf allen Gesichtern lagen Bewunderung und Respekt für ihren Dom. Lange brach niemand das Schweigen. Solo fühlte sich plötzlich unbehaglich. Doch Ponder sorgte für die Lösung der Spannung. Er rollte drollig über das Gras, legte sich genüßlich auf den Rücken und schien das Leben in vollen Zügen zu genießen. Dann dehnte und streckte er sich, schloß die Augen und rief herausfordernd: »Her mit den Hunden! Her mit den Streunern und den riesigen Wildkatzen! Silt, her mit allen Besitzern! Wir sind doch die Größten!«
Das Quorum brach in schallendes Gelächter aus. Ditto trat zu Solo und schüttelte wieder einmal den schlauen Kopf. Aber diesmal war er erleichtert und sehr, sehr müde. Sie alle hatten mit Solo diesen Kampf geführt, und jetzt spürten auch sie die Folgen der großen Kraftanstrengung.
»Ich glaube, wir sollten Kitty-Kitty berichten«, murmelte Solo schwach. »Sie hat den Aufruhr bestimmt gehört und ängstigt sich zu Tode.«
»Ich gehe«, hörte man mehrere Stimmen.
»Wir gehen alle«, sagte Solo und glättete sich das Fell, um die Kratzer und Wunden notdürftig zu verdecken. Er wollte den Schauplatz des Kampfes so schnell wie möglich verlassen, denn alle sahen ihn so merkwürdig an, daß er ganz verlegen wurde. So hatte man früher Bryndle angesehen, manchmal auch Spanno und sogar Sprecher.
Solo drehte sich unvermittelt um und lief am Rand der Hecke nach Norden. Ditto, Ponder und Selvyn folgten ihm mit hoch erhobenen Köpfen. Sie sprangen federnd und leichtfüßiger als je zuvor hinter ihrem siegreichen Dom her. Die ganze Welt lag zu ihren Füßen.
Die Gruppe hatte Kitty-Kittys Lager noch nicht erreicht, als die weiße Prill schon rief: »Solo? Ponder? Was ist geschehen? Was ist mit Solo...?«
»Dem Kleinen geht es sehr gut. Ich würde sagen: besser denn je«, rief Ponder und grinste, als sie in die Hecke krochen. »Er hat kaum einen Kratzer abbekommen.«
»Du hast ihn kämpfen lassen?« schrie die Prill aufgeregt. »Ponder! Du Siltkopf!«

»Was machen die Kleinen?« fragte Solo. »Ist immer noch ... alles in Ordnung?«
Kitty-Kitty hörte auf, Ponder zu beschimpfen, und blickte auf ihre Kinder. »Ja, es geht ihnen gut. Es hat sich nichts geändert.« Sie zögerte und wandte sich wieder Solo zu. »Hast du es geschafft? Bist du wirklich nicht verwundet?«
»Glaub mir, Kitty-Kitty«, sagte Ditto lachend, »Solo brauchte nicht einmal unsere Hilfe. Er hat den Streuner mit links erledigt.«
»Er hat ihm das Fell gegerbt, und von dieser Schlappe wird er sich so schnell nicht mehr erholen«, fügte Ponder ehrfürchtig hinzu.
»Aber, Solo ...« Kitty-Kitty konnte sich nicht beruhigen. »Es hätte dir etwas passieren können, und ... du weißt doch, wir brauchen dich.«
»Mir fehlt nichts.« Solo lächelte. »Und ich bin kein kleines Kind mehr. Bitte mach dir um *mich* keine Sorgen. Aber *du* mußt dich jetzt ausruhen.«
Kitty-Kittys Spannung wich, und sie setzte sich erschöpft. Als sie jedoch Solos Blut roch, wäre sie am liebsten wieder aufgesprungen, um seine Wunden zu lecken. Aber – er war kein Kind mehr, und sie wußte, sie konnte solche Dinge nicht länger für ihn tun.
Die Barden verließen die Hecke und liefen müde nach Süden. Solo hoffte, sie würden nicht den Rest der Nacht über den Kampf reden wollen.
»Hör mal, Kleiner«, sagte Selvyn schließlich. »Ich habe noch nie einen Barden gesehen, der sich bei seinem ersten Kampf so gut gehalten hat.« Er schwieg und fügte dann hinzu: »Ehrlich gesagt, ich habe noch nie einen so guten Kampf gesehen.«
»Nun ja«, sagte Ponder gedehnt, »er hatte eben gute Lehrer. Den Kaninchentritt zum Beispiel hat er von mir ...«
»Du hast gut gekämpft«, unterbrach Ditto, »aber du hättest die Herausforderung nicht annehmen sollen. Du bist ein großes Risiko eingegangen.«
»Es war ja eigentlich kein richtiger Kampf«, erwiderte Solo verlegen. »Und ich *mußte* kämpfen, Ditto. Ich bin der Dom.«

Plötzlich blieben die vier wie auf Kommando stehen. Ein süßer, moschusartiger weiblicher Rack hing in der kühlen Nachtluft.
»Rakscha!« sagte Selvyn und blähte die Nasenflügel. »Wer das wohl sein mag?«
»Es ist Pardie.« Ponder lächelte und warf Solo einen Blick zu. Alle hatten bemerkt, wie Solo plötzlich aussah – albern abstehende Ohren, der stolze Schwanz hing schlapp im Staub, er verdrehte die Augen und bekam den liebeskranken Idiotenblick.
»Ich glaube, sie wartet auf dich«, flüsterte Ditto und stieß den jungen Dom sanft an.
»Auf mich?« stammelte Solo, der spürte, wie die alte Schüchternheit ihn wieder überkam.
»Du bist der Dom. Und außerdem ein Held«, erklärte Selvyn energisch. Es sollte ernst klingen, aber beinahe hätte er gekichert.
»Die Wache...« protestierte Solo lahm und blickte dümmlich von einem zum andern.
»Ich teile die Wachen ein«, erklärte Ponder. »Vergiß nicht, dazu sind Vollzieher da. Und Selvyn und Ditto werden bei Kitty-Kitty bleiben. Jetzt lauf und laß sie nicht so lange warten. Das gehört sich nicht!«
Solo räusperte sich und glättete rasch sein Fell. Er verließ die anderen und wagte einen leisen, unsicheren Ruf. Pardies zarte, kehlige Antwort drang wie himmlische Musik an sein Ohr. Solo schlich mit klopfendem Herzen durch das Gras auf den sanften, lockenden Gesang zu. Pardies weißes, halb im Gestrüpp verborgenes Fell glänzte im Sternenschein. Sie sah ihn kommen. Ihr schwerer Duft stieg Solo zu Kopf, und ein zartes Feuer begann in ihm zu lodern. Sie war schön. Und sie wartete auf ihn.

Kurz vor Tagesanbruch kehrte Solo zu den Hecken zurück. Er suchte sich einen Platz gerade weit genug von den anderen entfernt, um allein zu sein. Für den jungen Dom war es eine ereignisreiche Nacht gewesen, und im Augenblick brauchte er die Einsamkeit mehr als alles andere.
Das strahlende Tagesgestirn war halb über den Himmel gezogen, als

Kitty-Kittys angstvolles Klagen die vier Barden weckte, die zu ihrem Schutz in der Hecke nicht weit von ihrem Lager entfernt schliefen. Solo lief zu ihr; Ponder, Selvyn und Ditto warteten schweigend am Eingang des Baus. Die kleine weiße Prill war tot. Kitty-Kitty wandte den Kopf ab, als Solo das Kleine sanft und vorsichtig mit den Zähnen packte und es nach draußen trug, wie Spanno es vor langer Zeit einmal mit einem Kind von ihr getan hatte. Das Feuer forderte immer noch seinen Tribut.

Kitty-Kitty rollte sich schützend um die beiden anderen Kleinen. Sie waren Spannos Vermächtnis. Sie strampelten munter und kräftig unter ihrem weichen Bauch. Kitty-Kitty würde diese Kinder behalten, das wußte sie. Und sie würden einmal wilde und stolze Barden sein...

Solo trug das winzige, leere Kätzchen an den Hecken vorbei nach Westen und legte es in der Nähe von Sprechers Sterbeplatz ab. Mehrere Prills des Quorums beobachteten ihn schweigend aus dem Gestrüpp. Solo hatte bewiesen, daß er ein grimmiger und zu allem entschlossener, mutiger Barde war. Aber durch diese edle Tat fühlten sie sich ihm enger verbunden als durch jeden noch so großen Sieg.

Solo blieb lange allein an diesem für alle – und ganz besonders für ihn – besonderen Platz sitzen und blickte nachdenklich nach Westen. Sein Leben hatte sich völlig verändert: Er trug jetzt eine große Verantwortung. Konnte er die Erwartungen des Quorums erfüllen – und auch all derer, die vor ihm gekämpft hatten?

Solo spürte, wie Ponder sich unruhig im Gras bewegte. Er stand auf und lief zurück. Bis jetzt hatte er es nicht über sich gebracht, seinen Gelt über den von Dom Spanno zu legen. Aber sobald die Dunkelheit hereingebrochen war, würde er anfangen müssen, sein Territorium zu markieren.

12

Die Flucht

Ditto behielt recht. Zu Beginn des Frühlings gab es überall in der Hecke Kinder. Ponder beklagte sich bei Solo, das junge Gekrümel sei im ganzen Territorium verstreut und ein ordentlicher Barde wisse langsam nicht mehr wohin. Mondy hatte drei rote Kinder, Rosen war Mutter von zwei grauen, und in den Lagern der stolzen Mütter war inzwischen jede nur denkbare Farbmischung zu finden. Kitty-Kittys Winzlinge, Carver und Justin, waren bereits stark und frech geworden. Tagsüber quälten sie mit Vorliebe die Barden, die sich das nach der neuen Sitte ohne Murren und mit viel Geduld gefallen lassen mußten. Die beiden fanden unfehlbar die empfindlichsten Körperstellen ihrer erwachsenen Freunde, die sie mit Wonne attakkierten und bekauten. Ponder kannte sich selbst nicht wieder und schüttelte in tragisch komischer Verzweiflung den grauen Kopf. »Wehret den Anfängen...«, brummte er vor sich hin. Ditto bemerkte daraufhin richtig: »Dazu ist es jetzt zu spät.«
Vielen Prills fiel es anfangs nicht leicht, die Barden in die Nähe ihrer Kleinen zu lassen, aber bald stellten sie fest, daß es ganz angenehm war, die quirligen Kinder einmal den faulen Vätern anzuvertrauen. Und so dauerte es nicht lange, bis man sah, wie Ponder regelmäßig in Rosens Lager zum ›Sitten‹ erschien. Und auch Selvyn ließ es sich nicht nehmen und kam oft nach der Patrouille zu seinen kleinen Plagegeistern. Sein rotes Fell roch dann nach Katzenkindern, aber darüber regte sich im Quorum mittlerweile niemand mehr auf. Nur Kitty-Kitty dachte hin und wieder mit einer gewissen Wehmut an die erregten Debatten mit Spanno und den uneinsichtigen alten Siltköpfen im Holzstoß. Sie hatte gewonnen, aber um

welchen Preis! Sie tröstete sich mit dem Gedanken, daß die wilden Katzen schuldlos an der Feuerkatastrophe gewesen waren. Hatten die Besitzer etwas mit dem Feuer zu tun? Sie wußte es nicht. Mit der Entwicklung im Quorum war sie nicht unzufrieden, denn Solo konnte nicht nur kämpfen, sondern auch mit allen so vernünftig sprechen, daß jeder seine Anordnungen verstand. Außerdem achtete er die Prills auf eine neue, noch nie dagewesene Weise: Er erkannte sich als gleichberechtigt im Quorum an.

Die Leben der wilden Katzen hatte sich allmählich auf die Westseite der mittleren Hecken verlagert. Die Besitzer stellten die Behausungen wieder her, und der Lärm dort war inzwischen unerträglich geworden. Deshalb hielt sich das Rudel möglichst fern. Vor dem Feuer schienen die Besitzer die wilden Katzen nur selten zur Kenntnis genommen zu haben. Aber während sie nun hämmerten und sägten und hektisch um die neuen Bauten herumliefen, berichteten einzelne Mitglieder des Quorums immer häufiger, sie seien in der Nähe des Behälters auf das Feld zurückgejagt oder sogar mit Steinen beworfen worden. Bei einer frühmorgendlichen Inspektion der Gaben erschraken mehrere Katzen beinahe zu Tode, weil ein Besitzer mit einem langen Gegenstand heftig gegen die Wände des Behälters schlug. Sie sprangen in panischer Angst heraus und konnten unverletzt fliehen. Aber allen wurde immer deutlicher bewußt: Die Besitzer nahmen den wilden Katzen gegenüber eine unverkennbar feindliche Haltung ein, und das machte Solo große Sorgen. Er erklärte schließlich den Graustein aus Sicherheitsgründen zur verbotenen Zone. Das Betreten war nur um Mitternacht erlaubt, wenn sie im Behälter nach Graille suchten. Er dachte, die Lage werde sich möglicherweise wieder normalisieren, wenn die Besitzer die Behausungen fertiggestellt hätten. Es sah bereits fast wieder aus wie früher. Auch die Reste des verbrannten Holzstoßes hatte man beseitigt. Abgesehen von dem bösartigen, angriffslustigen Verhalten der Besitzer herrschte im Territorium beinahe wieder so etwas wie Normalität. Gestört wurde dieser Eindruck vielleicht nur durch Elrod.

Elrod war eine zahme Katze. Seine Besitzer hatten ihn vor kurzem im Stich gelassen, und Elrod paßte sich nur schlecht an das Leben im Quorum an. Er saß seit drei Nächten an der großen Hürde und rührte sich nicht vom Fleck.

»Elrod!« Solo versuchte zum wiederholten Mal mit dem Unglücklichen zu reden. »Wilde Katzen brauchen keine Besitzer zum Leben! Komm mit mir aufs Feld, und wir helfen dir, dich an deine neue Umgebung zu gewöhnen!« Aber Elrod war untröstlich, und weder vernünftiges Zureden noch Bitten brachten ihn dazu, den Schmerz zu überwinden. Er war von einer Prill geboren worden, die nie auch nur eine Pfote vor die Behausung ihrer Besitzer gesetzt hatte, und so konnte Elrod sich kein Leben in der Natur vorstellen. Er kannte nicht einmal die Legenden. Er hatte nur Geschichten gehört, die auf die engen Grenzen des Lebens bei den Besitzern übertragen worden waren. Selbst Ponder hatte Mitleid mit Elrod und brachte ihm einmal Graille, als er sich unbeobachtet glaubte. Aber Solo verlor allmählich die Geduld. Er konnte nicht verstehen, wie einer seiner Katzenbrüder in solche Abhängigkeit geraten war! Wenn ihn jemand aus dem Quorum fragen würde, warum er darauf drang, daß sie von den Besitzern weg und nach Westen zogen, würde er ihn einfach zu Elrod führen und sich so jede weitere Erklärung sparen. Zumindest nahm er sich das vor. Aber sein Traum von der Freiheit im Mondwald schien sich mit dem Feuer in Rauch und Asche aufgelöst zu haben . . .

In der nächsten Nacht saß Solo an der großen Hürde und sprach mit Elrod, als eine Eule auf Beutesuche über das Feld flog. Die meisten anderen Barden gingen Patrouille, und Ponder war unterwegs, um die Wachen zu kontrollieren. Rosen saß mit mehreren Prills in der Nähe der mittleren Hecken und beaufsichtigte glücklich und stolz den ersten Ausflug ihrer Kleinen. Als sie die lautlose Bewegung des Raubvogels über sich spürte und erkannte, welche Gefahr drohte, war es bereits zu spät. Dubby, das kleinere ihrer Kinder, hüpfte ein paar Katzenlängen entfernt vergnügt allein im Gras herum. Der riesige Vogel mit den glühenden, gelben Augen sauste im Sturzflug auf sein wehrloses Opfer herab. Die Prill schrie verzweifelt auf. Die Eule verfehlte das winzige Kätzchen nur um Haaresbreite. Dubby lief unschlüssig und verwirrt weiter auf das Feld hinaus. Rosen rannte kampfbereit hinter Dubby her, aber der Vogel hatte bereits gewendet und unternahm einen neuen Angriff. Von der anderen Seite der Hecke kam Selvyn und jagte auf Dubby zu, sah aber, daß er den Kleinen nicht rechtzeitig erreichen würde. Im nächsten Augenblick schoß die große Eule nach unten, griff sich das Kätzchen, gewann flügelschlagend das Gleichgewicht wieder und flog langsam und schwerfällig auf.

Rosens erster Schrei hatte Solo alarmiert. Er erreichte die freie Stelle gerade in dem Augenblick, als eine schimmernde weiße Gestalt aus dem Gras hoch in die Luft sprang.

»Sprecher!« flüsterte Solo und blieb wie angewurzelt stehen.

Die weiße Katze schien zu fliegen und stieß etwa vier Katzenlängen über dem Boden mit der Eule zusammen. Dubby wurde ungestüm dem tödlichen Griff des Vogels entrissen, fiel auf die Erde, überschlug sich zweimal und rollte sich fey zu einem kleinen Ball zusammen. Die große Eule flog unter wütendem Geschrei davon, während die weiße Katze auf allen vieren im Gras landete und wieder zu Atem zu kommen suchte.

Rosen war vor Angst beinahe selber fey; sie packte den kleinen Dubby und rannte mit ihm zur Hecke und dem anderen Kleinen, den sie dort zurückgelassen hatte.

»Sprecher?« flüsterte Solo noch einmal. Aber der Barde, der sich nach ihm umdrehte, war nicht Sprecher – es war Tanner!

In diesem Augenblick kam Ponder herbeigestürmt. Augen und Stimme verrieten seine Wut.

»*Du!*« knurrte der Graue Tanner böse an. »Wie bist du hierher gekommen?«

Ponder konnte sich kaum noch beherrschen und näherte sich drohend dem alten Erzfeind.

»Warte«, sagte Solo. »Tanner hat Rosens Kind vor einem Nachtvogel gerettet. Er braucht erst Zeit, um wieder zu Atem zu kommen.«

Ponder warf einen schnellen Blick zu Rosen hinüber und sah, daß sie sich um die beiden Kleinen bemühte. Er war hin und her gerissen zwischen seiner Pflicht als Vollzieher und dem Drang, zu Rosen

zu eilen. Aber natürlich kam die Pflicht zuerst, zumal keines der Kleinen verletzt zu sein schien. Er sah Tanner fragend an.
»Und wie bist du tatsächlich hierher gekommen?« fragte Solo, der wußte, daß die Grenzen seines Territoriums um diese Nachtzeit gut bewacht waren.
»Ich bin zwischen zwei Wachposten hindurchgeschlüpft«, erwiderte Tanner mit einem selbstbewußten Achselzucken. »Ihr habt ein paar echte Amateure da draußen. Ich wollte zu Dom Solo –«
Ein warnendes Knurren von Selvyn und Ponder ließ Tanner verstummen.
»Der Dom hat dich schon einmal verprügelt«, fauchte der Graue. »Lernst du denn nie etwas dazu?«
»Ihr versteht mich falsch«, fuhr Tanner schnell fort. »Ich wollte euren Dom sehen, ohne mir den Weg zu ihm erkämpfen zu müssen. Ich hatte gehofft, ich würde ihn allein auf Streife treffen –«
»Weshalb?« fragte Selvyn verwirrt.
Tanner sah Solo an, blickte aber gleich wieder zu Boden. Er zögerte, ehe er seine Geschichte begann. »Mein Quorum . . . das Quorum im Norden ist dezimiert. Wir sind nur noch wenige – ein paar Prills mit ihren Kleinen und zwei meiner Vollzieher. Die Besitzer versuchen schon seit mehreren Jahreszeiten, uns zu vertreiben. Vor vier Nächten haben sie Fallen gestellt . . . viele wurden gefangen und weggebracht, einige sind gestorben. Die Besitzer decken die Graillebehälter inzwischen so gut ab, daß wir nicht mehr hineinkommen – wir mußten das Nachbarterritorium überfallen, um unseren Hunger zu stillen. Vor zwei Tagen haben ein paar Besitzer an mehreren Stellen Graille ausgelegt, aber es roch schlecht . . . Ich sagte allen, sie sollten nichts davon essen. Aber sie waren so hungrig, daß einige es doch getan haben. Abends waren sie tot. Die meisten der Überlebenden haben sich auf die Suche nach einem neuen Territorium gemacht.« Tanner zögerte, senkte abermals den Kopf und sagte schließlich leise: »Also, ich dachte, du brauchst vielleicht noch einen Vollzieher. Ich konnte dich nicht besiegen, und da könnte ich mich . . . dir ebensogut anschließen.«
Tanner atmete erleichtert auf, als er sein Anliegen heraus hatte. Als

er merkte, daß man ihm zuhörte, redete er wie ein Wasserfall weiter. »Ich weiß, ich habe ein paar schlechte Seiten. Aber ich bin stark, und ich fürchte mich vor wenig, und...«
»Er will sich uns anschließen?« sagte Selvyn entgeistert.
»Solo!« knurrte Ponder ebenso fassungslos. »Trau ihm nicht! Er hat bisher jeden Dom des Quorums herausgefordert, um das Territorium an sich zu reißen!«
»Es ist bestimmt eine Falle«, pflichtete Selvyn ihm bei. »Er wollte dich schon einmal töten!«
Solo sah die Müdigkeit in Tanners narbigem Gesicht. Sein Ring verriet Ehrlichkeit, das spürten alle. Aber die Katzen des Quorums hatten sich zu lange vor Tanner schützen müssen, um ihm so schnell Glauben zu schenken.
»Wer hat das Kleine auf dem Feld umgebracht, als ihr vor mehreren Jahreszeiten hier eingedrungen seid und du Bryndle herausgefordert hast?« fragte Kitty-Kitty scheinbar ganz ruhig. Sie trat zu der ständig wachsenden Gruppe und sah Tanner unverwandt in die erstaunten Augen.
Tanner blickte sich überrascht um. Er begriff erst allmählich, daß die Barden einer Prill das Recht einräumten, eine Beratung zu unterbrechen und sogar an ihr teilzunehmen. Plötzlich erkannte er sie wieder: Das war die Anführerin der Kämpferinnen, die er in jener denkwürdigen Nacht vor so langer Zeit gesehen hatte. »Der Barde hieß Cutter... er gehörte eigentlich nicht zu mir. Es war nur ein Streuner, der sich uns für den Kampf angeschlossen hatte.« Tanner stotterte beinahe. »Er ist schon lange leer. Ich habe nie gebilligt, daß Kinder getötet werden...«, fügte er schnell hinzu.
»Er hat meinen Dubby gerettet«, rief Rosen von der Hecke. »Er hat ihn dem Vogel in der Luft entrissen.«
Kitty-Kitty setzte sich und schwieg. Offenbar hatte Tanners Antwort sie zufriedengestellt.
Selvyn und Ponder diskutierten erregt über Tanners Bitte, dem Quorum beitreten zu dürfen. Solo dachte darüber nach, was Tanner über die Verfolgung durch die Besitzer berichtet hatte. Würden sie auch hier die wilden Katzen verfolgen, wie sie es in Tanners Territo-

rium taten? Hatte Solos Quorum bisher nur Glück gehabt, daß es so lange mehr oder weniger in Frieden gelassen worden war? Die Legenden sagten, die Besitzer seien unberechenbar, und man dürfe ihnen niemals trauen – Tanners Bericht bestätigte das nur allzu nachdrücklich. Solo hatte plötzlich Angst und spürte eine große, lauernde Gefahr.

Der junge Dom stand auf, ging zu Tanner, und das Quorum verstummte. »Tanner, ich gewähre dir Obdach in unserem Territorium und allen, die mit dir kommen wollen.« Das war ein Beschluß, und jeder würde ihn als endgültig anerkennen. Obdach gewähren, das wußten alle Katzen, unterschied sich grundlegend von einer uneingeschränkten Aufnahme. Tanner durfte mehr oder weniger auf Probe bleiben – sein Rang und sein Platz im Quorum würden sich finden.

Tanner folgte Solos Wink, verließ den Kreis, damit die Barden des Quorums die Lage unter sich besprechen konnten, und lief mit dem Dom auf das Feld hinaus.

»Ich behalte dich im Auge, du Siltkopf«, rief Ponder ihnen nach. »Eine falsche Bewegung, und du gehörst mir!«

Tanner zuckte zusammen, hatte sich aber in der Gewalt und lief scheinbar ruhig und gelassen weiter. Er wollte Solo noch etwas sagen. Als sie außer Hörweite der anderen waren, blieb Tanner stehen und sah Solo aufrichtig an. »Du hast mein Vertrauen, und deshalb will ich dir folgen.« Wenn ein Tanner, der alte Erzfeind des Quorums, das sagte, dann war es ein großes Wort.

Tanner war nach dem Zweikampf sicher, daß er in Solo einen der Großen vor sich hatte, von denen die Legenden berichteten, einen von jenen, die eines Tages kommen und die Katzen aus der Sklaverei der Besitzer befreien sollten. In der Nacht, als er ihn herausgefordert hatte, spürte er etwas an Solos Aura, was er noch bei keiner Katze bemerkt hatte – er wußte dafür keinen Namen. Es war machtvoll, unheimlich und majestätisch. Und wenn ich recht habe, dachte Tanner, dann ist es größer als mein Stolz und wird uns allen helfen. Deshalb will ich dabeisein, wenn Solo uns in die Freiheit führt.

Alle unterstützten Solos Entscheidung, Tanner Obdach zu gewähren, obwohl Ponder brummig blieb und an Tanners Ehrlichkeit zweifelte. Einem Kämpfer wie Ponder fiel es nicht leicht, dem ehemaligen Erzfeind freundschaftlich das Fell zu lecken und ihn in die Gemeinschaft aufzunehmen. Trotzdem konnte selbst der Graue nicht leugnen, daß Tanner den kleinen Dubby, Rosens Kind – und auch sein Kind – gerettet hatte. Diese heroische Tat gab den Ausschlag, Tanner die Aufnahme nicht zu verweigern.
Die Prills aus dem Nordquorum, von denen Tanner gesprochen hatte, lehnten es ab, mit ihren Kindern umzuziehen, und blieben im alten Territorium. Die beiden Vollzieher waren spurlos verschwunden. Vermutlich würden sie als Streuner leben. Tanner kam also allein in Solos Quorum, und die ersten Tage waren hart für ihn, da er sich nicht leicht in diese neue und für ihn fremde Gemeinschaft einfinden konnte – das würde eine ganze Weile dauern. Er fühlte sich in seiner Haut nicht wohl. Man hatte den Eindruck, als spiele er eine Rolle, die überhaupt nicht zu ihm paßte. Er hielt mit seinen Ansichten zurück und bewegte sich in Gegenwart der anderen sehr vorsichtig und behutsam. Tanner war daran gewöhnt, den höchsten Rang einzunehmen. Seit seiner Kindheit hatte er sich nur sehr wenigen Katzen unterlegen gefühlt. Der alte Sprecher seines Quorums aus der Zeit, als die Besitzer den wilden Katzen noch nicht den Krieg erklärt hatten, konnte ihm Respekt einflößen. Aber der Dunkle, wie man ihn nannte, war schon lange leer, und seit seinem Tod war es mit dem Nordquorum bergab gegangen. Tanner hatte alle Schwächeren in seiner Nähe verachtet und jeden seine Überlegenheit spüren lassen. Auch jetzt konnte er nur sehr schwer den alten Stolz unterdrücken, der ihn anstachelte, seinen Rang zu behaupten und einen angemessenen Platz innerhalb der Hierarchie zu fordern. Aber Tanner war geduldig und zielstrebig, wenn er einmal einen Entschluß gefaßt hatte. Er ertrug entschlossen die wachsamen Blicke der Barden, er übersah geflissentlich, wie ängstliche Prills bei seinem Auftauchen mit ihren Kindern in den Hecken verschwanden. Tanner zweifelte nicht daran: Über kurz oder lang würde er sich in Solos inneren Kreis vorarbeiten. Wenn der junge Dom der Führer

war, den er sich erhoffte, wenn die geheimnisvolle Kraft, die er in Solos Ring spürte, das war, wofür er sie hielt, würde er diesem Dom treu und ergeben folgen, und Solo würde ihn dafür belohnen. Wenn nicht – würde er ihn töten.

Ditto kam in der nächsten Nacht von einer kleineren Erkundung zurück und begegnete Tanner im Feld. Er schlug sofort Alarm, und das ganze Quorum machte sich zum Kampf bereit. Als man den Irrtum erkannte, hatten sie große Mühe, Ditto davon zu überzeugen, daß der Erzfeind des Quorums inzwischen ein neues Mitglied war. Nachdem Ditto sich mit dieser Neuigkeit abgefunden hatte, betrachtete er die Lage von dem ihm eigenen praktischen Standpunkt aus.

»Dir ist doch klar, daß du dem Wachdienst den ganzen Spaß genommen hast«, sagte er ernst. »Und womit sollen die Prills jetzt den Kleinen drohen? Sie können nicht sagen: ›Tanner kommt und nimmt dich mit, wenn du so frech bist‹, nachdem Tanner mit deiner Zustimmung in derselben Hecke lebt.«

Alle fanden das komisch und mußten lachen – sogar Tanner. Nur Ponder blieb mürrisch. Er hatte sich von seinem Freund Unterstützung bei der Kampagne gegen Tanner erhofft. Mißmutig sah er, daß es anderen Barden nicht so schwerfiel wie ihm, sich mit Tanners Aufnahme in das Quorum abzufinden. Solo entging nicht, daß sich zwischen Ponder und Tanner ein schwerer Konflikt zusammenbraute, und beschloß, bei der ersten Gelegenheit mit dem Grauen zu sprechen.

Aber früh am nächsten Tag geschah etwas sehr Seltsames, und alle Probleme, die sie haben mochten, schienen plötzlich unwichtig zu sein. Bald nachdem das Quorum sich zur Ruhe gelegt hatte, wurden sie vom lauten Dröhnen eines Rauwolfs geweckt. Der Rauwolf wütete an der südlichen Grenze. Das hatte es noch nie gegeben: ein Rauwolf auf dem Feld! Solo, Ponder, Selvyn und Ditto sprangen verblüfft von ihrem Lager auf und krochen vorsichtig durch das Gras, bis sie das brüllende Ungetüm entdeckten. Einen solchen Rauwolf hatten sie noch nie gesehen: Er war größer, hatte eine seltsame Gestalt und schleuderte Funken und dicke Rauchwolken in die Luft. Neben ihm liefen zwei Besitzer. Solo begann innerlich zu zittern. Hin und wieder war ein Besitzer oder das Kind eines Besitzers auf das Feld gekommen. Aber er konnte sich nicht daran erinnern, daß jemals ein Rauwolf in ihr Territorium eingedrungen war. Er hatte auch nie eine Geschichte darüber gehört. Die Besitzer hatten den Rauwolf geradewegs durch die Hecken rollen lassen, die er unter sich zermalmte. Jetzt führten sie den Rauwolf sehr langsam die Südgrenze entlang und etwa zwanzig Katzenlängen auf das Feld. Dort ließen sie ihn stehen. Die Besitzer verließen das Feld aber nicht, sondern rannten hin und her, redeten miteinander und gestikulierten. Solo beobachtete mit seinen Freunden das geschäftige Treiben. Bevor die riesigen Geschöpfe gingen, rammten sie kurze Stöcke in die Erde, an denen dünne, grell gestreifte Stoffstreifen hingen. Aber sie nahmen den Rauwolf nicht mit. Das brüllende Ungeheuer hielt schweigend und drohend auf dem südlichen Feld die eroberte Stellung.

»Was hat das zu bedeuten, was meinst du?« fragte Selvyn, als die vier zu den Hecken zurückliefen.

»Ich weiß nicht«, erwiderte der junge Dom. »Aber was immer es sein mag, ich glaube, es ist nichts Gutes. Ponder, stell eine Wache bei dem Rauwolf auf, und zwar Tag und Nacht. Die Besitzer hätten ihn nicht dort gelassen, wenn sie nicht zurückkommen wollten.«

Ditto meldete sich freiwillig für die erste Wache, und niemand sprach mehr über das Ereignis. Das Verhalten der Besitzer, das wußten alle, war unbegreiflich und überstieg ihren Verstand.

Solo erklärte den südlichen Teil des Feldes mit den geheimnisvollen Stöcken der Besitzer für alle Katzen zur Sperrzone. Das Quorum wurde immer nervöser und unruhiger. Der stumme Rauwolf auf ihrem Feld gab allen das Gefühl eines drohendes Unheils, und Solo machte sich große Sorgen. Er erinnerte sich an Sprechers rätselhafte Bemerkung von einer namenlosen Gefahr und konnte das Gefühl nicht abschütteln, daß etwas Schreckliches geschehen werde. Ponder beschäftigte sich zwanghaft nur mit Tanner und wehrte sich innerlich wie besessen gegen seine Anwesenheit im Quorum. Solo

fürchtete, im Falle einer Krise würden die beiden nicht wirkungsvoll zusammenarbeiten können. Als er in dieser Nacht die Runde machte, beschloß er, mit dem Grauen zu sprechen.
»Ponder«, begann Solo entschlossen. »Ich glaube, wir müssen miteinander reden. Über Tanner.«
Ponder schwieg.
»Wenn Tanner im Quorum bleibt, müssen wir ihn in unsere Reihen aufnehmen, ihm vertrauen und seinen Rang respektieren...«
»Wenn er bleibt? Du meinst, es besteht eine andere Möglichkeit? Nun...«
»Ponder!« seufzte Solo gereizt. »Warum willst du ihm keine Chance geben? Es ist wichtig, daß wir alle zusammenhalten, besonders jetzt. Ich weiß nicht, was die Besitzer vorhaben, aber...«
Solo verstummte plötzlich, blieb bewegungslos stehen und blickte angestrengt auf etwas in der Luft dicht vor ihm, das Ponder nicht sehen konnte: Sprecher!
Solo erkannte ihn sofort. Der Alte sah aus wie beim Angriff der Wolfer – ein strahlendes Licht und eine durchsichtige Gestalt wie ein heller Schatten vor einem dunklen Hintergrund. Solo ›sah‹ vielleicht nur ein inneres Bild, aber er wußte, Sprecher war wirklich da.
Solo! hörte er die vertraute Stimme, *große Veränderungen stehen dem Territorium bevor und noch größere Gefahren. Bring das Quorum sofort weg, sonst wird das Feld rot vom Blut der Katzen sein, wenn das strahlende Tagesgestirn hoch am Himmel steht. Beeil dich, Kleiner, nach dem morgigen Tag gibt es dieses Territorium nicht mehr.*
»Sprecher«, flüsterte Solo. Aber noch während er sprach, zog sich die Erscheinung zu einem winzigen Lichtpunkt zusammen und verschwand dann völlig. »Sprecher, so warte doch!«
Die Worte des Alten hallten wie ein Echo in seinem Kopf, obwohl er ihre volle Bedeutung noch nicht verstand. Zitternd und mit großen Augen drehte Solo sich nach Ponder um. Der Graue war mehrere Schritte zurückgewichen, als Solo Sprechers Namen gerufen hatte, denn er begriff nicht, was geschah. Er hatte in der stillen Nacht nichts gesehen.

»Solo?« fragte Ponder kleinlaut. »Sag mir, mit wem ... mit wem hast du gesprochen? Ist alles in Ordnung?«
»Schon gut, Ponder«, erwiderte Solo geistesabwesend. Er war immer noch leicht verwirrt und unsicher. »Sprecher war hier ... Er sagt, wir sind in großer Gefahr und müssen das Quorum von hier wegbringen.«
Ponder sah ihn fassungslos an. »Ich habe niemanden gesehen ... und was sagst du? Das Quorum wegbringen? Wohin? Wann?«
Solo fand seine Fassung wieder. »Sofort. Heute nacht. Ich bin noch nicht sicher wohin. Aber wir müssen alle weg, ehe es hell wird. Sprecher sagt, wenn wir morgen noch hier sind, wird das Feld rot sein ... von unserem Blut.«
Ponder musterte Solo schweigend und schien an seinem Verstand zu zweifeln. Nach einer kurzen Pause sagte er: »Bist du sicher, Solo? Wirklich sicher? Ist dir klar, was es bedeutet, das ganze Quorum umzusiedeln?«
»Ich bin sicher, Ponder. Und wir müssen uns beeilen. Wir haben nur bis zum Ende der Nacht Zeit.«
»Oje«, stöhnte Ponder leise, »oje.«

Tanner stand auf einer kleinen Erhebung in der Nähe und hörte das Gespräch der beiden. Seine innere Erregung wuchs. Er hatte sich in Solo also nicht getäuscht. Selbst wenn die anderen es nicht sahen: Ein Großer war gekommen, um sie aus der Sklaverei der Besitzer zu führen. Der junge Barde war wirklich ein Seher, und die Prophezeiung erfüllte sich.

Solo schwieg auf dem Rückweg zu den Hecken, und Ponder überließ ihn seinen Gedanken. Er gab nicht vor, solche Dinge zu verstehen, doch er vertraute Solo blind. Aber würden die anderen dem Dom auch trauen und ihm in die Fremde folgen?
Auch Solos Gedanken überschlugen sich, als er das Ausmaß dessen erkannte, was getan werden mußte – und noch dazu in so kurzer Zeit! Er spürte, daß Tanner sich in seinem Rücken näherte, blieb stehen und drehte sich nach dem Weißen um.

»Tanner, ich bin froh, daß du hier bist. Hör zu. Such Selvyn und Ditto, sie sollen dir helfen. Ruft das ganze Quorum zusammen – ich meine *alle*, Prills, Kinder, Barden –, und zwar so schnell wie möglich. Wir treffen uns an der mittleren Hecke. Beeil dich – ich erkläre alles später.«

Tanner machte sofort kehrt und verschwand ohne zu zögern in westlicher Richtung. Solo fand es seltsam, daß der Weiße keine Fragen gestellt hatte. Aber es blieb ihm keine Zeit, darüber nachzudenken.

»Das hätte ich doch machen können«, murmelte Ponder, ohne daß Solo es hörte.

Sie fanden Kitty-Kitty in der südlichen Hecke. Solo berichtete ihr hastig von der Erscheinung und von Sprechers Warnung.

Die Prill sprang erschrocken auf und schüttelte den Kopf. Sie blickte auf ihre Kinder und dann wieder auf Solo. »Solo! Wie können wir mit dem ganzen Quorum in die Wildnis ziehen? Mit so vielen Kindern? Weißt du, was du verlangst? Bist du auch sicher? Oder hast du vielleicht geträumt?«

»Nein, Kitty-Kitty, ich habe nicht geträumt«, Solo seufzte. »Ich bin sicher, aber glaube mir, im Augenblick wünschte ich, ich wäre es nicht.«

»Also gut«, sagte Kitty-Kitty nach kurzem Schweigen, »Was kann ich dabei tun?«

»Bring die Prills und die Kinder auf die Lichtung vor der großen Hecke – sag ihnen das Nötige. Wir treffen uns gleich alle dort. Beeil dich, Kitty-Kitty. Die halbe Nacht ist um, und wir haben nicht mehr viel Zeit.«

»Ich rufe sie zusammen, Solo.«

Hinter Solos Worten spürte Kitty-Kitty deutlich die Gefahr, und sie hatte plötzlich Angst. Sie fühlte sich wie gelähmt und sank zu Boden. Aber sie wehrte sich gegen diese Schwäche, sprang entschlossen auf und lief zu den anderen Prills, um sie zur Versammlung zu rufen.

»Wohin gehen wir jetzt?« fragte Ponder. Er kam sich leicht überflüssig vor.

»Wir müssen Elrod von der Mauer wegholen. Wir können ihn nicht zurücklassen.«
Ponder unterdrückte die Frage: Weshalb nicht? und erwiderte stattdessen: »Viel Glück. Der kleine Mauerhocker hat sich seit einem Viertelkreislauf nicht von der Stelle gerührt. Irgend etwas stimmt mit ihm nicht, Solo.«
Es war nicht schwierig, Elrod zu finden. Solo trat dicht vor den kleinen Barden und blickte ihm in die grünen Augen. »Elrod, du kommst jetzt mit uns. Es sei denn, du willst hier sterben. Ich habe keine Zeit, lange Erklärungen abzugeben oder mit dir zu diskutieren. Wenn es sein muß, werde ich dich ziehen, tragen oder schieben lassen. Ponder wird diese Aufgabe mit Freuden übernehmen.«
Elrod blinzelte erstaunt, riß die Augen weit auf und wich ängstlich vor dem großen Grauen zurück. »Also gut«, piepste er, »wenn es sein muß...«
»Es muß sein« erwiderte Solo. »Gehen wir.«
Die beiden älteren Barden führten den zitternden Elrod durch eine Mauerlücke auf das Feld. Aus der Ferne drangen die Stimmen von Ditto, Selvyn und Tanner zu ihnen herüber, die wie besprochen Alarm schlugen und das Quorum zusammenriefen.
Sie übergaben Elrod Banda und Minit; die beiden würden eher mit ihm fertig werden als alle anderen. Kitty-Kitty hatte die Prills um sich geschart und half ihnen, die Kleinen an einer günstigen Stelle zu sammeln, wo man sie leicht beaufsichtigen konnte. Die Kinder fanden natürlich, es sei Zeit zum Spielen, und die Prills mußten ihnen ständig hinterherlaufen. Solo machte sich keine Illusionen: Die Kleinen waren das größte Problem. Wie sollte er alle noch in dieser Nacht fortbringen?
Die eintreffenden Barden unterhielten sich aufgeregt miteinander und versuchten, den Grund für die ungewöhnliche Versammlung zu erraten. Bald würde das Quorum vollzählig anwesend sein, und Solo wußte immer noch nicht, was er sagen und wie er Sprechers Erscheinung erklären sollte. Wie konnte er das Quorum davon überzeugen, daß sie alle in großer Gefahr schwebten, wenn sie bei Tagesanbruch noch hier waren?

Selvyn, Ditto und Tanner kamen mit den letzten Barden. Alle liefen kreuz und quer durcheinander. Bestürzung und Aufregung breiteten sich wie ein Feuer aus, und es fehlte nicht viel zu einer Panik.
»Was ist los?« fragte Ditto und kam schnell zu Solo herüber. »Tanner hat uns gesagt, wir sollen alle holen, selbst die Wachen...«
»Damit ist das Territorium völlig ungeschützt«, fügte Selvyn gereizt hinzu. »Was ist denn mit dir los, Kleiner? Ist das eine neue Art Katastrophenübung?«
»Wir müssen das Territorium verlassen«, sagte Solo und machte sich auf Protest gefaßt. »Und zwar noch heute nacht.«
»Wie bitte?« fragte Ditto. »Wovon redest du?« Er sah erst Selvyn und dann die anderen an. Aber ihre fassungslosen Blicke verrieten, daß sie ebenso überrascht waren wie er.
»Warum?« fragte Selvyn und spürte einen Kloß im Hals.
Solo schloß die Augen und sammelte seine Gedanken. Er wollte nicht öfter als notwendig wiederholen, was Sprecher zu ihm gesagt hatte. »Gedulde dich noch etwas, Selvyn, dann werde ich alles erklären«, sagte er schließlich. »Bitte helft mir, etwas Ruhe in dieses Chaos zu bringen«, fügte er leicht verzweifelt hinzu.
Das Quorum war vollzählig versammelt – Barden, Prills und die Kinder. Solo dachte mit einem tiefen Seufzer: Es sind beinahe ebenso viele Kinder wie Erwachsene. Wie soll ich sie alle unversehrt durch die Wildnis zu dem fernen Berg, zum Mondwald bringen?
Er trat in die Mitte der Lichtung, um zu ihnen zu sprechen. Wie groß war ihr Vertrauen? Er würde es bald wissen. Er mußte sie überzeugen, ihm zu folgen, denn alle, die blieben, waren zum Tod verurteilt – daran zweifelte er nicht. Er mußte nur an den Rauwolf, an das drohende Ungeheuer auf dem Feld denken.
»Ich habe unseren Sprecher gesehen«, begann Solo. »Der Alte hat dem Quorum eine ernste Warnung erteilt. Er hat erklärt, daß der nächste Tag eine große Gefahr mit sich bringt, und viele von uns sterben werden, wenn wir nicht von hier weggehen – sofort! Sprecher hat gesagt, nach dem kommenden Tag wird es das Territorium nicht mehr geben. Unsere einzige Chance besteht darin, daß das ganze Quorum flieht, noch ehe die Nacht vorbei ist.«

Niemand rührte sich. Niemand sagte ein Wort, sogar die Kleinen waren plötzlich still.
Solo fuhr fort. »Ich kann nur erraten, daß die große Gefahr mit den Besitzern zusammenhängt. Wie, das weiß ich nicht. Wir haben alle erlebt, wie sich ihre Haltung uns gegenüber seit dem Feuer verändert hat, und auf dem Feld steht sogar ein Rauwolf. Tanner hat uns berichtet, was in seinem Territorium geschehen ist. Ich meine: Wir müssen mit dem Quorum nach Westen. Jeder der zurückbleibt, schwebt in großer Gefahr und muß damit rechnen zu sterben.«
Die Versammlung begann leise zu murmeln, während Dom Solo ihnen Zeit ließ, seine Worte zu begreifen. Die Barden waren bestürzt und verwirrt; die Prills zeigten offen ihre Angst.
»Und unsere Kinder?« rief Trivet aufgebracht. Die Frage galt zwar Solo, aber sie sah dabei die anderen Prills hilfesuchend an. »Wie weit müssen wir gehen? Die Kleinen können nicht schnell genug laufen, um bei Tagesanbruch weit weg zu sein.«
»Trivet hat recht«, stimmte Sondle ihr zu. »Wie bringen wir die Kleinen von hier weg?«
»Wir müssen bis Tagesanbruch soweit wie möglich laufen«, sagte Solo. »Die Barden werden beim Tragen der Kleinen helfen...
Barden sollten die Kleinen tragen? Die Prills waren entsetzt, die Barden entgeistert.
Die Zeit war gegen sie, und Solo konnte sich auf keine langen Diskussionen einlassen, um sie zu überzeugen. In gebieterischem Ton gab er seine Anweisungen. »Wir müssen schnell sein. Jedes Kind, das nicht getragen wird, bleibt zurück. Und jeder, der zurückbleibt, wird die nächste Nacht wahrscheinlich nicht mehr erleben.«
Solos Worte klangen kalt und herzlos. Wie kann ich einen solchen Befehl geben? dachte er verzweifelt. Aber ihm blieb keine Wahl. In diesem Fall ging es um das Überleben des Quorums.
»Wir können den Barden zeigen, wie man sie trägt«, sagte Kitty-Kitty energisch. »So dumm sind sie doch auch wieder nicht!« Wider Willen mußten viele lachen. Kitty-Kitty fügte klar und deutlich hinzu: »Ich bin wie Solo der Meinung, daß Flucht unsere einzige Rettung ist.«

»Aber wohin gehen wir?« fragte jemand ängstlich.
»Wir gehen nach Westen, weg von den Besitzern. Wir brauchen sie nicht zum Leben.«
Das Quorum wurde still. ›Westen‹ bedeutete ›Wildnis‹. Die Prills musterten nachdenklich die Barden, um zu entscheiden, wem sie erlauben würden, ihre Kinder zu tragen. Bei den Barden breitete sich jedoch hörbarer Unmut aus.
»Ich trage kein Kind!« sagte Telmo, ein junger Barde. »Und ich verlasse das Territorium nicht wegen einer Erscheinung. Ihr könnt meinetwegen alle gehen, wenn ihr wollt. Ich bleibe.«
Ehe Solo antworten konnte, stand Ponder neben ihm. »Jedem Barden, dem Dom Solos Befehle nicht passen, steht es frei, hinter die Hecke zu kommen, um sich mit mir zu unterhalten.« Der Graue kam sich endlich wieder nützlich vor.
Der junge Barde drehte sich wortlos um und verschwand blitzschnell in Richtung der großen Hürde. Er war offenbar fest entschlossen zu bleiben. Ponder wollte ihm nach, aber Solo bedeutete dem Grauen, ihn gehen zu lassen. Er würde niemanden zwingen, ihm zu folgen. Auch eine ältere Prill, sie hatte nur ein Kind, weigerte sich zu gehen. Sie verkroch sich tief in der Hecke. Kitty-Kitty gelang es trotz flehender Bitten nicht, sie dazu zu bewegen, wieder herauszukommen. Der Rest des Quorums vertraute Solos kluger Voraussicht und machte sich bereit, ihm in das unbekannte Land, das im Westen lag, zu folgen.
Solo gab eilig Anweisungen. »Kitty-Kitty, du führst die Prills und sorgst dafür, daß sie abmarschbereit sind. Ditto, Selvyn, ihr sucht die passenden Barden für die Kinder aus. Euer Platz ist an den Flanken, wenn wir soweit sind – trotzdem müßt auch ihr Kinder tragen. Ponder und Tanner, ihr zwei müßt niemanden tragen – ihr lauft als Kundschafter voraus, um uns vor Gefahren zu warnen. Weldon und Wizzle, ihr bildet die Nachhut und übernehmt jeder ein Kind. Elrod nicht – wir können froh sein, wenn wir ihn nicht auch noch tragen müssen.«
Elrod saß völlig fey zwischen Banda und Minit, die sich rührend darum bemühten, ihn wieder ins Bewußtsein zurückzuholen.

Ponder räusperte sich und trat etwas näher. Solo wußte, was jetzt kommen würde.
»Äh, Solo. Warum kann nicht Ditto oder Selvyn der zweite Kundschafter sein ...? Wir sind aufeinander eingespielt ...«
»Nimm Tanner mit, Ponder. Ihr solltet bereits auf euren Plätzen sein.«
Ponder verstand diese Entscheidung nicht. Aber Solo wußte natürlich, keine Prill würde Tanner ihr Kind anvertrauen. Und da war noch etwas: Ponder und Tanner, die beiden stärksten Barden des Quorums, würden so lange nicht wirklich von Nutzen sein, bis sie gelernt hatten, freundschaftlich – oder wenigstens kameradschaftlich – miteinander auszukommen.
Der Graue war beleidigt und lief widerwillig mit Tanner nach Westen, um Wache zu halten, bis der Marsch begann. Die Prills berieten unter vielen kleinen Streitigkeiten darüber, welcher Barde welches Kind tragen sollte. Kitty-Kitty führte die Aufsicht, und alle übten mit den widerwilligen Barden, wie man ein Kind gefahrlos aufnahm und trug, was den Kleinen einen Riesenspaß machte. Im großen und ganzen stellten sich die Barden nach einer Weile nicht ungeschickt an; sie mußten im Grunde nur ihre Scheu überwinden.
Solo drängte zur Eile – er spürte, daß die Zeit bereits knapp wurde.
Endlich hatte jeder Barde – bis auf Tanner, Ponder und Elrod – ein zappelndes Kind im Mund. Solo und Kitty-Kitty stellten sich an die Spitze des unruhigen Quorums.
»Es ist soweit«, sagte Solo nur. »Gehen wir. Lauft langsam und gleichmäßig. Wir werden oft anhalten.« Er sah Kitty-Kitty aufmunternd an und nahm den kleinen Carver hoch. Die weiße Prill nahm Justin, und so machten sie sich auf den langen Weg.
Solo hatte Ponder eingeschärft: »Wir laufen nach Westen, schnurstracks immer nach Westen.«

Die Barden stellten bald fest, daß es keineswegs so leicht war, die Kleinen zu tragen, wie die Prills ihnen versichert hatten. Sie konnten ein Kind nicht einfach am Fell oder an der Haut packen – sie mußten den kleinen zappelnden Körper ganz zwischen die Zähne nehmen und den Mund gerade weit genug schließen, daß der Winzling nicht herausfiel, aber nicht so weit, daß sie ihn verletzten. Schon nach kurzer Zeit begannen ihnen die Kiefer zu schmerzen. Einigen Barden kam es vor, als hätten sie den Mund weit geöffnet, um zu gähnen, und könnten ihn nie mehr schließen. Die Kleinen jammerten ständig, sie seien müde oder durstig, oder es tue ihnen etwas weh. Während die große Gruppe mit der ungewohnten Last über das Feld trottete, sah so mancher der starken Barden die ›schwachen‹ Prills mit neuen und sehr viel respektvolleren Augen.

Es herrschte eine sehr gespannte Stimmung. Solo drängte mit spürbarer Angst zur Eile. Aber sie waren unterwegs in ein unbekanntes Gebiet, während der Ort ihrer Geburt sie mit aller Macht zurückhielt. Niemand wußte, was vor ihnen lag. Sie kamen nur mit quälender Langsamkeit voran. Sie waren eine so große Gruppe und trugen außerdem noch Kinder im Mund. Wie sollte man da diszipliniert und gleichmäßig laufen? Natürlich war auch keine Unterhaltung möglich. So breitete sich ein verbissenes Schweigen aus, und alle trauerten stumm um den Verlust der geliebten Hecken, der vertrauten großen Hürde und des unerschöpflichen Behälters.

Sie legten mehrere hundert Katzenlängen ohne Zwischenfall zurück. Sie wollten erst Rast machen, wenn das eigentliche Territorium hinter ihnen lag. Solo hatte ein festes Ziel vor Augen. Er erinnerte sich an eine kleine Lichtung im Wald, die ihm bei seiner Erkundung aufgefallen war, und er wollte sie vor Tagesanbruch erreichen. Ein Barde hätte den Weg mühelos geschafft, bei ihrem Schneckentempo konnten sie von Glück reden, wenn sie am Ende der Nacht dort ankamen.

Solo ließ schließlich anhalten, damit sie sich ausruhen und neu formieren konnten. Plötzlich ertönten zwei Kampfrufe, und zwei Fugen gingen schnell in gellende Schreie über. Weit vor ihnen kämpften Ponder und Tanner miteinander. Selvyn und Ditto sprangen sofort auf und wollten hinlaufen. Aber Solo bedeutete ihnen, auf ihren Plätzen zu bleiben. Ponder und Tanner bereinigten eine Sache, die nur sie etwas anging, und sie brauchten dabei keine Zu-

schauer. Der Kampf war unvermeidlich gewesen, aber ihm aus der Ferne zuhören zu müssen tat weh.
»Solo!« rief Kitty-Kitty, die es nicht länger aushielt. »Sie bringen sich gegenseitig um – lauf hin und mach dem Streit ein Ende!«
»Es wird schon nichts passieren«, sagte Solo beruhigend, obgleich er sich selber kaum noch zurückhalten konnte. »Du kennst doch Ponder. Für ihn ist das ein großer Spaß.«
Der Kampf tobte. Solo lief gespielt gelassen und unbekümmert hin und her und redete freundlich mit Prills und Barden. Er machte sich eigentlich keine Sorgen um Ponder. Schließlich hatte er auch schon gegen Tanner gekämpft und gewonnen.
Draußen im Feld rangen die beiden lebenslangen Feinde miteinander. Sie hieben und kratzten und bissen und stellten sich die Luft ab; es war eine richtige Rauferei. Sie kämpften eine einzige lange Runde und fühlten sich dabei berechtigt, jeden schmutzigen Trick anzuwenden, den sie kannten – und sie kannten viele. Bardenstolz und persönliche Abneigung hatten diesen Kampf ausgelöst, und keiner wollte auch nur eine Pfote nachgeben. Sie hatten sich ineinander verklammert, rollten wie ein Ball aus weißem und grauem Fell in einer Staubwolke über das spärliche junge Gras. Sie spuckten Blut und ausgerissene Haare. Sie kämpften, bis ihre Reflexe vor Erschöpfung erlahmten und sie nach Luft rangen. Trotzdem war keiner dem entscheidenden Sieg nahe. Sie hatten sich gegenseitig allmählich mattgesetzt. Ihre Bewegungen wurden immer langsamer, und schließlich lagen die großen Kämpfer nebeneinander und hieben nur noch schwach und eher symbolisch aufeinander ein.
Plötzlich mußte Tanner lachen.
»Was ist denn so komisch, du Siltkopf?« fragte der Graue und schnappte nach Luft.
Tanner rollte sich kichernd auf den Rücken, ohne zu antworten. Bald lachte er laut, und auch Ponder fiel es schwer, nicht wenigstens auf sein gefährliches und berühmtes Kampfgesicht zu verzichten.
»Was ist denn los mit dir, Tanner?« fragte er noch einmal und mußte plötzlich auch lachen. »Ich dachte eigentlich, wir kämpfen . . .«
Tanner blickte zu dem Grauen hinüber und bekam sofort wieder

einen Lachkrampf. »Du solltest dich sehen! Sehe ich genau so aus?«
Ponder betrachtete sein erdverkrustetes Fell, in dem Blätter und kleine Zweige hingen. Überall klebte Blut, und Fellflocken schmückten die Umgebung wie seltsame Blumen. »Aber wer hat gewonnen?« Er mußte sofort selber über diese dumme Frage lachen und konnte dann wie Tanner überhaupt nicht mehr aufhören.
»Mir egal, Ponder«, stieß Tanner schließlich außer Atem hervor und versuchte, ein ernstes Gesicht zu machen. »Jedenfalls hat es sich gelohnt. Du kämpfst wie ein echter Streuner.«
»Du hast dich auch nicht schlecht gehalten«, räumte Ponder ein, »das heißt, für einen Streuner.« Das klang nach Frieden und Einsicht. Die Wut und der Zorn waren verraucht. Und wer lacht, kann nicht kämpfen.
Es dauerte nicht lange, bis sie sich beruhigten und notdürftig das Fell glätteten. Seite an Seite liefen sie nach Osten zum Quorum. Jetzt bekamen sie plötzlich Gewissensbisse: Mit Sicherheit hatten alle den Lärm gehört. Was sollten sie nur sagen?
Solo, Kitty-Kitty, Selvyn und Ditto kamen ihnen mit vielen anderen Barden entgegen.
»Nun, habt ihr es endlich hinter euch?« fragte Solo und versuchte barsch zu klingen, als Ponder und Tanner so überhaupt nicht heldenhaft vor ihm standen und keine Worte fanden. Der Graue und der Weiße sahen sich unschuldig an.
»Ihr habt es wohl gehört, oder?« Ponder kratzte sich verlegen. »Wir haben nur... nur...«
»Trainiert«, erklärte Tanner. »Unsere Reflexe erprobt.«
»Richtig, sehr richtig«, stimmte Ponder begeistert zu. »Wir sind jetzt in Hochform, Solo.«
»Trainiert, daß ich nicht lache«, brummte Ditto und schüttelte den Kopf.
»Hochform stelle ich mir anders vor!« meinte Selvyn bissig mit einem Blick auf die beiden.
»Sie sehen aus, als hätte man sie durch den Schlamm gezogen«, sagte Kitty-Kitty und zuckte empört mit den Ohren, dann lief sie zu

den Kindern zurück. Weshalb hatte sie sich Sorgen um diese kindischen Kerle gemacht?
»Seid ihr noch in der Lage, die Vorhut zu übernehmen?« fragte Solo streng, aber er war sehr erleichtert, daß die zwei ihren Streit ohne größeres Blutvergießen beigelegt hatten.
»In der Lage, bereit und willens«, antworteten Ponder und Tanner wie aus einem Mund.
»Also gut. Bezieht eure Posten. Es geht weiter!«
Tanner nickte Solo zu, und zusammen mit Ponder sprang er mit großen Sätzen in Richtung Westen und in Richtung Wald. Durch den Kampf hatte sich Tanners Status verändert. Jetzt gehörte er zu ihnen. Er hatte seinen Platz und seinen Rang gefunden: Er gehörte zu den Vollziehern.
Solo beendete die Ruhepause und gab das Zeichen zum Aufbruch. Sie hatten kostbare Zeit verloren und würden lange und stramm laufen müssen, um sie wieder einzuholen. Aber wenigstens würden Ponder und Tanner von nun an zusammen und nicht mehr gegeneinander arbeiten.
»Also los!« rief Solo aufmunternd und erleichtert. Die erste Runde war geschafft. Die Katzen nahmen ihre Plätze ein, und bald liefen sie weiter durch die Nacht.
Der Pfad war ungefähr so, wie Solo ihn in Erinnerung hatte. Nur zeigte sich überall das erste frische und saftige Grün, und die Erde unter seinen Pfoten fühlte sich wärmer an. Die Flucht, für viele eine erste große Erkundung, wäre unter anderen Umständen ein Abenteuer gewesen. Trotz der Ängste erwachte bei vielen auch die Neugier und die Lust auf das Unbekannte, das sie umgab und noch vor ihnen lag. Und wenn Müdigkeit und Erschöpfung aufstiegen, trieb sie die namenlose Gefahr in ihrem Rücken weiter.

Als die ersten schwachen Spuren des Morgenlichts die Schatten des Waldes vor ihnen erhellten, lag das Territorium bereits hinter ihnen, und sie wagten sich nun langsam in die unbekannte Wildnis vor. Die Kleinen waren wund, hatten Druckstellen und fühlten sich ebenso erschöpft wie die Erwachsenen, die sie trugen. Solo vertraute darauf, daß sie sich inzwischen weit genug von der Gefahr entfernt hatten und in Sicherheit waren. Im dichten Unterholz zwischen den großen dunklen Bäumen fanden sie bald die kleine Lichtung. Es war ein natürliches Versteck, das allen gefiel. Die Prills suchten geeignete Plätze für sich und die Kinder, während Solo und die Barden Wachen aufstellten und die Lage berieten.

Als es heller wurde, wanderten Solos Gedanken zurück zu dem Ort, den sie alle verlassen hatten. Was geschah dort? Würden sie vielleicht später zurückkehren können, oder waren sie jetzt wirklich streunende Flüchtlinge? Und wo gab es für sie ein neues Territorium, falls sie nicht mehr zurück konnten? Solo wußte keine Antwort auf diese Fragen, und so legte er sich wie die anderen nach Katzenart erst einmal schlafen.

Das Dröhnen begann nach der ersten Wache, als Solo tief und fest schlief. Zwar hörte man das Dröhnen nicht, aber die Katzen spürten es mit ihren feinfühligen Fußballen. Sie nahmen ein schweres, zeitweilig aussetzendes Beben wahr, das sich mit nichts vergleichen ließ, was sie kannten.

»Ist es... das?« fragte Selvyn aufgeregt, der durch das Gestrüpp kroch und sah, daß Solo auch aufgewacht war.

»Ich weiß es nicht, Selvyn«, erwiderte Solo ruhig. »Aber es kommt eindeutig vom Territorium.«

Sie krochen ins Freie und entdeckten Kitty-Kitty. Sie stand dicht vor dem Stamm eines großen Baumes. Schwingungen aus großer Entfernung würden dort verstärkt werden. Ponder und Ditto kamen vom Wachdienst zurück. Sie grübelten alle über das seltsame Beben und Dröhnen nach und versuchten, es bekannten Dingen zuzuordnen. Aber niemand konnte sich daran erinnern, so etwas schon einmal gehört, geschweige denn gesehen zu haben. Unruhe und Nervosität breiteten sich aus. Wie konnten sie weiter laufen, ohne zu wissen, was in ihrem Rücken geschah?

Bald nahmen sie mit den Pfoten noch eine andere Schwingung wahr. Eine Katze rannte von Osten auf sie zu. Langsam wurden die schnellen Schritte des einsamen Läufers stärker. Er kam direkt auf sie zu und wirklich, bald darauf tauchte ein Barde zwischen den

Bäumen auf: Tanner. Atemlos ließ sich der Weiße vor der Gruppe, die ihn erstaunt ansah, auf die Erde fallen.

»Tanner!« rief Solo. »Wo bist du gewesen? Bist du zurückgelaufen...?«

»Es ist wahr, Solo«, keuchte Tanner, der kaum sprechen konnte. »Ich war dort... Ich habe es gesehen! Wir hätten nicht mehr fliehen können.«

Eine bedrückende und unheimliche Stille breitete sich aus. Die Welt schien den Atem anzuhalten. Solo wagte nur zu flüstern, als er fragte: »Was ist geschehen? Was hast du gesehen?«

Tanner hob erschöpft den Kopf und – immer noch hechelnd – berichtete er abgehackt: »Die große Hürde... sie reißen die große Hürde ab.«

»Die Mauer?« stammelte Ponder. »Aber... wie...? Warum...?«

»Laßt ihn erst zu Atem kommen«, sagte Solo. Er sah Tanner an, daß er noch nicht alles erzählt hatte.

Das Quorum wartete vor Schreck wie betäubt, während Tanner allmählich ruhiger wurde. Er sah sich langsam im Kreis um und blickte dann wieder auf Solo. »Riesige Rauwölfe sind auf dem Feld... sie wühlen die Erde auf! Die Hecken gibt es schon nicht mehr... es ist nichts als aufgerissene Erde übrig... das Land ist leer und flach.«

Einige Prills wurden fey. Die Erwachsenen hätten sich vor dem Angriff der Besitzer vielleicht noch in Sicherheit bringen können, aber die Kleinen sicher nicht...

Tanner fuhr stockend fort. »Die Prill, die zurückgeblieben ist... ich habe einen Todesschrei gehört... sie ist nicht mehr herausgekommen.«

Solo schloß die Augen und dachte: Ich hätte sie zwingen müssen, mitzukommen.

»Sie wollten uns alle umbringen!« sagte Kitty-Kitty tonlos und unterbrach damit Solos Gedanken.

»Ich glaube nicht, daß sie es auf uns abgesehen haben«, murmelte Solo, ohne aufzublicken. »Wir waren ihnen nur im Weg.«

»Warum zerstören sie die Mauer... und das Feld? Es war *unser* Territorium!« Schon als Selvyn die Frage stellte, wußten alle, eine

Antwort gab es nicht, denn für die Besitzer waren sie, die wilden Katzen, weniger als Luft.
Plötzlich redeten alle gleichzeitig. Sie hatten das Territorium verlassen, weil sie Solo vertrauten. Sie waren seiner Warnung gefolgt, aber erst jetzt wurde ihnen bewußt, was sie bedeutete: Ein Zurück gab es nicht mehr! Die Erkenntnis war wie ein Schock. Solo blieb mit geschlossenen Augen sitzen, während das Quorum sich enger um ihn scharte.
Tanner legte sich erschöpft auf die Seite. Er mußte sich ausruhen, ehe er weiterlaufen konnte. Aber das nahm er gern in Kauf, denn er hatte seinem Dom die Neuigkeit berichten können, die Solos Entscheidung zur Flucht rechtfertigte.
»Solo«, flüsterte Trivet und kam mit ihren Kleinen zu ihm, »unsere Kinder – du hast unsere Kinder gerettet.«
»Das hast du, Kleiner«, stimmte Ditto ihr zu. »Das hast du wirklich.«
Sie hatten nicht genug Zeit gehabt, um sich von dem Feuer zu erholen, und die noch größere Katastrophe holte sie unerbittlich ein. Jetzt fragten sich alle: Wohin? Die Katzen drängten sich ratlos um ihre einzige Zuflucht – Dom Solo.
Solo hielt den Kopf gesenkt. Die Gefühle, die das Quorum ihm entgegenbrachte, machten ihn verlegen. Ponder sah, daß Solo nicht wußte, was er sagen sollte, und übernahm in seiner Eigenschaft als Vollzieher das Kommando. »Hört mal alle her«, sagte er mit lauter Stimme. »Es ist vorbei, wir haben den Angriff der Besitzer überlebt, und wir sind alle in Sicherheit. Wir müssen Wachen aufstellen. Ihr anderen, geht zurück in eure Lager und ruht euch aus. Der Dom muß überlegen und braucht ein bißchen Ruhe.«
Ditto hob den Kopf und dachte: Überlegen ... oh, Ponder, in deiner großen Weisheit hast du genau das Richtige gesagt.
Solo blieb allein zurück und dachte nach. Er wußte, die Flucht hatte erst begonnen. Nun waren sie wirklich Streuner. Sie hatten Kinder, die noch zu klein zum Herumziehen waren, und Prills, die sich nie über die Grenzen des Territoriums hinausgewagt hatten – nicht gerade ein guter Trupp, um in der Wildnis zu bestehen.

Nach einer Weile verkroch sich der junge Dom in das nahe Dornengestrüpp. Dort verbrachte er den Rest des Tages ruhig und still und überlegte, was sie als nächstes tun sollten. Im Quorum beruhigte man sich mit dem Gedanken, daß Solo als einer der ›Großen‹ zu ihnen gekommen war, um sie zu retten. So erzählten es die Legenden, und ihnen konnte man vertrauen. Doch Solo quälten Zweifel. Die Stimme, die er manchmal hörte, war nicht die eigene. Er konnte sie weder rufen noch beeinflussen. Solo wußte: Sprecher hatte ihn gewarnt und damit das Quorum gerettet. Es war nicht seine Leistung. Die Legenden berichteten, daß die Großen klar die Zukunft sehen und aufgrund ihres übernatürlichen Wissens wichtige Änderungen bewirken konnten. Aber was kann ich tun? fragte sich Solo. Er hatte diese Veränderung nicht herbeigeführt, obwohl er schon lange davon träumte, das Quorum aus dem Gebiet der Besitzer zu führen. Aber er hatte nicht gewußt, wie er es zuwege bringen sollte, und deshalb waren sie trotz vieler beunruhigender Zeichen geblieben. Er hatte nur dazu beigetragen, daß sie der unbekannten, tödlichen Gefahr im letzten Moment entkommen waren.
Noch während seine Zweifel und Ängste wuchsen, hörte er plötzlich die Stimme: *Vergiß nicht, Barden haben zusammen mit den Prills Kinder getragen, und die Prills haben es zugelassen. Das Quorum hat diszipliniert und vernünftig seinen alten Lebensraum verlassen und freiwillig alles aufgegeben, was dem Leben Sicherheit gab. Und das trotz tief verwurzelter Instinkte und Sitten. Das sind Veränderungen, Solo – von diesen Veränderungen erzählen die Legenden, und auf solche Veränderungen wollen sie uns vorbereiten.*
Solo lauschte mit angehaltenem Atem und hoffte, die Stimme würde ihm einen Rat geben, was es nun zu tun galt. Aber die Stimme schwieg.

13

Die Prüfung

Alle schliefen nur wenig und sehr unruhig, und noch ehe die leuchtenden Lichtpfade, die durch das Blätterdach fielen, in gedämpfte Schatten übergingen, waren die Katzen des Quorums wieder auf den Beinen und sammelten sich in kleinen Gruppen. Solo hatte für den Einbruch der Nacht eine Beratung einberufen. Alle wußten, es würde eine große Ratsversammlung werden, und niemand konnte sich erinnern, daß in einer Beratung jemals wichtigere Fragen besprochen und entschieden worden waren. Die anstehenden Entscheidungen konnte unmöglich einer allein treffen, nicht einmal der Dom. Solo würde die Möglichkeiten und Alternativen darlegen. Aber jedes Mitglied des Quorums hatte das Recht, seine Zukunft selbst zu bestimmen.

Die Katzen reagierten auf die Lage entsprechend ihrer Persönlichkeit. Ponder beruhigte sich, indem er sich praktischen Aufgaben widmete – Wachen und Patrouillen kontrollieren, Anweisungen für die Jagd erteilen, die gerechte Verteilung der Beute organisieren. Nachdem sie Graille nicht mehr in einem Behälter fanden, mußte für eine so große Gruppe die Nahrungsbeschaffung geregelt werden. Dieses Problem übernahm der Graue mit Hingabe.

Ditto hielt die Flucht aus dem alten Territorium für gefährlich, fand inzwischen allerdings Gefallen an dem ständigen Ortswechsel. Das war für ihn nichts Neues. Die von den Besitzern angerichtete Zerstörung machte ihn aber zornig. Das Territorium war für zahllose Lebewesen und ihre Kleinen ein angestammter Lebensraum gewesen – wie viele Tiere hatten die Besitzer an diesem Tag mit ihrem grausamen Vorgehen wohl umgebracht? Diese Willkür entsetzte ihn. Waren die Besitzer von Natur aus böse? Er konnte die Zerstörung des Feldes nicht begreifen.

Kitty-Kitty war ebenso erschüttert wie die anderen Prills, obwohl sie versuchte, es nicht zu zeigen. Sie mußte Kinder aufziehen. Die zuverlässigen Quellen für frisches Wasser und Graille, die geschützten Hecken, die erprobte und in allen Lebenslagen unter Beweis gestellte Zusammengehörigkeit der Prills im Verband des Quorums, all das war die Grundlage, um Kinder auf die Welt zu bringen, sie im Geist der Legenden zu erziehen und damit den Fortbestand ihrer Art zu sichern. Nur so erfüllte eine Prill die große Aufgabe in ihrem Leben. Wer wußte, welche Gefahren ihnen drohten, und was aus der Gemeinschaft werden würde?

Solo stand auf, streckte sich und lief zu seinen Freunden. Carver und Justin folgten ihrer Mutter erstaunlich ruhig und gehorsam. Offenbar hatte die gedrückte Stimmung der Erwachsenen sie angesteckt.

»Tanner, Babbot und Abalon haben die Wache übernommen«, berichtete Ponder, als Solo zu ihnen trat. »Alle sind bereit, wenn du es bist.«

»Sie erwarten den Dom unter dem großen Baum im Süden«, fügte Ditto hinzu, und es gelang ihm zu lächeln.

»Sie glauben, du hast wieder eine Erscheinung gehabt und wirst uns einen großen Plan unterbreiten«, sagte Selvyn und sah Solo gespannt an.

»Hattest du... und hast du?« fragte Kitty-Kitty zögernd, und als Solo sie verständnislos ansah, erklärte sie schnell: »Ich meine, hattest du eine Erscheinung und hast du entschieden, was wir nun tun?«

»Nein, Kitty-Kitty«, erwiderte Solo, dem nicht wohl in seinem Fell war. »Ich hatte keine Erscheinung, und wir müssen selbst herausfinden, was wir tun sollen.« Mit einem gezwungenen Lächeln fügte er hinzu: »Kommt, es ist Zeit für die Beratung.«

Mit allen Kindern war es ein großes Quorum, das auf seinen Dom wartete. Die Katzen hatten sich in lockeren Gruppen um den riesigen Baum und unter seinem weit ausladenden Blätterdach verteilt. Solo spürte schon aus der Ferne die allgemeine Spannung. Als er sich ihnen jetzt näherte, fühlte er sich unter den vielen erwartungsvollen Blicken klein und unsicher. Er glaubte, keinen vernünftigen Satz hervorbringen zu können. Aber zu seiner Verblüffung kamen ihm die Worte mühelos über die Lippen, und sie kamen aus seinem Herzen.

»Uns stehen viele Wege offen«, begann er. Das Quorum wurde still. »Und keiner dieser Wege wäre falsch. Wir sind Katzen, und wir werden unsere Würde bewahren, wo immer wir auch leben. Wir könnten sogar hierbleiben. Es ist kein schlechter Ort. Es gibt gute geschützte Lager, Beute im Überfluß, und in der Nähe finden wir Wasser, das aus der Erde fließt.«

Die Katzen dachten über den Vorschlag schweigend nach. Niemand durchbrach die Stille. Die Bäume in diesem Wald waren höher als alle Bäume, die sie je gesehen hatten, kein grelles Licht der Rauwölfe zerriß die Schatten, keine bellenden Hunde störten die nächtliche Ruhe, und die Luft war sauber und roch gut.

»Diesen Platz habe ich auf meiner Erkundung gefunden«, fuhr Solo fort, »aber ich bin noch viel weiter gekommen. Einige Nachtstrekken im Westen wird der Wald von Norden nach Süden von einen breiten Streifen Schwarzstein geteilt, über den viele Rauwölfe rasen. Dahinter habe ich ein Land gesehen, das viel größer ist als dieser Wald, und einen Berg, der so hoch in den Himmel ragt, daß er beinahe die Wolken berührt. Sprecher, der Alte, hat mir im Traum ein Geheimnis anvertraut, als ich auf einer kleinen Anhöhe lag und mich nur noch der Schwarzstein von diesem Land trennte. Er erzählte mir, das Nachtgestirn sei vor langen, langen Zeiten einmal eine Prill gewesen, die den Stern des strahlenden Lichts vor dem Untergang rettete, als die dunkle Schlange der Nacht ihn mit falschen Versprechungen auf die Erde und in eine Falle gelockt hatte, wo sie ihn mit einem Bann in Fesseln legte, denn das Ungeheuer wollte das Licht bezwingen. Die Prill kratzte der Schlange die Augen aus, als sie gierig den Rachen aufriß, um ihr Opfer zu verschlingen. Das giftige Blut der Schlange tropfte auf die Prill und machte sie leer und dunkel. Aber mit ihrer mutigen Tat wendete sie auf immer das Schicksal. Die dunkle Schlange der Nacht verschwand geblendet in den Tiefen der Erde, und der strahlende Stern konnte die Fesseln sprengen. Zum Dank nahm der Stern die Prill mit in den Himmel und füllte sie mit seinen Strahlen. Die Schlange war bezwungen, aber ihr Gift sickerte in die Erde und wirkt dort weiter. Wir sehen und spüren den Ring der Prill als unser Nachtgestirn, das sich leert, weil das Gift der Erde ihren Ring schluckt. Und wir sehen und spüren an unseren Kreisläufen, wie der strahlende Stern den Ring wieder mit Licht füllt. Die Prill schützt uns mit ihren sanften Strahlen, denn wir sind alle ihre Kinder. Sprecher sagt, der Berg heiße Mond. In seinem Wald hat die Prill die Schlange geblendet. Dort leben keine Besitzer. Der Mondwald ist das Vermächtnis der Prill an alle wilden Katzen, denn in ihm hat sie als wilde Katze gelebt und gegen die dunkle Schlange gekämpft. Ich meine, in diesem Land liegt unser neues Territorium.« Solo hatte eigentlich ›freies Territorium‹ sagen wollen, überlegte es sich aber anders.

Er brach ab und wartete auf ihre Reaktion. Es fiel ihm schwer, nicht weiterzusprechen, ihnen nichts von seinem lebenslangen Traum von wahrer Freiheit zu erzählen und von der Sehnsucht, die sein Herz zum Mondwald zog.

»Wir haben schon eine halbe Nacht gebraucht, um hierher zu kommen«, sagte Wizzle. »Wie lange wird es dauern, bis wir dort sind, wenn wir die Kleinen tragen?«

»Wir müßten mit den Kindern im Mund den Schwarzstein überqueren«, ergänzte Trivet unruhig. »Jeder weiß, wie gefährlich ein Streifen Schwarzstein ist, selbst wenn man allein ist und rennt!«

»Dom Solo«, fragte Mondy schüchtern, »was werdet *ihr* tun... du und Selvyn und die anderen? Wenn ihr alle nach Westen geht, ist jeder, der zurückbleibt... nun ja«, sie mußte schlucken und fuhr dann noch leiser fort, »allein... Es gäbe keinen Dom und keinen Sprecher...«

»Mondy hat recht«, stimmte Sondle ihr zu. »Ich gehe, wohin Dom Solo geht. Er hat bis jetzt immer richtig gehandelt.«

Solo wollte nicht, daß sie nur nach Westen liefen, um ihm zu folgen. Sie sollten sich für diesen Weg entscheiden, weil sie wie er

daran glaubten, dort ihr neues Territorium zu finden. »Wenn die Mehrheit des Quorums beschließt, hierzubleiben, werden wir alle bleiben. Wir sind *ein* Quorum, und nichts wird uns trennen«, erklärte er bestimmt.
»Ehrlich gesagt«, begann Murdok, »ich bin nicht sehr begeistert von der Vorstellung, einen halben oder sogar einen ganzen Kreislauf Kinder zu schleppen. Ich finde, das ist ein bißchen viel verlangt...«
»Paß auf, was du sagst, du Siltkopf«, fauchte der Graue. »Du läufst den ganzen Weg auf zwei Pfoten, wenn Dom Solo es so will!«
»Schon gut, Ponder«, unterbrach Solo seinen Vollzieher. »Jeder soll offen sagen, was er denkt. Ich bin nicht Bryndle.«
»Sie sollen sich aber überlegen, was und wie sie es sagen«, fügte Selvyn streng hinzu und sah Murdok strafend an. Der kleine Barde war damit gehörig zurechtgewiesen worden.
Schließlich meldete sich Kitty-Kitty zu Wort. »Wir sind jetzt nicht mehr... so in Eile, und die Kleinen könnten selber eine Zeitlang laufen. Ich meine, sie müssen nicht mehr ständig getragen werden.«
»Ein langer Weg wäre der Mühe wert«, sagte Rosen mit ihrer dünnen Stimme, »wenn wir dann immer zusammensein können und weit weg von den Besitzern ein Territorium haben.«
Mehrere Prills stimmten ihr zu. Nur wenige hatten nicht schon einmal durch einen Rauwolf ein Kind verloren.
»Ich möchte nie mehr in der Nähe der Besitzer leben«, erklärte Abalon. »Die meisten von uns haben keine guten Erinnerungen an die Besitzer. Denkt nur daran, was sie mit den zahmen Katzen machen... seht euch Banda an. Und Minit wäre ohne Solos Hilfe inzwischen erstickt.«
»Das stimmt.« Banda klang verlegen. »Ich folge Solo zum Mondwald – ich wünschte, ich hätte nie einen Besitzer gesehen, und ich hoffe, ich werde nie wieder einen zu Gesicht bekommen.«
Minit saß in Bandas Schatten. Er nickte zustimmend, sagte aber nichts. Elrod hockte stumm und wie erstarrt neben ihm, und es schien, als schlafe er mit offenen Augen.

»Wenn *meine* Kleinen kommen, sollen sie wild und...« Pardie zögerte. Sie suchte nach den richtigen Worten. »Also, ich glaube nicht, daß wir in die Nähe der Besitzer gehören...«

Solo freute sich. Pardie erwartete also Kinder. Das war eine gute Nachricht.

Alle fingen gleichzeitig an zu reden und berichteten von persönlich erlebten Grausamkeiten der Besitzer oder von deren Gleichgültigkeit. Man war sich bald in der Beurteilung einig: Sie hatten im Grunde nur in der Nähe der Besitzer gelebt, weil sie sich von ihnen abhängig fühlten. Nach der unverständlichen und, wie es schien, willkürlichen Zerstörung des alten Territoriums brachen der aufgestaute Haß und die Angst aus ihnen hervor, die ihr Leben bislang wie ein drohender Schatten beherrscht hatten.

Solo bat um Ruhe und schloß die Beratung. »Wir müssen nicht sofort eine Entscheidung fällen. Denkt gründlich über diese Dinge nach und darüber, ob wir hier bleiben oder den Weg zum Mondwald wagen sollen.«

»Du sprichst vom Mondwald, von Morgalians Berg.«

Alle Köpfe fuhren herum. Die Stimme kam vom östlichen Rand der Gruppe. Ponder sprang instinktiv über Solo hinweg und landete fünf Katzenlängen vor dem Fremden. Vor ihm stand der älteste und magerste Barde, den sie je gesehen hatten.

»Wo kommst *du* denn her?« fragte der Graue verwirrt und ging mit gekrümmtem Rücken in Verteidigungsstellung. Aber er entspannte sich gleich wieder, denn er sah, daß die uralte Katze vor ihm völlig wehrlos war. Der Barde hatte ein schwarzes Fell, riesige tiefliegende Augen und Beine, die zu schwach wirkten, um seinen hageren Körper zu tragen.

Plötzlich sprang Tanner, der auf seinem Wachposten die Unruhe gespürt hatte, in den Kreis. Ponder, Selvyn und Ditto hatten den Schwarzen umringt, und Tanner stellte sich schnell zu ihnen. Er wirkte ärgerlich und leicht verlegen. Wie konnte es sein, daß eine Katze so mühelos an ihm vorbeigekommen war? Die anderen blickten schweigend auf den Fremden und wußten nicht, wie sie reagieren sollten.

Solo brauchte einen Augenblick, um sich von seiner Überraschung zu erholen. Aber dann stand er auf und näherte sich dem Fremden. Der Ring des jungen Dom berührte den Ring des Schwarzen, und Solo spürte Weisheit, Liebenswürdigkeit und eine verborgene Traurigkeit. Er sah, der Schwarze war ein Sprecher mit einer so schönen und strahlenden Aura, wie er noch keiner begegnet war. Diesen uralten Sprecher – so konnte Solo später auch seinen Vollziehern versichern – hätte keine den Katzen bekannte Macht daran hindern können, in ihren Kreis zu kommen, wenn er es wollte.

»Bitte«, sagte Solo ehrerbietig, »komm unter den Baum und sprich mit uns.« Für Ponder und die anderen war das ihr Stichwort, und sie wichen zurück, um den beiden Platz zu machen.

»Danke«, erwiderte der alte Barde und lief langsam und bedächtig mit Solo zu den schweigenden Quorum. In seinen Augen lag ein Anflug von Belustigung, als er in die vielen fragenden Gesichter blickte, die ihn umgaben. »Mein Weg war lang, und ich bin müde.«

»Unser Lager ist dein Lager«, sagte Solo förmlich und bot dem Schwarzen den Platz neben sich vor dem dicken, alten Baumstamm an. Als der uralte Sprecher bequem saß, fragte der junge Dom: »Was hast du vorhin gesagt... über den Berg? Meinst du damit den Berg im Westen? Kennst du das Land dort?«

»Er ist mein Territorium«, erwiderte der Schwarze schlicht. »Ich habe es für meine letzte Reise verlassen.« Alle verstanden die Bedeutung der Worte, und Solo wartete ehrfürchtig einen Augenblick, ehe er weitersprach.

»Du meinst, dort leben andere Katzen? Ist es... ein richtiges Territorium?« Solo konnte seine Erregung nur mit größter Mühe unterdrücken.

»Es ist ein Territorium« – der Schwarze lächelte –, »aber vermutlich unterscheidet es sich von jedem Territorium auf der Welt. Wenn du Zeit hast, möchte ich dir eine Geschichte erzählen.«

»Bitte«, sagte Solo, »sprich zu uns.« Alle lauschten sie gebannt, als der uralte Sprecher langsam die Augen schloß und begann:

»Vor vielen, vielen Jahreszeiten, als ich noch jung war, gründete ein

starker Barde, der seinem Besitzer entflohen war, ein kleines Quorum wilder Katzen. Der Barde heißt Morgalian und lebte einst weit im Süden, wo alle Katzen von Besitzern in sklavischer Abhängigkeit gehalten wurden. Er war unglücklich und unzufrieden mit dem Leben, weil immer wieder Katzen von den unbegreiflichen, riesigen Wesen verfolgt, gequält und getötet wurden. In seiner Not studierte er sorgfältig die Legenden, und bald wuchs in ihm die Gewißheit, daß er sein Quorum in das Land im Westen führen mußte. Also machten sie sich entschlossen auf den Weg und fanden den Berg und den Mondwald. Das Quorum vertraut Morgalian, weil sie alle seinen Traum teilen. Sie glauben fest daran, einer der Großen werde kommen, wie die Legenden es versprechen, um das Volk der Katzen zu befreien. Morgalian hat lange gewartet und ist über dem Warten sehr alt geworden. Er hofft, daß sich sein Traum erfüllt, bevor sein Leben zu Ende geht. Auch ich habe gewartet, und jetzt bin ich auf meiner letzten Reise.« Nach einer langen Pause fuhr der uralte Sprecher fort: »Morgalians Quorum ist im Laufe der Kreisläufe gewachsen, und viele haben sich ihm angeschlossen. Manche kommen nur, weil sie Zuflucht vor den Besitzern suchen, aber die meisten folgen einem Traum in ihrem Herzen. Sie alle leben frei und wild zwischen den hohen Bäumen und im dichten Wald...«
Der Schwarze öffnete die großen, dunklen Augen und richtete sie in die Ferne, als er dem Quorum von seinem Territorium berichtete. Er sprach von glitzernden klaren Wasserpfaden, die sich über die sanften Hänge hinunter in stille Täler winden, und von weichen, dichtbewachsenen Plätzen voller Schatten und Geheimnisse. Er erzählte von hohen Bäumen, auf die man klettern und von denen man auf eine unberührte Welt hinunterblicken konnte, vom guten Jagen und dem Überfluß an Graille. Die Worte des uralten Sprechers woben einen Zauber um Solo und alle anwesenden Katzen. Sie glaubten sich in das Reich der Legenden versetzt und spürten voller Hoffnung, daß es ihnen möglich sein würde, den Mondwald und das Territorium der wilden Katzen zu finden.
Solo war überwältigt. Es gab also andere Katzen, sogar viele andere Katzen, die empfanden, was er empfand! Seit seiner Kindheit ver-

nahm er in sich den Ruf, das Leben, so wie er es kannte, hinter sich zu lassen. Endlich hatte er wenigstens eine Ahnung, was das ganz praktisch bedeuten konnte.

Plötzlich redeten alle gleichzeitig und stellten Fragen. Ponder wollte wissen, was Morgalian von Neuankömmlingen hielt, und wie viele Vollzieher er hatte. Selvyn erkundigte sich, ob auf dem Berg auch gutes, heilendes Gras wuchs, und Kitty-Kitty fragte nach der Stellung der Prills in der Hierarchie des Quorums. Schließlich erhob sich der uralte schwarze Barde, schüttelte die Pfoten und lächelte: »Ihr seid alle willkommen im Mondwald, und ihr werdet dort glücklich sein. Ich war glücklich. Ich habe getan, was ich in meinem Leben tun mußte. Ich habe gesehen, was ich sehen wollte, und jetzt kehre ich zum Platz meiner Geburt zurück. Ich wünsche uns allen, daß wir gut und sicher das Ziel erreichen.«

Der Schwarze sah Solo an, den diese Abschiedsworte verwirrten, denn er fand, der Uralte habe sich irgendwie selbst widersprochen. Er dankte dem ehrwürdigen Barden für seine hoffnungsvollen Worte und forderte ihn auf, bei ihnen zu bleiben, bis er ausgeruht sei.

»Mein Weg ist lang, und meine Beine sind alt«, erwiderte der Schwarze. »Und ich hoffe, noch vor Tagesanbruch weit im Osten zu sein.«

»Mögen deine Pfoten dir ebenso dienen wie dein Kopf.« Mit dieser alten Abschiedsformel aus den Legenden verneigte sich Solo vor dem geheimnisvollen Sprecher, der sich wortlos umdrehte und ebenso schnell und geräuschlos verschwand, wie er gekommen war. Solo sah ihm lange nach und fragte sich, ob der Besuch ein Zufall gewesen war. Kitty-Kitty schien seine Gedanken zu erraten und flüsterte: »Was ist schon Zufall in unserem Leben?«

Ponder und Selvyn teilten die Wachen ein. Solo saß mit Kitty-Kitty auf einer kleinen Lichtung und beobachtete Carver und Justin, die mit mehreren anderen Kleinen Kampfspiele übten.

»Wenn dieser Morgalian auf dem Berg lebt«, sagte Kitty-Kitty schließlich, »bedeutet das, du bist dort nicht mehr... unser Dom?«

Darüber hatte Solo wirklich noch nicht nachgedacht. »Kitty-Kitty«, erwiderte er lachend, »das wäre vielleicht das Beste an der ganzen Sache.« Die weiße Prill putzte sich geschäftig, was sie offenbar für dringend notwendig hielt, und schwieg.
Im Laufe der Nacht und am folgenden Tag kam jedes Mitglied des Quorums zu Solo und teilte ihm seine Entscheidung mit. Danach stand fest: Solo mußte nicht noch eine Versammlung einberufen – das Quorum wollte geschlossen nach Westen ziehen und forderte Solo offiziell auf, sie zum Mondwald zu führen. Wie Morgalian wollten sie in dem neuen Territorium leben und auf den Großen warten, von dem die Legenden erzählten. In der Art der Katzen machten sie aus dieser Entscheidung ein Ritual und verbanden sich unter dem großen Baum im Süden der Lichtung mit Solos Traum, damit er Wirklichkeit werden konnte. Solo dachte dabei an den Schwarzen, an den uralten Sprecher, der ihnen so unerwartet die Hoffnung gebracht hatte, ihr Ziel zu erreichen.

Der Weg war länger und schwieriger, als sie es sich vorgestellt hatten, und sie kamen nur sehr, sehr langsam vorwärts. Nächte und Tage der höchsten Wachsamkeit, die ständige Sorge um die müden und jammernden Kleinen, die aufreibende Suche nach Wasser und Graille in einem unbekannten Gebiet für so viele Münder forderten ihren Tribut. Ihr Fell war verklebt und schmutzig, sie waren abgemagert, aber zäh und stark, und sie stellten fest, daß ihre Instinkte ihnen bestens halfen, alle Aufgaben irgendwie zu bewältigen. Erstaunt und nicht ohne Stolz stellten sie fest, wozu wilde Katzen in der Lage waren. Mit der Ausdauer wuchs ein gesundes Selbstbewußtsein, die Gemeinschaft festigte sich, und das Band, das sie zusammenhielt, wurde stärker. Der einzige Unfall, wenn man es denn so bezeichnen wollte, widerfuhr Selvyn – er litt drei Nächte und drei Tage lang unter den schlimmsten Verdauungsbeschwerden, an die er sich erinnern konnte. Er durfte die Nachhut übernehmen, bis der Anfall vorüber war.
Sie zählten die Nächte ihrer Wanderung inzwischen nicht mehr. Sie hatten nur noch einen Gedanken: Nach Westen! Eines Nachts, als

der Morgen sich mit den ersten grauen Dunstschleiern bemerkbar machte und Solo mit seinen Vollziehern vorauslief, um ein geeignetes Lager für den Tag zu finden, spürte er in der Ferne zum erstenmal die Rauwölfe auf dem Schwarzstein. Zwei Nächte später wurden die Geräusche lauter, und nach einigem Suchen fand Solo die Höhle am Fuß der Anhöhe wieder, in die er sich nach dem Angriff der Wolfer erschöpft geflüchtet hatte. Die müden Katzen waren nur allzu gerne bereit, hier zu rasten. Sie mußten jetzt alle Kräfte sammeln und überlegen, wie sie den Schwarzstein überqueren sollten. Mit den Prills und den Kindern schien das eine unlösbare Aufgabe.

Die meisten waren aber auch neugierig und fühlten sich plötzlich überhaupt nicht mehr müde. Sie wollten unbedingt mit eigenen Augen sehen, was ihnen als nächstes bevorstand, und bald kauerte fast das ganze Quorum im hohen Gras auf der Anhöhe.

Das Dröhnen der rasenden Rauwölfe war dort oben ohrenbetäubend. Selbst auf eine Entfernung von zwanzig Katzenlängen war der Wind, den die Rauwölfe machten, so stark, daß er ihnen das Fell zerzauste. Der feurige Rauch, den sie hervorstießen, verbreitete einen beißenden Gestank. Sie kannten den Rack, aber jetzt empfanden sie ihn als so stark und unangenehm, daß viele würgten und entsetzt kehrtmachten und davonrannten, weil sie zu ersticken glaubten. Der Streifen Schwarzstein war breit; viel breiter, als Solo ihn in Erinnerung hatte. Vier Rauwölfe konnten mühelos nebeneinander auf ihm rennen. Wie eine endlose reißende Flut mit zwei Strömungen riß die Kette der rasenden Rauwölfe nicht ab. Die blendenden Lichter durchschnitten die Nacht. Von weitem schien es eine Höhle aus Licht, aber als sie länger dort saßen und genauer hinsahen, bemerkten die Katzen, wie beim Heranbrausen der Rauwölfe die Lichter in einem breiten grellen Streifen mit dem Schwarzstein verschmolzen. Und wenn sie wie ein Blitz an ihnen vorbeisausten und dann im Dunkel verschwanden, war ihr Schwanz ein verwischter leuchtend roter Strich, der kein Ende zu haben schien.

Mit zitternden Pfoten und völlig vom Anblick der entfesselten Ungeheuer dort unten benommen, schlichen die meisten bald wieder davon. Nur die Tapfersten blieben sitzen und hielten mit Solo Wache. Nach einiger Zeit fiel ihnen auf, daß der endlose Strom langsam versiegte. Die Rauwölfe rannten nur noch in lockeren Gruppen vorbei; hin und wieder gab es auch Einzelgänger, und dann senkte sich wohltuend die dunkle Nacht über den Schwarzstein. Die Einzelgänger schienen großen Wert auf Abstand zu legen. Die Katzen schöpften wieder Hoffnung: Man mußte also nur auf die Einzelgänger warten! Der große Abstand reichte für eine schnelle Katze aus, um den Schwarzstein zu überqueren, darüber war sich die kleine Gruppe bald einig. Während sie sorgfältig mit ihren Ringen das Gelände dort unten abtasteten, spürten sie plötzlich, daß den Schwarzstein in der Mitte ein schmaler grasbewachsener Streifen durchzog, den die Rauwölfe offenbar bewußt mieden. Solo atmete auf. Das war eine wichtige Entdeckung. Wenn nötig, konnte man nur die Hälfte des Schwarzsteins überqueren, in der Mitte warten und wieder Kraft sammeln. Trotzdem machte er sich große Sorgen. Die gefährliche Überquerung konnte nur mit großem Geschick und höchster Vorsicht gelingen. Dieses Abenteuer verlangte von allen sehr viel Mut, besonders von den Prills mit den Kleinen...

Solo gab Ponder Anweisung, den Schwarzstein von jetzt an ständig bewachen und beobachten zu lassen, drehte sich um und lief den anderen voraus hinunter zur Höhle. Der Morgen dämmerte bereits. Jetzt mußten sie erst einmal schlafen.

Das strahlende Taggestirn tauchte das Land in glühendes Rot. Lange Schatten breiteten sich aus, als die Katzen wieder auf die Anhöhe liefen. Als Solo sah, wie alle stumm und verzagt auf den Schwarzstein hinunterstarrten, hob er entschlossen den Kopf und blickte auf das weite Land im Westen, auf die sanften Hügel und den hohen, majestätischen Berg, dessen Gipfel sich deutlich vom Himmel abhob, der in diesem Augenblick in einem Rausch schönster Farben die Nacht begrüßte. Die Hügel vor ihnen waren nicht so hoch, wie Solo sie in Erinnerung hatte, dafür aber breiter. Sie zogen

sich weit über den Horizont und strahlten Beständigkeit und Kraft aus, wie uralte Bäume oder riesige Steine. Das Land dort drüben verhieß Dauer und Unverwundbarkeit.
»Gehen wir dorthin?« fragte Ponder und riß Solo aus seinen Gedanken.
»Ja«, erwiderte Solo lächelnd. »Das ist der Berg, und der Mondwald reicht bis zu seinem Gipfel.«
»Ich dachte, es wäre noch sehr viel weiter, Solo«, sagte Kitty-Kitty, und er hörte an ihrer Stimme, daß der Anblick sie ebenso stark berührte wie ihn. »Wir könnten in wenigen Nächten dort sein, wenn wir erst den Schwarzstein hinter uns haben.« Sie schwieg plötzlich und fügte dann kleinlaut hinzu: »Aber wie soll das nur geschehen?«
»Das ist doch ganz einfach«, antwortete Selvyn munter. »Wir laufen in aller Ruhe über das bißchen Schwarzstein, und bei meiner Pfote, wenn wir Lust dazu haben, können wir mit den Kleinen sogar im Kreis laufen.«
Ditto warf dem Roten einen säuerlichen Blick zu. »Du hast gut reden. Schnelligkeit ist ja deine Stärke. Sicher hast du schon lange davon geträumt, mit einem Rauwolf um die Wette zu laufen.«
»Macht euch keine Sorgen«, erklärte Tanner. »Als ich noch jung und leichtsinnig war, habe ich mit größtem Vergnügen Weich-dem-Rauwolf-aus gespielt. Und ich habe es überlebt, wie ihr seht.«
Mehrere Prills steckten die Köpfe zusammen und redeten leise und aufgeregt miteinander. Solo erriet, daß sie sich ernste Sorgen machten, und er wußte nicht, was er ihnen sagen sollte.
»Muß jeder ihn... allein... überqueren?« fragte Pardie. Offenbar sprach sie für alle. »Ich bin nicht sicher, daß ich es schaffe...«
Selvyn erwiderte an Solos Stelle: »Natürlich schaffst du es. Paß auf!«
Ehe Solo begriff, was Selvyn vorhatte, rannte der Rote den Hang hinunter.
»Selvyn, bleib hier!« rief Solo erschrocken. Aber es war zu spät. Selvyn stand bereits unten am Rand des schwarzen Streifens und drehte sich grinsend um.

»Ich werde euch beweisen, daß überhaupt kein Grund zur Sorge besteht!« rief er fröhlich den entsetzten Freunden zu.
»Ich bring ihn um«, knurrte Ponder und wollte ihm nach. Solo schüttelte den Kopf. »Bleib hier. Man kann ihn nicht mehr davon abhalten.«
Selvyn duckte sich wie beim Anschleichen und schob sich übertrieben vorsichtig an den Schwarzstein heran. Eine Gruppe Rauwölfe schoß vorbei und zerzauste ihm das rote Fell. Dann brauste ein Einzelgänger heran. Kaum war er vorüber, war der Rote auf dem Schwarzstein. Er zögerte kurz, blickte in beide Richtungen und hüpfte dann ausgelassen im Zickzack über den flachen Streifen, als sei es hohes Gras.
»Werd nicht übermütig«, murmelte Solo mit zusammengebissenen Zähnen. »Warum dieser Leichtsinn?«
Was wollte Selvyn beweisen? So etwas sah dem Roten überhaupt nicht ähnlich.
Selvyn stand inzwischen auf dem Grasstreifen in der Mitte und kaute in aller Ruhe an den Halmen, als der nächste Rauwolf vorbeirannte. Dann machte er sich für den Rückweg bereit. Er trat an den schwarzen Rand und hielt erst wieder nach Rauwölfen Ausschau. Als er sah, daß die Strecke frei war, trottete er langsam auf den Schwarzstein und lief doch tatsächlich zwei genau abgezirkelte Kreise, als habe er noch nie etwas von rasenden Rauwölfen gehört, während in der Ferne wieder zwei Lichtflecken auftauchten und schnell größer wurden.
»Du lieber Silt!« stöhnte Ditto und kniff die Augen zu. »Ich kann es nicht mitansehen.«
»Er tut so, als sei es ein Kinderspiel«, sagte Tanner mit einer Mischung aus Achtung und Vorwurf.
»Solo!« flüsterte Kitty-Kitty. »Das will er ja gerade! Es soll leicht aussehen, damit die Prills sich keine so großen Sorgen mehr machen!«
Solo nickte schweigend, schluckte und ließ Selvyn nicht aus den Augen. Der Rote hatte bereits mehr als die Hälfte des Weges hinter sich. Sie hörten das Brausen und Donnern des heranrasenden Rau-

wolfs immer deutlicher, aber Selvyn schien noch sehr viel Zeit zu haben.
»Ich bring ihn trotzdem um«, murmelte Ponder.
Der Rote entschloß sich jetzt endlich zu einem Spurt und sprang unverletzt auf die Böschung. Im nächsten Moment donnerte der Rauwolf vorbei, und Selvyn kam fröhlich, wenn auch etwas außer Atem, zu ihnen auf die Anhöhe.
»Bist du nun zufrieden?« fragte Ponder bissig, als Selvyn sich neben ihn setzte. »Oder hast du als nächstes vor, hinüber zu rollen?«
Selvyn grinste nur, und Ponder schien auf eine Antwort keinen Wert zu legen, sondern beschäftigte sich plötzlich eingehend mit seinen Krallen. Offenbar hatte der Rote seine Absicht erreicht, denn die Prills kicherten, und viele Barden schien das Abenteuer plötzlich in den Pfoten zu jucken.
Das Quorum lief in den Wald zurück, um die nächtlichen Pflichten zu erfüllen. Die allgemeine Stimmung war in Anbetracht der Umstände gut. Der hohe Berg in der Ferne erinnerte sie ständig daran, daß ihre Mühen nicht vergeblich waren.
Solo, die Vollzieher und einige erfahrene Barden berieten fast die ganze Nacht, was zu tun sei. Man befragte die Wachen am Schwarzstein über das Verhalten der Rauwölfe und setzte die Beobachtungen auch am folgenden Tag fort. Lange ehe wieder die Abendschatten fielen, herrschte im Lager geschäftiges Treiben. Alles war sorgfältig bedacht und wurde immer und immer wieder besprochen. Solo sollte als erster über den Schwarzstein laufen. Er wußte sehr wohl, daß Selvyns scheinbar mühelose Überquerung eine Täuschung gewesen war. Ihr Vorhaben war überaus gefährlich, und das geringste Zögern konnte nicht nur ein, sondern viele Katzenleben kosten. Die Barden würden es vermutlich gut schaffen. Aber die Prills hatten bestimmt große Angst. Außerdem war da die Schwierigkeit mit den Kleinen. Mit einem Kind zwischen den Zähnen würde selbst Selvyn sehr viel langsamer sein.
Nachdem Solo mit Justin auf der anderen Seite war, würde Kitty-Kitty mit Carver folgen. Solo wollte das Überqueren der anderen mit ihr von dort aus überwachen. Die Prill konnte sich außerdem um

alle Kleinen kümmern, die von den Barden gebracht wurden, bis die Mütter wieder zur Stelle waren. Als dritter sollte Selvyn folgen. Er würde mit denen, die es geschafft hatten, am Waldrand einen günstigen Platz suchen und dafür sorgen, daß alle sich dort einfanden und wieder beruhigten. Ponder mußte natürlich als letzter den Schwarzstein überqueren, denn er besaß die wirksamste ›Überredungsgabe‹, um auch den Zaghaften Beine zu machen. Diese Rolle war ihm wie auf den Leib geschrieben, und der Graue kam sich wieder sehr nützlich vor. Die Prills schienen bei den Übungen und Gesprächen zur Überquerung bereit, aber wenn sie erst einmal am Schwarzstein standen, würden bestimmt einige zögern. Außerdem gab es Problemfälle wie Elrod. Vermutlich mußte man ihn – wie einige andere – mit Gewalt über den Schwarzstein zerren. Ditto und Tanner standen bereit, den Weg mit jedem zu machen, der Hilfe brauchte. Der Plan war gut, und alle hatten zugestimmt. Solo ermahnte sie, auf keinen Fall direkt in die Lichter der Rauwölfe zu blicken – das grelle Licht konnte einen lähmen oder so erschrecken, daß man fey wurde.

Durch ihre Beobachtung hatten sie herausgefunden, daß am Ende der ersten Nachthälfte der endlose Strom der Rauwölfe öfter abriß, und daß danach die Einzelgänger unterwegs waren. Das traf sich gut mit dem Rhythmus der Katzen. Sie konnten erst jagen, die Beute verteilen und mit den Kleinen spielen, bevor das große Abenteuer begann.

Und so geschah es. Ausgeruht und gestärkt liefen sie dann zur Anhöhe hinauf. Es wurde ernst! Als sie oben standen, breitete sich gedrücktes Schweigen aus.

»Ich glaube, wir sind soweit«, sagte der junge Dom entschlossen. »Also los!« Er nahm Justin hoch und kroch, gefolgt von Kitty-Kitty mit Carver und dem großen Grauen, die Böschung hinunter.

Ponder und die weiße Prill blieben ein paar Schritte zurück. Solo lief geradewegs zum Rand des Schwarzsteins. Hier war der Lärm der vorbeirasenden Rauwölfe, die man nur undeutlich sah, ohrenbetäubend, und Solo packte den kleinen Justin noch fester, weil er fürchtete, die heftigen Windböen könnten ihm den Kleinen aus dem Mund reißen. Staub wirbelte um ihn herum wie bei einem heftigen

Sturm, das zuckende grelle Licht zerriß die Dunkelheit wie Blitze, denen ein unheimliches Donnern folgte, wenn wieder ein Rauwolf vorbeiraste. Solo spürte sein heftig klopfendes Herz, Justin wimmerte kläglich und strampelte vor Angst.
»Vorsicht, Solo! Laß Justin nicht fallen!« hörte er plötzlich hinter sich Kitty-Kittys Stimme voller Panik rufen. Er zuckte erschrocken zusammen. Konnten sie es wagen? Würden alle den Mut aufbringen und den Wettlauf mit den Rauwölfen gewinnen? Wenn es einen Zeitpunkt gab, sich die Sache noch einmal zu überlegen, dann war es jetzt.
Solo kauerte geduckt am Rand des schwarzen Streifens, dachte nach und sammelte Kraft. Diese Rauwölfe hier liefen schneller als alle, die er je im alten Territorium gesehen hatte. Wieder schoß ein Trupp der rauchenden Ungeheuer mit Getöse vorbei. Sie schleuderten ihre Lichtblitze und nahmen Solo mit ihrem beißenden Gestank den Atem. Er wartete und holte vorsichtig tief Luft. Er konzentrierte sich und spürte plötzlich eine große Ruhe. Nein, es gab kein Zurück!
Die Abstände wurden allmählich größer, wie bei einem Gewitter, das sich langsam verzog. Die nächsten Lichter waren nur kleine Punkte in der Ferne, und Solo dachte: JETZT! Er sprang mit einem Satz auf den harten schwarzen Stein und wußte sofort: Der Zeitpunkt war gut gewählt. Er hielt sich nicht damit auf, nach links oder rechts zu blicken, sondern eilte mit kurzen, federnden Sprüngen auf den Grasstreifen zu. Seine Ohren fingen zuverlässig die lauter werdenden Geräusche der näher kommenden Rauwölfe auf. Kurz vor der Mitte wurde ihm klar, wie unglaublich schnell sie sich bewegten: Die Entfernung zu ihm war bereits bis auf die Hälfte geschrumpft. Justin war vor Angst ganz starr; wenigstens schrie und zappelte er nicht mehr. Solo rannte weiter und landete mit einem großen Sprung im Gras. Wenige Augenblicke später raste hinter ihm eine ganze Schar Rauwölfe vorbei. Er duckte sich flach auf die Erde, versuchte, ruhiger zu atmen, und wünschte, das Gras wäre höher – oder er hätte wenigstens ein dunkleres Fell. Er wußte, mit einem Kind im Mund gab er auf freiem Gelände ein gutes Ziel ab.

Solo kroch auf dem Bauch zur anderen Seite des Grasstreifens. Dort kamen die Rauwölfe von Norden, und er mußte geduldig warten, während sieben oder acht dicht hintereinander vorbeirannten. Dann war der Schwarzstein endlich frei. Solo erreichte den westlichen Rand ohne größere Mühe, denn es dauerte diesmal länger, bis die nächsten Rauwölfe kamen. Vorsichtig setzte er Justin ab, leckte ihn liebevoll, lief mit ihm die steile Böschung hinunter und setzte den Kleinen unter einen Busch in der Nähe. Hier war Justin in Sicherheit. Er lobte ihn noch einmal, ermahnte ihn, sich nicht von der Stelle zu rühren, und eilte dann zum Schwarzstein zurück.

»Es ist überhaupt nichts dabei!« rief Solo Ponder und der Prill auf der anderen Seite zu. »Komm rüber, sobald du bereit bist, Kitty-Kitty. Denk daran: Nicht auf dem Schwarzstein, sondern erst auf dem Gras in der Mitte stehenbleiben!«

Kitty-Kitty gab keine Antwort. Sie befand sich bereits in Ausgangsstellung und hielt Carver sicher zwischen den Zähnen. Hinter ihr stand fürsorglich der Graue. Kitty-Kittys Augen waren rund vor Angst, doch sie zögerte nicht. Der Schwarzstein auf Solos Seite war ein paar Augenblicke voller Rauwölfe; als er wieder freie Sicht hatte, näherte sich die Prill bereits dem Grasstreifen. Sie hat die Zeit knapp bemessen, dachte Solo, denn eine Gruppe von Rauwölfen jagte heran – allerdings immer noch in sicherem Abstand zu ihr.

»Paß auf, Kitty-Kitty«, rief Solo. »Sie sind schneller, als sie aussehen!«

Die weiße Prill erreichte das sichere Gras und kroch geduckt zur anderen Seite. Ein von Norden kommender Einzelgänger war bereits sehr nahe, dahinter blieb der Schwarzstein leer. Kitty-Kitty hielt jedoch nicht am Rand an, sondern stand bereits mit einer Pfote auf dem Schwarzstein. Sie wollte es wagen.

»Nein, jetzt nicht!« schrie Solo aus Leibeskräften. »HALT!« Die weiße Prill hatte den Überblick verloren. Die Angst ließ sie alle Vorsicht vergessen. Im letzten Moment drang Solos Befehl in ihr Bewußtsein, und sie blieb zitternd stehen.

Der brüllende Rauwolf donnerte dicht an ihr vorbei. Solo sah, wie die Luftwelle ihr das Fell flach an den Körper preßte.
»Jetzt! rief Solo. »Lauf los!«
Kitty-Kitty lief wie in Trance und ohne nachzudenken über den Schwarzstein. Sie vertraute Solo völlig und hielt den Blick unverwandt auf ihn gerichtet. Bebend und keuchend erreichte sie die sichere Böschung, lange bevor die nächste Gruppe Rauwölfe kam. Solo drückte beruhigend seinen Kopf an ihre Wange und nahm ihr vorsichtig Carver ab. Dann liefen sie beide zu Justin. Solo legte Carver neben seinen Bruder ins Gras und stellte sich schützend über die verängstigten Kleinen.
»Du hast es geschafft, Kitty-Kitty«, sagte Solo. »Du warst wunderbar.«
»Ich hatte...«, Kitty-Kitty versagte die Stimme, »... solche Angst, Solo. Man kann es sich nicht vorstellen... Aber...«, sie holte tief Luft und leckte dann die Kleinen, »wir schaffen es.« Ihr Ring bebte vor Erregung, und sie setzte sich erschöpft ins Gras.
Solo sah sie an und lächelte: »Bestimmt, Kitty-Kitty. Jetzt müssen wir nur dafür sorgen, daß die anderen herüberkommen.«
Selvyn war bereits unterwegs, wenn auch weniger schwungvoll als am Abend zuvor. Diesmal trug er eine kleine rote Katze im Mund, und es waren sehr viel mehr Rauwölfe unterwegs. Er schätzte sorgfältig die Entfernungen ab und blieb lange genug auf dem Grasstreifen stehen, ehe er zu Solo und Kitty-Kitty hinübersprang.
»Ich habe euch doch gesagt, es ist leicht.« Der Rote grinste, nachdem er Kitty-Kitty den Kleinen übergeben hatte. Er war nicht einmal außer Atem.
Solo schüttelte stumm den Kopf. Ponder hatte auf der anderen Seite Mondy in Ausgangsstellung gebracht. Auch sie trug ein rotes Kind.
Ihre Aura vibrierte vor Angst. Mondy kauerte sich flach auf die Erde, und Ponder gab ihr letzte Anweisungen. Er stellte sich neben die kleine Prill, damit er nach beiden Seiten einen freien Blick auf den Schwarzstein hatte und ihr helfen konnte, die Lage richtig einzuschätzen. Als die letzten Rauwölfe vorbei waren und Ponder den

Zeitpunkt für gekommen hielt, gab er ihr von hinten einen leichten Stoß. Mondy hielt den Blick starr geradeaus gerichtet und machte sich auf den Weg. In diesem Punkt befolgte sie Ponders Ermahnungen; aber sie rannte nicht. Sie kroch beängstigend langsam über den Schwarzstein, als beschleiche sie eine Beute.

»Solo!« flüsterte Kitty-Kitty. »So schafft sie es nie! Sie ist viel zu langsam...«

»Wenn sie nicht stehenbleibt, kann sie es schaffen«, erwiderte Solo, der abzuschätzen versuchte, wie schnell die Lichter sich Mondy näherten.

Selvyn stand mit vorgestrecktem Kopf am Rand des schwarzen Streifens und rief, so laut er konnte: »Schneller, Mondy! Bitte, schneller!«

Die Prill lief langsam, aber ohne zu zögern und hatte bereits den halben Weg zum Grasstreifen hinter sich. Sie bewegte sich steif und mit weit offenen Augen, als sei sie kurz davor, fey zu werden. Ein Einzelgänger näherte sich mit atemberaubender Geschwindigkeit – er würde sie zerschmettern, ehe sie das Gras erreichte. Selvyn konnte von seiner Seite nicht genau abschätzen, ob es wirklich zu einem Zusammenstoß kommen würde. Fast wäre er hinübergerannt, um ihr zu helfen, aber dafür war es schon zu spät. Vor Mondy lagen noch gut vier Katzenlängen bis zur Mitte, als der Rauwolf dicht hinter ihr vorbeiraste. Die heftige Böe, die er verursachte, schleuderte Mondy aus der Bahn; sie verlor die Orientierung und lief schräg weiter – aber sie lief wenigstens unbeirrt weiter! Schließlich erreichte sie das Gras und war für den Augenblick in Sicherheit. Die drei Katzen auf der Westseite atmeten erleichtert auf. Es war knapp, sehr knapp gewesen. Und Mondy war erst die zweite Prill. Es lag noch viel vor ihnen.

»Mondy!« rief Selvyn. »Du mußt *rennen*! Bevor du weiterläufst, sieh mir in die Augen, und wenn ich rufe, mußt du RENNEN!«

Die rote Prill gab nicht zu erkennen, daß sie den Barden gehört hatte. Wie Kitty-Kitty kroch sie, ohne anzuhalten, quer über den Grasstreifen und auf den Schwarzstein.

»Silt!« Selvyn stieß die Luft aus. »Sie kommt sofort herüber!«

Solo und Kitty-Kitty starrten entsetzt nach Norden. Ein Rauwolf raste dicht vor Mondy vorbei, aber sie blieb nicht stehen. Wenigstens war der Schwarzstein auf dieser Seite länger frei. Selbst mit ihrem qualvoll langsamen Kriechen mußte sie es schaffen. Selvyn lief ihr entgegen, redete beruhigend auf sie ein, und gemeinsam erreichten sie schließlich den Schutz der spärlichen Gräser an der Böschung.
Solo schloß die Augen. Würden sich alle Prills wie Mondy verhalten? Dann würden viele in dieser Nacht hier sterben – und das so kurz vor dem Ziel...
Selvyn leckte Mondys Ohren und versuchte, sie zu beruhigen. »Du hast es hinter dir, Mondy – du warst einfach phantastisch. Ich wußte, du kannst es.«
Solo und Kitty-Kitty warfen sich einen besorgten Blick zu und richteten ihre Aufmerksamkeit wieder auf den Schwarzstein. Abalon war bereit. Er trug Mondys drittes Kind.
»Es geht wieder los«, seufzte Solo und machte sich auf die nächste Zerreißprobe gefaßt. Aber Abalon behielt einen kühlen Kopf. Er hielt nach den Rauwölfen Ausschau, dann lief er schnell und sicher los. Er schaffte es ohne Zwischenfall und war offenbar sehr mit sich zufrieden, als er bei Solo ankam.
»Bravo, Abalon«, lobte der junge Dom. »Ich hoffe, die anderen machen ihre Sache genauso gut.«
Der Barde lief zu Selvyn und Mondy. Mit den drei Kleinen im Mund verschwanden sie in der Dunkelheit, um in einem sicheren Schlupfwinkel auf die anderen zu warten.
Als nächstes kamen Murdok und Wizzle, jeder mit einem von Trivets Kindern. Sie hielten sich hervorragend. Trivet überquerte den Schwarzstein wie ein Barde, und die Gruppe der drei Erwachsenen und drei Kinder wurde weitergeschickt zu Selvyn. Solos und Kitty-Kittys Spannung wich allmählich. Der Erfolg der ersten machte allen, die noch warteten, Mut. Es lief vielleicht doch besser, als man hoffen konnte.
Lundy war als nächster an der Reihe. Als er den Grasstreifen erreichte, befahl ihm Solo, in der Mitte zu warten. Der Dom hatte

beschlossen, ein Barde müsse diese Stellung halten, für den Fall, daß noch jemand ›vergessen‹ sollte, stehenzubleiben und nach Rauwölfen Ausschau zu halten. Lundys dunkles Fell würde im Licht weniger auffallen. Solo dachte: Ich hätte diesen wichtigen Punkt bei der Planung berücksichtigen müssen.

Banda und Minit kamen mit je einem von Rosens grauen Kindern herüber – beide ohne Probleme. Solo hatte sich wegen Minit Sorgen gemacht. Der Mut des jungen Barden überraschte ihn. Auf der anderen Seite des Schwarzsteins kauerte Rosen dicht neben Ponder. Der Graue schien besorgt auf sie einzureden. Das verhieß nichts Gutes – mit ihr würde es offenbar nicht leicht werden.

Mehrere Male war ausreichend Platz zwischen den Rauwölfen, aber Rosen kauerte immer noch an Ponders Seite.

»Jemand muß mit ihr gehen«, sagte Kitty-Kitty über den Lärm der Rauwölfe hinweg. Solo stimmte ihr zu und wollte Ponder gerade zurufen, Ditto oder Tanner sollten die Prill begleiten, als er sah, wie der Graue hinter Rosen trat. Entweder er stieß sie oder biß sie sogar – jedenfalls sprang sie mit einem Satz auf den Schwarzstein. Der Zeitpunkt war günstig, im Süden blieb alles dunkel. Rosen rannte zunächst, verlor jedoch die Zuversicht und wurde immer langsamer und zaghafter. Schließlich kroch sie nur noch wie eine Schnecke vorwärts. Sie würde es schaffen, wenn sie weiterlief – über die Hälfte des ersten Abschnittes lag bereits hinter ihr, und es waren keine Rauwölfe zu sehen. Aber plötzlich blieb sie wie erstarrt auf dem Schwarzstein stehen. Ihr Ring verriet Solo, daß sie fey war.

Auch Ponder spürte es, und er schrie ihr vom Rand aus etwas zu. Als sie nicht reagierte, sprang der Graue sofort los, um ihr zu helfen. Von Süden näherten sich inzwischen mehrere Lichter. Ponder mußte sich beeilen, wenn er es schaffen wollte. Solo unterließ es, ihn zu warnen, denn er fürchtete, die Konzentration des Grauen zu stören. Kitty-Kitty schaute entsetzt auf den Schwarzstein.

Mit einem großen Satz war Ponder an Rosens Seite und versuchte verzweifelt, sie wieder auf die Beine zu bringen. Aber Rosen war vor Angst gelähmt und rührte sich nicht von der Stelle. Die Rau-

wölfe kamen immer näher. Es war eine Gruppe, und sie waren über die ganze Breite des Schwarzsteins verteilt.
»Rosen!« schrie Ponder. »Lauf! Steh auf und lauf!«
Rosen reagierte nicht. Der Graue packte das Nackenfell der Prill, um sie mit Gewalt vorwärts zu ziehen. Aber Solo sah, daß Ponder sie nicht rechtzeitig in Sicherheit bringen konnte.
Mit einem kurzen Blick nach Süden erkannte Ponder, daß ihm kaum noch Zeit blieb. Er packte Rosen noch fester und drehte sich entschlossen nach den grellen Lichtern um.
»Nein, Ponder!« schrie Solo. »Nicht in das Licht schauen, dann seid ihr beide tot!« Er hatte noch nicht ausgesprochen, als der Rauwolf auch schon brüllend auf die beiden Katzen zurannte.
Aber Ponder hatte geistesgegenwärtig die Position des Ungeheuers abgeschätzt. Er spannte die Muskeln und zerrte Rosen im allerletzten Augenblick mit einen Ruck nach links. Dadurch landeten sie beide in dem schmalen freien Raum zwischen zwei Rauwölfen, die mit unglaublicher Geschwindigkeit vorbeirasten und sie nur um Haaresbreite verfehlten. Dicht hinter ihnen rannten noch drei Rauwölfe. Der letzte wich wie durch ein Wunder zum Straßenrand aus. Wollte er die gestrandeten Katzen bewußt nicht überrennen? Der Schwarzstein war wieder frei, und Solo sah, wie Ponder mit Rosen kämpfte, um sie in Bewegung zu setzen. Stückchen für Stückchen schob, zog und zerrte der große Graue die Prill auf das Gras zu. Noch drei oder vier Katzenlängen, und sie waren in Sicherheit. Schon brauste die nächste Gruppe Rauwölfe donnernd heran. Es würde knapp werden, sehr knapp.
»Schneller, Ponder!« rief Solo in panischer Angst. Aber der Graue kam mit der stocksteifen Rosen nicht schneller vorwärts. Sie hatten das Gras beinahe erreicht, als der erste Rauwolf an ihnen vorbeiraste und sie nur um zwei oder drei Katzenlängen verfehlte. Der heftige Wind erfaßte Ponder und Rosen und blies sie im wahrsten Sinne des Wortes auf den grünen Streifen.
»Geschafft! Sie haben es geschafft!« jubelte Solo. Kitty-Kitty hatte das Gesicht zwischen die Pfoten gedrückt, und Solo sah, daß sie am ganzen Leib zitterte.

Der Kampf war aber erst halb gewonnen. Irgendwie mußten sie Rosen noch über den anderen Teil des Schwarzsteins bringen. Ponder und Lundy standen bei der Prill und redeten auf sie ein, um sie aus dem Schock herauszuholen. Der Versuch, sie zu schleppen, würde nichts nützen – das ging zu langsam. Sie mußten Rosen auf die Beine bringen, damit sie aus eigener Kraft hinüberlief. Solo war froh, daß sie kein Kind bei sich hatte. Plötzlich kam ihm der rettende Gedanke: Ihre Kinder! Weshalb hatte er nicht schon früher daran gedacht?

»Banda!« rief Solo, ohne den Kopf zu wenden. »Beiß dem Kleinen von Rosen in den Schwanz!«

»Wie bitte?« fragte der junge Barde hinter ihm verwirrt.

»Ich habe keine Zeit, es dir zu erklären! Beiß den Kleinen, und zwar fest!«

Banda blickte auf seinen winzigen Schützling. Er verstand die Welt nicht mehr und schüttelte nur den Kopf. Solo drehte sich herum und biß den Kleinen in die Schulter. Der schrie laut auf. Kitty-Kitty sah zuerst ungläubig, dann aber lächelnd zu, wie Solo den Kleinen noch einmal zwickte, der begann, laut miauend nach seiner Mutter zu rufen.

Rosen hob sofort erschrocken den Kopf. Die Stimme des kläglich schreienden Kindes löste sehr schnell ihre Erstarrung. Ihr Blick wurde wieder klar, und sie musterte mit gesträubtem Fell die Böschung auf der anderen Seite. Ihr Kind rief nach ihr!

»Rosen!« Ponder hatte die List durchschaut und brüllte sie an: »Es ist dein Kind! Du mußt hinüber . . .«

Rosen sprang auf und wollte losstürmen. Sie war immer noch verwirrt und benommen und überließ sich blind ihrem Mutterinstinkt. Ponder mußte sie zurückhalten, bis genug Platz zwischen den Rauwölfen war, um den Schwarzstein sicher zu überqueren. Auch Lundy stellte sich ihr in den Weg, weil in diesem Augenblick eine ganze Gruppe vorbeirannte und es plötzlich taghell war. Dann wurde es schlagartig wieder dunkel. Von Norden blieb alles still.

»JETZT!« rief Solo. Ponder und Lundy sprangen zur Seite, und Rosen rannte, ohne zu zögern, über den harten schwarzen Stein zu

ihrem Kind. Kitty-Kitty nahm sich ihrer sofort an, beruhigte Rosen und erklärte ihr, daß dem Kleinen nichts geschehen war.
»Du meinst, es ist vorbei?« hauchte Rosen, als sie allmählich die Fassung wiedergewann. »Ich bin auf der anderen Seite?«
Solo versicherte ihr, daß sie die Mutprobe bestanden hatte. Rosen fing wieder an zu zittern, und Solo schickte sie schnell mit Banda und Minit zu Selvyn und den anderen. Sie mußte sich erst von dem Schreck erholen. Ponder eilte von der Mitte zur anderen Seite des Schwarzsteins zurück. Er wirkte erschöpft, und es warteten noch viele Prills – die Kleinen nicht gerechnet. Vor ihnen lag viel Arbeit. Jetzt mußte der Graue beweisen, daß er unerschöpfliche Kraft und Geistesgegenwart besaß.
Weldon, Babbot und Alfa kamen ohne Zwischenfälle mit jeweils einem Kind herüber; ihnen folgte Sondle, der es sehr schwerfiel, den ersten Schritt zu tun. Dann lief aber alles glatt. Auch Pardie machte ihre Sache gut; sie wollte Solo keine Schande bereiten. Und nachdem so viele Prills es geschafft hatten, breitete sich unter den Wartenden eine neue Entschlossenheit aus. Sie spürten den starken Zug von der anderen Seite, und Ponder hatte eine glänzende Eingebung. Als plötzlich der Schwarzstein in völliger Dunkelheit lag und weit und breit keine Rauwölfe zu hören waren, schickte er eine ganze Gruppe mit Ditto an der Spitze hinüber. »Bleibt dicht zusammen!« rief er ihnen nach. Aber sie sausten schon wie von einer Meute Hunde gejagt über den schwarzen Stein. Auch im Norden blieb alles dunkel. Lundy feuerte sie fröhlich an, und bald darauf kugelten die Glücklichen die rettende Böschung hinunter. Ein Kreischen und Juchzen erfüllte plötzlich die Luft, und als die nächsten Rauwölfe vorbeirannten, schienen sie viel von ihrer gefährlichen Macht verloren zu haben. »Weiter so!« rief Solo begeistert Ponder und Lundy zu. Ponder stellte bereits mit fester Pfote die nächste Gruppe mit Tanner an der Spitze zusammen. »Und LOS!« hörten sie seinen energischen Ruf von der anderen Seite. Alle feuerten die Prills an, die jetzt über den breiten schwarzen Streifen rannten. An der sicheren Böschung angekommen, machte Tanner sofort wieder kehrt, denn der Schwarzstein lag auf beiden Seiten

völlig im Dunkel. Er wollte so schnell wie möglich zurück, denn Chelsea war als einzige Prill noch auf der anderen Seite. Sie war im letzten Augenblick sitzen geblieben und zitterte vor Angst! Auch Ditto lief in diesem Moment wieder hinüber und setzte sich zu ihr. Er bot Chelsea an, sie zu begleiten. Eine drollige Geschichte erzählend, lockte sie der Schwanzlose mit Sprüngen und kleinen Tricks erst auf den Schwarzstein, dann auf den Mittelstreifen und schließlich zur steilen Böschung, dem Ziel, und Chelsea begriff nicht so recht, daß sie plötzlich drüben waren. Erst als ein jubelnder Chor sie wie eine Heldin begrüßte, wußte sie, was geschehen war, begann am ganzen Körper heftig zu zittern und sank fey zu Boden. Die Prills leckten und rieben sie schnell wieder wach, dann liefen alle glücklich zu Selvyn in das Lager. Solo hatte inzwischen auch Lundy vom Mittelstreifen gerufen. Er hatte seine Sache gut gemacht und durfte sich mit den anderen über den Sieg freuen. Sie hatten die Rauwölfe bezwungen.

Auf der anderen Seite standen jetzt nur noch Ponder, Tanner und Elrod.

Für Elrod war die Stunde der Wahrheit gekommen. Tanner und Ponder führten den ängstlichen Barden an den Rand des Schwarzsteins und sahen sich unsicher an.

»Elrod«, begann Ponder müde. »Ich sehe die Sache so: Entweder du reißt dich zusammen und läufst wie ein Barde hinüber, oder wir werden versuchen, dich hinüberzuschleppen. Dann riskieren wir, daß ein Rauwolf uns alle drei erwischt. Wir können dein wertloses Fell aber auch hier verfaulen lassen. Um ehrlich zu sein, ich hätte nichts dagegen. Was meinst du, Tanner?«

Elrod sah Tanner mit weit aufgerissenen Augen an. Er hoffte auf ein Wunder und flüsterte: »Tanner... kannst du nicht fliegen? Du hast doch die Eule *in der Luft* bezwungen...«

»Du bist gar nicht so dumm, wie du aussiehst«, erwiderte der Weiße listig. »*Ich* kann fliegen, aber du nicht.«

Elrod fing an zu wimmern. »Na, beruhige dich. Ich könnte dir vielleicht mein Geheimnis verraten und dir das Fliegen beibringen.«

Elrod bekam glänzende Augen. »Oh, das wäre schön«, hauchte er.

Die Hoffnung auf das Wunder belebte ihn. »Was muß ich tun?« fragte er leise. Tanner sah ihn ernst und nachdenklich an. Dann sagte er: »Es ist ganz leicht, man muß nur das Zauberwort kennen. Ich werde es dir ins Ohr flüstern, und dann mußt du mir alles nachmachen. ALLES! Hast du verstanden?«
»Ja«, flüsterte Elrod atemlos. »Aber... aber müssen wir es nicht erst üben?«
»Oh, Elrod!« schnaufte Tanner scheinbar wütend. »Fliegen kann man nicht üben. Aber soviel will ich dir verraten. Man muß das Zauberwort dreimal immer lauter sprechen, dann den Kopf nach beiden Seiten drehen und einen großen Anlauf nehmen. Je schneller du rennst, desto höher wirst du fliegen! Kapiert?«
Elrod schluckte und nickte.
»Vergiß nicht: Bleib an meiner Seite und mach mir ALLES nach. Dann kann dir nichts passieren. Also los!«
Ponder mußte sich das Lachen verkneifen, als Tanner mit Elrod ein Stück am Schwarzstein entlang lief. Denn Tanner hatte erklärt, Ponder dürfe das Geheimnis nicht erfahren, und er mußte mit beiden Pfoten versprechen, die Augen zu schließen und sich auch noch die Ohren zuzuhalten.
Elrod hing mit Augen und Ohren wie gebannt an Tanner. Der holte tief Luft, kroch ganz langsam zum Schwarzstein und setzte sich auf die Hinterbeine. Elrod tat es ihm nach. Zwei Rauwölfe donnerten vorüber – Elrod fiel rückwärts ins Gras. »Los, komm her!« schnauzte ihn Tanner an und blickte dabei verstohlen nach Süden und Norden. Es wurde schon langsam grau, die Nacht war bald vorüber. Dann verschwanden die letzten Einzelgänger, und der endlose Strom Rauwölfe ergoß sich den ganzen Tag lang über den Schwarzstein. Tanner prüfte unauffällig mit dem Ballen die Schwingungen und dachte: Jetzt oder nie! Elrod saß wieder gehorsam neben ihm auf den Hinterbeinen und hing an seinen Lippen. Tanner rief beschwörend: »Flattermaus-Eulenschmaus – Pfote heben-schnurren-schweben.« Elrod flüsterte leise mit. Sie wiederholten den Spruch etwas lauter, und dann brüllten sie ihn aus Leibeskräften über den Schwarzstein. Tanner richtete sich mit den Hinterbeinen hoch auf,

und sogar Elrod gelang das Kunststück. Dann blickten sie feierlich zuerst nach Süden, dann nach Norden. Tanner rief: »Anlauf nehmen!!!« und rannte los. Elrod wich nicht von seiner Seite. Die beiden wurden immer schneller und schneller und schneller. Ponder wälzte sich lautlos lachend im Gras. In der langen Nacht war keiner so schnell auf die andere Seite gekommen wie Tanner und Elrod. Und als der kleine Barde kopfüber die Böschung hinunterrollte und sich dabei mehrmals überschlug, glaubte er felsenfest, aus großer Höhe gefallen zu sein.

»Wir können vielleicht doch noch eine wilde Katze aus ihm machen«, sagte Solo erstaunt.

»Er kann fliegen!« schnaufte Tanner. »Er ist noch schneller als Selvyn.«

»Der rote Blitz kann einpacken. Mit Elrod nimmt es keiner mehr auf!« hörten sie plötzlich Ponder, der mit einem eleganten Satz in ihre Mitte sprang.

Kitty-Kitty lächelte. Der Graue übte schon wieder bissige Bemerkungen. Ein gutes Zeichen! Eine Woge der Erleichterung erfaßte sie. Solo, Tanner und Ponder leckten den benommenen Elrod wie drei besorgte Mütter.

Ein Quorum hatte vollzählig und ohne Unfall den Schwarzstein überquert. Das ist ein größeres Wunder als Fliegen, dachte sie.

Von Norden und Süden rasten in immer dichteren Abständen Rauwölfe heran und an ihnen vorbei, während die ersten hellen Lichtstrahlen die grünen Bäume streiften. Die vier Katzen blickten schweigend über das gefährliche schwarze Band. Dann drehten sie sich zufrieden um. Vor ihnen lag das weite, grüne Land, über dem der hohe Berg beschützend aufragte.

»Wir haben es geschafft«, sagte Solo schlicht. Er hatte ein Gefühl, als seien sie in einer anderen Welt.

14

Der Mondwald

Solo, Kitty-Kitty, Ponder, Elrod und Tanner fanden Selvyn und den Rest des Quorums auf einer Lichtung etwa fünfzig Katzenlängen vom Schwarzstein entfernt. Man hatte die unruhigen Kleinen losgelassen, und sie spielten miteinander, während die Prills und Barden müde zusahen. Die erfolgreiche Überquerung des Schwarzsteins war ein Meilenstein gewesen, aber nun lag die Prüfung hinter ihnen, und die Ängste jedes einzelnen verschwanden spurlos wie Schmerzen. Zurück blieb nur noch das sichere Gefühl: Sie hatten die Fesseln der Besitzer endgültig abgeschüttelt. Sie hatten sich geschickt gegen die Rauwölfe behauptet und sie überlistet. Jetzt waren sie bereit, in den Mondwald und auf Morgalians Berg zu ziehen. Das Gelände stieg bereits leicht an. Bald, vermutlich schon in der nächsten Nacht, würden sie die Grenzen des neuen Territoriums erreichen.

Kitty-Kitty blickte zu den Hügeln hinauf, die noch von den Schatten der Dunkelheit verhüllt wurden. »Wir sind beinahe am Ziel«, sagte sie. »Wir werden es schaffen.«

Ditto atmete tief die Luft ein und schüttelte die Pfoten. »Wißt ihr, ich *spüre*, daß hier etwas anders ist. Hier herrscht eine besondere Stille ...«

»Ich spüre es auch«, sagte Selvyn. »Und ich finde, wir gehören hierher.«

»Wir sind noch nicht auf dem Berg«, warf Ponder ein. »Ich möchte mir diesen Morgalian erst einmal ansehen und herausfinden, was für ein Quorum er hat.«

»Wie ist das eigentlich mit den Legenden heute?« fragte Tanner und sah Solo erwartungsvoll an. »Glaubst du, ihre Geschichten sind noch immer wahr? Glaubst du, es gibt einen Großen – und würde er hierher kommen?«

Solo dachte einen Augenblick nach, ehe er erwiderte: »Ja, ich glaube, es ist wahr. Unser alter Sprecher hat mir solche Dinge erzählt, als ich noch klein war. Ich zweifle nicht daran: Es gibt die Großen der Legenden.«

»Wenn nur... wenn nur Spanno bei uns sein könnte«, seufzte Kitty-Kitty.

Nach einem verlegenen und bekümmerten Schweigen gähnte Ponder lange und ausgiebig: »Wenn wir jetzt nicht schlafen und nur reden, kommen wir nie auf den Berg. Der Tag ist schnell vorbei, und ich finde, wir sollten in der nächsten Nacht mal wieder richtig vorankommen. Wenn alle ausgeruht sind und nicht ständig schlapp machen, könnten wir vermutlich vor Tagesanbruch die Markierungen des Territoriums finden – oder zumindest in die Nähe kommen. Was meinst du, Solo?«

»Ich glaube, du hast wie immer recht, Ponder.« Der junge Dom lächelte. »An unserem Ziel sind wir erst, wenn wir vor Morgalian stehen.«

Sie mußten noch viele Nächte laufen, bis der hohe Berg langsam näher rückte, sie schließlich die ersten Ausläufer seiner steilen Hänge erreichten und mit dem Aufstieg beginnen konnten. Aber sie fühlten sich jetzt viel sicherer und legten den Weg unbeschwerter und heiterer zurück. Überall auf ihrem Weg gab es genug Beute, und sie fanden ohne Mühe klare und köstlich frische Wasserläufe. Eines Nachts befanden sie sich etwa auf halber Höhe eines sanft gewellten Hangs. Sie spürten in den Pfoten, der Tag war nicht mehr fern, und Solo dachte gerade, es sei Zeit, Ausschau nach einem Lager zu halten, als Ponder plötzlich wie angewurzelt stehen blieb und mit vorgestrecktem Kopf angestrengt lauschte.

»Ich glaube, wir bekommen Besuch«, flüsterte der Graue über die Schulter nach hinten.

Solo überließ den kleinen Justin, den er getragen hatte, Kitty-Kitty und trat neben seinen Vollzieher. »Vergiß nicht, wir sind hier der Besuch«, sagte er leise und versuchte, durch die dichtbelaubten, niedrigen Äste vor ihnen etwas zu sehen. Solo fühlte sich plötzlich unsicher. Sie waren die Eindringlinge, und bei einer ersten Begegnung mit wilden Katzen mußten sie sich unbedingt an das Protokoll halten – schließlich befanden sie sich in einem fremden Territorium.

»Selvyn, Ditto, Ponder..., ihr begleitet mich. Tanner –«

»Verstanden, Solo. Ich bleibe bei den anderen. Wir warten auf dein Zeichen.«

Kitty-Kitty und Pardie brachten die Kleinen zur Gruppe zurück, während die vier Barden sich formierten. Schweigend liefen sie nebeneinander den allmählich steiler werdenden Hang hinauf und dehnten ihre Ringe weit aus. Weniger als fünfzig Katzenlängen vor ihnen wartete eine Gruppe Katzen. Solo spürte bereits, wie eine fremde, machtvolle Aura seinen Ring abtastete. Das muß Morgalian sein, dachte Solo erstaunt. Weshalb kommt der große Dom vom Berg herunter, um sich mit mir zu treffen? Aber vermutlich kommt es nicht jede Nacht vor, daß ein ganzes Quorum in seinem Territorium auftaucht. Solo lachte leise. Vermutlich verfolgen seine Wachen unseren Weg, seit wir den Schwarzstein überquert haben...

Morgalian mußte erkannt haben, daß Solos Quorum nicht in feindlicher Absicht kam, denn sie hatten Kinder bei sich und verhielten sich in dem unbekannten Gelände friedlich und äußerst diszipliniert. Solo hoffte, die Gruppe vor ihnen zahlenmäßig richtig eingeschätzt zu haben, denn es wäre anmaßend, zu der Begegnung mit mehr Vollziehern zu erscheinen, als Morgalian bei sich hatte.

Sie erreichten einen flachen Felsvorsprung, und im nächsten Augenblick sah Solo den Dom des Territoriums. Dort stand zweifellos Morgalian, umringt von sechs starken Vollziehern. Solo hielt die Luft an: Morgalian sah fast genauso aus wie Dom Bryndle. Es war, als blickte man rückwärts in die Zeit. Solos drei Begleitern erging es nicht anders.

Solo fand seine Fassung schnell wieder und näherte sich der Gruppe bis auf ein halbes Dutzend Katzenlängen. Wie die Etikette es verlangte, blieben die anderen stumm und bewegungslos ein paar Schritte zurück. Solo konzentrierte sich, unterdrückte entschlossen jeden Gedanken, entspannte sich und blieb schutzlos stehen. Auf diese Weise stellte er seine Absichten klar, erklärte sich zur Loyalität bereit und erkannte Morgalians Domschaft über sich und die anderen an, die mit ihm warteten.

»Du bist...?« fragte der riesige schwarze Barde, trat etwas näher und sah dem jungen blonden Barden forschend in die Augen.

»Ich bin Solo.« Die Antwort kam schnell, denn Solo wußte, er hätte seinen Namen sofort bei Morgalians Anblick nennen sollen. »Mein... unser Quorum wartet etwas weiter unten. Wir sind gekommen, um Zuflucht in deinem Territorium zu suchen.«

Morgalian lächelte wohlwollend. Mit dem schwarzen Fell und den vielen Narben wirkte er wie Bryndles Zwillingsbruder, aber damit endete die Ähnlichkeit auch schon. Seine Ausstrahlung verriet einen offenen Charakter. Morgalian täuschte weder etwas vor, noch manipulierte er andere. Morgalian war Dom, weil er zu dieser Aufgabe geboren war. Bescheiden und selbstbeherrscht wahrte er seine Achtung für alle, die ihm folgten. Solo spürte in seiner Nähe die gleiche Aufrichtigkeit und Sanftheit, die er an Sprecher bewundert hatte, und die stille Heiterkeit, die stets mit großer Weisheit einhergeht.

»Ihr findet hier Zuflucht, junger Dom«, sagte Morgalian schlicht, »du und alle, die dir folgen. Ihr seid auf diesem Berg willkommen.«

Solo zögerte. Er hatte soviel sagen wollen, hatte sich lange Reden für diesen Augenblick zurechtgelegt. Aber alle Worte ließen ihn jetzt im Stich. Morgalian streckte den Kopf vor. Solo trat näher. Morgalian und Solo tauschten den Atem des Lebens. Nur ein Schatten verdunkelte immer noch Solos Herz und trübte diesen vollkommenen Augenblick: Spanno hätte an seiner Stelle hier stehen sollen...

Nach einem Blick von Solo drehte Ponder sich um und rief mit einem kehligen Laut Tanner und die anderen. Selvyn und Ditto liefen wortlos zurück, um beim Tragen der Kinder zu helfen. Sie staunten über die Gefühle, die ihr Dom und der Schwarze gezeigt hatten. In diesen wenigen Augenblicken hatte sich mehr ereignet als nur ein erstes Zusammentreffen. Ponder blieb bei Solo und verbarg seine Verwirrung über das Vorgefallene, indem er Morgalians Vollzieher einer genauen Prüfung unterzog. Diesem Führer standen keine Schwächlinge zur Seite!

Morgalian setzte sich auf die Hinterpfoten, als überlasse er sich einer Müdigkeit, gegen die er sich lange gewehrt hatte. Er öffnete den Mund, um etwas zu sagen, aber als Solos Quorum in Zweier- und Dreiergruppen auf dem Felsvorsprung erschien, schwieg er erstaunt. Morgalian begriff erst jetzt, daß es sich bei Solos Gruppe wirklich um ein großes Quorum handelte. Immer mehr hagere und nach der langen Reise struppige Katzen erschienen auf dem Platz. Und Kinder! Es gab beinahe ebenso viele Kinder wie Erwachsene. Sie waren mit den Kleinen über eine große Entfernung gezogen. Barden und Prills, praktisch jede Katze, trug ein Kleines im Mund. Die Barden schienen sich dieser Aufgabe nicht zu schämen oder sie als entwürdigend zu empfinden, und die Prills vertrauten ihnen offenbar ganz selbstverständlich ihre Kinder an. Ruhig und gelassen sammelten sie sich mit hocherhobenen Köpfen und stolzen Schritten hinter dem jungen Dom, der sie hierher geführt hatte. Morgalians Barden stand bei diesem Anblick der Mund offen. Sie hatten natürlich Berichte über die näherkommende Gruppe erhalten, aber der Anblick eines Barden, der ein Kind trug, traf sie wie ein Schlag. Welche Macht besaß dieser junge Dom? Wie war es ihm gelungen, eine große Gruppe wilder Katzen ihre Instinkte überwinden zu lassen und sich einer gemeinsamen Sache unterzuordnen?

Als die letzten Mitglieder von Solos Quorum aus dem Gebüsch aufgetaucht waren, stand Morgalian langsam auf. Die Stimme versagte ihm beinahe, als er leise sagte. »Folgt mir! Unser großes Lager ist weiter oben.«

Solo und seine Vollzieher warfen sich erstaunte Blicke zu, ehe sie das letzte Stück Weg hinaufstiegen. Solo und der alte Barde gingen Seite an Seite und unterhielten sich mit gedämpfter Stimme; ihre

Vollzieher verteilten sich gemeinsam um das Quorum, das sich eng zusammendrängte. Es dauerte nicht lange, bis die Katzen des Territoriums die Köpfe aus den Büschen und Dornenhecken streckten, sich Solos Gruppe anschlossen und mit den anderen den Hang hinaufliefen. Bald waren aus den ursprünglich etwas mehr als vierzig Erwachsenen fünfzig geworden, dann sechzig und mehr, und immer noch kamen Neugierige herbeigelaufen. Die Schar wuchs zu einem stummen Katzenheer an, das in die Hunderte zu gehen schien. Und alle blickten auf Solo mit einem Gefühl, das an Ehrfurcht grenzte. Solo spürte einen Kloß im Hals. Sie waren am Ziel.

Sie stiegen einen letzten steilen Hang nach oben, brachen durch das Gras und gelangten auf eine beinahe ebene Fläche. Sie hielten alle den Atem an, als sie das endlose, weite Land sahen, das sich vor ihnen ausbreitete. Hier war, wie Morgalian ihnen erklärte, das große Lager und das Herz des Territoriums. Das Lager war sehr viel größer als das heimatliche Feld von Solos Quorum und bestand aus einer runden Wiese mit hohem, gelbgrünem Gras und blühendem Senf. Unbekannte dichte Hecken wuchsen auf der Wiese sowie vereinzelte Bäume mit geraden Stämmen und weißer Rinde. Die Wiese lag an der Baumgrenze und wurde ringsum von dichtem Wald gesäumt. Sie war sehr, sehr groß und doch versteckt, verschwiegen und bot einen Blick, der so weit wie das Auge reichte. Vor ihnen im Norden bildeten ein paar große Felsblöcke eine Art Höhle und einen natürlichen überdachten Gang, und von der anderen Seite des Berges drang leise das Geräusch fließenden Wassers herauf. Die Rufe wilder Vögel im ersten Morgengrauen vervollständigten das Bild unberührter Vollkommenheit – für Solo und die Seinen war es wie ein Traum.

Ponder lief ein paar Schritte, blieb dann aber stehen und sagte mit einem Blick auf Kitty-Kitty: »Hier hat man das Gefühl, man müßte sich putzen.«

Die ernste Stimmung des Quorums schlug in lautes, befreites Lachen um. Morgalian wandte sich lächelnd an Solo: »Wir haben auch eine Weile gebraucht, um uns daran zu gewöhnen.«

Solo konnte sich nicht sattsehen und flüsterte: »Es ist... wunderbar.« Er schüttelte die Pfoten, räusperte sich und fragte dann: »Gehört der ganze Berg zum Territorium?« So müde Solo auch war, es drängte ihn, das Gelände wenigstens flüchtig zu erkunden.

»Ja, es reicht in das südliche Tal hinunter und bis zu einer Gruppe von Behausungen der Besitzer in der Ferne... dorthin gehen wir nie.« Die Art, wie der große Schwarze ›Behausungen‹ gesagt hatte, verriet Solo viel über Morgalians Einstellung zu den Besitzern.

»Aber der Tag bricht an, und ihr müßt euch ausruhen. Heute abend haben wir viel Zeit zum Reden.«

Morgalian wandte sich an einen wendigen Roten, der sein erster Stellvertreter zu sein schien. »Seldon, sieh zu, daß sie Schlafplätze finden.« Und Solo erklärte er schlicht: »Wir halten hier gut Wache. Ihr könnt ruhig schlafen.«

Ponder und die anderen schienen daran nicht zu zweifeln – das erste Mal seit vielen Tagen würden sie alle ausruhen können, ohne ständig mit Gefahren rechnen zu müssen. Noch ehe Solo etwas erwidern konnte, drehte Morgalian sich um und verschwand mit seinen Barden zu den großen Felsen – dort befand sich offenbar das Lager des Dom. Solos Quorum folgte Seldon auf die Wiese hinaus. Die meisten waren erschöpft, und einige Kinder schliefen, während sie getragen wurden.

»Bekommt hier jeder einen solchen Empfang?« fragte Kitty-Kitty, während sie Justin und Carver anstieß und zwickte, um sie in Bewegung zu halten.

»Ich vermute, es kommt nicht oft vor, daß ein ganzes Quorum auf dem Berg Zuflucht sucht.« Solo mußte leise lachen.

»Im Vergleich zu ihnen sind wir doch nur ein paar Nachzügler«, sagte Selvyn kopfschüttelnd. »Es müssen mindestens... mindestens –«

»Es sind mehr, als einer von uns zählen könnte«, ergänzte Ditto wie immer praktisch.

Tanner sagte mit einem Blick auf die Schar, die ihnen noch immer das Geleit gab: »Ich bin nur froh, daß sie freundlich sind. Stellt euch vor, wir müßten gegen sie kämpfen.«

»Freundlich?« erwiderte Ponder. »Das geht weit über Freundlich-

keit hinaus. Es hat nicht viel gefehlt, und sie hätten uns hier hinauf *getragen.*«
Seldon war vorausgelaufen und wartete neben ein paar großen Felsbrocken, bis sie ihn eingeholt hatten. In einer seltsamen Mischung aus höflicher Achtung und knapper Zurückhaltung zeigte er ihnen eine Hecke, in der sich Prills und Kinder wohl fühlen würden, und stellte den Barden ausdrücklich frei, sich niederzulassen, wo es ihnen am besten gefiel. Seldon verbarg seine Überraschung, als Kitty-Kitty und die beiden kleinen Vierfarbigen dem jungen Dom und seinen Vollziehern zu den Felsen folgten, denn dort befand sich eine kleine, natürliche Höhle – ein ideales Lager. Er begriff, sie war eine der seltenen Prills, die in einem Quorum einen sehr hohen Rang besaßen, und mit einem letzten prüfenden Blick, mit dem er sich vergewisserte, daß alle zufrieden waren, verabschiedete er sich höflich und taktvoll. Er war noch nicht richtig außer Sichtweite, als die Neuankömmlinge sich schon einen Schlafplatz suchten und mehr oder weniger dort zu Boden sanken, wo sie standen. Sie konnten sich alle kaum noch auf den Beinen halten.
»Kaum zu glauben.« Ponder gähnte und kratzte sich am Ohr. »Das ist wirklich ein Ding! Ich wette, die Ratten sind hier so groß, daß...«
»Sei still, Ponder«, brummte Selvyn. Er hatte die Augen geschlossen. Alle anderen schliefen bereits.
Nur Solo schlief nicht. In der neuen Umgebung konnte er sich nicht entspannen. Die Schwingungen waren fremd und verbanden sich nicht mit seinen eigenen. Es würde eine Weile dauern, bis seine inneren Rhythmen sich änderten und in Einklang mit dem neuen Territorium kamen. Solo wußte, sie alle würden eine Zeit der Umstimmung und Erholung brauchen. Deshalb blieb er ruhig liegen, damit seine Freunde möglichst lange schlafen konnten.
Der Tag verging nur langsam. Es war immer noch nicht ganz dunkel. Solo spürte die Anwesenheit vieler fremder Katzen. Er hätte sich nicht träumen lassen, daß so viele Katzen in einem Territorium friedlich zusammenleben könnten. Der Mondwald war eine

Zufluchtsstätte für sein Volk – vielleicht die einzige auf der Welt. Und er hatte sie mit seinem Quorum gefunden! Er leckte sich erleichtert und nachdenklich die Pfote. Plötzlich wurde ihm schwer ums Herz – es gab viele, viele andere, die den Weg zum Mondwald nicht gefunden hatten.

Selvyn schob den Kopf kaum merklich zur Seite und holte tief Luft. Solo wußte, auch der Rote schlief nicht und verhielt sich still, um die anderen nicht zu stören. Nach und nach kam Bewegung in die anderen, und bald waren sie alle wach.

»Wie lange wollen wir noch hier herumliegen?« fragte Solo, hob den Kopf und lachte leise. Die Frage wirkte wie ein Zauberwort, und alle fingen sofort an, sich zu strecken, zu dehnen und zu putzen. Ponder löste sich behutsam von den beiden Kleinen, die zusammengerollt neben ihm lagen.

Selvyn gähnte. »Und was nun?«

Tanner erwiderte: »Ich weiß nicht, wie es euch geht, aber ich bin ausgehungert.«

Alle stimmten ihm sofort zu. Kitty-Kitty beschloß, bei den Kleinen zu bleiben – der Berg war zu fremd, und sie wollte die Kinder nicht allein lassen. Das Gefühl der Sicherheit würde sich erst mit der Zeit einstellen. Also machten Selvyn, Tanner, Ponder, Ditto und Solo sich allein auf den Weg.

Vor den Felsen entdeckte Solo Seldon und einen kleinen Grauen. Sie warteten etwa zwanzig Katzenlängen entfernt auf der Wiese. Solo spürte, daß sie ihn zu Morgalian bringen sollten.

»Ich gehe mit dir«, sagte Ponder energisch und ohne zögern, denn auch er wußte sofort, weshalb der Vollzieher und sein Begleiter vor dem Lager gewartet hatten. Ponder bewachte Solo nun schon so lange, daß es ihm zu einer selbstverständlichen Gewohnheit geworden war.

»Ich gehe allein«, erwiderte Solo nach kurzem Schweigen. »Hier bin ich nicht in Gefahr – keiner von uns ist es. Und bitte vergiß nicht, Ponder: Ich bin kein Dom mehr. Ich habe nichts, was mir jemand im Kampf abnehmen könnte.«

Ponder kratzte sich unsicher den Kopf, sah Solo schief an, folgte aber dann zögernd den anderen, die mit der Erkundung des Territoriums beginnen wollten. Solo nickte Seldon und dessen Begleiter freundlich zu und folgte den beiden. Zum erstenmal wurde ihm bewußt, daß es für seine Barden nicht so einfach werden würde, sich in die neue Hierarchie einzufügen und den Rang zu akzeptieren, den sie hier bekamen. Ditto und Kitty-Kitty mochten sich mit einem verhältnismäßig zurückgezogenen Leben abfinden. Aber Ponder, Tanner und auch Selvyn hofften, ihren Rang zu behaupten und als Vollzieher anerkannt zu werden. Vielleicht erklärte das Seldons vorsichtige Zurückhaltung, denn die Neuankömmlinge bedrohten möglicherweise auch seine Stellung.

Es war dunkel, als sie tief in das südliche Dickicht vordrangen. Morgalians Gelt lag stark und durchdringend in der Luft, als sie sich einer dichten Dornenhecke näherten, die dem Dom als Lager diente. Seldon und der Graue – er hieß Turner – blieben bei einigen anderen vor dem Eingang, während Solo allein hineinging. Er dehnte vorsichtig seinen Ring aus, um sich anzukündigen.

»Der junge Solo!« rief Morgalian freundlich. »Komm herein, und setz dich zu mir. Ich habe auf dich gewartet. Hast du dich ausgeruht?« Der Dom versuchte sichtlich, Solo das anstehende Gespräch mit ihm leicht zu machen.

»O ja, Dom Morgalian«, antwortete Solo, obwohl es nicht ganz stimmte. »Wir danken dir für deine –«

»Solo, es besteht kein Grund für Förmlichkeiten. Setz dich und fühl dich wohl. Mein Lager ist dein Lager. Ich sehe, daß dein Weg lang war, und kann es kaum erwarten, etwas darüber zu hören. Was... bringt dich in unser Territorium?«

Solo holte tief Luft. Er wußte nicht, wo er anfangen sollte. Er dachte kurz nach und fand, die erste große Erkundung sei der Wendepunkt gewesen, und begann damit. Er erzählte Morgalian von Spanno, von dem großen Feuer und von Sprecher, der ihn gerettet und später vor den Besitzern gewarnt hatte. Morgalian hörte aufmerksam zu. Aber als der junge Barde von dem Zusammentreffen mit dem uralten schwarzen Sprecher im Wald berichtete, war er offensichtlich sehr ergriffen.

»Wann... hast du unseren Sprecher gesehen, Solo?« fragte Morgalian nach einer Weile, als er Solos Nachricht überdacht hatte.
Solo war verwirrt. Hatte er etwas Falsches gesagt?
»Ungefähr vor einem Kreislauf. Es war in dem Wald im Osten. Er sagte uns, er sei auf seiner... letzten Reise.«
Der alte Dom musterte Solo so eindringlich, daß dem jungen Barden unbehaglich wurde. Wieder schwieg Morgalian lange, und dann sagte er: »Unser Sprecher ist seit mehr als zwei Jahreszeiten leer. Wir haben seinen Körper am Nordhang gefunden...«
Solo zögerte und überlegte. War es eine Erscheinung gewesen? Aber *alle* hatten ihn gesehen.
»Vielleicht war es ein anderer Sprecher...« Solo verstummte – er wußte, es war kein anderer gewesen.
»Solo, hör mir zu. Es gibt vieles, was ich dir erzählten möchte, und so viele Dinge, die du über den Berg erfahren mußt. Wir haben ein paar Feinde, vor manchen sind wir nur durch unsere große Zahl sicher...«
Morgalian berichtete von den Wölfen, die gelegentlich in Rudeln heraufkamen, um zu jagen, und von den Besitzern, die zu bestimmten Zeiten zu zweit oder dritt auftauchten, um Hasen oder Rehe zu töten. Dann erklärte er Solo, wie er dafür sorgte, daß alle im Territorium genug Graille fanden. Im Mondwald gab es grundsätzlich genug Beute, aber sie mußten die Jagdreviere nach einem bestimmten Plan immer wieder wechseln, denn sonst kam es im Kreislauf des Lebens zum Ungleichgewicht. Der alte Dom sprach bis tief in die Nacht über Rechte und Pflichten der wilden Katzen im Quorum und über ihre Aufgaben gegenüber dem Wald und dem Berg. Morgalian redete eindringlich und ausführlich über alle Einzelheiten. Und das beunruhigte Solo, obwohl er dem Dom für die Offenheit und Klarheit auch wieder sehr dankbar war. Als Morgalian das Gespräch schließlich beendete und der junge Barde sich verabschiedete, verließ ihn nicht das beklemmende Gefühl, daß es bei diesem Zusammentreffen um mehr als nur um den Austausch von Informationen gegangen war.
Morgalian sah Solo nach und leckte sich in stummem Staunen

nachdenklich die Pfoten. Er hatte keinen so jungen Barden erwartet. Aber nachdem er Solo gesehen hatte, bestand für ihn kein Zweifel mehr: Solo würde dem Leben der wilden Katzen auf dem Berg einen neuen Sinn geben. Er würde das bequeme und selbstzufriedene Dasein, bei dem sie nur von einer Nacht zur nächsten dachten, beenden. Morgalian konnte sich nicht genau vorstellen, um welchen Sinn es sich handeln mochte, mit dem Solo alle Katzen im Territorium auf eine ganz neue Weise beschäftigen würde, aber er spürte mit froher Gewißheit: Sein Traum hatte sich verwirklicht. Was geschehen sollte, würde seinen Lauf nehmen, auch wenn Solo noch nicht ahnte, weshalb er von zwei uralten Sprechern hierher geführt worden war. Ein so ehrlicher und verantwortungsbewußter junger Barde würde sich seinem Schicksal nicht entziehen. Morgalian seufzte zufrieden.

Auf halbem Weg zum Lager in der Nähe der Felsen spürte Solo, daß Ponder ihn suchte.
»Solo! Solo, da bist du ja endlich!« rief er ihm schon von weitem entgegen. »Komm, schnell! Das mußt du sehen!«
Aus Ponders Augen sprühten Funken der Begeisterung. Hinter ihm tauchten Tanner und Selvyn auf. Auch diesen beiden glühten förmlich die Ohren vor Erregung.
»Wo ist denn Ditto?« fragte Solo.
Ponder schnaubte wegwerfend. »Unterwegs. Der zählt Prills oder so etwas Ähnliches. Komm mit zum Südhang. Du wirst es nicht glauben!«
»Was nicht glauben, Ponder?«
»Die Wasserjagd!« rief Selvyn und rannte bereits wieder in die Richtung, aus der sie gekommen waren. »Sie haben hier etwas, das Wasserjagd heißt!« erklärte Tanner und verdrehte die Augen.
»Jagd nach Wasser?« fragte Solo. »Wovon redest du?«
»Man kann es unmöglich erklären. Du mußt es selbst sehen. Komm!« Auch Tanner juckten die Pfoten, und er sträubte vor Aufregung das Fell.
Solo folgte ihnen über die große Wiese und hinunter in das Unter-

holz. Seine Freunde waren außer sich und rannten den steilen Hang hinunter, als liefen sie um die Wette. Endlich wurden sie etwas langsamer, versuchten, den Atem zu beruhigen, und bemühten sich, Geräusche zu vermeiden.

»Still jetzt. Sonst störst du ihre Konzentration«, flüsterte Ponder, senkte den Kopf und führte die kleine Gruppe durch das Gras. Solo hörte fließendes Wasser und spürte dicht vor sich mehrere Katzen. Im schwachen Sternenlicht entdeckte er drei Barden, die regungslos an einem glänzenden Wasserpfad kauerten.

»Was machen sie?« fragte Solo leise, und seine Neugier erwachte.

»Still! Geh näher ran! Dann siehst du es.« Ponder freute sich schon im voraus über die bevorstehende Überraschung.

Solo schob sich geräuschlos neben eine der lauernden Katzen und wartete mit angehaltenem Atem. Plötzlich tauchte der Barde neben ihm blitzschnell eine Pfote in das tiefe Wasser und schleuderte im nächsten Moment ein silbernes, tropfendes Wesen auf die Erde. Er schnupperte vorsichtig daran, während seine Beute wie wild im feuchten Gras herumhüpfte und immer wieder in die Luft sprang. Das Wasserwesen war kaum länger als die Breite einer Katzenpfote, hatte aber einen zarten, köstlichen Rack. Offensichtlich war es genießbar.

»Versuch es«, sagte der Fremde und zog sich freundlich zurück, um Solo Platz zu machen. »Sie sind gut, und im Wasserpfad gibt es noch viele.«

Solo wartete, bis das Wesen sich nicht mehr rührte, ehe er einen Biß wagte. So etwas hatte er noch nie gegessen – das war feinstes Graille. Ponder, Tanner und Selvyn saßen grinsend dabei und warteten auf seine Reaktion.

»Na?« fragte Selvyn. »Was meinst du dazu? Nicht schlecht, wie?«

»Ich meine«, erwiderte Solo trocken, »wir sollten die Wasserjagd lernen.«

Unter der gekonnten Anleitung der drei Jäger dauerte es nicht lange, bis sie die Technik beherrschten. Satt und zufrieden machten sie sich schließlich auf den Rückweg. Im Mund trug jeder eines der silbrigen Wesen für Kitty-Kitty. Solo hatte seine Freunde seit vielen

Nächten nicht mehr so unbeschwert und glücklich gesehen, und das machte ihn stolz und zufrieden. Er hatte sie in ein gutes Territorium gebracht – das Abenteuer war kein Fehler gewesen.
Der Rest der Nacht verging mit Erkundungen. Ditto stieß bald zu ihnen; gemeinsam durchstreiften die fünf Barden das neue Territorium und bekamen allmählich ein Gefühl für die Beschaffenheit des Geländes. Sie erfuhren, daß ständig etwa dreißig Barden Patrouille gingen und daß die Wachen nach einem klugen Plan postiert waren. Die Prills und ihre Kinder sonderten sich weitgehend von den Barden ab und lebten in den Hecken auf der Wiese. Kitty-Kitty – Solo lächelte vor sich hin – würde viel zu tun haben, um die Stellung der Prills in diesem Quorum zu verbessern. Unterhalb des Gipfels wuchs ein besonderes Gras, das ›Zwiebelkraut‹, wie man es nannte, das alle Katzen gewissenhaft aßen. Es gab der Haut einen bestimmten Rack, der Flöhe, Zecken und anderes Getier vertrieb. Ponder hoffte, das Zwiebelkraut werde ihn auch von den lästigen Ohrmilben befreien.
Das Territorium wirkte keineswegs so überfüllt, wie Solo zuerst gedacht hatte. Der Mondwald war groß und bot noch vielen Platz, ohne daß sich die Katzen in ihrer Ruhe gestört fühlen würden, die sie alle zum Leben brauchten. Die Katzen, denen Solo und seine Freunde begegneten, wirkten gastfreundlich und ausgeglichen, wenn auch etwas zurückhaltend. Solo beobachtete, daß die alten Sitten der wilden Katzen zumindest teilweise aufgegeben worden waren – unterschiedliche Ränge und Klassen mischten sich offen, und die Prills schienen die Barden nicht zu fürchten. Rang wurde grundsätzlich anerkannt und geachtet. Aber wenn man sich begegnete, rieb man sich freundlich die Köpfe und leckte sich gegenseitig ausgiebig und mit Hingabe das Fell. Barden wie Prills standen oft und lange zusammen, plauderten oder tauschten Neuigkeiten aus. Solo spürte, wie zufrieden das Quorum war und wie unbedroht das Leben im Mondwald für die wilden Katzen verlief.
Die folgenden Nächte vergingen mit Erkundungen und dem Kennenlernen ihrer neuen Quorum-Brüder. Solo fand Gelegenheit zu langen Spaziergängen mit Pardie, und Kitty-Kitty verbrachte immer

mehr Zeit in Gesellschaft der anderen Prills. Sie erzählte ihnen eifrig von den Veränderungen, die sie für die Prills in Dom Solos Quorum durchgesetzt hatte. Ponder, Selvyn, Ditto und Tanner wurden von Morgalians Vollziehern aufgefordert, sich am Wachdienst zu beteiligen, und das Leben nahm rasch einen festen Gang. Das tat ihnen allen nach den großen Veränderungen, die sie hatten verkraften müssen, sehr gut. Es gab einige wenige halbherzige Balgereien, als die beiden Gruppen sich zu einem Quorum vereinigten. Aber sie waren nicht weiter von Bedeutung, und es bestand kein Grund zur Besorgnis, denn Kämpfen macht Barden Spaß. Selvyn und Seldon waren die beiden größten Rivalen. Es fiel zwar kein unhöfliches Wort, aber man spürte die Spannung, wenn die beiden zusammen waren. Aber Solo wußte, über kurz oder lang würden die zwei einen Wettstreit austragen – so war es auf Morgalians Berg Brauch –, und ein Wettstreit endete für die Rivalen üblicherweise in Freundschaft und gegenseitiger Achtung.

Solo wußte noch nicht, wo sein Platz in diesem Quorum sein würde. Die Jungen nannten ihn Sprecher, und obwohl er sich nicht wirklich wie ein Sprecher fühlte, akzeptierte er den Rang und freundete sich allmählich mit diesem Teil seines Wesens an.

Kurz vor Einbruch der achten Nacht im Mondwald erwachte Solo und spürte eine große Zahl Katzen in seiner Nähe. War eine Beratung angesetzt? Als er sich aufsetzte, wachten Ditto und Tanner ebenfalls auf. Selvyn und Ponder hatten die Frühwache übernommen und waren draußen.

»Wenn ich mich nicht irre«, brummte Ditto, »versammeln sich gerade alle Katzen des Territoriums vor unserem Lager.« Er lachte über seinen eigenen Witz und biß sich in die Fußballen, um munter zu werden.

»Vielleicht ist es eine Beratung«, sagte Tanner. »Könnt ihr euch so viele Katzen bei einer Beratung vorstellen?«

»Irgend etwas stimmt nicht«, flüsterte Solo. »Es ist plötzlich so still da draußen.«

Vorsichtig verließ Solo das schützende Lager und sah sich um. Erschrocken hielt er die Luft an, denn er hatte den Eindruck, die Blicke aller Katzen des Quorums seien auf ihn gerichtet. Solo spürte, wie sich sein Magen zusammenzog. Was war geschehen? Ditto und Tanner traten neben ihn. Die drei Barden standen stumm vor der Menge. Solo entdeckte Kitty-Kitty. Sie saß mitten in einer kleinen Gruppe Prills, und als er sie fragend ansah, wich sie seinem Blick aus. Ponder und Selvyn waren nirgends zu sehen. Seldon stand auf und kam zögernd näher, und Solo dachte: Wo ist Morgalian? Noch während die Frage durch seinen Kopf ging, spürte er, wie seine Hinterpfoten nachgaben, und er setzte sich mit einem Plumps. Schlagartig wußte Solo, was geschehen war.

»Morgalian ist... fort«, begann Seldon stockend, als er vor Solo stand. »Er ist heute gegangen. Er hat gesagt... für ihn sei es... Zeit. Er hat gesagt, du sollst... du bist jetzt der Dom, und du wirst...« Die Stimme versagte ihm, und er wandte stumm den Kopf ab. Offenbar hatte er Morgalian, den alten Dom, sehr verehrt und geliebt.

Solo war sprachlos. Er blickte auf das Meer der Gesichter. Er sollte ihr Dom sein? Unmöglich! Doch in diesem Moment vernahm er wieder die vertraute Stimme. *Es wird von dir erwartet!*

Morgalian hatte die letzte Reise angetreten und ihm zuvor die Führung übergeben. Ponder und Selvyn tauchten geräuschlos auf und stellten sich neben Ditto und Tanner, aber keiner von ihnen sagte etwas. Solo öffnete den Mund, schloß ihn aber sofort wieder, senkte den Kopf, sprang auf und verschwand rasch zwischen den Felsen.

In der Abgeschiedenheit der kühlen, dunklen kleinen Höhle vergrub Solo das Gesicht in den Vorderpfoten und schloß die Augen. Warum sahen die anderen immer mehr in ihm, als eigentlich da war? Solo kam sich vor, als sei er gegen seinen Willen ein Betrüger. Wieder zwang man ihm eine Rolle auf, die er nicht gewählt und nicht angestrebt hatte. Das aufgestaute Selbstmitleid überwältigte ihn – er fühlte sich um das unbekümmerte Leben eines Barden beraubt, wie er es um sich herum sah. »Warum immer ich?« stieß er zwischen den Zähnen hervor.

»Solo...«, hörte er wie als Antwort Kitty-Kittys Stimme in seinem Rücken, »da draußen warten weit über hundert Katzen darauf, daß du zu ihnen sprichst.«

»Ich *bin* nicht der, für den sie mich halten!« stöhnte Solo, ohne den Kopf zu heben. »Ich bin nicht das, wofür sie mich halten! Ich habe uns nicht hierhergeführt, um Dom zu sein... Ich will kein Dom sein. Ich habe nicht das Recht, dieses Quorum zu führen.«

»Vielleicht«, sagte Kitty-Kitty leise, »vielleicht *hast* du das Recht dazu.«

Solo blickte überrascht auf. Die weiße Prill war seine Freundin und manchmal wie eine Mutter für ihn. Sie kannte ihn vielleicht besser als jeder andere. Ehe er etwas erwidern konnte, biß ihn Kitty-Kitty ins Ohr und sah ihn streng an.

»Du wirst das Quorum nur ins Chaos stürzen, wenn du dich weigerst. Morgalian hat ihnen gesagt, sie sollen dir folgen, und dazu sind sie bereit. Jetzt glätte dir das Fell. Es ist höchste Zeit, hinauszugehen.«

Die Zeremonie dauerte die halbe Nacht. Katzen jeden Rangs, jeder Farbe, Größe und Art traten vor, um Treue und Ergebenheit zu geloben. Sie versprachen Solo, ihm als Dom und Sprecher zu folgen. Auch Morgalians Vollzieher traten ohne Vorbehalte in Solos ›Dienste‹. Seldon schien als einziger gemischte Gefühle zu haben. Doch er machte deutlich, daß er auch nicht den Wunsch oder den Ehrgeiz besaß, selber das Quorum zu führen. Er war ein Vollzieher wie Ponder und dazu geboren, über das Wohlergehen eines Dom zu wachen und seinen Befehlen Geltung zu verschaffen. Er wollte seinem Quorum dienen und fühlte sich wohl auf diesem Platz. Morgalian hatte ihm befohlen, dem jungen Dom zu folgen, und das würde er tun, auch wenn er lieber den alten Dom auf dessen letzter Reise begleitet hätte.

Es war für alle auf dem Berg eine ernste Nacht. Man würde sich lange an Dom Morgalian erinnern und ihn sehr vermissen. Er hatte das Territorium gegründet und es getreu seinen Grundsätzen beschützt und geführt, um es mit gutem Gewissen einem anderen zu übergeben, als die Zeit gekommen war. Nun ist es an mir, dachte

Solo, die Grundsätze zu erfüllen, und ich muß ausharren, bis ein anderer mir die Last der Verantwortung abnimmt.
Freiwillig oder nicht, Solo war nun der Führer des größten Quorums, das man sich überhaupt vorstellen konnte. Alle wilden Katzen, die den Mondwald gefunden hatten, standen unter dem besonderen Schutz der Prill, die vor langer langer Zeit die dunkle Schlange der Nacht bezwungen hatte, um dem Licht zu ewigem Strahlen zu verhelfen. Das Nachtgestirn und der strahlende Stern blickten zum Mond, denn hier wendete sich im Gang der Zeiten das Schicksal der Erde. Bei diesem Gedanken zitterte Solo innerlich und hoffte, nicht zu versagen, wenn die Zukunft als Hier und Jetzt begann.
Als schließlich alles vorüber war, gingen Ponder, Seldon und Tanner, um die Wachen einzuteilen. Kitty-Kitty verschwand in Richtung der mittleren Hecken; sie mußte sich um ihre Kinder kümmern. Selvyn und Ditto saßen in wohlwollendem Schweigen neben Solo und betrachteten das Funkeln der Sterne am wolkenlosen Nachthimmel.
»Es ist, als säße man auf dem Gipfel der Welt«, sagte Ditto, ohne recht zu wissen, daß er laut sprach.
»Wenn die Welt einen Gipfel hat, dann muß er hier sein«, stimmte Solo zu, den das riesige, runde Nachtgestirn über dem weiten Land in seinen Bann gezogen hatte. Tief innen spürte der junge Barde, wie ihm das alte Territorium fehlte. Er verstand plötzlich, weshalb es Katzen so oft zum Platz ihrer Geburt zurückzieht, wenn das Ende ihres Lebens naht.
»Du kannst es schaffen, Kleiner«, sagte Selvyn leise, der Solos Stimmung falsch deutete. Der Rote beobachtete Solo und dachte an den mageren Winzling mit dem feuchten Hinterteil, den Spanno, Ponder und er vor so langer Zeit vor dem Behälter gefunden hatten. Er staunte, was sie alles erreicht hatten, und er sagte tröstend: »Du hast ja uns.«
Solo schloß die Augen. Manchmal, so dachte er, liebt man die Freunde so sehr, daß es wehtut.

Im nächsten Kreislauf war Solo sehr beschäftigt. Er mußte ein großes Territorium markieren; doch er verteilte seinen Gelt mehr aus Notwendigkeit als aus Stolz auf seinen neuen Rang. Morgalians Rack schwand, und die Grenzen mußten deutlich gekennzeichnet sein, um Feinde daran zu erinnern, daß es gut geschützt war. Solo wurde als Dom zum obersten Schiedsrichter bei allen Streitigkeiten; er löste unzählige Probleme, und als Sprecher erzählte er mit viel Geduld und Einfühlungsvermögen seinen zahlreichen Zuhörern die Legenden. Er erwarb sich bald die Achtung des Quorums durch Gerechtigkeit, Klugheit und sein unfehlbares Gespür dafür, wann er einen Befehl geben und auf der Durchführung bestehen mußte oder wann er sich zurückhalten und zulassen konnte, daß eine Auseinandersetzung oder sogar ein Kampf seinen Verlauf nahm.
Man mußte jedoch kein Sprecher sein, um zu spüren, daß sich zwischen Selvyn und Seldon etwas zusammenbraute. Es schien keinen wirklichen Grund zur Feindschaft zu geben. Sie standen einander in nichts nach, und deshalb – so hatten alle den Eindruck – mußten sie fast zwanghaft ständig ihre Kräfte messen. Tanner und Ponder war es einmal ähnlich ergangen, und sie hatten sich von spät bis früh angegiftet. Es entsprach nicht Selvyns Wesen, sich auf diese Weise zu behaupten. Wenn man ihn nach Seldon fragte, sagte er nur: »Ich weiß nicht warum, aber der Kerl geht mir auf die Nerven.« Ponder akzeptierte den grauen Barden als gleichrangig, aber er litt aus Freundschaft zu Selvyn ebenfalls und riet dem Roten: »Stampf ihn in den Boden und damit Schluß und fertig! Auf mich kannst du dabei zählen.« Aber das war Ponders Lösung für ungefähr alle Probleme.
Ihre Ankunft im Mondwald lag kaum einen ganzen Kreislauf zurück, als die Krise den Höhepunkt erreichte. Solo lief mit Pardie an der Nordgrenze entlang, als Turner ihm aufgeregt meldete: »Die beiden Barden stehen sich am Westhang kampfbereit gegenüber!« Als der junge Dom auf dem Schauplatz erschien, strömten bereits Barden und Prills in Scharen herbei, und die Kämpfer sangen leidenschaftlich ihre Fugen.
»Solo!« sagte Kitty-Kitty und trat neben ihn. »Mach dem Unsinn

ein Ende! Sie benehmen sich wie Kinder! Sie werden sich in ihrer Verbohrtheit noch etwas antun, und das hätte schlimme Folgen für die Ordnung im Quorum.«

»Ach, laß sie«, rief Ponder und spreizte genußvoll die Krallen. Für ihn war Kämpfen das unveräußerliche Recht eines Barden. Auch Tanner schien sich auf den Kampf zu freuen und fieberte den bevorstehenden Runden mit Spannung entgegen.

Solo sammelte sich, dachte kurz nach und trat dann zwischen die beiden Rivalen. Mit dieser Geste zwang er sie, die Kampffugen zu unterbrechen.

»Hört zu, ihr beiden. Ich dulde nicht, daß meine Vollzieher miteinander kämpfen!« Die kochende Wut ihrer beiden Ringe traf ihn mit ganzer Wucht. Aber er verzog nicht einmal die Lippen, sondern sprach kühl und vernünftig weiter. »Ich habe eine bessere Idee. Ihr seid beide stolz auf eure Schnelligkeit. Also zeigt, wer der Schnellere ist. Macht einen Wettlauf!« Ein Raunen ging durch die Zuschauer. Das klang nach einem großen Ereignis. Die versammelten Katzen signalisierten begeistert ihre Zustimmung. Ermutigt machte Solo seinen Vorschlag: »Ich denke, euer Rang und euer Können verlangen etwas Besonderes. Wie wäre es, wenn ihr so schnell ihr könnt hinunter zu den Behausungen der Besitzer und zurück rennt? Das wäre wirklich eine Prüfung, denn sie verlangt von euch Schnelligkeit, Geschicklichkeit und Ausdauer.«

»Wenn es sein muß, kann ich die Strecke auf zwei Pfoten laufen, und diese Schnecke hat gegen mich keine Chance«, erklärte Selvyn, der sich offenbar für die Idee erwärmte.

»Ich nehme es jederzeit mit diesem Großmaul auf!« konterte Seldon mit einem selbstsicheren Grinsen. »Aber ich will gnädig sein, und gebe ihm so viel Vorsprung, wie er braucht. Sag mir nur, wann und wo es losgehen soll.«

»Warum nicht sofort?« sagte Solo schnell. »Ihr könnt am Rand des Wasserpfads starten und den toten alten Baum unten an der Südgrenze als Wendepunkt nehmen. Und wer von euch zuerst zurückkommt, ist der Sieger mit allen Konsequenzen. Meine zwei besten Vollzieher sollen Nacht und Tag dem Quorum dienen. Dieser Wett-

lauf ist für uns alle wichtig, denn ich möchte wissen, wie schnell ein Barde diese Strecke zurücklegen kann.«
Wieder ging ein Raunen durch die Zuschauer. Seldon und Selvyn spitzten die Ohren. Der Dom hatte sie mit einer wichtigen Mission betraut. Das gab dem Wettlauf natürlich noch mehr Gewicht. Plötzlich ging ihre Auseinandersetzung das ganze Quorum an.
Selvyn lief zum Wasser, um zu trinken, und verschwand dann kurz für Siltaa. Seldon folgte seinem Beispiel. Es würde ein langes Rennen werden, und für solche Dinge war erst hinterher wieder Zeit.
Eine große Welle der Erregung erfaßte das Quorum, während die beiden sich vorbereiteten. Was hatte der Dom für Pläne, und wer würde der Sieger sein?
Es dauerte nicht lange, dann standen die zwei Barden sprungbereit am Wasserlauf. Die Menge verstummte, als Selvyn und Seldon sich mit zurückgelegten Ohren duckten. Solo rief laut: »Jetzt!« Die beiden Vollzieher sprangen über den Wasserpfad und verschwanden in einer Wolke aus Staub und dürren Blättern im Bergwald. Laute Rufe aus dem Quorum folgten ihnen, und es herrschte lärmende Fröhlichkeit, während viele den beiden folgten und dabei jeder seinen Favoriten anfeuerte.

Ein Großteil der Nacht war mit Wetten und Spekulationen vergangen. Solo hatte sich kurz aus dem Trubel zurückgezogen, aber er spürte in den Pfoten, die Entscheidung mußte bald fallen, und kehrte zum Wasserlauf zurück. Ponder begrüßte ihn mürrisch mit den Worten: »Wenn Selvyn verliert, wird er mehrere Kreisläufe zu nichts mehr zu gebrauchen sein.«
»Er wird nicht verlieren!« hörten sie eine dünne Stimme. »Selvyn ist die schnellste Katze der Welt.« Dicht hinter ihnen stand Mondy mit Selvyns beiden winzigen Ebenbildern. Sie glaubte unerschütterlich an den Roten. Kitty-Kitty lächelte der kleinen Prill verständnisvoll zu. Sie wußte, was es bedeutete, so starke Gefühle für einen Barden zu haben.
Das Warten schien kein Ende zu nehmen. Tanner und Ditto verließen die anderen widerwillig, um Patrouille zu gehen, aber man ver-

sprach, sie bei der Ankunft des Siegers sofort zu benachrichtigen. Solo, Kitty-Kitty und Ponder liefen unruhig hin und her und lauschten, während der Rest des Quorums erwartungsvoll durcheinander sprang. Es kam ihnen wie eine Ewigkeit vor, aber schließlich nahmen sie ein schwaches Vibrieren wahr, und alle verstummten. Solo stellte erschrocken fest, daß sich nur eine Katze näherte – er war eigentlich sicher gewesen, es würde eine knappe Entscheidung geben.
»Es ist nur einer!« flüsterte Kitty-Kitty. Sie versuchte durch Konzentration zu spüren, wer es war.
»Ja«, sagte Solo plötzlich mit zusammengekniffenen Augen, und als die Schwingungen kurz darauf stärker wurden, wußten es auch die anderen. Ungefähr die Hälfte der anwesenden Katzen jubelte begeistert. Bald hörte man den Läufer näherkommen, und plötzlich schoß eine Katze durch das Laub: Seldon sprang über den Wasserpfad, stolperte und stand erschöpft und keuchend, aber überglücklich vor Solo.
Seldons Anhänger waren selig, aber Solo machte sich ebenso Sorgen wie Kitty-Kitty und Ponder. Selvyn war sehr schnell, und er konnte eigentlich nicht so weit zurückfallen.
Solo wartete, bis Seldon wieder zu Atem gekommen war und sprechen konnte. »Was ist mit Selvyn?«
»Wir haben ungefähr gleichzeitig den Wendepunkt erreicht«, keuchte der Barde, »aber dann ist er nach Osten abgebogen. Ich dachte, er sucht einen günstigeren Weg. Bis dahin sind wir Kopf an Kopf gelaufen...«
Solo und Ponder spreizten die Zehen und drückten fest die Ballen auf den Boden. Sie versuchten, Selvyns Schwingungen im Boden aufzufangen. Aber es gab nichts zu spüren. Allmählich verstummten alle. Nach kurzem Schweigen wandte Solo sich an Ponder.
»Los!« sagte er nur. Man hatte Tanner benachrichtigt, der mit Ditto vom Wachdienst zurückkam. Tanner erhielt den Auftrag, sich um die Patrouillen zu kümmern, und die Freunde liefen schnell den Hügel hinunter, um nach dem Roten zu suchen. Mehrere andere Barden folgten ihnen. Mondy war außer sich vor Sorge, blieb aber bei ihren Kleinen.

Die Katzen eilten schweigend durch den Wald, und jeder hoffte ängstlich auf ein Zeichen von Selvyn oder auf einen Laut. Das Rennen hatte ihm soviel bedeutet – es mußte etwas Ernsthaftes geschehen sein, denn sonst wäre er längst zurückgekommen. Sie hatten beinahe den Fuß des Berges erreicht, als sie Selvyns Ruf hörten. Der Rote hatte ihr Kommen gespürt und machte sich bemerkbar. Kann er nicht mehr laufen? fragte sich Solo. Die Barden rannten in die Richtung, aus der sie Selvyn hörten, und bald sahen sie das rote Fell im Sternenlicht leuchten. Der Rote stand auf den Pfoten, aber vor ihm lag eine dunkle, reglose Gestalt.

Beim Näherkommen erkannten die fünf erleichtert, daß Selvyn unverletzt war. Aber die dunkle Gestalt vor ihm tat ihren Ringen entsetzlich weh. Es war ein Barde – und er lag im Sterben. Niemand sprach, als sie auf den Bedauernswerten hinunterblickten, der mit dem Tod rang und keuchend nach Luft schnappte. Unter dem spärlichen Fell, das er noch hatte, sah man deutlich die Knochen. Offenbar hatte er viele Nächte lang gehungert. Große, offene Wunden bedeckten seinen Körper, die Augen waren verschleiert und verkrustet. Durch die eine Ohrmuschel war ein dünner Metallgegenstand mit Zeichen gesteckt, die eindeutig von Besitzern stammten. Der Barde zitterte, und die Zähne schlugen klappernd aufeinander. Ein scharfer, bitterer Rack ging von ihm aus. Der Tod konnte nicht mehr fern sein.

»Ich habe ihn so gefunden«, flüsterte Selvyn und blickte hilflos von einem zum anderen. »Er... hat versucht, den Hang hinaufzukriechen. Ich konnte ihn nicht einfach so...«

Solo beugte sich dicht über den Barden, der kaum noch bei Bewußtsein war, und fragte leise, aber eindringlich: »Was ist geschehen? Wer hat dir das angetan? Kannst du sprechen?«

»Habe ich ihn gefunden?« röchelte der Fremde. Er konnte kaum flüstern. »Bin ich da?« Der Kopf fiel schlaff zur Seite, und er schwieg wieder. Dann lief ein heftiges Zittern durch ihn hindurch, und er hauchte: »Ist das der Mondwald?«

Solo nickte. »Ja, du hast ihn gefunden, Bruder. Du hast den Berg und den Mondwald gefunden, und jetzt wird alles gut. Wir bringen dich in unser Lager.« Solo wußte, der Barde würde keinen Schritt mehr tun, aber er mußte ihn irgendwie trösten und ermutigen. Und plötzlich bäumte sich das gequälte Wesen mit aller Kraft auf und stieß abgehackt hervor:

»Meine Rainey... sie ist immer noch dort... ich konnte sie nicht herausholen... da sind so viele... gefangen... sterben...«

»Da sind noch andere?« fragte Solo sichtlich erschüttert. »Wo ist das?«

»Im Süden... zwei Nächte... Besitzer«, brachte er noch hervor, atmete zwar, konnte aber nicht mehr sprechen. Er starb langsam und qualvoll. Ponder stand bebend vor Zorn auf die Besitzer neben dem Barden. Der Graue sah Solo mit einem harten, ruhigen Ausdruck an, und der junge Dom wußte, was zu tun war.

»Kommt«, sagte Solo mit erstickter Stimme. Stumm vor Entsetzen führte er die anderen nach Norden in das Unterholz. Ponder blieb zurück. Wenig später hörte man den gequälten Atem des Barden nicht mehr, und bald stieß der Graue still und grimmig zu ihnen.

»Was bedeutet das alles? Was können wir tun?« fragte Ditto schließlich, als sie langsam den Berg hinaufstiegen.

»Wir können etwas tun«, antwortete Solo entschlossen. »Wir werden den Ort suchen und die Gefangenen befreien.«

15

Die Folter

»Solo, das kann nicht dein Ernst sein!« sagte Selvyn erschrocken und sah den jungen Dom entgeistert an. »Du hast doch gesehen, was sie mit dem Armen gemacht haben!«
»Wie sollen wir die Besitzer überhaupt finden?« fügte Ditto hinzu. »Und wenn wir sie finden sollten, was dann?«
Solo lief stumm weiter.
»Wenn der Kleine sagt, wir holen sie raus, dann holen wir sie raus. Wie, das laßt nur seine Sorge sein«, erklärte Ponder. Nach einem Augenblick fragte er: »Äh . . ., und wie machen wir das, Solo?«
»Ich weiß noch nicht. Wir müssen zuerst dort sein.«
Selvyn sagte schließlich: »Du weißt, ich bin dabei, Solo. Aber um hinzukommen, müssen wir zuerst wissen, wo die Besitzer diese schreckliche Behausung haben.«
»Die Atmosphäre und der Rack der Behausung klebte an ihm. Ich werde weder das eine noch das andere vergessen.« Solos Worte klangen wie ein fernes Donnergrollen, und er lief, ohne stehenzubleiben, weiter. Es beunruhigte ihn, daß er den Namen des Barden nicht erfahren hatte. Aber er spürte eine vertraute eiserne Entschlossenheit und Gewißheit, als er sagte: »Ich glaube, ich könnte es nicht vergessen, selbst wenn ich es wollte. Also werde ich die Behausung finden.«
Die anderen sahen sich schweigend an. Sie wußten, daß es nichts mehr dazu zu sagen gab.
Es mußte keine Beratung einberufen werden. Als sie die Wiese erreichten, hatten sich bereits alle versammelt und warteten auf eine Erklärung für Selvyns Ausbleiben. Solo berichtete dem Quorum mit

ruhiger Stimme von dem sterbenden Barden am Fuß des Berges und was sie von ihm erfahren hatten. Leises Gemurmel ging durch die Menge, als die Katzen von dieser neuen Greueltat der Besitzer hörten. Als Solo von seiner Absicht sprach, die Behausung zu suchen und alle dort gefangenen Katzen zu befreien, die noch am Leben waren, breitete sich ungläubiges Schweigen aus. Von einem so tollkühnen Unternehmen berichteten sogar die Legenden nichts.

Solo wollte seinem Quorum aber noch mehr sagen, damit sie verstanden, wie er seit diesem schrecklichen Erlebnis dort unten empfand: »Es genügt nicht, hier oben in Bequemlichkeit, Sicherheit und Überfluß zu leben, wenn noch so viele Prills und Barden in Fesseln liegen. Wir können und dürfen unsere Kräfte nicht nur in harmlosen Wettkämpfen und überflüssigen Raufereien messen und uns dann stolz als starke, freie Katzen bezeichnen. Das ist lächerlich!«

Seine Worte trafen das Quorum wie ein heftiger und wilder Sturm. Alle preßten sich unwillkürlich flach auf den Boden. Aber Solo erfüllte eine neue unbekannte Kraft, und nachdem diese Kraft sich erst einmal bemerkbar gemacht hatte, verlieh sie seinen Worten Sicherheit und Überzeugungskraft. Er umriß für das Quorum und für sich selbst das Ziel und schloß die Versammlung mit dem Satz: »Wer sich dafür entscheidet, mich zu begleiten, der trete vor. Ich breche bei Einbruch der nächsten Dunkelheit auf.«

Solo wartete. Alle blieben stumm und schweigend sitzen. Niemand meldete sich zu Wort oder regte eine Pfote. Er nickte zum Zeichen, daß er sie verstand, und drehte sich um. Er wollte zu seinem Lager. Wer konnte es ihnen verübeln? Die meisten von ihnen waren hierher gekommen, um den Besitzern zu entfliehen.

Er hatte erst zwei oder drei Schritte getan, als er hinter sich ein merkwürdiges Geräusch hörte. Solo drehte erstaunt den Kopf und sah, daß jede Katze, auch jede Prill, sich von ihrem Platz erhoben hatte und den symbolischen Schritt vorwärts machte. Es meldeten sich damit zahllose Freiwillige. Alle waren nervös und sich ihrer Sache nicht ganz sicher, aber das war vielleicht das beste Zeichen. Sie waren bereit und wollten mit ihm gehen.

Ponder grinste, kratzte sich am Ohr und sagte: »Kleiner, es wird schwer sein, sich mit so vielen Katzen anzuschleichen. Ich glaube, wir verkleinern die Gruppe ein wenig.« Solo mußte wider Willen über seinen Freund lachen. Er fand so oft das richtige Wort.

Bei Tagesanbruch hatte Solo die Gruppe auf elf ›verkleinert‹. Kitty-Kitty mußte wegen ihrer Kinder zurückbleiben; Selvyn würde die Verantwortung für das Quorum übernehmen. Die große Gefahr, die das Unternehmen mit sich brachte, war unübersehbar, und Solo konnte die Möglichkeit nicht ausschließen, daß er nicht zurückkehren würde. Selvyn verstand, weshalb Solo ihn zum Bleiben ausgewählt hatte, und versuchte seine Enttäuschung so gut er konnte zu verbergen – Ponder, Ditto, Tanner und Seldon hätten sich gewiß nicht zurückhalten lassen. Turner, Morgalians zweiter Vollzieher, hatte sich ebenfalls gemeldet und fünf Barden als gute Kämpfer empfohlen. Auch Banda, Minit, Elrod und mehrere Prills hatten darum gebeten, mitgehen zu dürfen. Aber man erklärte ihnen diplomatisch, sie würden gebraucht, um das Quorum in Abwesenheit so vieler Kämpfer zu beschützen.

Pläne konnte man nicht machen, und niemand drängte Solo, Einzelheiten seines Vorgehens zu erläutern. Seldon sagte, er kenne das Gebiet einen Nachtmarsch weit nach Süden. Danach würden sie sich in unbekanntem Gelände befinden. Man mußte also langsam vorgehen.

Als der strahlende Tagstern aufging und mit seinem Licht alles verschlang, was an Schatten geblieben war, lag jeder der ausgewählten Barden in seinem Lager und ruhte sich aus, so gut er konnte. Vermutlich stand ihnen nicht nur eine sehr lange und mühsame Nacht bevor.

Die kleine Gruppe brach sehr früh und ohne viel Umstände schon in der ersten Abenddämmerung auf. Die elf Barden formierten sich locker und liefen mit Solo und Seldon an der Spitze den Berg hinunter. Der sterbende Barde hatte gesagt, er sei zwei Nächte gelaufen und aus Süden gekommen, aber ›Süden‹ umfaßte ein großes Gebiet. Und wie schnell war er vorwärts gekommen? Solo erinnerte sich an

den schwachen, geschundenen Körper, dachte daran, wie er in die Freiheit gelaufen sein mochte, und versuchte, seinen Rhythmus mit dem des Barden in Einklang zu bringen. Er konzentrierte sich auf ihn und spürte bald einen deutlichen Zug nach Westen. Also änderte Solo etwas die Richtung und empfand danach eine stille Bestätigung. Gut, dachte Solo, wir werden einen großen Teil der Strecke schweigend zurücklegen, dann kann ich mich besser auf die Schwingungen des leeren Barden einstellen.
Er informierte knapp seine Begleiter, die sofort verstummten, und nahm mit dem inneren Kern seines Rings den Kontakt zu dem leeren Barden auf. Er spürte schwach dessen Schwingungen und verglich sie mit der augenblicklichen Position der Gruppe. Wie in einer seltsam wachen Trance lief Solo durch den Wald und veränderte in Übereinstimmung mit Zug und Gegenzug der Schwingungen, die er spürte, mehrfach die Richtung. Dieses Vorgehen war schwierig und konnte sie in die Irre führen, besonders dort, wo der Zug zum Süd- oder Nordpunkt der Erde sehr stark war. Aber Solos Instinkte meldeten sich schnell, wenn er die leichten Unterschiede nicht sofort wahrnahm und sie vom richtigen Weg abkamen.
Seldon hatte ihnen nicht nur von den vielen Behausungen der Besitzer am Fuß des Berges berichtet, sondern auch von einer Gruppe kleinerer Bauten. Dahinter, so hatte er gesagt, würden sie mindestens zwei Nächte lang wieder durch den Wald laufen, vielleicht sogar länger. In Solo verstärkte sich allmählich das Gefühl, ihr Ziel, was immer es auch sein mochte, liege in dem Gebiet der kleinen Bauten. Seldon beobachtete den jungen Dom aufmerksam und stellte beinahe gegen seinen Willen fest, daß er ihn inzwischen aufrichtig mochte. Er wehrte sich gegen diese Erkenntnis, denn er empfand sie als Zeichen von Untreue gegenüber Morgalian. Und jetzt diese Mission! Was sie versuchten, war nach allen Gesetzen der Vernunft unmöglich. Aber wenn er neben Solo lief und sich auf seinen Ring einstellte, fühlte er sich sicher und in seinem Vertrauen zu ihm gestärkt.
Die elf suchten sich geräuschlos und wie geisterhafte Schatten vorsichtig einen Weg durch die dunkle Wildnis. Sie waren in ihrem

Element und gehörten zur Nacht wie das Nachtgestirn, das sie mit sanften Strahlen begleitete. Sie mußten die Behausungen der Besitzer in einem weiten Bogen umgehen. Als sie dieses Gebiet hinter sich gebracht hatten, fiel es Solo schwer, die Richtung wieder zu finden. Er mußte den dumpfen Rack der Behausungen loswerden und sich wieder konzentrieren. Immer wenn sie direkt nach Süden liefen, schienen die Schwingungen langsam, aber sicher mit denen des leeren Barden in Einklang zu stehen. Doch der Kontakt war schwach, und Solo wußte, wenn er abriß, war ihr Unternehmen womöglich zum Scheitern verurteilt.

Eine Katze, die längere Zeit schnell und stetig läuft, verliert allmählich das Zeitgefühl. Dieses Phänomen ermöglicht es wilden Katzen, große Entfernungen im Zustand höchster Wachsamkeit zurückzulegen und dabei kaum oder überhaupt nicht zu ermüden. Die Instinkte übernehmen die Steuerung. Der Körper schwingt sich auf seine natürliche Geschwindigkeit und auf den natürlichen Rhythmus ein. Der Geist befindet sich beinahe im Schlafzustand. Die Barden, die Solo folgten, zogen sich völlig in sich zurück und eilten wie lautlose kleine Wellen im Strom der Nacht durch das unbekannte Gebiet. Solo führte sie unbeirrt vorwärts.

Überrascht stellten sie fest, daß sie beim ersten Morgengrauen ohne eine einzige Rast noch immer auf den Beinen waren.

Im dichten Wald suchten sie sich endlich ein geschütztes Lager. Noch ganz im Bann der besonderen Stimmung blieben sie alle stumm. Nach einer Weile drehte Seldon sich um und sah Solo ruhig an. »Wir sind gut vorangekommen«, sagte er nur. Damit drückte er aufrichtig die große Anerkennung aus, die alle in der Gruppe empfanden.

Solo blieb unbeweglich sitzen. »Wir sind unserem Ziel sehr nahe. Ich glaube, bei einem starken Wind aus der richtigen Richtung würde man den Rack schon riechen. Ich wünschte, es wäre noch Nacht.«

Tanner war innerlich erregt von dem langen Marsch und sagte: »Ich übernehme die erste Wache. Ich glaube, wenn wir uns erst einmal hinlegen und ausruhen, wird es schnell genug wieder dunkel sein.«

»Ich komme mit«, sagte der Graue. Auch Seldon und Turner machten Anstalten zu gehen.
»Wen wollt ihr denn bewachen, wenn alle patrouillieren?« Solo lächelte. »Wir ruhen uns besser aus. Ich habe das Gefühl, der leichte Teil der Aufgabe liegt hinter uns.«
Jeder wollte fragen, was die kommende Nacht wohl bringen würde. Aber sie wußten alle, die Frage würde sich von selbst beantworten, wenn es erst wieder dunkel war.
Solo lag etwas abseits von den anderen und dachte nach. Ihn quälten Gewissensbisse. Er wußte, er riskierte viel und setzte nicht nur sein Leben, sondern auch das seiner Freunde aufs Spiel. Würde sich der Einsatz lohnen? Aber die Erinnerung an den Barden, der leer am Fluß des Berges lag, wog schwerer als seine Befürchtungen. Ihr Befreiungsversuch war von größter Bedeutung, auch wenn sie nur eine einzige gefangene Katze aus der Gefangenschaft herausholen konnten. Oh, Sprecher, dachte er und schloß die Augen, ich werde dich brauchen!
Der Tag schien kein Ende zu nehmen, aber schließlich wurde es doch langsam dunkel. Es fiel kein Wort, während die Barden sich leckten und streckten und schließlich wieder auf den Weg nach Süden machten. Sie liefen ruhig und umsichtig, überprüften regelmäßig die Luft nach einem Rack oder einem Geräusch, das sie zu ihrem Ziel führen würde. Es dauerte nicht lange, bis sie einen merkwürdigen Rack aufnahmen: Er war scharf, beißend und schrie geradezu nach Besitzern. Darunter mischte sich der rauchige Gestank von Rauwölfen und andere Racks, die sie nicht einordnen konnten, aber zweifellos auch auf Besitzer hinwiesen. Wenn das unser Ziel ist, dachte Solo, werden wir bald die Ausstrahlungen von Katzen wahrnehmen, die sich in Not befinden...
»Jetzt müssen wir uns in acht nehmen«, flüsterte Solo seinen Begleitern zu, als der Lärm eines brummenden Rauwolfs – dem Geräusch nach zu urteilen, mußte es ein großes Ungeheuer sein – und das kehlige Grunzen von Besitzer-Stimmen zunächst leise, dann immer deutlicher zu ihnen drangen. Von Katzen gab es noch keine Spur – hatte er sich vielleicht geirrt? Das wäre schrecklich.

Die anderen folgten Solo mit unbewegten Gesichtern und angespannten Muskeln. Die Umgebung der Besitzer machte sie nervös und vorsichtig.
Sie sahen, daß der Wald dicht vor ihnen unvermittelt endete, und liefen langsam weiter, bis ihnen nur noch hohes Gras und dürre Stauden Deckung boten. Endlich sahen sie die kleinen Bauten.
»Silt«, flüsterte Ponder. »Was ist das?«
Die kalte Luft des Todes lag über dem Platz wie eine eiskalte Wolke. Etwa fünfzig bis sechzig Katzenlängen von ihnen entfernt standen auf einer Lichtung zwei niedrige Behausungen. Sie waren innen und außen hell erleuchtet und hoben sich deutlich vor dem dunklen Hintergrund der Bäume auf der anderern Seite ab. Der eine Bau war etwas größer als der andere – etwa so lang wie zehn große Rauwölfe. Die zweite Behausung stand etwa vierzig Katzenlängen von der ersten entfernt und war sehr viel kleiner. Sie glich dem Aussehen nach den Bauten, an denen sie auf ihrem Weg vorbeigekommen waren. Vor dem großen Bau saßen zwei riesige, weiße Rauwölfe und warteten stumm. Auf den hohen Seiten trugen sie rätselhafte Zeichen, wie die Besitzer sie an vielen Dingen anbrachten, die ihnen gehörten. Solo wünschte, er könne ihre Bedeutung verstehen. Welche Geheimnisse würden die Zeichen über die Wesen verraten, von denen sie stammten?
Der lange Bau war nicht annähernd so hoch wie die Behausungen im alten Territorium, und von ihrem Versteck aus entdeckten sie in den Mauern keine durchsichtigen Flächen. Zwischen den beiden Rauwölfen sahen sie eine breite Schneise, die in helles Licht getaucht war. Solo spürte, daß sich dort drei oder vier Besitzer bewegten. Nicht weit von den zwei Bauten entfernt befand sich etwas, das alle sofort erkannten – ein grüner Behälter mittlerer Größe.
»Wir laufen später zur Rückseite, um zu sehen, ob wir von dort hineinkommen. Aber wir müssen noch eine Weile warten. Die Besitzer ruhen nachts. Vielleicht haben sie ihr Lager woanders und gehen bald.« Solos Gedanken, mit denen er nur einzelne Erfahrungen vernünftig miteinander verband, kamen den anderen wie eine Erleuchtung vor.

Sie saßen zusammengekauert in Deckung und warteten. Sie waren alle nervös – nicht aus Angst, sondern aus Unsicherheit. Es dauerte nicht allzu lange, bis zwei Besitzer aus der großen Behausung kamen und auf einen der zwei weißen Rauwölfe zuliefen. Solo hatte recht – sie ließen sich von dem stinkenden Ungeheuer davontragen. Die Katzen hielten den Atem an, als der weiße Rauwolf aufheulte, schwerfällig vorwärtssprang und sich qualmend und stinkend nach Osten entfernte. Er lief nicht auf Schwarzstein, sondern auf einem breiten, mit kleinen Steinen bedeckten Pfad. Wenige Augenblicke später tauchte ein anderer Besitzer in der Schneise auf, blieb stehen, klapperte laut mit etwas Klirrendem, bog dann nach Westen ab und schlurfte schwerfällig über den Pfad mit den kleinen Steinen.
»Er geht zum kleinen Bau«, flüsterte Ditto, und richtig: Kurz darauf verschwand das riesige Wesen hustend und spuckend in der kleineren Behausung.
Aus dem großen Bau drang nun kein Licht mehr. Die Katzen sahen Solo fragend an und warteten auf Anweisungen. Solo schloß die Augen. Er hoffte inbrünstig auf eine Botschaft von Sprecher. Aber es kam keine.
»Wir müssen auf die Rückseite«, murmelte Solo schließlich, als denke er laut. »Ich sehe keine Möglichkeit, von dieser Seite hineinzukommen. Turner und Grover, ihr geht unter den kleinen Büschen zwischen den Bauten in Deckung – ihr könnt uns warnen, wenn der Besitzer wieder herauskommt. Ponder, Tanner, Ditto und Seldon gehen mit mir zur Rückseite. Marley bleibt mit den anderen hier, bis Turner sie verständigt. Wenn wir in den Bau hineinkommen, brauchen wir wahrscheinlich jede Pfote, denn wenn da drin Katzen sind, geht es ihnen nicht gut. Ich glaube, wir sind soweit – also los.«
Die sieben Katzen liefen rasch und geräuschlos auf die Lichtung. Sie tasteten sich vorsichtig über die kleinen Steine, ohne auch nur einen davon ins Rollen zu bringen. Kurz vor den niedrigen Büschen blieb Solo wie angewurzelt stehen. Er spürte deutlich, in der Behausung gab es Katzen... viele Katzen. Er hatte sich also nicht geirrt! Auch die anderen nahmen jetzt die Ausstrahlungen wahr, aber sie

waren dünn, unregelmäßig und stumpf. Als Solo sie mit seinem Ring vorsichtig abtastete, schienen sie nicht einmal zu reagieren. Behutsam kroch die kleine Gruppe weiter. Ein seltsamer Rack drang ihnen in die Nasen. Solo und seine Begleiter atmeten instinktiv schnell und flach, um nicht allzuviel von dem widerwärtigen Geruch aufzunehmen. Als sie die wenigen Büsche zwischen den beiden Bauten erreichten, blieben Turner und Grover zurück und versteckten sich. Solo und die vier anderen liefen rasch weiter und verschwanden im Schatten der Mauer.

Die Rückseite glich weitgehend der Vorderseite, allerdings gab es hier keine Schneise. An beiden Enden befand sich etwa in Besitzerhöhe eine eckige, durchsichtige Fläche. Es drang kein Licht nach draußen.

»Es ist so still«, flüsterte Tanner. Auch Solo war verwirrt. So viele Katzen würden doch nachts munter sein und miteinander reden.

Der junge Dom schwieg. Er blickte gespannt zu den durchsichtigen Flächen hinauf. Im alten Territorium hatte er beobachtet, daß sie in den Behausungen nach oben geschoben wurden und dann Löcher in der Mauer entstanden. Aber er wußte nicht, wie das geschah. Wie sollten sie in diesen Bau hineinkommen?

Solo betrachtete die dunklen, glatten Flächen lange und eingehend. Er trat einen Schritt zurück, sprang und landete auf dem schmalen vorstehenden Rand, der sie umgab. Ponder war sofort bei ihm und bemühte sich, mit seiner Masse das Gleichgewicht nicht zu verlieren. Die anderen hielten unten Wache.

Solo schnupperte am Rand entlang, fand aber nichts, was ihnen weiter geholfen hätte. Er wurde ärgerlich und ungeduldig: Es *mußte* einen Weg geben!

»Ich könnte es vermutlich zerbrechen, Kleiner. Es sieht... dünn aus.«

Solo sagte nach kurzem Überlegen: »Nein, wir können es nicht wagen, Lärm zu machen. Der Besitzer würde bestimmt kommen.«

Solo seufzte. Sie mußten wieder zurück zur Vorderseite und dort nach einer Öffnung suchen.

Der junge Dom sprang federnd auf die Erde. Er versuchte, sich nicht anmerken zu lassen, wie entmutigt und besorgt er war. Er spürte, daß auch die anderen am Erfolg ihrer Mission zweifelten. Selbst Ponder wich seinem Blick aus, als er neben Solo auf dem Boden landete.

»Es muß einen Weg hinein geben«, wiederholte Solo grimmig. »Aber seid vorsichtig. Beim ersten Anzeichen eines Besitzers lauft ihr sofort in den Wald.«

Die Katzen schlichen im Schatten der Mauer um den Bau herum und erreichten schließlich die Schneise an der Vorderseite. Sie schnupperten daran, untersuchten sie, drückten mit den Pfoten gegen die glatten Flächen, fanden aber keinen Weg hinein. Sie konnten nicht einmal hoffen, einen Gang zu wühlen, denn überall lag eine Art Graustein auf der Erde.

Solo wurde unruhig und glaubte, tausend Flöhe im Fell zu haben. Er juckte und kratzte sich heftig. Sollte die ganze Mühe umsonst gewesen sein? Seine Gedanken kehrten zu der anderen Seite der Behausung zurück. War ihm möglicherweise etwas entgangen? Er wurde das Gefühl nicht los, daß das Problem nur bei den durchsichtigen Flächen zu lösen war. Der ekelhafte Rack machte sie langsam benommen – es muß etwas geschehen, dachte Solo verzweifelt, und zwar sofort!

»Versuchen wir es noch einmal auf der Rückseite«, schnaufte er. »Vielleicht finden wir dort doch etwas...« Aber was? fragte sein gequälter Kopf.

»Solo«, sagte Ditto und senkte den Kopf. »Auf der Rückseite kommen wir nicht hinein. Ich glaube, wir sollten –«

»Wir wollen die durchsichtigen Flächen noch einmal genau ansehen.« Solo drehte sich um und lief ohne ein weiteres Wort an der Mauer entlang und um die Ecke. Die anderen folgten mißmutig. Ihr Instinkt sagte ihnen: Weg hier! Nichts wie weg!

Solo ging es nicht besser, und er spürte die Verzweiflung seiner Freunde. Er wußte: Das war der letzte Versuch. Sollte er mißlingen, mußten sie das Unternehmen abbrechen.

Wenige Augenblicke später stand Solo unter der durchsichtigen Fläche und biß sich vor unterdrückter Wut in die Pfoten. Wie gelang es den Besitzern, sie zu öffnen?

»Ich kann nur versuchen, sie zu zerbrechen, Solo. Entweder das – oder wir müssen aufgeben.« Der Graue sprach damit auch für die anderen.

War das wirklich die einzige Möglichkeit? Solo fühlte sich versucht, nachzugeben. Er überlegte bereits, wieviel Lärm bis zu dem kleineren Bau dringen würde, in dem sich der Besitzer befand. Aber er wußte auch, Lärm konnten sie nicht riskieren. Gereizt und enttäuscht sprang Solo wieder auf den Rand und richtete sich auf. Er preßte die gestreckten Vorderpfoten gegen den oberen Teil der durchsichtigen Fläche und blickte angestrengt in die Dunkelheit dahinter. Plötzlich verlor Solo den Halt unter den Pfoten, die obere Hälfte gab nach und sank nach innen, die untere kam gleichzeitig nach außen. Er hörte Ponders leisen Aufschrei, lag verkrampft auf der plötzlich horizontalen Fläche und versuchte verzweifelt, das Gleichgewicht nicht zu verlieren. Er spannte die Muskeln, machte einen Satz und landete mit allen vier Pfoten auf dem Boden. Die Fläche über ihm schwankte und schloß sich quietschend. Aber ein breiter Spalt blieb offen. Das war ein Zugang! Solo zitterte vor Erregung. Geschafft! Die anderen starrten mit offenem Mund auf die Öffnung.

»Und jetzt, Kleiner?« fragte Ponder leise, und bei dem sonst so mutigen Grauen klang die Frage sehr zaghaft.

Solo holte tief Luft, mußte aber sofort husten und würgen, denn der beißende Rack, der ihnen von innen entgegenschlug, war unerträglich. Er fand aber schnell die Fassung wieder. »Jetzt nichts wie hinein. Ich weiß nicht, was da drin ist. Also seid vorsichtig.«

Solo war der erste. Einer nach dem anderen sprang auf den Rand und verschwand geräuschlos im dunklen Bau. Es dauerte nicht lange, bis sich ihre Augen auf den Raum eingestellt hatten, und dann wären sie am liebsten auf der Stelle davongelaufen, denn sie konnten nicht glauben, was sie da sahen.

Es war ein Alptraum. An drei Seiten türmten sich in langen Reihen Fallen – manchmal vier übereinander, und in beinahe jeder befand sich eine Katze. Der Menge nach war es ein kleines Quorum. Nur wenige hoben den Kopf, als Solos Gruppe durch die Öffnung sprang. Die fünf Barden blieben stehen, wo sie gelandet waren, und versuchten, in sich aufzunehmen, was sie sahen. Sie atmeten die Verzweiflung ein, das Leid und den abscheulichen Gestank, von dem selbst der Boden, auf dem sie standen, getränkt zu sein schien. Hinzu kam der Rack von nicht abgedecktem Silt.

Die meisten gefolterten Katzen lagen flach auf der Seite. Sie waren schwach und keuchten. Einige schnurrten leise und abgerissen – das Zeichen schwerer Krankheit. Sie boten alle einen jämmerlichen und entwürdigenden Anblick. Solo entdeckte in keinem Käfig Spuren von Graille oder Wasser. Man quälte die Gefangenen nicht nur, sondern ließ sie auch noch verhungern und verdursten! Einige – vielleicht waren sie noch nicht so lange hier – saßen auf allen vier Pfoten und ließen den Kopf nicht hängen. Aber ihre Augen waren trübe, und ihr lebloser Blick verriet, daß sie fey waren. Diese Katzen hatten sich nicht nur aufgegeben, sie *versuchten* zu sterben. Wie sollten sie diese gepeinigten Wesen dazu bewegen, auch nur einen Schritt zu tun?

Solo sah sich genauer um. Er mußte würgen und husten, und es kostete ihn große Mühe und Überwindung zu sprechen.

»Ist hier jemand, der Rainey heißt? Kennt jemand eine Prill namens Rainey?«

»Hier«, hörte er einen schwachen Laut von der Ostwand.

Solo lief in die Richtung und entdeckte in einer Falle eine kleine rote Prill. Sie sah ihm mit matten, aber klaren Augen an. »Ich bin Rainey... woher weißt du meinen Namen?«

Solo zögerte. »Ein Barde ist zu uns gekommen... zum Mondwald, zu unserem Berg. Er hat uns von diesem... Bau berichtet. Er nannte deinen Namen.«

»Harker? Er lebt?«

Solos Schweigen beantwortete ihre Frage, und sie ließ den Kopf wieder sinken. Sie mußten ein Paar gewesen sein wie Spanno und Kitty-Kitty.

»Dein Barde war stark und tapfer. Ohne ihn wären wir nicht hier. Sei stolz auf ihn, Rainey. Jetzt mußt du mir helfen. Du kannst dafür sorgen, daß er stolz auf dich ist.«

Die kleine Prill sah Solo durchdringend an, und er wußte, sie würde zu den Überlebenden zählen.
Solo wandte sich von ihr ab und entdeckte in der freien Wand eine Öffnung. Er lief schnell hinüber, um nachzusehen, ob sich dahinter ebenfalls eingesperrte Katzen befanden. In der Öffnung blieb er wie angewurzelt stehen, denn er konnte nicht begreifen, was er sah. Dort *waren* Katzen – leere Katzen. Auf erhöhten vierbeinigen Flächen lagen Reihen steifer, grotesk gestapelter Katzen. Vorsichtig dehnte er seinen Ring aus, zog ihn aber sofort entsetzt wieder zurück. Die leeren Katzen waren offenbar gefüllt mit dem, was den scharfen Rack hervorrief, der alles durchdrang, und sie waren in etwas Dünnes, Durchsichtiges eingehüllt. Sie hatten die Beine in unnatürlichen Haltungen ausgestreckt und lagen mit offenem Mund und weit zurückgezogenen Lippen auf dem Rücken, als seien sie für immer in einem stummen Aufschrei erstarrt. Solo schluckte. Er glaubte, er müsse sich übergeben. Er schwankte, biß die Lippen aufeinander und senkte den Kopf. Er hatte nur noch einen Gedanken: Das darf keiner sehen!
»Hier hinten ist niemand«, sagte er gepreßt, als er die fragenden Blicke der anderen spürte. Er mußte handeln, und ohne nachzudenken, sagte er knapp: »Prüft jede Falle und stellt fest, wer noch fliehen kann. Holt die anderen von draußen. Wir brauchen jetzt jeden. Ich versuche herauszufinden, wie man die Dinger öffnet.«
Seine Worte schienen die Barden wieder lebendig zu machen. Sie schüttelten die Pfoten und machten sich schweigend ans Werk. Solo lief zu Rainey und musterte die Falle. Er betastete das Ding langsam mit den Pfoten, zog mit den Krallen an den runden Stäben, aber die Falle ließ sich nicht öffnen. Ihm fiel jedoch auf, daß an einer Stelle unten in der Ecke der Besitzer-Rack etwas stärker war. Dort befand sich ein breiter Streifen von dem kalten, glatten Material, das er vom Behälter kannte. Er drückte, zog und betastete ihn. Der Streifen bewegte sich etwas. Die Besitzer mußten die Katzen irgendwie hineinbringen und herausholen, und diese Stelle stand bestimmt damit in Zusammenhang.
Irgendwo in seinem Kopf hörte er Sprecher. Er lauschte und hoffte

auf Anweisungen. Aber dann wurde ihm bewußt, daß das nicht Sprecher war. Er hörte nur die anderen, die von Falle zu Falle gingen und versuchten, mit den gefangenen Katzen zu reden. Meist antworteten sie auf die drängenden Fragen nur mit jämmerlichem Wimmern oder Stöhnen. Solo bearbeitete den Streifen erregt mit den Pfoten. Er probierte sogar, ihn mit der Nase zu bewegen. Das blöde, kalte Ding regte sich etwas, aber sonst geschah nichts. Er wollte gerade mit den Zähnen daran ziehen, als er hinter sich einen Aufschrei hörte. Hatte jemand die leeren Katzen entdeckt?

Solo fuhr herum und sah, daß es Ditto war. Er stand vor einer Falle, drückte den Kopf gegen die Stäbe und schluchzte verzweifelt. In der Falle lag eine schiefergraue Prill. Sie hatte keinen Schwanz.

Ditto biß die Zähne zusammen. »Doeby«, flüsterte er zitternd. »Ich bin da. Wir holen dich hier raus... es wird alles wieder gut. Halte durch, Kleines. Ich bin ja da.«

Die Augen der Prill wurden etwas klarer. »Du...«, hauchte sie. »Du bist da... Ich habe geträumt, daß du kommen würdest...« Sie konnte kaum sprechen. Solo lief hinüber und sah mit einem Blick, daß sie in einem besseren Zustand als die meisten war. Vermutlich würde sie es schaffen. Ditto versuchte, sie durch die Stäbe der Falle hindurch mit der Pfote zu berühren.

»Wie bist du hierher gekommen, Doeby? Wie lange...?« Er schluckte und biß sich in die Pfote. »Nein, versuch nicht, zu sprechen.« Er sah mit weit aufgerissenen Augen Solo an und flüsterte: »Es ist Doeby!«

»Ich weiß«, sagte Solo sanft und eilte zu seiner Aufgabe zurück. Tanner tauchte mit verstörtem Blick neben ihm auf.

»Ich glaube nicht, daß es viele schaffen. Wir müssen die meisten zurücklassen... manche sind schon lange fey...«

»Wir lassen keinen zurück«, fauchte Ponder von der anderen Seite des Raums, und alle verstanden, was er damit meinte.

Solo packte den glatten Streifen wieder mit den Zähnen und zog mit ohnmächtiger Wut daran. Das Ding rührte sich nicht. Solo biß noch fester zu und spürte Blut im Mund. Er gab aber nicht auf, sondern umklammerte den Streifen mit den Vorderpfoten und zog mit aller Kraft nach unten. Plötzlich machte es: Schnapp! Das Ding rutschte, ein paar der Stäbe gaben nach, und ein Spalt entstand. Solo war so überrascht, daß er beinahe das Gleichgewicht verloren hätte. Die anderen stürmten herbei. »Wie geht es?« fragte Ditto zitternd.

»Man packt es oben und zieht fest nach unten«, erklärte Solo hastig. »Paßt auf die Stäbe auf. Sie fallen nach vorne – aber keine Angst, sie lösen sich nicht von der Falle.«

Er betastete mit der Pfote vorsichtig die blutenden Zähne. Sie taten nach dieser Tortur weh. Macht nichts! dachte er und sagte laut: »Wir öffnen jetzt alle Fallen und holen die Katzen hier raus.«

Die höchsten Käfige machten ihnen die größten Schwierigkeiten – sie mußten an dem Streifen ziehen, während sie an den Stäben hingen, die manchmal ruckartig nach vorne klappten, und dann fielen die Retter kopfüber auf den Boden. Mehr als eine Kralle wurde dabei geopfert, die Zähne schmerzten und bluteten, aber am Ende waren alle Käfige offen.

Ponder und Tanner hatten inzwischen ein anderes Problem gelöst. Sie schoben ein großes, braunes, rundes Ding, das nicht allzu schwer war, unter die Öffnung in der Wand. Das Ding war hohl, aber bis zum Rand voll mit weichen, knisternden künstlichen Blättern, die schrecklich stanken; aber die geschundenen und schwachen Katzen schafften unmöglich den Sprung bis zur Öffnung in der Mauer. Auf den weichen Blättern konnten sie nach dem ersten Satz Kraft sammeln und es dann vielleicht schaffen.

Doeby versuchte zu laufen. Es gelang ihr kaum, sich auf den Beinen zu halten. Die Fallen waren für eine ausgewachsene Katze viel zu klein. Vermutlich hatte sie seit vielen Nächten nicht mehr gestanden. Mehrere andere konnten nur noch kriechen. Unter heftigen Schmerzen gelang es ihnen, die Muskeln zu bewegen und die Pfoten zu strecken, um sich überhaupt bewegen zu können. Es würde sehr schwer sein, sie zu der Öffnung hinaufzubringen. Solo und Ditto zogen die Schwächsten aus den Fallen. Aber die Armen konnten nicht einmal mehr kriechen. Wie viele würden sie wirklich retten können?

Eine müßige Frage. Sie würden es mit allen versuchen.
»Seldon, Tanner, springt hinaus und wartet unten. Versucht, den Fall zu mildern, wenn sie nicht richtig aufkommen. Ponder, du und Ditto, ihr helft mir, sie auf das runde Ding zu schaffen. Alle anderen versuchen, sie wach zu lecken. Macht ihnen Mut! Wir müssen uns beeilen – wir sind schon viel zu lange hier.«
Eine der befreiten Katzen nach der anderen wurde auf den wackligen Behälter geschoben, gestoßen und gezogen. Doeby versuchte als erste, die Öffnung zu erreichen. Aber nachdem sie zweimal vergeblich zum Sprung angesetzt hatte, stellte sie sich einfach auf die Hinterpfoten, und Ponder schob von unten, bis sie mit den Vorderpfoten den Rand erreichen konnte. Sie besaß kaum die Kraft, sich hinaufzuziehen. Ditto stand unten, umfaßte sie mit seinem Ring und versuchte ihr, auf diese Weise Kraft zu geben. Als sie oben saß, ließ sie sich einfach fallen und landete mit allen vieren auf Tanner, der das Gewicht stoisch abfing.
Das erwies sich auch für die anderen als das beste Verfahren. Nur einer, ein großer junger Barde, konnte aus eigener Kraft zur Öffnung hinauf und von dort hinunterspringen. Nacheinander schafften sie auf diese Weise vierzehn Katzen nach draußen.
»Bringt sie in den Schatten«, rief Solo keuchend. »Wir kommen gleich nach.«
Die Barden wußten, was sie jetzt noch zu tun hatten. Keine Katze durfte zurückbleiben, die ein Besitzer noch länger quälen konnte. Sie legten sich auf die geschundenen Wesen und löschten den Funken Leben aus, der noch in ihnen war. Solo wußte ebenso wie die anderen, daß die Erinnerung an diese Nacht sie nie mehr loslassen würde. Schließlich war alles vorbei, und sie verließen diesen Ort des Grauens. Sie waren bis in ihr Innerstes aufgerüttelt und für immer verändert.

Solos Gruppe führte die Geretteten einzeln um die Behausung und über den freien Platz. Sie leckten und rieben den schwachen Katzen neue Lebensgeister in das Fell. Sie spornten sie auf dem Weg zum Wald an, schnurrten und schoben sie vorwärts oder waren einfach nur da, um sie mit ihren Ringen zu stützen. Alle halfen aus ganzer Kraft und mit größter Hingabe. Solo und Ponder kehrten noch einmal zurück und überzeugten sich, daß sie in der Eile keinen vergessen hatten. Im Unterholz fanden sie ein geeignetes Versteck. Dort durften sich die geschundenen Katzen ausruhen – die meisten hatten noch immer nicht richtig begriffen, was eigentlich geschehen war. Alle standen mehr oder weniger unter Schock.

Ditto wich nicht von Doebys Seite. Er war entschlossen, sie in den Mondwald zu bringen, selbst wenn er sie den ganzen Weg schieben oder sogar tragen mußte. Das früher so weiche und schöne Fell war zottig und verklebt, und sie war nur noch ein Skelett. Aber in Dittos Augen hatte sie nichts von ihrer Schönheit verloren. Er sah die bezaubernde Doeby, die unnahbar hinter der durchsichtigen Öffnung in der Behausung der Besitzer saß, und seufzte. Eine Veränderung spürte er allerdings: Doeby hatte vor nicht allzu langer Zeit Kinder gehabt.

»Nicht weit von hier im Westen gibt es Wasser«, sagte Solo, als er glaubte, daß sie wieder aufbrechen konnten. »Wir bringen sie dorthin – sie brauchen Wasser und Graille, ehe wir uns auf den Rückweg zum Berg machen können.«

Seldon schnupperte in die Luft. Er entdeckte keinen Wasser-Rack, zweifelte jedoch nicht daran, daß Solo das Wasser spürte. »Woher weiß unser Dom das alles?« fragte er und sah dabei Ponder und die anderen fragend an.

»Du wirst dich daran gewöhnen«, antwortete Ponder trocken.

Kurze Zeit später entdeckten sie das Wasser in einer kleinen Schlucht. Die Geretteten waren so entkräftet, daß sie zwei Tage am Wasserpfad verbrachten, wo es gute, versteckte Ruheplätze gab. Die elf Barden gingen auf Jagd und brachten den ausgehungerten Katzen ihre Beute. Sie konnten anfangs nur sehr wenig essen, doch bald kehrten ihre Kräfte und ihre Lebensgeister zurück. Zwei waren allerdings sehr krank, und Solo fürchtete, sie würden den Rückweg vielleicht nicht überleben.

Man bedrängte keinen der Geretteten mit Fragen. Solos Gruppe hatte genug gesehen und wollte im Augenblick nicht mehr von den

Besitzern und ihren Folterungen wissen. Es war alles so widerwärtig, entehrend und unglaublich, daß schon jeder Gedanke an den Alptraum Brechreiz und Übelkeit hervorrief. Wenn sie schon so unter den Eindrücken litten, wie mußte dann den Opfern zumute sein? Anstand und Mitgefühl verboten, die Armen mit Fragen zu bedrängen. Trotzdem lastete die unausgesprochene Frage nach dem *Warum* der Greueltaten schwer auf ihnen, während sie alles Erdenkliche taten, daß die befreiten Katzen sich allmählich wieder erholten. Aber nach und nach kamen ihre Geschichten ohne äußeres Zutun aus ihnen heraus wie zackige Dornen aus einer schmerzempfindlichen Pfote, und dann tropfte Blut, das sie alle, Befreite und Befreier, gleichermaßen schwächte.

Doeby lag neben Ditto und versuchte, etwas von dem Graille zu sich zu nehmen, das er ihr gebracht hatte, als sie plötzlich zu reden begann. Es war, als habe sie sich gerade daran erinnert und müsse es aussprechen, ehe sie es wieder vergaß.

»Es war die Nacht, in der das große Feuer in den Behausungen ausbrach. Damit fing alles an.« Sie sprach zu Ditto, aber ihre Augen richteten sich starr auf einen Punkt in der Luft. »Überall waren Flammen und Rauch, sie drangen von oben in den Bau. Meine Besitzer rannten und schrien und trugen Dinge nach draußen..., sie fürchteten sich sehr, sie waren so *hilflos*..., und das machte mir mehr Angst als alles andere! Ich wollte mich verstecken, aber sie fanden mich. Danach ist alles verschwommen und durcheinander. Aber ich weiß, wir waren in einem Rauwolf, und die ganze Welt schien schneller und immer schneller an uns vorbeizufliegen. Ich rief, so laut ich konnte, und suchte nach einer Möglichkeit, mich zu befreien. Aber ich fand keine Öffnung! Meine Besitzer weinten und stießen Angstlaute hervor, besonders die kleinen. Dann weiß ich nur noch, daß mich einer packte. Ich kratzte und biß, um mich zu befreien... der große Besitzer riß mich am Nacken hoch und schüttelte mich, bis ich fey wurde... dann war ich draußen auf dem Schwarzstein, und der Rauwolf verschwand. Ich lief weiter und versteckte mich lange Zeit... ich weiß nicht, wie lange. Am Anfang war ich erleichtert, nicht mehr im Rauwolf zu sein, aber dann stellte ich fest, daß die Umgebung sich nicht wie unser Gebiet anfühlte – ich mußte weit weg vom Lager sein und kannte den Rückweg nicht. Und selbst wenn ich es schaffen würde, war da das Feuer...

Dann dachte ich an dich, Ditto. Ich wollte dich finden! Ich lief los und lief lange, lange Zeit, aber ich fand mich nicht zurecht. Ich hatte mich verirrt. Trotzdem lief ich weiter, weil ich nicht wußte, was ich sonst tun sollte. Oh Ditto, ich hatte solche Angst! So ging es zwei Nächte... oder drei? Ich war hungrig und wußte nicht, wie man sich Graille beschafft. Ich schämte mich sehr. Aber schließlich roch ich etwas zu essen. Ich folgte dem Rack zu einer kleinen Höhlung in den Büschen... als ich kurz vor dem Graille war, hörte ich hinter mir einen lauten Knall. Es war eine Falle, Ditto! Ich war in eine Falle der Besitzer gelaufen! Ich konnte mich in dem kleinen Kasten kaum rühren. Ich legte mich einfach hin und... wartete. Ich tröstete mich mit dem Gedanken, man werde mich vielleicht in den Bau eines anderen Besitzers bringen, und alles wäre so wie früher.«

Doeby schluckte und verstummte. Ditto glaubte schon, sie würde nicht weiter sprechen, aber dann flüsterte sie: »Heute weiß ich nicht mehr, ob ich das wirklich geglaubt habe. Schließlich, als es wieder Tag wurde, kamen zwei Besitzer und öffneten die Falle. Als ich heraussprang und weglaufen wollte, warfen sie etwas über mich, und ich sah nichts mehr. Ich wurde einige Zeit getragen. Dann schoben sie mich in einen dunklen Raum... ich konnte nichts sehen. Aber da waren auch Hunde überall um mich herum, die bellten und winselten. Dann fing der ganze Raum an zu schaukeln und zu rumpeln, und am Geräusch erkannte ich, daß ich mich wieder in einem Rauwolf befand. Ich glaube, dann wurde ich fey, denn ich erinnere mich an nichts mehr, bis sie mich aus dem dunklen Raum herausholten. Ich saß immer noch in einer Falle, aber ich konnte hinausblicken. Sie trugen mich in eine große Behausung... dort waren viele Tiere, alle saßen in Käfigen wie ich... sie machten einen entsetzlichen Lärm... Mütter riefen nach ihren Kindern... der Rack der Angst... dieses schreckliche, laute Bellen der Hunde... überall unabgedeckter Silt...«

Doeby brach wimmernd zusammen, und Ditto war völlig verzweifelt. »Aber wir haben dich gefunden, Doeby. Jetzt bist du frei. Wir haben dich herausgeholt«, redete er sanft auf sie ein und leckte ihr die Ohren.

»Nein«, sagte Doeby gequält. »du verstehst mich nicht! Es war nicht der Bau, in dem ihr mich gefunden habt! Die Besitzer dort waren... freundlich, und es gab Graille und Wasser. Ich weiß nicht, wie lange ich dort war. Ich konnte nie genau sagen, ob es Tag oder Nacht war... nach einiger Zeit war alles wie ein quälender Traum ohne Anfang und Ende. Besitzer kamen und starrten uns an, und manchmal nahmen sie auch jemanden mit sich. Ich weiß nicht, wohin. Schließlich glaubte ich es zu verstehen... die Besitzer kamen, um sich Katzen für ihre Behausung zu suchen! Ich putzte mich, und wenn sie vor meinem Käfig stehenblieben, schnurrte ich, weil ich hoffte, einer würde mich wählen und wegbringen. Und schließlich *wurde* ich weggebracht. Ich war so glücklich, als sie mich endlich aus der Falle holten – ein freundlicher Besitzer mußte mich allen anderen vorgezogen haben. Der Alptraum würde bald zu Ende sein! Ich wollte mich sehr bemühen, ihm zu gefallen, und sehr darauf achten, selbst beim Spielen nicht zu kratzen oder zu beißen.« Doeby schwieg wieder und srpach dann tonlos weiter. »Aber alle Hoffnung war vergebens. Ich wurde mit mindestens zehn andern Katzen in stinkende Fallen geworfen. Die Luft war stickig und heiß. Ich wurde fey und als ich wieder die Augen öffnete, hörte ich eintöniges Brüllen und Brummen. Ich fiel schwankend in der Falle hin und her, kein Zweifel: Ich saß mit all den anderen im Bauch eines Rauwolfs. Wir blieben sehr lange da drin. Plötzlich aber blieb das Ungeheuer stehen, und wir wurden herausgeholt. Das war das Ende. Ich roch den Tod, *meinen* Tod. Man brachte uns in diesen schrecklichen Bau und steckte uns einzeln in die winzigen, niedrigen Käfige. Diesmal gab es kein Graille, kein Wasser, keine freundlichen Besitzer. Es war ein Ort des Grauens. Eine Panik brach aus. Wir schrien und schrien und schrien.

Nach der ersten oder zweiten Nacht verstummten wir alle... wir wußten, es gab kein Entrinnen, keine Hoffnung mehr. Wir standen an der Schwelle zum Schattenland und fürchteten uns vor einem unbekannten Tod. Aber ebenso sehr fürchteten wir, noch lange zu leben, um unter ihrer Folter langsam zu sterben. Während ich dort in der Falle saß, starben viele den langsamen Tod. Hunger, kein Wasser, Krankheit, Wahnsinn – das waren die heimtückischen Mörder. Ich nehme an, es waren ... die Glücklichen, die durch die Besitzer starben. Tagsüber kam öfter ein Besitzer, ging zu einer Falle und griff hinein. Man hörte keinen Laut, es gab keinen Kampf, keinen Schmerzensschrei. Aber wenn das große Wesen sich umdrehte, hielt es die schlaffe, leere Gestalt einer Katze in den Händen. Ich weiß nicht, wie sie es gemacht haben. Aber, Ditto, von meiner Falle aus habe ich auch den anderen Platz gesehen. Dorthin brachte man die leeren Körper. Ich habe gesehen, was man mit ihnen tat, und ich zwang mich, nichts mehr zu sehen und nichts mehr zu hören ... Ich wartete nur, ich wartete auf den Augenblick, in dem ein Besitzer kommen und vor meinem Käfig stehen würde. Ich wollte nicht langsam sterben, Ditto! Ich wollte nicht, daß sie mich nehmen und –«

Doeby wurde von einem markerschütternden Kampfschrei unterbrochen. Ponder war aufgesprungen und sang in wilder Raserei seine Fuge. Er hatte den Kopf zurückgeworfen, und seine Augen traten irr und blicklos hervor. Plötzlich machte der riesige Graue einen Satz und rannte durch Laub und Gestrüpp. Solo warf Tanner und Seldon einen erschrockenen Blick zu. Schnell rannten sie dem Grauen hinterher.

»Ponder!« schrie Solo atemlos. »Bleib stehen! Du kannst nichts tun!«

Sie rannten neben Ponder her, konnten ihn aber nicht festhalten, ihn noch nicht einmal vom Weg abbringen. Der Graue war wie von Sinnen. Tanner sprang auf Ponders Rücken, der sich dadurch jedoch nicht aufhalten ließ. Auch Seldon versuchte, Ponder umzuwerfen, und Solo krallte sich in seine Schulter. Aber Ponder rannte weiter und schleppte die drei Barden mit sich. Schließlich wurde er langsam genug, und es gelang ihnen, Ponder auf den Boden zu werfen. Mit einem wilden Aufschrei, der laut durch die Nacht hallte,

war er sofort wieder auf den Beinen und versuchte, die drei abzuschütteln. Seldon kauerte sich zum Sprung zusammen, warf sich mit seinem ganzen Gewicht auf den Grauen und brachte ihn noch einmal zu Fall. Tanner und Solo sprangen sofort auf den wild um sich Schlagenden und hielten ihn mit den Zähnen fest.
»Ponder«, keuchte Solo, »tu es nicht! Es ist dein Tod! Bitte, hör auf mich!«
Allmählich wehrte sich Ponder nicht mehr so heftig und begann schließlich zu zittern. Solo, Tanner und Seldon ließen erschöpft los und sahen hilflos zu, wie ihr großer Freund in stummer Verzweiflung litt.

Für den Rückweg zum Mondwald brauchten sie viereinhalb Nächte. Unterwegs verloren sie eine kleine dunkle Prill – sie legte sich am zweiten Tag zum Ausruhen nieder und stand nicht mehr auf. Für die anderen war es in ihrem geschwächten Zustand ein harter Kampf, aber sie schafften es. Ponder überwand seine Verzweiflung allmählich. Er verbarg seine Gefühle vor den anderen, indem er die Vorhut übernahm und immer wieder lange Patrouille ging. Alle respektierten sein Bedürfnis nach Einsamkeit.
Doeby hielt sich gut, die kleine Rainey trotz ihrer Trauer ebenfalls. Solo achtete darauf, daß sie einen weiten Bogen um Harkers leeren Körper machten, und das nicht nur wegen Rainey. Sie hatten alle genug vom Tod gesehen.

Selvyns Wachen hatten ihre Ankunft gemeldet, noch ehe sie den Fuß des Berges erreichten. Der Rote, Kitty-Kitty und drei andere Barden des Quorums eilten ihnen aufgeregt entgegen.
»Solo!« rief Selvyn erleichtert, als sie die Gruppe endlich sahen. »Was ist geschehen? Wir wollten uns schon aufmachen und euch suchen! Es ist beinahe ein Viertelkreislauf vergangen. Warum –«
Selvyn und Kitty-Kitty blieben wie angewurzelt stehen und betrachteten die Neuankömmlinge mit großen Augen und stumm vor Entsetzen.
»Du lieber Silt, du hast es geschafft«, flüsterte Selvyn und kam

ganz langsam näher. »Ich weiß nicht, wie du diese lebendigen Skelette hierher gebracht hast. Aber, Kleiner, du hast es geschafft!«
Kitty-Kitty hatte sich schnell wieder gefaßt. »Wir können nicht einfach hier rumstehen und sie anstarren. Wir müssen sie den Berg hinaufbringen! Sie brauchen anständiges Graille und viel, viel Ruhe.«
Solo beobachtete, wie Kitty-Kitty Anweisungen gab und die kleine Schar mit Lecken, freundlichen Worten und strahlenden Augen begrüßte – das war ihre Art, das Entsetzen über den Zustand der Neuankömmlinge zu verbergen. Es *war* ein Wunder, daß sie es bis hierher geschafft hatten. Aber Solo wußte plötzlich, daß die zwölf nur die ersten von vielen waren.

»Ich nehme an, wir können Ditto in der nächsten Zeit für den Wachdienst vergessen«, brummte Selvyn, als er sich in der Höhle einen Platz suchte. Er wirkte so erschöpft, als sei er einer der zurückgekehrten Befreier. Es war auch für ihn eine harte Zeit gewesen.
Ponder gähnte ausgiebig. »Ja, der Nacktarsch ist mindestens einen Kreislauf nicht zu gebrauchen. Grover wird seine Runden übernehmen müssen. Ich habe noch nie einen Barden so um eine Prill herumtanzen sehen.«
»Ach, *ich* schon.« Solo lächelte. »Ich glaube, mich an eine kleine schwarzweiße Prill zu erinnern, und ein gewisser ›jemand‹ wollte vor nicht allzu langer Zeit sogar um sie kämpfen...«
»Das war etwas anderes«, fauchte Ponder. »Ich hatte schon lange einen Vorwand gesucht, Rivalle einen Denkzettel zu verpassen.«
Tanner hob den Kopf und grinste. »Natürlich, Ponder. Deshalb laufen einem hier ständig ein paar freche graue Winzlinge zwischen den Beinen herum.«
Solo lauschte stumm den gutmütigen Sticheleien. Er wußte, alle freuten sich für Ditto. Der schwanzlose kleine Barde war einsam gewesen, solange sie sich erinnern konnten, und er hatte sein Glück wirklich verdient.
Kitty-Kitty half den neuen Prills, sich zurechtzufinden, und Seldon kümmerte sich um die Barden. Man mußte sie zumindest so lange

von allen anderen getrennt halten, bis sich ihr Gesundheitszustand gebessert hatte und sie sich wieder selbständig versorgen konnten. Aber Solo wußte, sie litten weniger unter Krankheiten als an Entkräftung und den Nachwirkungen der schrecklichen Angstzustände. Selvyn ermunterte die Befreiten immer wieder mit der tröstlichen Versicherung: »Das kräftige Zwiebelkraut und die beinlosen Wassergleiter heilen *alles.*« Er mußte es wissen, denn seit sie im Mondwald lebten, hatte der Rote mit dieser Diät keine Verdauungsbeschwerden mehr gehabt. Natürlich wollte Ditto nicht von Doebys Seite weichen. Hinter ihr lagen Erlebnisse, die schlimmer waren als der Tod, und sie war eine zahme Katze. Sie brauchte ihn zur Umstellung auf das Leben im Mondwald.

Seldon kam in die Höhle und setzte sich vor Solo. Es war noch Nacht, aber alle waren völlig erschöpft. Die vier Nächte, in denen sie nur im Schneckentempo vorwärtsgekommen waren, hatten sie sehr viel mehr angestrengt als der Weg hinunter zu den Besitzern. Seldon legte den Kopf müde zwischen die Vorderpfoten, als er Solo Bericht erstattete.

»Alle sind untergebracht, und wir haben die Wachen aufgestellt. Grover hat Außenwache... er ist jung, aber verantwortungsbewußt, und ich glaube, er hat seine Aufgabe im Griff.« Seldon zögerte und blickte auf.

»Noch etwas? Ist etwas nicht in Ordnung?« fragte der junge Dom, dem das leichte Zögern nicht entgangen war.

»O nein, Solo. Alles ist bestens. Es ist nur... das Quorum... sie sind alle so aufgeregt. So habe ich sie noch nie gesehen. Sie wollen eine Versammlung... sie wollen alles über die Befreiung hören... von dir.«

»Eine Versammlung? Jetzt? Das kann nicht dein Ernst sein!« stöhnte Tanner.

Ponder knurrte: »Versammelt euch, redet, beratet, aber ohne mich. Mich kriegen keine wilden Wolfer hier raus.«

Selvyn rollte sich auf den Rücken und streckte sich ausgiebig. »Sag ihnen, der Dom muß schlafen, er ist auch nur eine Katze.«

»Manche sind von... schlimmen Orten geflohen und haben sich

unter großen Gefahren hierher durchgeschlagen«, sagte Seldon leise und mied Solos Blick. »Sie glauben jetzt, du findest eine Möglichkeit, auch die dort Zurückgebliebenen zu befreien.«
»O Silt«, stöhnte Ponder und verdrehte die Augen. »Ich glaube, wir werden zu einem Lebenswerk und nicht zu einer Versammlung gerufen.« Tanner schwieg nachdenklich und sah Solo fragend an.
Solo seufzte und rieb sich die Augen an den Vorderpfoten. Er hatte es im Grunde nicht anders erwartet. Die Bitte des Quorums überraschte ihn deshalb nicht. Und er wußte, sie alle hielten ihn für einen der ›Großen‹, denn davon hatte Morgalian geträumt. Und als Solo auf dem Berg erschien, war er zufrieden auf die letzte Reise gegangen. Niemand spricht darüber, o nein. Aber alle glauben es, dachte Solo bekümmert. Selvyn unterbrach seine Gedanken.
»Wenn du noch einmal gehst, bleibe ich nicht hier oben. Du kannst mich nicht dazu zwingen. Es waren die längsten Nächte meines Lebens. Beim nächsten Mal bin ich dabei!«
»Ich glaube nicht, daß wir deshalb eine Versammlung einberufen sollten. Jeder, den wir hierher gebracht haben, kann seine Geschichte erzählen – wann und wie er will. Man sollte niemanden zwingen oder drängen. Das Quorum wird das verstehen. Und was weitere Befreiungen angeht«, er schwieg und holte tief Luft, »ich finde, beenden wir doch erst einmal diese.«
Solo hatte entschieden, und damit war die Angelegenheit erledigt. Seldon stand müde auf und lief hinaus. Die Barden rollten sich dankbar zusammen und schliefen sofort ein. Solo lag lange wach, oder träumte er? Immer wieder hörte er die eindringlichen Worte – und es waren seine Worte (oder hatte er sie nur gedacht?): »Es sind nur die ersten von vielen.«

Nach einem Kreislauf unterschieden sich die geretteten Katzen rein äußerlich kaum noch von den übrigen Mitgliedern des Quorums. Sie nahmen zu und kamen schnell wieder zu Kräften. Die Wunden verheilten, und die Narben fielen unter dem nachwachsenden, gesunden, dichten Fell nicht mehr sehr auf. Die äußeren Anzeichen der schweren Zeiten schwanden, aber in den Augen sah man noch deutlich die inneren Wunden. Sie alle waren einmal zahme Katzen gewesen, aber nach den Besitzern sehnten sie sich nicht zurück. Keine der Befreiten wollte jedoch eifriger eine wilde Katze werden als die kleine, schwanzlose Doeby. Der dunklen Prill fehlte aber nicht nur der Schwanz, sie besaß auch nicht die wachen Instinkte und das Wissen, um in der Wildnis zu leben. Und das war schlimmer. Sie hatte nie gejagt oder Gras gegessen oder gelernt, die Luft zu prüfen, um Wasser zu finden. Sie konnte die natürlichen Geräusche von Ruhe und Ordnung nicht von Gefahren unterscheiden und ihren Ring kaum vier oder fünf Katzenlängen ausdehnen. Ditto bewies unendliche Geduld. Er ermutigte sie auf Schritt und Tritt, und so lernte Doeby schnell, und ihr natürliches Selbstbewußtsein erwachte. Dittos Vertrauen und seine Liebe halfen ihr über die vielen unvermeidlichen Mißgeschicke hinweg. Er zeigte ihr Nacht für Nacht, daß sie als wilde Katze stolz und schön war. Kitty-Kitty beobachtete Doebys Fortschritte mit Achtung und Freude, denn Doeby war nicht länger die hochmütige, dumme zahme Prill von früher.

Auch Rainey fand sich gut zurecht. Sie und Harker hatten vor ihrer Gefangenschaft in einem Quorum gelebt, und es fiel ihr leicht, das gewohnte Leben in der Gemeinschaft wieder aufzunehmen. Nur hin und wieder packte sie tiefe Verzweiflung; dann rannte sie allein durch den Wald und trauerte um Harker. Solo hoffte anfangs, sie und Kitty-Kitty könnten sich anfreunden, da sie beide ein schweres Schicksal überwunden hatten. Aber wenn sie zusammensaßen, erinnerten sie sich gegenseitig an den Verlust in ihrem Leben, und dann schlichen sie gedrückt bald wieder auseinander.

Einer der neuen Barden, ein großer junger Schwarzer, war seinem Wesen nach ein Vollzieher – und er würde seinen Platz unter den ranghöheren Barden finden. Die Anwesenheit der neuen kinderlosen Prills, die jederzeit perrlig werden konnten, bewog die jungen Barden, ihre Rufe und Fugen zu üben. Alles in allem waren die Neuen eine gute, starke Gruppe, und Solo war zufrieden. Er staunte darüber, daß mehrere schon in den Behausungen der Besitzer vom Mondwald gehört, die Geschichte jedoch meistens als Märchen abgetan hatten, denn die zahmen Katzen glaubten nicht mehr an die Legenden. Harker *hatte* daran geglaubt und in der Hoffnung, Rainey zu retten, seine letzten Kräfte eingesetzt, um den Berg und den großen Dom zu finden, der dort leben sollte.

Solo wußte, es würde ihm nicht gelingen, das Quorum davon zu überzeugen, daß er nicht der Große war, für den sie ihn hielten. Nur noch Ponder blieb bei der vertrauten Anrede ›Kleiner‹. Solo löste das Problem dadurch, daß er sich betont wie eine normale Katze benahm. Er kratzte sich hinter den Ohren wie die anderen, aß dasselbe Graille, unterhielt sich mit allen ohne Ansehen von Rang und Stellung, rollte sich hin und wieder im Staub (wenn Kitty-Kitty es nicht sah) und spielte mit größtem Vergnügen mit den Kleinen auf der Wiese und heckte mit ihnen sogar dumme Streiche aus. Er schien mit seiner Taktik Erfolg zu haben. Es ist auf die Dauer schwer, jemanden offen zu einem Helden zu machen, der so anschaulich wie ein Sterblicher lebt. Sie mochten ihn hinter vorgehaltener Pfote immer noch bewundern, aber ihm blieb alles erspart, was über das übliche Maß an Achtung und Ehrerbietung hinausging, das einem Dom gebührt. Und auch darauf hätte Solo noch gut verzichten können.

In den kommenden Nächten warteten regelmäßig vor seiner Höhle ein paar aus dem Quorum. Sie erzählten ihm Geschichten von den Orten, an denen sie gewesen waren, und von Dingen, die sie gesehen hatten – Geschichten von unglaublichen Leiden und Erniedrigungen. Es fiel ihm schwer, sich solche Berichte kritisch und nüchtern anzuhören. Er versuchte zu spüren, ob Tatsachen im Laufe der Zeit entstellt worden, ob Einzelheiten übertrieben oder in quälenden Erinnerungen untergegangen waren. Er wollte das Mögliche vom Unmöglichen trennen. Aber einer bitteren Erkenntnis konnte Solo sich nicht verschließen: In allen Himmelsrichtungen nah und fern gab es überall Katzen in Gefangenschaft, und die meisten ahnten nicht einmal etwas von einem anderen Leben. Wie konnte man diese Katzen retten?

Weder Solo noch die anderen rechneten damit, die Antwort aus der Pfote zu schütteln. Die Befreiung der zahmen Katzen war ein Weg voller Gefahren. Doch durften sie sich von Gefahren abschrecken lassen? Sie waren wilde Katzen und Kämpfer. Und immer deutlicher spürten alle: Das war ihre Aufgabe, das Vermächtnis der Prill, die die Schlange bezwungen hatte. Ihr Ring – das Nachtgestirn – schützte sie mit sanften Strahlen und würde sie immer wieder ans Ziel führen. Deshalb mußten sie in den kommenden Jahreszeiten viele zahme Katzen befreien, die in den Behausungen der Besitzer gefangen waren.

»Schlag dir das aus dem Kopf, Solo«, sagte Kitty-Kitty eines Nachts, »alle Katzen kannst du nicht retten.« Sie und Solo saßen auf der großen Wiese. Carver und Justin übten sich als Jungbarden unermüdlich im ›Kämpfen‹.

»Ja«, sagte Solo, »ich denke, wir retten nur die, die wir retten können.« Kitty-Kitty fauchte ärgerlich. Solo bemühte sich wieder einmal darum, sie bewußt *nicht* zu verstehen. Wie der Vater, so der Sohn, dachte sie und mußte plötzlich lachen. Dann holte sie tief Luft und sagte wieder ernst:

»Der Berg ernährt nur eine bestimmte Zahl Katzen. Vermutlich hast du darüber noch nicht nachgedacht, oder?«

»Es gibt jede Menge Berge, Kitty-Kitty. Als ich mich zuletzt umgesehen habe, waren sie alle noch da.«

Unwillkürlich blickte Kitty-Kitty auf die verschwommenen Umrisse der Berge im Westen. Manche mußten so hoch sein, daß der ›Hügel‹, auf dem sie lebten, dagegen klein zu sein schien. Sie schwieg beeindruckt und überließ sich dem unglaublichen Gefühl von Frieden und Sicherheit, das über der Wiese lag. Solos Atem wurde allmählich langsamer und gleichmäßig, und Kitty-Kitty stellte fest, daß er doch tatsächlich hier im Freien ein Schläfchen hielt. Warum auch nicht? Sie konnten nicht besser geschützt sein, solange Barden wie Ponder, Selvyn und andere dort unten an der Baumgrenze Wache hielten.

»Das ist also Glück und Wohlbefinden«, flüsterte Kitty-Kitty, gähnte und schlief ebenfalls ein.

16

Epilog

Der Dom lief selbstsicher über die große Wiese. Sein mächtiger Körper vibrierte von der Kraft und Stärke, die sich nur mit dem Alter und einem langen, freien Leben entwickeln. Er verschwand im dichten Unterholz und sprang den Westhang hinunter. Schließlich erreichte er seinen Lieblingsplatz auf einem Felsvorsprung, ließ sich dort nieder und blickte aufmerksam über das Tal. Selvyn konnte jederzeit von seinem West-Territorium eintreffen. Nach allen Berichten, die er gehört hatte, mußte er sich über das neue Quorum keine Gedanken machen.

Tanner würde bald mit etwa dreißig jungen Kämpfern und Prills aufbrechen, um ein eigenes Quorum zu gründen. Und wenn der Strom der Prills (und der Kinder) nicht abriß, würde Seldon der nächste Dom eines eigenen Quorums sein. Ponder ließ sich dazu natürlich nicht bewegen. Aus Faulheit, wie Solo immer sagte. Aber er wußte sehr wohl, daß etwas anderes dahintersteckte. Der Graue behauptete, er habe die Aufgabe, die zwei Farbigen »richtig« auszubilden, die er »wie ein zweites Fell mit sich herumschleppen« mußte. Aber Carver und Justin waren schon lange erwachsen und auch ohne Ausbildung dazu bestimmt, einmal ein eigenes Quorum zu führen. Sie befehligten bereits jetzt unter Ponders wachsamen Augen die meisten Streifzüge in die Gebiete der Besitzer und hatten allein im letzten Kreislauf zehn Katzen befreit und zum Mondwald gebracht. Sie glichen Spanno in vieler Hinsicht, und Kitty-Kitty konnte ihren Stolz nur schlecht verbergen. Sie hatte nie mehr einen anderen Barden erhört und würde es vermutlich auch in Zukunft nicht tun.

Solo träumte sehnsüchtig davon, daß einer der Großen zum Mondwald kommen und ihn von seiner Verantwortung befreien werde. Ditto hatte längst den Versuch aufgegeben, den ›Kleinen‹ davon zu überzeugen, daß der ›Große‹ schon vor vielen, vielen Kreisläufen im Mondwald angekommen war.

Glossar

Aura	Elektromagnetisches Feld, das alles umgibt; wird als Farbe wahrgenommen
Barde	Männliche Katze, Kater
Behausung	Haus oder Wohnblock
Besitzer	Mensch
Dom	Respektvolle Anrede und Rang des Führers eines Quorums
Fey	Tranceähnlicher Zustand, der durch großen Streß oder eine Krankheit hervorgerufen wird; üblicherweise zieht sich die Katze dabei völlig in sich zurück oder beginnt, sinnlos zu kratzen und zu beißen. Auch ein Zustand der Bewußtlosigkeit
Feykraut	Verschiedene Wildpflanzen, deren Verzehr einen euphorieähnlichen Zustand oder starke Hungergefühle bewirkt
Fuge	Langanhaltende Tonfolge beim Kampf oder der Lebensbericht einer Katze
Gelt	Duft des Katers, der von Drüsen unter dem Schwanz produziert und verspritzt wird
Graille	Eßbares, Nahrung
Graustein	Beton
Kobbler	Hoden des Barden
Legenden	Sammelbegriff für das instinktive Wissen und die kollektive Erinnerung der Katzen
Quorum	Gemeinschaft der wilden Katzen
Perrl	Rollig-Werden der weiblichen Katze

Prill	Weibliche Katze
Rack	Geruch oder Duft
Rakscha	Besonderer Duft der weiblichen Katze während der Paarungszeit
Rauwolf	Jedes motorisierte Fahrzeug
Ring	Immaterielles Sensorium, mit dem die Katze ihre unmittelbare Umgebung ›spürt‹ oder ›fühlt‹
Schwarzstein	Asphalt
Silt	Kot; auch als Schimpfwort benutzt
Siltaa	Urin
Thraille	Muttermilch
Thrill	Katzenlied, üblicherweise nur in der Paarungszeit zu hören
Vollzieher	Ranghohe Barden im Dienst eines Dom
Wolfer	Wolf, Kojote, Fuchs